Patrick Wynes
Der Panther aus der Bronx

PATRICK WYNES

KOMMISSAR X

DER PANTHER AUS DER BRONX

UND DREI WEITERE THRILLER

MOEWIG

Redaktion: Sabine Bretzinger/Klaus N. Frick
Titelbildgestaltung: Zeuner, Ettlingen
Druck und Bindung: Ebner Ulm
Printed in Germany 1996
ISBN 3-8118-1350-1

Inhalt

Das Schlangenmonster 7

Aprils Todesstunde 83

Der Panther aus der Bronx . . 161

Rache für San Christobal . . . 245

Das Schlangenmonster

Chester Wyngrave drückte die Taste der Gegensprechanlage.

»Ja, Sir?« Die Stimme Grace Millers, seiner Sekretärin, klang angenehm wie immer. Schade, daß ihre Beziehung schon vor drei Jahren in die Brüche gegangen war. Jetzt war Grace verheiratet und hatte zwei Kinder.

»Sie können gehen, Grace. Es ist wieder spät geworden.«

»Und Sie, Sir?«

Wyngrave seufzte leise. »Die Befford-Akte muß noch durchgearbeitet werden.«

Gedankenverloren spielte Wyngrave mit dem Drehbleistift aus massivem Gold und schaute hinaus in die Nacht. New York im November: ein Meer von Lichtern in allen Farben. In den Straßen hingen schon die Christmas-Dekorationen. In der *Post* und in den anderen Zeitungen konnte man im Stellenmarkt Kleinanzeigen finden: Weihnachtsmänner wurden gesucht, stundenweise bei guter Bezahlung.

Als Chester Wyngrave ein kleiner Junge gewesen war, hatte es einen Weihnachtsmann gegeben: einen großen, dicken, schwergewichtigen Mann mit einem weißen Rauschebart. Er hatte lustige kleine blaue Augen gehabt, rote Bäckchen in dem weißen Haar, und er war mit einem Schlitten nebst Rentieren herumgeflitzt, um am Weihnachtsabend den Kindern überall auf der Welt Nüsse, Apfelsinen, Schokolade und Geschenke zu bringen.

Wyngrave dachte an das Auto, das er bekommen hatte – das erste mit richtigem Elektroantrieb und einer Drahtfernsteuerung.

»Damals ...«, murmelte Wyngrave.

Wenn er jetzt mit seinem Sohn einen Einkaufsbummel unternahm, dann traf der Junge dabei alle zehn Schritte auf einen Weihnachtsmann. Jedes Geschäft hatte ja einen: kleine und große, dicke und dünne. Es gab schwarze Weihnachtsmänner, Weihnachtsmänner mit unverkennbar spanischem Akzent, Weihnachtsmänner mit Schlitzaugen. Wyngrave hatte sogar einmal einen schwarzen, weiblichen Weihnachtsmann gesehen, auch dieser mit langem weißem Bart.

Einige dieser Weihnachtsmänner benutzten Megaphone, um die Konkurrenz niederzubrüllen, andere rochen bis über die Straße nach Alkohol. Es gab Weihnachtsmänner, die Passantinnen obszöne Angebote in die Ohren hauchten, es gab Weihnachtsmänner, die zwischendurch Schulkindern Kokain verkauften oder selbst so *stoned* waren, daß sie sich kaum auf den Beinen halten konnten.

Und die Zeiten, in denen man den Kindern mit einem Schaukelpferd, Äpfeln und Nüssen eine Freude machen konnte, waren natürlich längst vorbei.

Wyngrave fischte einen Zettel aus der Brusttasche seines Anzugs und strich ihn glatt. Die krakelige Schrift verriet die Wünsche eines Kinderherzens; es las sich wie eine Wunschliste der Contras in Nicaragua:

– Rambo-Messer, aber das Neueste.
– Pistole für die Computerspielkonsole, aber das mit dem Knopf zum Feststellen vom Schnellfeuer.
– Lasergewehr für die andere Computerspielkonsole.

In diesem Stil ging es weiter. Dann folgten etliche Fahrzeuge und Monster aus der großen Abenteuerspielserie, für die im Fernsehen auf allen Kanälen geworben wurde – eines häßlicher und monströser als das andere.

Wyngrave hatte sich schon mehrfach darüber geärgert; jetzt knüllte er den Zettel zusammen und schnippte ihn quer durch sein Büro.

»In vier Jahren ist wohl der Panzer fällig«, knurrte er. »Oder die Kettensäge, zum Austragen von Schulstreitigkeiten ...«

Das Telefon fiepte. Wyngrave nahm ab, noch immer gereizt.

»Ja«, brummte er. »Ich habe die Akte vor mir. Ich lese sie gerade durch. Und ich glaube nicht ...«

Er schüttelte den Kopf. »Nichts da«, wehrte er einen Einwand des Gegenübers ab. »Das interessiert mich alles überhaupt nicht. Wir haben einen klaren Vertrag, und dabei wird es auch bleiben.«

Wyngrave preßte die Lippen aufeinander.

»Meine Antwort ist nein«, sagte er dann. »Und wenn Sie versuchen, mir zu drohen … das würde ich an Ihrer Stelle besser nicht tun.«

Er warf den Hörer auf die Gabel und murmelte eine Verwünschung. »Mistkerl«, schimpfte er.

Wyngrave streckte beide Hände aus, sah sie an. Sie zitterten. Nicht stark, nur ein bißchen.

»Nicht übel«, sagte Wyngrave zu sich selbst. »Und das nach einer klaren Morddrohung …«

Er griff nach dem Handmikrophon seines Diktiergeräts. Ein Knopfdruck genügte, und das Band sprang an.

»Grace«, sagte Chester Wyngrave. »Machen Sie mir morgen früh eine Verbindung mit Mister Walker fertig. Jo Walker, Sie wissen schon, den man auch Kommissar X nennt …«

Jo stellte den Wagen in der Tiefgarage ab. In diesem Haus residierten etliche Firmen von Rang und Namen, und dem entsprach auch der Fuhrpark unter dem Gebäude. Aber selbst unter diesen Karossen und Nobelschlitten fiel Jos Neuerwerbung auf. Ein 230 SLK Kompressor, champagnerfarben, metallic. Das Beste, so meinten manche Fachleute, was je gebaut wurde.

Jo ließ die Tür des Wagens zufallen. Ein – vergleichsweise – schäbiger Lift brachte Jo in die oberen Stockwerke. Im hundertzwölften residierte Wyngrave Electronics. Die Firma hatte dieses und das darüberliegende Stockwerk gemietet. Allein das gab schon einen Hinweis auf das Kaliber der Firma. Büroräume in dieser Größe und Lage waren teuer.

Beim Aussteigen wurde Jo sofort von einem Cop in Empfang genommen. »Sie können hier nicht herein, Sir!« sagte der Beamte. Jo zog die Brauen in die Höhe.

Hinter dem Cop war die Tür zu Wyngraves Büro zu sehen. Es war durch die sattsam bekannten Bänder aus Plastik abgesperrt worden, wie sie beinahe jeden Tag im Fernsehen zu sehen waren.

Tatort, lautete der Text auf dem Plastikstreifen: *Kein Zutritt*. Ein Mann steckte den Kopf aus der Tür. »Sind Sie Walker?« Jo nickte.

»Kommen Sie herein«, sagte der Mann. Er war groß und hager,

sein Mund wirkte verkniffen. Wahrscheinlich hatte er Probleme mit dem Magen; die tief eingekerbten Falten von den Nasenflügeln bis zu den Mundwinkeln wiesen darauf hin. In den Augen hatte er jene unverkennbare innere Müdigkeit, die nichts mit einem Mangel an Schlaf zu tun hat, sondern mit dem Gefühl ausgebrannt zu sein, am Ende seiner seelischen Kraft und Belastbarkeit.

Für Jo war es nicht schwer, in dem Mann einen Detective zu erkennen; dieses Gesicht war bei vielen Kriminalbeamten zu sehen. In New York als Cop oder Detective Dienst zu tun, hieß, einen Wasserfall mit der bloßen Hand auffangen zu wollen. Ein Versuch, der von vornherein zum Scheitern verurteilt war.

»Was ist passiert?« fragte Jo.

»Das möchte ich von Ihnen wissen«, sagte der Detective. Er zückte kurz seine Marke. Breck Huntington hieß der Mann, ein Detective Lieutenant mit etlichen Dienstjahren auf dem Buckel. »Wie sind Sie hergekommen?«

Der Bursche war ein wenig ruppig; Jo führte das auf die berufliche Belastung zurück und verhielt sich weiterhin höflich.

»Ich bekam einen Anruf«, antwortete er. »Vor einer knappen Stunde.«

»Das waren wir«, murmelte Huntington. Er zündete sich eine Zigarette an. »Kommen Sie!«

Er führte Jo in ein Büro. Nebenan – Jo konnte es durch eine Milchglasscheibe sehen – waren einige Personen stark beschäftigt. Der Tatort wurde kriminaltechnisch untersucht. Die Spurensicherung war an der Arbeit.

»Setzen Sie sich, Mister Walker!« Huntington machte eine knappe Handbewegung. Er selbst nahm hinter dem Schreibtisch Platz. Auf der Ablagefläche stand eine Tasse, eine zweite in Jo Walkers Reichweite.

»Kaffee?« fragte der Cop.

Jo schüttelte den Kopf.

Während Huntington sich einen ölig-schwarzen Kaffee einschüttete, der unweigerlich seinen Blutdruck in die Höhe treiben, seine Magenwände verätzen und sein Herz zu rasendem Galopp antreiben würde, sah er Jo aus den Augenwinkeln heraus an.

»In welcher Beziehung stehen Sie zu Mister Wyngrave?« fragte der Polizist und schlürfte geräuschvoll seinen Kaffee. Jetzt waren seine Augen verschleiert, halb geschlossen. Aber der Mann war geistig hellwach.

Jo kannte diesen Typ – ein wenig zynisch, ein wenig schlampig und auf seltsame Art und Weise nicht in der Lage, diesen zermürbenden Job eines Kriminalbeamten anders als gut zu erledigen. Dort, wo normalerweise der Ehering saß, war ein heller Streifen zu erkennen. Frisch geschieden also – auch das gehörte in dieser Stadt und bei diesem Job zum Berufsalltag.

»Wir hatten ein-, zweimal miteinander zu tun«, antwortete Jo. »Privat kenne ich ihn von einem Segeltörn. Beruflich war er einer meiner Klienten.«

Huntington kniff die Augen zusammen und fragte: »Anwalt? Psychiater?«

Jo zeigte seine Lizenz. Huntington studierte sie mit abweisender Miene. »Sie sind Walker? *Der* Walker?«

Jo nickte. Huntington gab ihm mit einer heftigen Gebärde die Lizenz zurück. Er musterte Jo kritisch.

Jo kannte diese Sorte Detectives. Von der Presse und von ihren Vorgesetzten mehr mit Tadel als mit Lob eingedeckt, mochten sie keine Schnüffler, die entweder nur die Fälle durcheinanderbrachten und Komplikationen stifteten – oder aber allen Ruhm für sich einheimsten.

»Was ist passiert?« fragte Jo.

»Kommen Sie, ich zeig' es Ihnen«, knurrte Huntington. Er stand auf, öffnete die Milchglastür und ließ Jo eintreten.

Es war immer wieder das gleiche, aller beruflichen Erfahrung zum Trotz. Manchmal drehte sich selbst dem Abgebrühtesten der Magen um. Oder er wurde von einem sentimentalen Gedanken erwischt.

Wyngrave lag auf dem Boden. Neben ihm kniete der Coroner. Er diktierte etwas in seine Stenorette. Der Raum sah aus, als habe hier eine Schlacht stattgefunden: eine Trümmerwüste. In diesem Durcheinander waren Beamte der Spurensicherung damit beschäftigt, zu fotografieren, Fingerabdrücke zu nehmen, Fasern einzutüten und was dergleichen Dinge mehr waren.

Chester Wyngrave lag tot am Boden. Offensichtlich war er ermordet worden. Offensichtlich hatte er sich gewehrt. Lange, erbittert. Mit allen Kräften. Der Zustand seines Büros bewies es.

Wahrscheinlich hatte es sehr lange gedauert, von dem Moment an, in dem Chester Wyngrave gewußt hatte, daß es ihm ans Leben gehen sollte, bis zu dem Augenblick, an dem Schmerz, Todesangst und Leben zugleich aufgehört hatten. Es hatte ihm alles nichts genutzt. Nicht gegen den Killer. Und auch nicht für die Nachwelt.

Für die Cops war er ein Fall, nicht mehr. Einer unter mindestens Eintausend, die New York in diesem Jahr erleben würde. Nicht der brutalste, nicht der blutigste, nicht der spektakulärste Mord des Jahres. Vielleicht nicht einmal interessant genug für die erste Seite.

Jo preßte die Lippen aufeinander. »Mord?«

Huntington nickte. »Höchstwahrscheinlich«, sagte er. »Doc, wie sieht's aus?«

Der Coroner richtete sich auf. Er hob die Schultern. »Erstens ist er tot«, sagte der amtliche Leichenbeschauer.

»Das sehe ich auch ohne Ihre Hilfe«, bemerkte Huntington.

Der Coroner zuckte nicht mit der Miene. Seine Jobs waren alles andere als angenehm. Wenn es irgendwo in der Stadt einen Todesfall gab, der nicht auf den ersten Blick als ganz normal und blütenrein zu erkennen war, mußte ein Coroner gerufen werden. Sein Job war, den Totenschein auszustellen und einen ersten Verdacht zu äußern, was die Todesursache anging.

Wenn der Coroner auch nur den leisesten Verdacht hatte, daß bei dem jeweiligen Todesfall etwas nicht stimmte, wurde der fragliche Leichnam eingepackt und der Gerichtsmedizin zur genaueren Untersuchung übergeben.

»Todesursache ist möglicherweise ein gebrochenes Genick«, sagte der Coroner. »Möglicherweise auch die inneren Verletzungen.«

Huntington drückte die Zigarette in einem Pflanzenkübel aus. »Okay, sagen Sie es kurz und knapp. Was hat der Killer mit ihm gemacht? Irgend etwas auf den Kopf gehauen, oder so?«

Der Coroner warf einen Blick auf die Leiche.

»Weiß ich nicht«, sagte er. »Jedenfalls nicht so genau. Der Kerl könnte ein Ringer sein, ein Catcher oder so was. Auf jeden Fall ist er unheimlich stark. Er hat Wyngrave buchstäblich den Hals umgedreht. Und dann scheint er auf ihm herumgesprungen zu sein, um ihm ein paar Rippen zu brechen. Eine der Rippen hat die Lunge durchbohrt, eine andere vermutlich den Herzmuskel verletzt. Jede dieser Verletzungen kann tödlich gewesen sein – es ist eine Frage der Reihenfolge, wissen Sie.«

»Sie meinen, Hulk Hogan hat sich Wyngrave vorgenommen?« schloß Huntington.

»So jemand, vielleicht«, entgegnete der Doc.

Jo hatte Hogan gesehen, im Fernsehen. Auch im Kino. Hulk Hogan war der blonde, riesenhafte Catcher in Rocky III, der Sylvester Stallone durch den Fleischwolf gedreht hatte. Zur Zeit lief gerade ein Kinofilm mit dem Muskelmann.

Huntington nahm Jo beim Arm. Er führte ihn zurück in das andere Büro. »So, jetzt wissen Sie's«, sagte Huntington rauh. »Und falls Sie wissen wollen, warum wir Sie angerufen haben ...«

»In der Tat«, antwortete Jo mit sanftem Sarkasmus. »Ich wüßte es gern.«

Huntington nahm ein Handdiktiergerät von der Schreibtischplatte auf. »Hören Sie genau zu«, sagte er. »Die Minikassette haben wir aus dem Tischgerät im anderen Zimmer. Wyngrave hat zu dem Zeitpunkt diktiert, als er überfallen wurde.«

Huntington spulte das Band zurück. Dann betätigte er den Abspielknopf. Ein Knacken war zu hören, dann die Stimme von Chester Wyngrave.

Jo erkannte sie sofort. Sie klang ein wenig gereizt, fast verärgert, aber ebenso offensichtlich galt dieser Ärger weder dieser Grace ...

»Wyngraves Sekretärin«, warf Huntington ein. »Liegt jetzt im Krankenhaus. Ein Nervenzusammenbruch.«

... noch Jo Walker, wie der selbst wußte, sondern irgend jemand anderem. Dennoch sprach Wyngrave klar, deutlich und artikuliert.

»Machen Sie einen Termin aus, Grace«, klang Wyngraves Stimme von dem Band. *»So bald als möglich. Ich ...«* Wyngrave unterbrach sich. Ein Poltern war zu hören.

»Vermutlich hat er das Handmikrophon auf die Platte vom Schreibtisch gelegt«, meinte Huntington. »Und er hat die Aufnahme auf *Konferenz* eingestellt. Deswegen ist das Ding weitergelaufen und hat alles aufgenommen, was danach passiert ist.«

Jo spürte, wie es in seinem Magen rumorte. Chester Wyngrave

war nie ein allzu guter Freund von Jo gewesen, jedenfalls nicht so gut wie beispielsweise Tom Rowland. Ein guter Bekannter. Man sah sich selten, verstand sich recht gut, wenn man miteinander zu tun hatte, aber das war's dann auch.

Aber selbst wenn es ein völlig Fremder gewesen wäre ... Sich anzuhören, wie ein Mensch ermordet wird, konnte einem schon auf den Magen schlagen. Jedenfalls, wenn man sich wie Jo Walker eine gewisse Menschenliebe bewahrt hatte.

Huntington rauchte sichtlich unbeeindruckt, während sich das Drama abspielte.

»Hey ...«

Das war Wyngraves Stimme. Irgend etwas klang metallisch. Dann hörte man wieder Wyngrave.

»Großer Gott!«

Das Diktiergerät stammte aus deutscher Fertigung und hatte eine bemerkenswert gute Tonqualität. Die Stimme von Chester Wyngrave hatte einen Ausdruck, den Jo nie vergessen würde.

»Hören Sie genau zu!« forderte Huntington. Er drehte den Tonregler ein wenig höher.

Es war zu hören, wie Chester Wyngrave einen Laut des Entsetzens ausstieß, dann ein Ächzen. Es polterte, schleifte. Das heftige Keuchen eines Menschen war zu hören, auch schnelle Bewegungen. Irgend etwas klirrte. Dann ein dumpfer Aufprall.

Minutenlang nur Geräusche. Die Klänge eines verzweifelten Kampfes, den ein Mann um sein Leben ausgefochten hatte. Minuten, die sich für Jo fast ebenso qualvoll in die Länge zogen, wie sie für Chester Wyngrave wahrscheinlich gewesen waren. Bis der Kampf ein Ende fand.

Es war deutlich zu hören. Ein widerwärtiges, ekelhaftes Geräusch, das bei Jo durchschlug bis auf seine Magenwände. Es erfaßte den ganzen Körper, dieses Knirschen und Knacken ... das Geräusch, mit dem der Killer seinem Opfer das Genick brach.

Dann war Stille. Totenstille.

»Was sagen Sie dazu, Walker?« fragte Huntington. Er schaltete das Diktiergerät aus.

»Ich finde alles ekelhaft«, sagte Jo; er brauchte jetzt ebenfalls eine

Zigarette, aber nicht unbedingt das Kraut, das Huntington rauchte. »Aber das war's wohl nicht, was Sie hören wollten.«

»Richtig«, sagte Huntington. Er sank in seinem Sessel ein wenig zusammen, rieb sich die Augen. Huntington hatte helle Haare, auch helle Barthaare. Der Kontrast zwischen Haut und Haar war so gering, daß Jo erst jetzt, an dem kratzenden Geräusch erkennen konnte, daß Huntington sich nicht rasiert hatte.

»Heute Morgen, um halb sieben, ist die Sekretärin gekommen, eine gewisse Grace Miller – flotte Dame, übrigens, Sie werden sie vielleicht bald selbst kennenlernen –, und hat den Toten gefunden. Anruf auf dem Revier um sechs Uhr siebenunddreißig, alles genau notiert.«

Der Coroner steckte seinen Kopf in das Zimmer und sagte: »Ich schätze, daß Wyngrave kurz nach Mitternacht gestorben ist. Das wollen Sie doch sicher wissen, nicht wahr? Ansonsten mache ich jetzt Schluß, ich hab gleich einen anderen Fall. Ein Junkie hat in einem Schnapsladen die Besitzer zusammengeschossen, mit Acht-Millimeter-Schrot. Danach ist ihm schlecht geworden, und er hat den ganzen Laden vollgespuckt. Wird wieder mal eine üble Sauerei werden.«

Huntington nickte müde. Der Coroner verschwand. »Wo waren wir?«

»Bei der flotten Dame«, antwortete Jo. »Außerdem kann ich mich an Grace Miller erinnern.«

»Dachte ich's mir doch«, murmelte Huntington und grinste kurz und freudlos. »Sie und die Dame kennen sich also. Prima. Jedenfalls hat sie Alarm gegeben, dann ist sie umgekippt. Um kurz nach sieben habe ich das Bandgerät entdeckt, und seither habe ich mir dieses Band angehört, Mister Walker. Wieder und wieder – siebzehnmal, um genau zu sein. Ihnen ist nichts daran aufgefallen?«

Jo zuckte mit den Schultern. »Nicht, daß ich wüßte«, versicherte er.

Huntington grinste. »Machen Sie sich nichts draus«, sagte er spöttisch. »Mir ist es auch erst vor knapp einer Stunde aufgefallen. Beim vierzehnten Anhören. Die Show auf dem Band ist so beeindruckend, daß man sich sehr konzentrieren muß.«

»Show?« wiederholte Jo ungläubig.

Huntington nickte grimmig. »Hören wir noch einmal rein«, sagte er. »Und dazu stelle ich Ihnen ein paar Fragen. Okay?«

Jo nickte. Der Gedanke, sich den Todeskampf von Chester Wyngrave noch einmal anhören zu müssen, gefiel ihm zwar nicht. Aber es gab dazu wohl keine Alternative.

Huntington startete das Band. »Die Stimme von Wyngrave«, sagte Huntington halblaut. »Ich bin sicher, daß sie es ist. Aber unsere Techniker werden das ganz genau herausfinden. Jetzt, passen Sie auf ...«

Er drehte den Lautstärkeregler bis zum Anschlag auf. Ein Fiepsen war zu hören. Kurz und rhythmisch.

»Der Stundenschlag von Wyngraves Uhr«, sagte Huntington. »Es hat 'ne Zeit gedauert, bis es bei mir Klick gemacht hat. Damit können wir den Todeszeitpunkt praktisch bis auf eine halbe Minute genau bestimmen. Gut, nicht wahr?«

»Hilfreich«, murmelte Jo.

»Weiter ...« Wieder war Wyngraves Ausruf zu hören. *»Großer Gott!«*

»Ich habe sein Büro durchsucht«, sagte Huntington. »Und weitere Leute von uns haben seine Wohnung auf den Kopf gestellt. Kein Kreuz, keine Bibel, nichts dergleichen. Nirgendwo ein Anzeichen, daß Wyngrave religiös gewesen wäre.«

Huntington zeigte ein dünnes, zynisches Grinsen.

»Warum sagt so einer *Großer Gott,* wenn ihn etwas überrascht? Warum nicht einfach nur *Scheiße,* oder *verdammte Scheiße?* Oder, wenn es denn schon religiös sein muß, *gottverdammte Scheiße?* Die Abteilung mit den *four-letter-words* will ich mir sparen.«

Jo verstand, was Huntington meinte. »Großer Gott sagt er«, knurrte Huntington. »Aber machen wir weiter. Hören Sie ganz genau hin, Walker ...«

Jo registrierte, daß Huntington die Anrede Mister weggelassen hatte. Es ging jetzt also zur Sache.

Wieder war das kleine Büro erfüllt von den Geräuschen, die die letzten Augenblicke des Lebens von Chester Wyngrave begleitet hatten.

»Als Wyngrave *Großer Gott* gesagt hat«, bemerkte Huntington, »da hat er wohl den Killer gemeint. Stimmen Sie mir da zu?«

Jo nickte. »Die Wahrscheinlichkeit spricht dafür«, sagte er. »Allerdings müßte der Killer eigentlich schon länger im Raum gewesen sein.«

»Warum?« Huntingtons Frage kam blitzschnell.

»Auf dem Band ...« Jo verstummte. Jetzt war ihm klargeworden, was Huntington meinte. Was in diesem Fall nicht stimmen konnte.

Besser konnte es die Polizei kaum haben: Die letzten Minuten des Opfers waren auf Band festgehalten worden.

»Es fehlt das Geräusch, mit dem die Tür geöffnet wird«, sagt Jo nachdenklich. »Als der Killer den Raum betrat ...«

»Richtig«, sagte Huntington; sein Gesicht zeigte einen Anflug von Ärger. Er hätte es wohl lieber gesehen, wenn die Nachhilfestunde für Kommissar X noch ein wenig länger gedauert hätte. »Und man kann auch nicht hören, wie er sie später wieder auf- und zumacht, als er den Tatort verläßt.«

Jo hob die Hand. »Augenblick«, sagte er. »Der Mörder könnte gekommen sein, kurz bevor Wyngrave das Diktiergerät eingeschaltet hat. Und er könnte erst gegangen sein, nachdem das Band abgelaufen war.«

Huntington lächelte spöttisch. »Dann hätte der Kerl fast eine halbe Stunde lang absolut still in dem Raum stehen müssen«, sagte er. »Ohne sich zu rühren. Das glaubt Ihnen kein Mensch, Walker. Aber okay – haben Sie Lust auf ein Experiment?«

Jo sah sein Gegenüber skeptisch an. »Wie sollte das aussehen?«

»Nehmen Sie das Gerät«, sagte Huntington. Er wechselte rasch die Kassette aus. »Dann spielen Sie Wyngrave, und ich markiere den Killer. Okay?«

»Etwas makaber, finden Sie nicht?« fragte Jo Walker.

Durch die Milchglasscheibe war zu sehen, wie zwei Männer die Blechröhre heranschleppten, in der Mordopfer für gewöhnlich vom Tatort weg zur Morgue geschafft wurden.

Huntington ging auf den Einwand nicht ein. »Okay«, sagte er. »Ich gehe jetzt raus, und wenn ich wieder drin bin, fangen Sie an zu diktieren. Alles klar?«

Jo nickte. Huntington verschwand kurz aus dem Raum. Er öffnete die Tür sehr leise. Jo drehte sich mitsamt seinem Sessel so herum, daß er Huntington nicht sehen konnte.

Der Detective Lieutenant bewegte sich sehr leise. Nur wenn man wußte, daß er im Raum war, konnte man ihn hören. Die Geräusche, die er machte, als er die Tür schloß, waren entschieden zu leise, als daß das Diktiergerät sie hätte erfassen können.

Jo begann zu diktieren. In seiner Stimme gingen die Schrittgeräusche von Huntington vollends unter.

»Auftritt King Kong!« sagte Huntington. »Der Killer muß Wyngrave von vorn angegriffen haben. Wyngrave hat ihn nämlich gesehen, wie sein *Großer Gott* beweist. Also, machen Sie schon ...«

»Großer Gott«, sagte Jo, dann legte er das Diktiergerät beiseite.

Wie auch am Abend zuvor stand der Eingangswahlschalter auf Konferenz: Das Gerät nahm jetzt alles auf, was im Raum passierte.

Im nächsten Augenblick schlossen sich die Hände des Detectives um Jos Hals. Einen winzigen Sekundenbruchteil lang war Jo wie erstarrt. Denn Huntington drückte nicht zu wie ein Schauspieler, der nur seine Rolle ausfüllte. Er drückte zu, als wolle er Jo tatsächlich das Genick brechen.

Langsam ging das Spiel für den Geschmack eines Kommissar X zu weit. Dieser Huntington war offenbar nicht mehr ganz klar.

Jo stand auf, aber Huntington klebte an ihm wie eine Klette. Und der Druck auf Jos Hals verstärkte sich zweiter.

Jo wußte natürlich, daß er keine Gefahr lief, von Huntington erwürgt zu werden oder an diesem Griff zu ersticken. Gefährlich dabei war nicht, keine Luft mehr zu bekommen – das konnte ein Mann zur Not ein paar Minuten lang aushalten. Aber wenn Huntington weiterhin mit dieser Kraft zudrückte, bestand die Gefahr, daß er in Jos Kehlkopf das sogenannte Zungenbein brach, dessen Trümmer sich dann in die *Medulla Oblongata* bohren würden, jene Stelle, an der das Rückenmark ins Gehirn überging. Und das hätte zur Folge, daß Jo auf der Stelle sterben würde; die Verletzung hätte seinen Atemreflex für immer gelähmt.

Jo rammte den rechten Ellbogen nach hinten. Aber Huntington war auf der Hut. Der Mann kannte sich aus.

Jo stieß ein ersticktes Knurren aus. Jetzt reichte es ihm wirklich. Er griff mit beiden Händen nach hinten und bekam den Kopf des

Angreifers zwischen die Finger, dann spannte Jo Walker seine Muskeln an.

Huntington wehrte sich verzweifelt, aber er konnte nicht, verhindern, daß er über Jos Kopf gezogen wurde. Einen Augenblick später krachte er mit voller Wucht auf die Schreibtischplatte. Ob er wollte oder nicht, er mußte Jos Hals loslassen. Und weil Jo gerade so in Fahrt war, setzte er einen trockenen kleinen Schwinger nach, der seinen Gegner genau in dem Winkel traf, an dem die Rippen sich teilten. Dort saß das sogenannte Sonnengeflecht, der *Solarplexus.* Ein Treffer dort hatte zur Folge, daß ein anderer Atemreflex gelähmt wurde.

Huntington begann prompt, nach Luft zu schnappen wie ein Fisch auf dem Trockenen, aber seine Lungen funktionierten nicht. Als sie endlich wieder arbeiteten, war er einer Ohnmacht nahe und knallrot im Gesicht.

»Verdammt!« ächzte er. »Mußten Sie so zuschlagen?«

Jo rieb sich den Hals. »Mußten Sie so zudrücken?« gab er lakonisch zurück.

Einer von Huntingtons Beamten öffnete die Tür, wohl vom Lärm der kurzen Auseinandersetzung angelockt. Der Cop stutzte, als er Huntington auf dem Schreibtisch liegen und japsen sah.

»Schon gut!« wehrte Huntington ab. Mit einer heftigen Handbewegungen schickte er den Cop aus dem Raum. »Gehen Sie, Banks...«

Der Cop schnitt eine Grimasse und verzog sich. Huntington kam wieder auf die Beine.

Dann griff er nach dem Diktiergerät und spulte das Band zurück. »Jetzt hören Sie zu«, forderte er. Seine Stimme klang noch immer belegt. »Hören Sie ganz genau zu ...«

Jo hörte. Er hörte sehr genau zu, aber er begriff nicht gleich, worauf der Beamte hinauswollte.

»Wissen Sie, was das da ist? Dieses Geräusch?«

Jo nickte und antwortete: »Ihr Atem.«

Huntington nickte grimmig. »Und auf dem anderen Band?«

Jetzt endlich fiel bei Jo der Groschen. Es war schwer genug, sehr oft jedenfalls, alles zu sehen, was vorhanden war. Noch schwerer war es, etwas zu sehen oder zu hören, was es nicht gab. In diesem Fall waren es Atemgeräusche gewesen.

»Der Killer, wer immer er auch war, hat keinen Schnaufer von sich gegeben«, erklärte Huntington grimmig. »Und das, obwohl sich Wyngrave minutenlang verbissen gewehrt hat, Sie haben Wyngrave gesehen. Der Mann war zwar nicht gerade ein Hochleistungssportler, aber für sein Alter sehr fit. Und nach fünf Minuten Ringkampf mit ihm würde selbst ein Hulk Hogan oder Arnold Schwarzenegger schneller atmen. Schneller. Und damit geräuschvoller ...«

Jo nickte. »Sehr gute Arbeit, Detective«, sagte er. »Meine Anerkennung. Und auch Tom Rowland wird stolz auf Sie sein.«

Huntington grinste dünn. »Da bin ich mir nicht so sicher«, sagte er und zeigte abermals sein dünnes, boshaftes Lächeln. »Okay – welche Schlußfolgerung ziehen Sie als Mit-Fachmann aus unseren Überlegungen?«

»Schlußfolgerungen?« wiederholte Jo.

Huntington nickte. »Es gibt nur zwei Lösungen dafür, daß man den Killer auf dem Band nicht atmen hören kann. Eigentlich drei. Aber die Möglichkeit, daß das Gerät das Atmen der Kämpfer aus technischen Gründen nicht erfassen konnte, haben wir mit unserem Experiment ja erfolgreich ausgeräumt. Bleiben also noch zwei Möglichkeiten.« Er zählte sie an den Fingern ab.

»Möglichkeit eins – der Killer hat gar nicht geatmet und so lange die Luft angehalten. Oder er ist mit einem Taucheranzug hier aufgetaucht und hat über das Gerät geatmet.«

Jo lächelte. »Das könnte man hören«, sagte er.

»Prima«, freute sich Huntington. »Finde ich ja toll, wie Sie mitarbeiten in diesem Fall. Ich weiß Ihre Kooperation sehr zu schätzen. Bleibt also Möglichkeit zwei – dieses ganze Band ist nicht mehr als eine geschickte Montage. Eine Fälschung, mit der man uns auf eine falsche Spur lenken will. Ein Hörspiel für die Cops.«

»Das ist nicht auszuschließen«, sagte Jo.

Das boshafte, lauernde Lächeln des Lieutenants verstärkte sich noch. »Wie lange, glauben Sie, braucht man, um so ein Band herzustellen? Ein paar Minuten? Stunden? Oder Tage, Wochen, Monate?«

Jo hob die Schultern. »Ich bin kein Fachmann«, erwiderte er ruhig. »Aber ich bin sicher, daß man dazu einige Tage braucht, vor allem, wenn die Stimme auf dem Band tatsächlich die von Wyngrave sein soll.«

»Sehen Sie, langsam kommen wir der Sache näher«, fuhr Huntington fort. »Tagelange Vorbereitung, sehr gut. Täter natürlich unbekannt.«

»Natürlich«, sagte Jo.

Langsam begann er zu ahnen, welche gefährliche Theorie sich sein Gegenüber ausgedacht hatte.

»Und jetzt verraten Sie mir bitte eines, verehrter Kommissar X. Wie kommt jemand, der ein solches Band verfälscht, ausgerechnet dazu, Ihren Namen zu verwenden?«

Jo zuckte abermals die Schultern. »Irgendwie zufällig mitgeschnitten und in das Hörspiel eingebaut«, vermutete er.

»Sehr gut«, lobte Huntington. Er schien es zu genießen. Langsam wurde Jo Walker klar, daß dieser sehr eigentümliche Detective des New York Police Departements dabei war, den bekannten Kommissar X allmählich und unaufhaltsam in ein Netz von Indizien und Beweisen einzuspinnen. Und daß dieser lächerlich anmutende Vorgang langsam immer handfestere, immer bedrohlichere Konturen annahm.

Jo kam sich vor wie ein Schachspieler, der, ohne es zu merken, Zug für Zug näher an ein unabwendbares Matt herangedrängt wird, ohne etwas dagegen unternehmen zu können.

»Und wann, bitte, hätte dann der Killer diesen Ausspruch von Mister Wyngrave aufgenommen? Gestern abend? Wohl kaum, wie wir bereits gesehen haben ...« Wäre Jo Walker nicht selbst ein so erfahrener Kriminalist gewesen, hätte er allmählich das Bedürfnis verspürt, seinen Anwalt anzurufen.

»Aber wenn Wyngrave schon früher Kontakt mit Ihnen verlangt hat ...«, konterte Huntington.

»Hat er nicht«, antwortete Jo. »Erst Ihr Anruf hat mich hierhergebracht.«

»Was ist dann aus diesem Auftrag geworden?« fragte Huntington. »Warum hat Grace Miller den Auftrag, Sie anzurufen, nicht ausgeführt?«

Huntington grinste böse. »Und warum klingt seine Stimme auf diesem Band so gereizt, weil er Sie sprechen will? Sie werden doch nicht bestreiten, daß sie gereizt und verärgert klingt, oder?«

Die Schlinge zog sich zu. – Jo versetzte sich innerlich in die Lage einer Jury, der vom Staatsanwalt dieses Material vorgetragen wurde. Das Jurymitglied Jo Walker begann bereits an der Unschuld des Verdächtigen Jo Walker zu zweifeln. Sehr stark zu zweifeln sogar.

»Sie sind sehr stark, Mister Kommissar X«, fuhr Huntington fort. »Das habe ich gerade am eigenen Leib erfahren. Durchaus stark genug, um dem armen Mister Wyngrave das Gesicht auf den Rücken zu drehen.«

»Sie machen das sehr gut«, lobte Jo ruhig.

Huntington machte zwei kleine Schritte, die sein Gesicht dicht an das von Jo Walker heranbrachten. »Amüsieren Sie sich nur, Mister Walker!« zischte der Beamte leise. »Machen Sie sich nur lustig über mich. Wir werden sehen, wer am Ende dieses Falls lacht.«

Er wich zurück. Aber in seinem hageren Gesicht war deutlich ein Rest von jener Wut zu sehen, die Jo in den letzten Sekunden in den Augen des Mannes hatte lodern sehen. Huntington war ernst zu nehmen. Er war ein unbequemer, sogar ein gefährlicher Gegner.

Und Tom Rowland, der Chief, war nicht der Mann, einen seiner Detectives zurückzupfeifen, bloß weil der gegen seinen Freund ermittelt. Auch nicht, wenn dieser Freund Jo Walker hieß – vorausgesetzt, der fragliche Detective hatte wenigstens den Schimmer eines echten Beweises in der Hand.

Allerdings war Kommissar X nicht der Mann, der in diesem Fall seinen alten Freund um persönliche Hilfe bat.

Jo holte tief Luft. Für den Galgen reichten die Beweise von Huntington noch nicht. In diesem Staat wurde ohnehin seit Jahrzehnten nicht mehr zum Tode verurteilt; aber derlei konnte sich ändern.

Aber was Huntington bis jetzt vorgetragen hatte, reichte durchaus, um sogar Kommissar X erheblichen existenzgefährdenden Schaden zuzufügen.

»Sehen wir weiter, Mister Walker«, sagte Huntington nach kurzem Zögern. Seine Höflichkeit hatte jetzt einen fast beleidigenden Charakter. »Kommen Sie, ich will Ihnen etwas zeigen ...«

Huntington führte Jo zum Eingang der Firma. An der Türschwelle blieb er stehen. »Sehen Sie?« Jo schaute genau hin.

Wie bei einer Firma dieses Namens – Wyngrave Electronics – nicht anders zu erwarten gewesen war, war der Zugang zur Firma besonders gesichert worden. Angesichts der Konkurrenzkämpfe in der Branche war das auch dringend nötig. Wo sonst war es möglich, mit einem einzigen schnellen Schnappschuß Industriegeheimnisse zu erbeuten, deren Wert in die Milliarden gingen?

Zur Entwicklung einer neuen Chip-Generation war nicht nur viele Jahre Entwicklungsarbeit nötig, das Verfahren kostete bis zur großindustriellen Fertigung auch Milliarden von Dollars. Und nach zwei bis fünf Jahren höchstens war die nächste Generation weit besserer Chips fällig.

Zur Zeit waren, wie Jo wußte, die Megabit-Chips technischer Standard und überall preiswert erhältlich. Ein solcher Chip speicherte 125 Kilobyte an Daten, rund sechzig Schreibmaschinenseiten. Die Fertigung der Vier-Megabit-Chips lief gerade an. Acht- beziehungsweise 16-Megabit-Chips wurden gerade für die Fertigung vorbereitet, und in den Labors und Zeichensälen wurde an 32- und 64-Megabit-Chips gearbeitet.

Das war eine Spannweite von rund fünf Chip-Generationen, ein Markt, der die Größenordnung eines Staatshaushaltes hatte. Mord gehörte zwar eigentlich nicht zu den Geschäftsgepflogenheiten der Branche, aber bei diesen Größenordnungen ... Auf diesem Globus wurden Leute auch schon für weniger als 100 Millionen US-Dollar umgebracht.

»Ein elektronisches Schloß«, verkündete Huntington. »Bestens gesichert. Wer die Kombination nicht kennt, kommt nicht hinein.«

Huntington drehte sich so, daß Jo die Tür nicht im Auge behalten konnte, dann tippte er schnell ein paar Zahlen ein. Die Eingabetastatur glänzte in dezentem Messing an der Wand.

»Ich kenne die Prozedur«, sagte Jo. »Ich war schon einmal hier.«

»Das wollte ich gerade feststellen. Wenn ich bitten darf?«

Die Eingabe des richtigen Zahlencodes hatte zur Folge, daß sich ein Fach in der Wand öffnete. Auf den ersten Blick war zu sehen, daß der nun sichtbar werdende Apparat in massivem Panzerstahl verpackt worden war. Gewaltsam war kaum an ihn heranzukommen. Zu sehen war wieder ein Tastenfeld, darüber etwas, das wie ein Instrument beim Augenarzt aussah – und auch so ähnlich funktionierte.

»Bitte ...«, forderte der Cop Jo Walker auf.

Jo trat an den Apparat heran und spähte in die Sehöffnung. Innen war es dunkel. Kein Wunder: Zweck des Apparats war auch, daß sich die Pupillen wegen der Dunkelheit weiteten.

Ein kurzer Lichtblitz genügte – im Inneren des Apparates war nun ein Computer damit beschäftigt, ein elektronisches Bild von Jo Walkers Augenhintergrund auszuwerten.

Jetzt wurde das optische Muster des Augenhintergrunds mit den gespeicherten Werten verglichen.

»Bitte identifizieren Sie sich, Sir!« klang es. Die Stimme kam aus dem Computer, sie quakte ein bißchen.

Jo tippte seinen Namen in die Tastatur. Das hatte er schon einmal getan, als er Wyngrave zum ersten Mal in seinem Büro aufgesucht hatte. »Identifizierung positiv, Sie können eintreten, Mister Jo Walker …«

Huntington machte ein bemerkenswert zufriedenes Gesicht. »Sehr gut«, sagte er. »Sie kennen sich also hier gut aus.«

»Ich war ein paarmal hier«, verbesserte Jo. »Das ist etwas anderes. Außerdem …«

Jo deutete auf die Tür. Als dritte Sicherung war noch ein mechanisches Schloß zu überwinden. Ein Schloß nach dem Chubb-Prinzip, und das galt als so ziemlich das härteste auf diesem Gebiet.

Inzwischen gab es auch Spezialisten, die Chubb-Schlösser knak-ken konnten. Kein Einbrecher aber, der auch nur fünf IQ-Punkte aufbrachte, machte sich ernsthaft an die zehnstündige Arbeit, so ein Schloß aufzubrechen.

»Perfekt gesichert«, sagte Huntington. »Ich weiß. Aber wie ist der Killer hereingekommen? An all diesen Sperren und Sicherungen vorbei? Ohne bemerkt zu werden? Ohne Spuren zu hinterlassen? Wie, Mister Walker? Dazu kommt, daß das Büro von Wyngrave ein zusätzliches Schloß besitzt. Nur zwei Menschen hatten einen Schlüssel dafür: Wyngrave selbst, und der hatte seinen Schlüssel innen, im Büro …«

»Und seine Sekretärin«, vermutete Jo.«

»Richtig, die hat uns auch hineingelassen«, fuhr Huntington unbeeindruckt fort.

Jo schüttelte den Kopf. »Grace Miller wäre niemals imstande, ihrem Chef etwas anzutun«, sagte Jo abwehrend.

Huntington hatte auch darauf eine Antwort. »Weil sie seine Geliebte gewesen ist?«

Jo runzelte die Stirn. »Woher wollen Sie das wissen?« fragte er.

Huntington zuckte die Schultern. »Ich hatte einen Riecher«, sagte er. »Ich habe die Lady gefragt, und ihre Reaktion war recht eindeutig. Sie sind ja vom Fach, Sie kennen auch diese Reaktionen. Selbst wenn sie vor Gericht nicht als Beweis zu gebrauchen sind, wir werden ihre Wohnung ebenfalls unter die Lupe nehmen. Und wenn sie wieder zu sich kommt, werden wir mit ihr reden, das übliche. Und Sie wissen, daß wir gerichtsverwertbare Beweise finden können.«

Jo nickte. Er war beim Ende dieser Affäre zugegen gewesen; er wußte, daß Chester Wyngrave und Grace Miller sich in Frieden getrennt hatten. Da war kein Grund für Haß und Zank übriggeblieben, höchstens eine größere Wehmut bei Chester Wyngrave.

»Grace Miller wäre gar nicht kräftig genug ...«, faßte Jo noch mal nach.

Huntingtons Gesicht drückte jetzt Zufriedenheit aus. »Und damit«, sagte er triumphierend, »und damit wären wir am Punkt. Glauben Sie, Sir, daß Sie, rein körperlich, imstande wären, Chester Wyngrave das Genick zu brechen?«

Jo lächelte dürr. »Wollen wir ein Experiment machen?« fragte er sarkastisch. Er streckte die Hände nach Huntington aus – verdammter Mist.

Der Mann wurde tatsächlich ein wenig blaß und wich zurück. Es war nicht zu übersehen, er hielt Jo Walker tatsächlich für den Mörder von Chester Wyngrave. Er hatte Angst vor Jo, vor einem Mörder, der einem kräftigen Mann wie Chester Wyngrave nahezu jeden Knochen im Leib brechen konnte.

»Verdammt«, entfuhr es Jo. »Hören Sie, Huntington, allmählich gehen mir ihre Theorien auf die Nerven. Ich habe nicht das geringste Motiv, Wyngrave umzubringen. Schließlich kenne ich den Mann nur flüchtig.«

»Na und?« gab Huntington zurück. Er zog die Oberlippe hoch und entblößte in einem wölfischen Grinsen seine Zähne. »Sie haben natürlich recht, Mister Walker. Wir machen der ganzen Sache schnell ein Ende, und damit hat es sich. Also nur eine kurze Frage: Mich wundert, daß Sie nicht schon selbst darauf gekommen sind – wo waren Sie gestern abend, nach Mitternacht.«

»Öhhmmm«, machte Jo. Ihm fiel wirklich nichts mehr ein. Nur dieses idiotische »öhhmmm!«

Huntington lächelte voll sanfter Bosheit. »Unter diesen Umständen«, sagte er leise und sehr zufrieden mit sich selbst, »bin ich gezwungen, Sie festzunehmen, Mister Walker. Sie stehen unter dem Verdacht, an dem gewaltsamen Tod des Chester Wyngrave beteiligt gewesen zu sein. Pflichtgemäß, weise ich Sie darauf hin ...«

»Kein Verfahrensfehler?« fragte April Bondy.

»Keiner«, sagte Jo grimmig. »Ich habe ihm gesagt, daß ich den Text auswendig kenne, aber er hat darauf nicht reagiert. Ganz brav, nach Miranda-Escobedo, hat er die ganze Litanei heruntergebetet. Und dann hat er mir Handschellen angelegt und mich hierher verfrachtet.«

Jo Walker saß nicht zum ersten Mal hinter Gittern. Ein paarmal war er freiwillig in den Knast gegangen, im Rahmen von Ermittlungen. Ein paarmal war er auch unfreiwillig Gast der Regierung gewesen; meistens war ein übereifriger Polizeichef oder Sheriff daran schuld gewesen.

Aber ausgerechnet im U-Haft-Block im Gebäude des New York Police Departements einzusitzen, nur ein paar Stockwerke von den Büros entfernt, in denen Jo zusammen mit Tom Rowland und Ron Myers manch wichtigen Fall geknackt hatte.

Es war nicht nur die Haft, es ärgerte ihn auch die Demütigung, die damit verbunden war.

»Und was hast du gestern abend gemacht?« fragte April. »Du warst noch im Büro, als ich gegangen bin.«

»Diktiert«, antwortete Jo. »Aber wie soll ich das beweisen?«

»Mit den ... ach Gott!«

Jo nickte grimmig.

Natürlich hatte die fleißige April Bondy den ganzen Text, den Jo diktiert hatte, säuberlich abgetippt. Und als gründliche und ordnungsliebende Person hatte sie danach die Minikassetten alle gelöscht und zurückgestellt, zur weiteren Verwendung. Wenn auf diesen Bändern irgendwelche Beweise gewesen wären, daß Jo an genau diesem Abend den Text gesprochen hatte – Fernseh- oder Rundfunknachrichten im Hintergrund oder derlei –, so waren diese Beweise unwiederbringlich verschwunden.

»Hör zu, Jo, ich werde unseren Anwalt verständigen«, versprach April.

»Wichtig ist jetzt vor allem die Aussage von Grace Miller«, sagte er. »Wenn Sie bestätigten kann ...«

»Sie kann nicht, Jo. Tut mir leid.«

Ron Myers stand mit zerknirschter Miene an der Schwelle. Er kratzte sich den Schädel.

»Die Frau ist getürmt«, sagte er betroffen. »Schon vor sechs Stunden. Einfach aus dem Krankenhaus verschwunden, spurlos.«

»Prachtvoll«, stieß Jo hervor. »Für die Öffentlichkeit wird das aussehen wie ein Geständnis.«

»Bestimmt«, murmelte Myers.

April funkelte den Lieutenant wütend an.

»Jetzt wäre der Zeitpunkt, etwas für Jo zu tun«, begann sie.

Jo winkte ab. »Das würde ich nicht zulassen, April«, sagte er. »Ich bin sicher, unser Anwalt paukt mich in wenigen Stunden gegen Kaution heraus. Dann kann ich die Untersuchungen wieder aufnehmen ... was ist, Ron?«

Ron Myers blickte betreten auf den Boden.

»Es ist nur ein Zufall«, sagte er. »Wirklich, nur ein dummer Zufall. Aber der zuständige Richter ist Judge Campbell.«

»Ambrose Campbell?« fragte Jo.

»Genau der«, antwortete Myers. Die beiden Männer versanken in ein bedeutungsvolles, lange anhaltendes Schweigen.

»Kann mir einer verraten, was es mit diesem Richter Campbell auf sich hat?« fragte April.

»Das ist so, Mädchen«, erläuterte Jo Walker. »Campbell ist Schotte, wie du weißt. Die Campbells und die MacDonalds sind zwei ganz berühmte schottische Clans.«

»Und? Was hat das mit deinem Fall zu tun?«

Jo seufzte laut. »Und unser Freund Tom ist irischer Abstammung. Die Iren und die Schotten können nicht so besonders miteinander, schon gar nicht, wenn sie beide auch noch ursprünglich aus Nord-Irland stammen. Jedenfalls sind Tom und dieser Richter wütende Feinde, schon immer. Und weil ich Toms Freund bin ... was hat der Richter gesagt?«

»Keine Kaution«, antwortete Ron. »Tut mir leid, aber du wirst noch ein paar Stunden hier schmoren müssen. Wir werden einen Weg finden, dich hier rauszuholen, bestimmt. Du kannst dich auf uns verlassen, Jo!«

Jo Walker seufzte abermals.

»Mit Freunden wie euch«, sagte er bitter, »ist man niemals verlassen.«

Myers schluckte die kleine Spitze ohne Kommentar.

»Ich werde zusehen, was ich für dich tun kann, Jo«, beteuerte er. »Brauchst du etwas? Was zu lesen? Oder einen Fernseher? Ich kann dir auch vom Restaurant um die Ecke was kommen lassen.«

Er zwinkerte. »Es ist zwar gegen die Vorschrift, aber wenn du willst, schmuggle ich dir auch eine gute Flasche ... was starrst du mich so an, April?«

April Bondy schüttelte verweisend den Kopf.

»Ich warte darauf, daß deine Angebotsliste zum Schlußpunkt kommt«, lästerte sie. »Weiber kannst du nicht besorgen?«

Myers stutzte. Für eine halbe Sekunde sah es so aus, als überprüfe er den Gedanken ernsthaft.

»Ich brauche ein Alibi«, sagte Jo Walker energisch. »Oder den Mörder von Chester Wyngrave. Seht wenigstens zu, daß ich in die Zentrale gebracht werde.«

Jos Wunsch war durchaus verständlich. Er war in einer Einzelzelle eingesperrt worden. Der Raum gehörte zu dem Revier, in dem der fixe Detective Huntington Dienst tat. Und solange sein Fall diesem Revier nicht offiziell weggenommen wurde, würde Jo auch hier eingesperrt bleiben.

Oft hatten die Detectives der einzelnen Reviere nichts dagegen, die Arbeit der Zentrale zu überlassen. Wenn sie aber darauf bestanden, einen Fall selbst zu klären, konnten sie den Leuten von der Mordkommission – Tom Rowland eingeschlossen – erhebliche Arbeit machen.

In Jos Fall hatte Huntington sich darauf versteift, diesen Fall zu lösen. Jos Verzweiflung war daher nur zu verständlich.

Es gab für ihn nur einen Weg, aus diesem Loch schnell wieder herauszukommen. Der Mörder von Chester Wyngrave mußte gefunden werden. Schnellstens.

April Bondy nickte langsam.

Jo hatte recht. Der Mörder mußte gefunden werden. Und wenn weder die Mordkommission C/II unter Leitung von Tom Rowland noch Kommissar X alias Jo Walker in der Lage waren, den Mörder zu fassen und dingfest zu machen, dann mußte das eben jemand anders besorgen.

Im Zweifelsfall auch April Bondy …

Gene Abercrombie sah sein Gegenüber mißtrauisch an. »Sie sind Privatdetektiv?«

Der Mann auf der anderen Seite des Schreibtischs nickte. Er sah nicht gerade aus wie ein Privatdetektiv, jedenfalls nicht nach der Meinung von Gene Abercrombie. Der Mann war zu hager, zu nervös, seine Hände waren zu lang und zu dünn, als daß sie einem Detektiv gehören konnten.

Allerdings kannte sich Gene Abercrombie mit Detektiven nicht aus. Er war Architekt, kein besonders guter oder erfolgreicher, wie er selbst zugeben mußte, aber es reichte für einen angenehmen Lebensunterhalt.

»Es geht um Sicherheitseinrichtungen, Mister Abercrombie«, erklärte sein Besucher. »Sie müssen überprüft werden, im Zweifelsfall verbessert. Das Maine-Building ist schließlich nicht irgendein Gebäude; es residieren sehr bedeutende Firmen darin. Aber das wissen Sie besser als jeder andere, Mister Abercrombie.«

Besser als jeder andere wußte Abercrombie, daß keine bedeutenden Firmen im Maine-Building *residierten.* Das Wort klang hier seltsam gespreizt und hochtrabend.

Das Maine-Building hieß so, weil eine Maine-Corporation den Bau in Auftrag gegeben hatte. Inzwischen hätte es auch Abercrombie-Building heißen können, denn bei seinem ersten Versuch, die Aufgaben eines Architekten und eines Bauunternehmers in eigener Person zu vereinigen, hatte sich Abercrombie verkalkuliert. Also war er auf dem Bau sitzengeblieben.

Das Haus stand in Brooklyn, einem Viertel, das seine besten Jahrzehnte bereits hinter sich hatte. Es hatte achtzehn Geschosse und insgesamt gab es zweiunddreißig Firmen, die darin ihre Büros unterhielten, Abercrombies Architekturbüro eingeschlossen.

Der Rest war belanglos – Speditionen, Export- und Importfirmen, ein verkapptes Pornostudio, daneben ein ebenfalls verkapptes Bordell. Im siebten Stock hockten ein paar Verrückte über ihren Schaltplänen und versuchten verzweifelt, zwei Probleme zu lösen. Das eine war, einen Computer zu entwickeln, der so neuartig war, daß sie wie die Erfinder des Apple-Computers Multimillionäre wurden. Das andere Problem dieser Tüftler und Spinner, für das sich Gene Abercrombie entschieden mehr interessierte, war, das Geld für ihre Miete aufzutreiben.

Diese Liste hätte sich beliebig fortsetzen lassen. Abercrombie kannte seine Mieter ziemlich genau, jedenfalls glaubte er das. Kein einziger Laden war darunter, für den es sich gelohnt hätte, auch nur zehn Dollar an Alarmanlagen aufzuwenden.

Folglich glaubte Gene Abercrombie seinem Besucher kein Wort. Auf der anderen Seite hatte dieser Besucher etwas an sich, das Abercrombie beeindruckte. Abercrombie wußte nicht genau, was dieses Etwas war. Es hatte mit der Ausstrahlung, mit der Persönlichkeit zu tun.

»Ich kenne keine bedeutenden Firmen«, knurrte Abercrombie. Er hatte keine Lust, sich mit dem Mann zu streiten, der in sein Büro gekommen war. »Nicht eine einzige!«

Sein Gegenüber hatte sich als Brad Juneau vorgestellt. Der Name klang französisch. Der Mann sah aber gar nicht nach einem Franzosen aus. Eher nach einem angelsächsischen Querkopf und Spinner.

Gene Abercrombie wurde sich bewußt, daß Juneau vor allem eine bestimmte Wirkung auf ihn hatte.

Der Mann machte ihm Angst.

Es war schwer für Abercrombie, sich das so einfach einzugestehen. Aber es war so. Um den Besucher herum war eine Aura von Gefahr, Gewalt und Brutalität – ja von Tod.

Damit wollte Gene Abercrombie nichts zu tun haben. Er hatte zu hohen Blutdruck, sein Cholesterinspiegel lag über dreihundert, sein Triglyzeridspiegel sogar über achthundert. Er hatte eine Bypass-Operation hinter ich, das linke Bein schmerzte bei jedem Spaziergang, und Abercrombies Lungen rasselten wie alte Dampfkessel.

Der Architekt war sich bewußt, daß er nicht mehr sehr lange zu schnaufen hatte, wenn er sich nicht schonte. Allein aus diesem Grund hatte er keine Lust, den Streit fortzusetzen.

»Tut mir leid, Mister Juneau, ich kann Ihnen nicht helfen. Die Baupläne für das Maine-Building bleiben bei mir, unter Verschluß. Das ist mein letztes Wort. Und wenn Ihr geheimnisvoller Auftraggeber tatsächlich besondere Sicherheitseinrichtungen einbauen lassen will und dazu die Pläne braucht, soll er bitte selbst kommen und mit mir reden.«

Mister Juneau stand langsam auf. »Ihr letztes Wort?«

Abercrombie krochen Schauer über den Rücken bei diesen Worten. Der Mann hatte eine tiefe, zugleich heisere Stimme. Sie klang wie der leibhaftige Tod. Und Abercrombie hatte Angst vor dem Tod.

»Garantiert«, sagte Abercrombie nach kurzem Zögern. »Guten Tag!«

Brad Juneau zögerte, dann verzog sich sein hageres Gesicht zu einem bösen Lächeln. »Wie Sie wollen, Mister Abercrombie. Ich darf mich empfehlen?«

Juneau drückte Abercrombie eine Visitenkarte in die Hand. Dicker, leicht geriffelter Karton, alles sehr vornehm. Die Schrift in geschwungenen Goldbuchstaben: Brad Juneau, private Ermittlungen und Nachforschungen, darunter Anschrift und Telefonnummer. Die Karte wirkte auffällig schwer und war sichtlich dazu gemacht, mit ihr zu protzen.

»Wenn noch etwas zu klären ist rufen Sie mich an«, sagte Brad Juneau.

Es glimmte etwas in den Augen dieses Mannes, das Abercrombie erschreckte: eine seltsam beängstigende Form von Belustigung. So als habe Abercrombie, ohne es zu wollen, einen guten Witz gemacht, den er selbst nicht verstanden hatte.

Juneau hatte kalte, unangenehme Hände, stellte Abercrombie fest, als er sich von dem Mann verabschiedete. Er war froh, als die Tür hinter Juneau ins Schloß fiel.

»Ekelhafter Kerl«, murmelte Abercrombie.

Er stieß ein leises Ächzen aus. Wieder schmerzte sein Herz. Seine Arterien, vor allem seine Herzkranzgefäße waren sklerotisch; ein Wasserkessel nach dreißigjährigem Gebrauch konnte nicht mehr Kalk haben als Abercrombies Arterien.

Normalerweise merkte er nicht viel davon, weil er sich vorsichtshalber nicht viel bewegte. Beim Spazierengehen, wenn er schwer schleppen mußte – ab und zu tat es in der Brust weh.

Dann griff Abercrombie nach einer kleinen roten Metallflasche und sprühte etwas in den Mund. Ein paar Sekunden danach hörten die Schmerzen in der Regel auf, auch diesmal.

Aber die Angst blieb.

Abercrombie hatte das ungute Gefühl, daß er unversehens in etwas sehr Übles hineingeschlittert war. »Au, verdammt!« stieß er hervor.

Wenn dieser komische Vogel mit seinen seltsamen Manieren vielleicht ein Mobster war, ein Angehöriger des organisierten Verbrechens? Vielleicht im Dienst der kolumbianischen Rauschgift-Barone? Wenn die ohne zu zögern Richter und einen leibhaftigen Präsidentschaftskandidaten abmurksen konnten, dann hatten sie wohl auch weder Hemmungen noch Schwierigkeiten, einen gesundheitlich ramponierten New Yorker Architekten zu killen.

Gene Abercrombie hatte keine Lust, wegen ein paar unwesentlichen Bauplänen ins Gras zu beißen. Er wollte wegen gar nichts ins Gras beißen, wenn es sich irgend vermeiden ließ.

Abercrombie sah auf die Visitenkarte. Eine Rufnummer hier in Brooklyn. Der Architekt zögerte.

Ob er gleich anrufen sollte? Vielleicht sollte er ein bißchen warten, bis Juneau wieder in seinem Büro war. Oder doch sofort? Abercrombie begann zu schwitzen.

Die Angst beutelte ihn. Sein Herz schlug schnell, ab und zu stolpernd. An die Extrasystolen hatte Abercrombie sich schon gewöhnt. Man gewöhnte sich an alles.

Abercrombie griff nach dem Telefon und tippte die Nummer ein. Sehr sorgfältig und exakt, um ja keinen Fehler zu machen. Auf der anderen Seite regte sich erst einmal nichts. Dann wurde der Hörer abgenommen.

»Ja, bitte?«

Eine rauchige Altstimme, sexy wie die Sünde selbst. Abercrombie spürte, wie sein Blutdruck Purzelbäume schlug. Seit der Operation hatte er Sex vermieden, vorsichtshalber. Aber jetzt ...

»Könnte ich bitte ... ähem, ich suche ...« stotterte er.

Die Stimme troff voller Versuchung in sein Ohr.

»Was immer Sie suchen, Sir – hier könnten Sie es finden.«

»Mister Juneau, bitte«, stieß Abercrombie hervor. »Mister Brad Juneau.«

Von einem Augenblick auf den anderen änderte sich die Stimme. Gerade noch ein hochexplosives Bündel der Leidenschaft und Sinnlichkeit, hatte die Frau jetzt einen Tonfall am Leib, der die Niagarafälle hätte gefrieren lassen.

»Ein Herr dieses Namens ist hier unbekannt, Sir!«

»Ist dort nicht die Detektei Juneau?« fragte Abercrombie verwundert. »Wer ist denn da?«

Die Frau mit der aufregenden Stimme antwortete knapp. »Nichts, wofür Sie sich interessieren sollten.«

Dann war die Leitung tot. Abercrombie stieß einen Seufzer aus.

»Mann o Mann«, murmelte er. Ehrfürchtig sah er auf die Karte. Juneau hatte ihn belogen und hintergangen. Die Nummer, die auf der Karte stand – und Abercrombie war sicher, sich nicht verwählt zu haben –, gehörte nicht zu einer Detektei, sondern höchstwahrscheinlich zu einem Super-Luxus-Bordell, wahrscheinlich vom Kaliber der Mayflower Madame.

Schade, dachte Abercrombie.

Zuerst war er nur mit der aufregenden Stimme beschäftigt. Mann, hatte die Frau einen Sex-Appeal in der Stimme gehabt. Junge, Junge, allein vom Nachdenken ...

Aber dann wurde Abercrombie jäh klar, daß er jetzt keine Möglichkeit mehr hatte, sich mit diesem rätselhaften Mister Juneau in Verbindung zu setzen.

Wahrscheinlich stimmte die Anschrift ebensowenig wie die Telefonnummer.

Kein gutes Zeichen. Schon gar nicht bei diesem unheimlichen Mann mit den schlanken, kalten Händen.

Abercrombie sah sich gehetzt um. Was jetzt? Die Tatsache, daß er jetzt nicht mehr anrufen konnte, selbst wenn er es gewollt hätte, machte ihm schwer zu schaffen. Der nervliche Druck wuchs.

Abercrombie kannte diesen Teufelskreis sehr wohl. Er regte sich auf und wurde nervös, sein Herz begann zu schmerzen, das wiederum machte ihn noch nervöser – und so weiter und so weiter. Das Ganze schaukelte sich auf, bis ...

»Aahhh«, stöhnte Abercrombie auf. Da ging es auch schon los. Ein stechender Schmerz in der Brust, genau unter dem Brustbein. Als Kind hatte Gene Abercrombie oft das Pech gehabt, von seinen Kameraden gehänselt zu werden. Und im Schwimmbad waren diese sogenannten Späße so weit gegangen, daß sie ihn immer wieder untergetaucht hatten, bis er fast bewußtlos geworden war. Er hatte jedesmal soviel Wasser geschluckt. Und manchmal hatte er auch Wasser in den Lungen gehabt, jedenfalls hatte es sich so angefühlt, bei jedem Atemzug.

Das Gefühl, das er jetzt hatte, war genau das gleiche. Jeder Atemzug schien weh zu tun, und in ihm wuchs die Angst, daß er vor lauter Schmerzen bald gar nicht mehr würde atmen können.

Abercrombie stand auf, fast zeitlupenhaft, und griff nach der Sprayflasche. In seiner Brust tobte ein rasender Schmerz, und mit jedem Augenblick wurde die Angst größer.

Das Spray zischte kalt und stechend in seinen Mund. Nur ein paar Augenblicke. Er mußte einfach solange am Leben bleiben, bis der Spray zu wirken begann, dann hatte er es geschafft, wieder einmal. Nur ein paar Sekunden ...

Er schaffte es. Er hatte es immer überlebt, und eigentlich gab es gar keinen Grund, weshalb er es nicht schaffen sollte. Aber bei jeder dieser Attacken marterte ihn die Angst – daß er um einen idiotischen kurzen Augenblick zu spät sprayen könnte, um sein Leben zu retten.

»Nächste Woche gehe ich wieder zum Doc«, versprach Abercrombie. Ebenso rasch und brutal, wie der Schmerz zugeschlagen hatte, war er nun verschwunden. Ohne Spuren, als hätte es ihn nie gegeben.

Dann hatte er es eilig, nach Hause zu kommen. Er raffte seine Unterlagen zusammen. Aus einer gewissen Trotzreaktion heraus packte er sogar die Pläne für das Maine-Building in den Dokumentenkoffer. Die auffällige Visitenkarte hatte er in die Brusttasche seines Hemdes gesteckt. Dann verließ er sein Büro.

Vielleicht würde Juneau in dieser Nacht versuchen, in das Büro einzubrechen und die Pläne zu kopieren oder zu stehlen. Sollte er nur. Es wurde ihm nicht sehr schwer fallen.

Es gab praktisch keine Alarmanlage, und Abercrombies Safe bekam eine Putzfrau mit einer Haarklammer auf, wenn es nötig wurde. Sollte Juneau ihn nur knacken – er würde nichts darin finden.

Doch, fiel Abercrombie ein, etwas: ein Aktfoto von Abercrombies vorletzter Freundin. Was Abercrombie nicht einfiel: links unten in der Ecke, ein angebissener Wurstzipfel, der langsam zu verwesen begann.

Abercrombie ließ sich vom Lift in die Tiefgarage tragen. Dort stand sein Buick. Er schloß auf und stieg ein. Die Federn des Sitzes quietschten ein wenig, als Abercrombie sein Gewicht darauf sacken ließ.

Er schlug die Tür zu, griff nach dem Wagenschlüssel und steckte ihn ins Schloß. Er drehte ihn herum. Der Anlasser wimmerte ein paarmal erstickt und blieb dann kreischend stehen.

»Mist!« tobte Abercrombie.

Er wollte gerade noch einmal starten, als er das seltsame Zischen hörte. Es kam von hinten.

Abercrombie fuhr herum.

Seine Augen weiteten sich vor Entsetzen. »Allmächti...«

Er brachte das Wort nicht zu Ende.

Abercrombie spürte etwas hart gegen seine Brust prallen, dann spürte er ein furchtbares Brennen tief im Inneren seines Körpers. Zur gleichen Zelt begann in seinem Gehirn ein gespenstischer Wettlauf zwischen zwei unterschiedlichen Gedanken:

Der eine Gedanke war der, zu begreifen, was ihn da attackiert hatte, wo dieses Ding herkam und wie es entstanden sein mochte.

Der andere Gedanke war das sichere Bewußtsein, daß er jetzt, in diesem Augenblick, starb. Die Wirklichkeit war schneller als der Gedanke ...

Der Mann, der sich Brad Juneau nannte, war an Abercrombies Wagen herangetreten und sah zu, wie dieser starb. Es war kein schöner Anblick, aber Juneau war an solche Szenen gewöhnt.

Er wartete ein paar Minuten. Dann öffnete er die Tür und gab seinem Gehilfen Befehl, den Wagen zu verlassen. Während sich der andere mit gewohntem Gehorsam entfernte, untersuchte Juneau die Taschen seines Opfers.

In der Brusttasche entdeckte er die Visitenkarte. Juneau grinste zufrieden und ließ die Karte in seiner Jacke verschwinden. Dann suchte er nach den Schlüsseln für den Tresor. Er fand sie auch.

Vorsichtshalber untersuchte Juneau dann den Inhalt des Dokumentenkoffers. Sein Lächeln wurde zufrieden, als er den Inhalt entdeckte.

Zwei Minuten später verließ der Mörder unbehelligt die Tiefgarage des Maine-Buildings. In seinem Wagen entfernte sich der Mörder rasch. Wenn er im nächtlichen Verkehr der Millionenstadt New York aufgehalten wurde, griff er nach der Dokumententasche auf dem Beifahrersitz. Mit großer Zufriedenheit streichelte er über das Leder. Er hatte sein Ziel erreicht, konnte mit sich zufrieden sein. An Gene Abercrombie verschwendete er keinen Gedanken mehr.

Er konnte sich sicher fühlen. Frühestens in sieben Stunden – Juneau hatte das ausgekundschaftet – würde Abercrombies Leiche gefunden werden. Oder das, was von ihm dann noch zu finden war.

April Bondy trat entschlossen an die Tür und klopfte.

Hier wohnte Grace Miller. Das hieß hier hatte sie gewohnt, bevor ihr Chef ermordet worden war. Und bevor sie aus dem Krankenhaus geflüchtet war. Inzwischen wurde in den ganzen USA nach Grace Miller gefahndet, wenn auch nicht mit allen Mitteln. Sie galt als wichtige Zeugin, nicht mehr. Aber das konnte sich ändern.

Die Tür wurde einen Spalt geöffnet. Ein Junge, knapp acht oder zehn Jahre alt, erschien in dem Spalt.

»Wir geben keine Interviews«, sagte der Junge; seine Stimme zitterte.

April lächelte. »Ich bin nicht von der Presse«, versicherte sie. »Könntest du bitte deinen Vater rufen?«

Der Junge blieb in dem Spalt stehen und musterte April von oben bis unten.

»Sie sind 'ne schöne Lady«, sagte der Junge. »Aber ich weiß nicht, ob ich Ihnen trauen kann.«

April schmunzelte. »Ruf deinen Vater«, schlug sie vor. »Der wird es wissen.«

Der Junge wandte den Kopf. »Daddy, Daddy, komm mal, da is 'ne schöne Lady an der Tür ...«

Wenig später erschien der Ehemann von Grace. James Miller. Ein sehr gewöhnlicher Name also. Aber kein gewöhnlicher Mann.

»Mein Name ist April Bondy«, stellte sie sich vor. »Ich bin die Assistentin von Jo Walker. Sie wissen Bescheid?«

Miller zögerte und nickte dann. »Ich erinnere mich an Walker«, sagte er. Er musterte April nicht minder aufmerksam als sein Sohn.

Jos Assistentin war es durchaus gewohnt, angestarrt zu werden, vor allem von Männern. Und sie hatte sich, in Grenzen, auch daran gewöhnt, daß es Männer gab, die sie mit Blicken bis auf die Haut auszogen und taxierten. Aber selten hatte sie sich unter Männerblicken so unbehaglich gefühlt wie unter denen von James Miller.

Miller starrte ihr nicht auf Beine oder Busen. Er sah ihr nur in die Augen, und er schien ihr auf diese Weise tief ins Innere schauen zu können. Minutenlang, so schien es April, hielt dieser Blick an. Dann griff Miller nach den Verschlüssen der Tür und entfernte die Riegel.

»Kommen Sie herein«, sagte er. »Ich trauen Ihnen.«

»Danke«, erwiderte April und errötete ein wenig. Es hatte nach einem Kompliment geklungen.

James Miller war knapp einhundertneunzig Zentimeter groß, breitschultrig und massig. Man sah ihm an, daß er früher viel Sport getrieben hatte. Er hatte eine dunkle, samtige Stimme, fast wie Nat King Cole, für den April früher geschwärmt hatte. Aber das Beeindruckendste an diesem Mann war sein Gesicht. Was genau daran so beeindruckend war, vermochte April nicht zu sagen. Er sah jedenfalls interessant aus.

Miller führte April ins Wohnzimmer. »Setzen Sie sich«, bat er. Er selbst nahm auf dem Sofa Platz.

Eine Katze – europäisches Kurzhaar, getigert – kam näher und rollte sich auf seinem Schoß zusammen. Als Miller seine große schwarze Hand sachte auf das Tier legte und ihm sanft den Nacken zu kraulen begann, war bald lautes Schnurren zu hören.

»Ich will es kurz machen«, begann April. »Vielleicht wissen Sie es ja auch schon – mein Chef sitzt in Untersuchungshaft, weil man ihn verdächtigt, zusammen mit Ihrer Frau Mister Wyngrave getötet zu haben.«

»Ich weiß«, antwortete Miller. »Und ich weiß, daß das nicht stimmt.«

»Woher?« fragte April erstaunt.

Miller lächelte. »Falls Sie es als Beweis gelten lassen, die Polizei tut es natürlich nicht – ich kenne und liebe meine Frau.«

April lächelte. Diesem Argument hatte sie nichts entgegenzusetzen. James Miller war ein Riese von einem Mann; seine Gesichtszüge und seine Ausdrucksweise machten klar, daß er intelligent war. April erinnerte sich: er hatte einen Lehrstuhl in Mathematik inne.

»Ich glaube Ihnen«, sagte April. »Warum glauben Sie, ist Ihre Frau aus dem Krankenhaus geflohen?«

Miller zuckte mit den Achseln.

»Zwei Möglichkeiten«, zählt er auf. »Entweder weiß sie, wer der Mörder ist. Oder sie weiß zumindest, daß der Mörder sie kennt und nach ihr suchen wird.«

Das klang logisch und nachvollziehbar.

»Und was wird Sie Ihrer Meinung nach tun?« erkundigte sich April.

»Sich verstecken«, sagte James Miller. »Bis der Spuk vorbei ist.«

April sah den Mann an. Wenn Miller nicht wollte, dann bekamen auch die ausgefuchsten Verhörspezialisten im NYPD nichts aus ihm heraus. Er wirkte so unerschütterlich wie ein Berg.

»Wissen Sie, wo Ihre Frau ist?«

Miller zögerte unmerklich. »Nein«, antwortete er.

April lächelte wissend.

»Aber Sie wissen, wo sie möglicherweise zu finden ist. Sie haben doch eine Ahnung, oder irre ich mich?«

»Dad, kommt Mom bald wieder?« fragte der Junge mit trauriger Miene.

»Bald, Sohn«, antwortete Miller. Wieder hatte er gezögert.

Er sah April an. Sie erwiderte den Blick offen und frei.

»Ich könnte mir vorstellen«, begann Miller, »daß sie bei einem gemeinsamen Bekannten Zuflucht gesucht hat. Aber das ist nicht sicher. Im übrigen was wollen Sie eigentlich von meiner Frau?«

»Das gleiche wie die Polizei«, antwortete April. »Mit ihr reden. Falls Ihre Frau sich meldet, könnten Sie ihr sagen, daß sie zur New Yorker Polizei Vertrauen haben kann. Ich kenne Tom Rowland, den Leiter der Mordkommission C/II sehr gut, auch seinen Lieutenant, Ron Myers. Man kann diesen Männern vertrauen.«

»Wo kann ich Ihre Frau finden?« fragte April leise.

Miller zögerte. Dann griff er in die Tasche und holte eine Visitenkarte hervor. Wieder zögerte er.

»Sie können mir vertrauen«, sagte April.

Einen Augenblick später hielt sie die Karte in der Hand. Sie stammte von einem Geistlichen. »Und dort ...?« begann April.

»Möglicherweise«, sagte Miller. Er hob die Schultern. »Vielleicht auch nicht. Meine Frau geht ihre eigenen Wege, wissen Sie!«

April schmunzelte.

»Das tue ich auch«, sagte sie. Dabei dachte sie an Jo Walker, der noch im Gefängnis saß, weil ein allzu forscher Detective und ein nachtragender Richter das wollten. Und daß es sich bei dieser Haft nur um Untersuchungshaft handelte, machte die Sache keineswegs besser.

Im Gegenteil ...

Jo schlief unruhig in dieser Nacht. Das lag nicht an einem schlechten Gewissen. Es lag an den Umständen seiner Haft.

Inzwischen hatte man ihn aus seiner Einzelhaft geholt und zu den anderen Häftlingen gesperrt, die auf ein Verhör oder ihre Verurteilung warteten.

Da kein Mensch, am wenigsten die Polizei und das Bauamt, das Ausmaß der Kriminalität in New York am Ende der 80er Jahre hatte voraussehen können, war der Raum natürlich zu klein. Er war bestimmt gewesen für 30 bis 50 Insassen. Jetzt hatte man über 100 Männer darin eingesperrt.

In der Mitte des Raums stand eine Säule aus blankpoliertem Edelstahl. Daran waren sechs Münztelefone befestigt, die von einigen der kräftigsten Häftlingen ununterbrochen bewacht wurden. Über diese Leitungen konnten die Häftlinge ihre Anwälte erreichen. Es lag also im Interesse der Insassen, dafür zu sorgen, daß niemand auf die Idee kam, seinen verständlichen Frust an diesen Geräten austoben und die Apparate kurz und klein zu schlagen.

An der Rückwand des Raumes gab es eine Reihe nach vorn offener Kabinen. In den Kabinen waren die Toiletten untergebracht, und sie waren ständig in Benutzung. Das Fehlen der Türen sollte dem Wachpersonal erleichtern, homosexuelle Kontakte, Rauschgifthandel und andere unerwünschte Handlungen zu entdecken.

Daß mit dieser Regelung der letzte Rest Menschenwürde der Insassen beim Teufel war, interessierte nicht.

Da die Belüftung diesem Massenansturm an Menschen und deren Ausdünstungen nicht gewachsen war, lag über dem Raum eine Geruchswolke, die kaum zu ertragen war. Jo ertappte sich dabei, daß er die Nähe eines alten Penners suchte, der sich bis zum Kehlkopfknorpel mit Schnaps abgefüllt hatte. Der alte Mann, der seine Nächte zwischen Mülltonnen verbracht hatte, stank selbst wie eine Mülltonne. Dieser Geruch war aber immer noch besser als der, der aus den rückwärtigen Teilen der Massenzelle rübergedrückt wurde. Die Gefangenen durften rauchen, und etliche machten von dieser Möglichkeit reichlich Gebrauch.

Ab und zu tauchte ein Uniformierter auf, nie ohne eine Hand an die Smith & Wesson an der Hüfte zu legen. Mal wurde ein Neuer gebracht, mal wurde jemand abgeholt, um verhört zu werden. Diese Riesenzelle war ein Zwischenlagerplatz für Menschen, und Jo merkte, wie sich in jeder Stunde mehr Wut in ihm ansammelte.

Wer nach einem Tag in diesem Loch die Cops, die ihm das angetan hatten, nicht aus tiefster Seele haßte, hatte kein Gefühl oder keine Selbstachtung mehr.

»Mister?«

Jo drehte sich langsam herum. Seine Erfahrung sagte ihm, daß er auf der Hut sein mußte.

Die Stimme hatte zu verdächtig freundlich geklungen.

»Ja, bitte?«

Ein Mann starrte Jo an. Schmal, fast so groß wie Jo, ein mageres, fast ausgemergelt wirkendes Gesicht. Drei Zähne fehlten im Oberkiefer. Der Mann trug ein abgeschabtes Jackett mit ausgepolsterten Schultern.

Harmlos, dachte Jo sofort.

»Kenne ich Sie nicht, Mister?« fragte der Mann. Er zischte beim Sprechen durch die fehlenden Zähne und war daher kaum zu verstehen.

»Möglicherweise«, antwortete Jo.

In seiner Nähe drängte sich die Menge zusammen.

Jo warf einen Blick durch die Gitterstäbe zur Uhr. Zwölf Uhr mittags. Von den Cops, die normalerweise das Revier bevölkerten, saß jetzt die Hälfte irgendwo bei Pizza, Hamburgern und Cokes. Ein paar wohl auch bei Psychopillen und Alkohol.

Jo war auf sich allein gestellt.

»Heißen Sie zufälligerweise Walker?« hakte der Hagere mit der Zahnlücke nach. »Jo Walker?«

Jo antwortete nicht.

Der Hagere grinste.

»Sie erinnern sich nicht mehr an mich, nicht wahr, Mister Walker? Oder soll ich Kommissar X sagen?«

In der Zelle gab es bei Tag und Nacht ein gewisses Grundmurmeln. Jetzt verstummte es.

»Hörte ich Kommissar X?«

Jemand drängte sich durch die Reihen der Häftlinge, um einen Blick auf Jo zu werden.

In Jos unmittelbarer Umgebung hatten sich einige Jahre Knast versammelt. Zuhälter, Junkies, Räuber und Einbrecher, Vergewaltiger und Sittenstrolche, Schläger und möglicherweise auch Killer, dazu einige, die einfach nur ihren Rausch ausschliefen, und andere, die völlig unschuldig waren und eigentlich gar nicht hierher gehörten. Diese Menschen drängten langsam heran. Sie ahnten, daß gleich etwas geschehen mußte.

Er war kein Hüne. Der Mann, dem die anderen bereitwillig eine Gasse freimachten, war von normaler Größe, schlank, sichtlich sportgestählt. Er hatte sich den Schädel kahlrasiert, eine lange, dunkelrote Narbe zog sich quer über Stirn und Schädel.

Seine Augen waren zusammengekniffen, aber Jo wußte auch so, daß sie von kaltem, stählernem Blau waren. Der Mund war zu einem dünnen Strich zusammengepreßt, umgeben von einem sorgfältig gepflegten Dreitagebart.

»Sieh an«, sagte der Mann mit dem blonden Bart; es war kaum möglich, in ein Lächeln weniger Freundlichkeit und Wärme zu legen, als er das tat. »Fürwahr, es ist Kommissar X höchstpersönlich.«

Jo rührte sich nicht. Er schluckte nicht einmal.

Gilbert ...!

Er hatte keinen richtigen Namen, oder wenigstens hatte man den nie erfahren. Der Mann nannte sich Gilbert. War ein Dokument aufzusetzen, nannte er sich Gilbert Gilbert, der Einfachheit halber. Ansonsten nur Gilbert.

Mehr war auch nicht nötig. Man kannte ihn. Bei der Polizei, in den Kreisen der Unterwelt, in der Gesellschaft.

Gilbert hatte vorzügliche Manieren – er konnte sich perfekt auf gesellschaftlichem Parkett bewegen. Und es gab in New York und anderswo genügend Society-Perverslinge, denen es völlig gleichgültig war, mit wem oder was sie sich umgaben, wenn der nur aufregend und einzigartig wirkte. Und wenn es ein Mann war, der schon ein halbes dutzendmal unter Mordverdacht festgenommen worden war.

Zwei von diesen Festnahmen hatte Jo auf sein Konto verbuchen können, aber es war nie zu einer Verurteilung gekommen. Stets war Gilbert gerissen durch die Lücken des Gesetzes geschlüpft. Gilbert besaß eine Erinnerung an diese Begegnung – die Narbe auf seinem Schädel, die in dunklem Rot schimmerte.

»So sieht man sich wieder«, höhnte Gilbert. »Dieses Mal auf der anderen Seite. Fürwahr, Kommissar X, ich weiß diese unverhoffte Zusammenkunft zu schätzen. In der Tat ...«

Jo hielt lediglich die Augen offen.

Gilbert tötete nicht mit dem Revolver, mit der Garotte oder einem Messer. Er besorgte das mit den bloßen Händen, und er war ein Meister darin. Seine Ausbildung hatte er bei der CIA bekommen, aber deren Gehälter waren ihm dann einfach zu niedrig gewesen.

»Ich glaube, Mister Walker, dieses Zusammentreffen könnte unsere letzte Begegnung sein.«

»Das glaube ich auch«, sagte Jo ruhig.

Er durfte sich keine Blöße geben. Dieser Gegner war fürchterlich, und unter den gegebenen Umständen durfte Jo auf keine Hilfe hoffen. Er war ganz auf sich selbst gestellt – und das Publikum war vermutlich auf Gilberts Seite.

»Hey, Leute, ein Kampf ... Super!«

Die Menge reagierte so, wie Jo es bereits erwartet hatte. Von oben mochte der Haufen große Ähnlichkeit mit einer Amöbe haben, wie er zuckte und wogte, aber nach kurzer Zeit hatte sich ein Kreis gebildet, der Jo und Gilbert einschloß.

Jo Walker brauchte sich nach Hilfe nicht umzusehen. Es gab keine.

»Hey, Mann, was soll das? Ich ...«

Der Bursche mit den ausgestopften Schultern an der Jacke kam nicht mehr dazu, seinen Protest zu beenden. Gilbert sah ihn nur kurz an, dann drehte er sich und setzte zu einem Kampftritt an, der den Hageren förmlich aus dem Ring katapultierte.

Der Mann kam nicht einmal dazu, einen Schrei auszustoßen, so schnell hatte sich Gilbert bewegt.

Durch die Menge ging ein Raunen. Der Kampf versprach spannend zu werden.

»Zehn auf Gilbert. Wer hält dagegen?«

»Zwanzig auf Walker. Kommissar X wird es schon machen.«

»Und wenn nicht?«

»Ist es die Sache auch wert ...«

Schallendes Gelächter beantwortete den kurzen, höhnischen Dialog am Rand des Geschehens.

Jo ließ sich Zeit. Gilbert auch.

Im Hintergrund lief das Wettgeschäft weiter. Zwar durften die Häftlinge außer ein paar Dimes fürs Telefonieren kein Bargeld haben, das wurde bei der Aufnahme eingetütet und weggepackt, aber wie selbstverständlich wirkte die Maßnahme in der Wirklichkeit nicht. Jo konnte hören, daß die Einsätze beträchtlich waren.

Nach knapp fünf Minuten, in denen sich die beiden Kontrahenten nur angestarrt hatten, hob Gilbert die Hand.

»Was haben wir für eine Quote?«

Jemand rief es ihm zu.

»Achtzehn zu zehn für Gilbert.«

Gilbert grinste dünn. »Du wirst besser gewettet, Walker, als ich ursprünglich angenommen hatte.«

Dieses Mal erlaubte sich Jo ein Lächeln. Es fiel knapp und herablassend aus.

»Dein erster Fehler für diesen Tag«, sagte Jo.

In Gilberts Augen glomm für einen kurzen Augenblick etwas auf, das jedem anderen Gegner Furcht und Schrecken eingeflößt hätte, hätte er es gesehen – ein wild aufflammender Haß, der allerdings nur für einen Sekundenbruchteil zu sehen war.

Jo war zufrieden. Der Gegner hatte den ersten Treffer wegstecken müssen. Ohne Gegenwehr.

Jo hatte ihn gereizt, hatte seinen Blutdruck in die Höhe getrieben, damit einen minimalen Gefühlsausbruch hervorgerufen. Er hatte Gilbert aus dem Gleichgewicht gebracht.

Das war nicht nur theoretisches Geplänkel. Der Kampf würde zu einem sehr erheblichen Teil auf dieser Ebene ausgefochten werden; wer den Kopf bei solchen Auseinandersetzungen vernachlässigte, hatte schon so gut wie verloren. Und eine Niederlage konnte sich keiner der beiden Männer erlauben.

Unter diesen Umständen hieß eine Niederlage nämlich Tod!

Der Mann, der Chester Wyngrave und Gene Abercrombie getötet hatte, parkte seinen Wagen direkt bei einem Supermarkt. Das Geschäft lief gerade nicht besonders gut.

Der Mann kaufte einige Kleinigkeiten. Gerade genug, um nicht aufzufallen, wenn er an der Kasse in bar bezahlte. Auch die Kassiererin war mit ihren Gedanken nicht ganz bei der Sache. Sie nahm das Geld, gab Rückgeld heraus und sah den Kunden dabei gar nicht an.

Wenigstens war's nicht gut genug, stellte der Mann zufrieden fest, um ihn später identifizieren zu können. Allerdings rechnete der Unheimliche auch nicht mit einer Identifizierung.

Dafür war sein Plan zu perfekt.

Er mußte jetzt nur dafür sorgen, daß er diese Sekretärin zu fassen bekam, die ihn bei seinen Gesprächen mit Wyngrave gesehen hatte. War diese Spur erst einmal vernichtet, gab es für die Polizei keine Möglichkeit mehr, ihm etwas anzuhängen oder zu beweisen.

Der Mann zeigte wieder ein dünnes Lächeln. Er konnte mit sich zufrieden sein.

Langsam spazierte er die Straßen entlang. Die Massierung von Cops störte ihn nicht. Im Gegenteil, er freute sich sogar darüber. Die vielen Uniformierten auf der Straße bewiesen ihm, daß sein Plan aufgehen würde.

Ein viel deutlicherer Hinweis waren die bemerkenswert unauffälligen Herren in den Trenchcoats, die überall herumlungerten und alle Passanten im Auge behielten. Der Unheimliche tippte auf FBI, vielleicht auch CIA, obwohl der CIA eigentlich im Inland nichts mehr zu melden hatte.

»Sagen Sie mal, Officer …« Eine ältere Frau, die hinter ihren

Chow-Chow die Straße entlangspaziert war und sich erfolgreich bemüht hatte, das gleiche mürrische Gesicht zu zeigen wie ihr Hund, sprach einen der Cops an.

Der Cop war in den langen Dienstjahren ergraut, wie die Streifen auf seiner Uniform bewiesen. Er ließ sich auch nicht mehr aus seiner Ruhe bringen, wenn er auf diese Weise angeredet wurde. Ganz offensichtlich suchte die alte Dame nach einem Ventil, ihren Ärger loswerden zu können.

»Ja, Madame?« Der Polizist wandte sein breites, gemütliches Gesicht der alten Dame zu.

Die starrte ihn verkniffen an. Mit ihrem Stock wedelte sie herum und schien irgend etwas in der Luft aufspießen zu wollen.

»Was machen all diese Leute hier, Officer? Wieso kann ich mit meinem Hund nicht mehr in der Blackfriar Road spazierengehen? Und wieso sind hier, auf dieser Straße, mehr Cops versammelt als bei einem Baseballspiel. Und das alles von meinen Steuergeldern!«

Dieser letzte Hinweis hatte natürlich nicht fehlen dürfen. Der Cop verlor nicht die Geduld.

»Sehen Sie, Madam«, sagte er freundlich, ohne dabei herablassend zu wirken. »Sie wissen vielleicht, daß ein paar Ecken weiter das Masters Turnier ausgetragen werden soll?«

»Tennis? Sie meinen dieses Masters im Tennis? Mit Boris Bekker ...«

»Und André Agassi und wahrscheinlich auch Pete Sampras«, fuhr der Beamte fort. Weitere Passanten blieben in der Nähe stehen, um sich die Erklärung anzuhören. »Es wird sicher ganz spannend werden, das meinen alle. Und nun, Madame, sehen Sie dort drüben das Hotel?«

»Das Majestic? Natürlich kenne ich es, Officer. Ich wohne schließlich in dieser Gegend, und ich weiß noch genau, was für einen Radau das war, als dieses Ding gebaut worden ist. Einfach entsetzlich. Mein kleiner Liebling hat monatelang nicht richtig ... Sie wissen schon, was ich meine, nicht wahr?«

Der Cop zuckte mit keiner Miene.

Währenddessen behielt der Killer das Gebäude im Auge. Achtzehn Stockwerke hoch überragte es seine Nachbarschaft.

»In diesem Hotel wird für eine paar Tage eine sehr wichtige Person wohnen«, fuhr der Cop fort. »Sie verstehen?«

»Der ...?« Die alte Dame brachte das Wort nicht über die Lippen.

Der Cop nickte bedeutungsschwer.

»Genau der«, sagte er. »Und darum, nur aus Sicherheitsgründen, passen wir hier auf. Sie werden doch sicher nicht wollen, Madame, daß wir unserem Gast sagen, er solle sich ein anderes Hotel nehmen, weil die Leute hier im Viertel nicht bereit wären, den nötigen Aufwand für seine Sicherheit zu ertragen.«

Der Killer grinste in sich hinein. Der Cop war pfiffig. Jetzt hatte die alte Dame den Schwarzen Peter für sich.

»Natürlich nicht«, tönte sie rasch und preßte ihren knurrenden Chow-Chow an den Busen. »Aber müssen es denn wirklich so viele sein?«

»Leider ja, Madame«, antwortete der Cop freundlich. Dieses kleine Gefecht hatte er eindeutig gewonnen. »Wir müssen alles tun, um irgendwelche Anschläge zu verhindern. Sie wissen ja, wie diese Terroristen sind. Und stellen Sie sich doch mal vor, wie es um unseren Ruf bestellt wäre, wenn ausgerechnet während des Masters Turniers ein Attentat ...«

»Entsetzlich«, stimmte die alte Dame zu. »Ja, wenn das so ist. Aber wo soll ich denn mit meinem Liebling ...? Er hat so seine Gewohnheiten, wissen Sie.«

»Auch dafür werden wir sicher noch eine Lösung finden, Madame.«

Der Killer hatte genug gehört, er entfernte sich. An der Kreuzung blieb er stehen und warf einen Blick auf das Majestic. Achtzehn Geschosse. Vermutlich würde der Staatsgast ganz oben wohnen, wo ihm garantiert keiner ins Fenster schießen konnte. Und während der edle Gast sich von seiner schweren Arbeit erholte, würde es auf den Straßen von Cops und Sicherheitsbeamten nur so wimmeln.

Die Jungs von der Agency und von den anderen dafür zuständigen Behörden waren für so was Spezialisten. Das Majestic war in den letzten Monaten unter Garantie dreimal durchsucht worden, jedes Mal gründlicher als beim vorhergehenden Mal. Wenn es dort Wanzen gegeben hätte, Geheimgänge, versteckte Zeitzünderbomben –

die Spezialisten hätten sie gefunden. Die Jungs verstanden ihr Handwerk. Wahrhaftig.

Nur hatten sie nicht mit dem Mann gerechnet, der an der Kreuzung stand und sehr zufrieden lächelte. In der linken Hand trug dieser Mann eine bescheidene braune Papiertüte mit allerhand Kleinkram darin: Zahnbürste, Papiertaschentücher und dergleichen.

In der rechten Hand hielt der Mann einen Aktenkoffer. In diesem Koffer befand sich ein Plan: der Plan eines Bauwerks mit achtzehn Geschossen und einer markanten Fassade.

Der Plan vom Main Building. Entworfen hatte ihn Gene Abercrombie. Nach exakt dem gleichen Plan hatte man auch das Hotel gebaut. Nur hatte hier Abercrombie nicht noch den Bauunternehmer gespielt, und so hatte das Geld gereicht, dem Haus auch noch eine beeindruckende Fassadenverkleidung zu verpassen. Damit war es gelungen, zwei Häuser nach dem gleichen Plan zu bauen, ohne daß sie sich allzusehr ähnlich sahen.

Im Inneren allerdings – der Killer hatte es genau überprüft – stimmten die Gebäude überein. Und genau darauf stützte sich sein Mordplan.

Er lächelte erneut, dann wandte er sich zum Gehen. Zwei, drei Tage noch ...

Dann war es soweit. Dann würde wieder jemand sterben müssen.

Und diesmal würde es nicht irgendein belangloser, lästiger Zeitgenosse sein. Dieses Mal würde es den Richtigen treffen.

»Du wirst sterben, Kommissar X«, zischte Gilbert.

Er stand vier Schritte von Jo Walker entfernt und hatte die Arme leicht angewinkelt.

Jetzt begann die Hohe Schule in der Kunst des Kämpfens und Tötens.

Jo erinnerte sich daran, was ihm einmal einer seiner Ausbilder gesagt hatte:

Stell dir vor, du mußt in ein dunkles Haus gehen. Dort wartet jemand mit einem Schwert auf dich, um dich zu töten. Stell dir vor, wie du dich darauf konzentrierst, ihn rechtzeitig zu sehen, zu hören oder auf jede nur denkbare Weise wahrzunehmen. Du hast nur eine Chance, dein Leben zu retten. Stell dir diese äußerste Konzentration des Geistes vor.

Und dann stell dir vor, du wärest in Sicherheit, im Urlaub. Du bist entspannt. Vollständig. Kein Muskel ist angespannt, belastet oder gereizt. Dich erfüllt die vollkommene körperliche Ruhe und Gelassenheit.

Und dann stell dir beides zusammen vor – die höchste Konzentration des Geistes, verbunden mit der absoluten Ruhe und Entspanntheit deines Körpers …

Wenn du das zuwege bringst, wirst du unbesiegbar sein.

Jo wußte, daß er in diesem Augenblick dazu nicht imstande war. Aber auch Gilbert war nicht in der Lage, seine Möglichkeiten vollständig auszunutzen.

»Komm!« lockte Gilbert.

Jo rührte sich nicht.

Von hinten kamen auffordernde Rufe. Die Meute wollte etwas sehen, einen Kampf, Blut, am besten eine Leiche. Irgend etwas, was die grauenvolle Langeweile und nervenzermürbende Spannung dieses Raums übertönte und übertraf.

Jo behielt seinen Gegner im Auge. Wer zuerst angriff, hatte als erster die Möglichkeit, einen fatalen Fehler zu machen. Einen Fehler, der den Kampf blitzartig entscheiden konnte.

»Komm!« stachelte Gilbert seinen Gegner an. Er machte auffordernde Bewegungen mit den Händen. »Komm, du Feigling!«

Jo machte eine wegwerfende Handbewegung. »Ach was«, sagte er und wandte sich ab.

Das war zuviel für Gilbert. Er sprang Jo an. Von hinten. Genau damit hatte Jo gerechnet, und er hatte seine Aktionen darauf abgestellt. In einem regulären Kampf gegen diesen Gegner hatte Kommissar X bei aller Klasse keine Chance. Da war Gilbert einfach besser.

Aber Jo Walker wußte seinen Kopf besser einzusetzen als Gilbert, dessen Wahrnehmung von purem Haß getrübt wurde und von seiner Eitelkeit.

Jos Timing klappte perfekt. Sein Angriff kam genau in der richtigen Zehntelsekunde. In exakt jenem Augenblick, in dem Gilbert begriff, daß er sich hatte leimen lassen. Daß sein Gegner ein zweites Mal cleverer gewesen war. In jenem winzigen Sekundenbruchteil, in dem eine jäh aufschießende Angst Gilberts Denken beherrschte.

Jos Faust krachte gegen den Körper des Angreifenden. Die Wucht dieses Hiebs und die eigene Wucht von Gilberts Körper reichten aus, dem Treffer die Durchschlagskraft eines Elefantenfußtritts zu geben.

Bei dem Zusammenprall wurde auch Jo zu Boden geworfen. Er war aber darauf vorbereitet gewesen, Gilbert nicht.

Jo war schon auf den Knien, als Gilbert noch lag. Danach gab es für Jo nur noch eine Devise – die Strategie der US Army: *Hit him first, hit him hard and keep on hitting . . .*

Triff als erster, triff hart und schlag unablässig weiter zu . . .

Seltsamerweise war der Kampf nach diesen drei, vier Sekunden zu Ende.

Gilbert hatte begriffen, daß er verloren hatte, und diese Einsicht hatte ihm jeden Willen zur Verteidigung genommen. Ein Schwachkopf von einem Schläger hätte sich vielleicht weiter gerauft und geprügelt, eingesteckt, aber auch kräftig ausgeteilt. Gilbert hingegen war ein schlauer Kopf, oder er bildete sich wenigstens ein, einer zu sein.

Gilbert sackte zusammen und blieb liegen.

»Donnerwetter!« rief jemand in der Runde. Es klang enttäuscht und bewundernd zugleich.

Jo spürte, daß seine Beine ein wenig zitterten. Dieser Kampf hatte auch ihn mitgenommen, nicht körperlich, mehr geistig. Er stand langsam auf. Die Menschen in seiner Nähe wichen zurück. Man ließ ihn in Ruhe.

Ein paar spuckten Gilbert an. Ein gefallener Riese hat nichts Beeindruckendes mehr.

Jetzt war Gilbert wirklich geschlagen und besiegt. Auch in der Unterwelt, dort, wo er sich zu Hause fühlte.

Was alle Verhaftungen nicht fertiggebracht hatten, hatte Jo Walker geschafft. Er hatte dem Nimbus Gilberts den Todesstoß versetzt. Wo immer Gilbert sich künftig zeigen würde – er war der Mann, den Kommissar X im Knast beinahe mit links fertiggemacht hatte. Gilbert, die Schießbudenfigur, der Prahlhans und Aufschneider.

Und da Jo in diesem Kampf Gilbert moralisch das Rückgrat gebrochen hatte, würde sich Gilbert von dieser Niederlage nicht mehr erholen.

Jo lehnte gegen die Wand. Die stickige Luft brannte in seiner Kehle.

»Was ist da vorn los, Leute? Was soll das?«

Offenbar war ein Cop von der Stille aufgeschreckt, die im Augenblick in der Massenzelle herrschte. Er war herbeigeeilt, um nach dem Rechten zu sehen. Jo konnte hören, wie der Beamte die Tür aufschloß, hereintrat und die Tür hinter ihm wieder ins Schloß fiel.

Es dauerte nur wenige Augenblicke, dann hatte sich eine Gasse gebildet. Sie reichte von der Zellentür bis zu Jo, und mitten auf diesem Weg lag Gilbert auf dem Boden. Er sah aus wie tot.

Jo nahm das nur zur Hälfte wahr.

Der Gestank in diesem Teil der Zelle war so unerträglich, daß sein Magen revoltierte. Jo hielt sich beide Hände vor die Magengrube und versuchte, seinen Magen wieder ruhig zu bekommen.

»Verdammter Mist!« fluchte der Cop. »Was ist hier passiert?«

»Der da war's, Officer!« erklang ein Ruf aus der Menge.

Der Cop richtete sich auf. Er brauchte nur den Blick zu heben, dann sah er einen Mann, der an der Wand lehnte, und dem Angst und schlechtes Gewissen sofort anzusehen waren.

»Kommen Sie her, Mister!« befahl er.

Jo nickte, kam langsam näher.

Für den Zweikampf mit Gilbert hatte er sich noch zusammennehmen können; jetzt aber ließ seine Widerstandskraft nach. Auch seine Aufmerksamkeit.

Jo Walker reagierte erst, als es zu spät war.

Mit unglaublicher Geschwindigkeit kam Gilbert wieder hoch. Ehe der Cop auch nur ansatzweise begriff, was geschah, hatte Gilbert ihm die Waffe aus dem Gürtel gezogen.

»Keinen Laut, Officer!« zischte Gilbert. »Nur eine Silbe, und du kriegst Blei in den Bauch.«

Der Officer wurde blaß. Er spürte und wußte, daß diese Drohung ernst gemeint war. Langsam hob er die Hände. Sein Blick irrte hin und her. Er suchte nach Hilfe, bekam aber keine.

»Leise, Leute!« sagte Gilbert. Er grinste wieder überlegen. »Wir wollen keine schlafenden Bullen wecken.«

Er griff dem Beamten an den Gürtel, nahm sich den Schlüsselbund und warf ihn einem Gefangenen zu.

»Aufmachen, aber leise ...«

Eine halbe Minute später war die Zellentür auf, Gilbert hielt mit der erbeuteten Waffe den Officer in Schach.

Der Mann war blaß geworden. Er schwitzte vor Angst. Aber er hielt sich gut.

»Komm, Kumpel, wir türmen ...«

Das galt Jo Walker. Jo ahnte sofort, welche Falle Gilbert ihm stelle wollte. Sein Blick sagte alles. Wenn Jo nicht mitspielte, würde Gilbert kaltblütig schießen. Entweder auf Jo oder auf den Polizisten.

Beides konnte Jo nicht riskieren. Er setzte sich in Bewegung.

»Mach schneller, Jo!« schnauzte Gilbert.

Jo verließ die Haftzelle als erster. Es genügten wenige Schritte, dann stand er neben der Tür, die den Zellenraum vom eigentlichen Office des Reviers trennte. Durch das Milchglas konnte Jo die Kollegen des Überwältigten sehen. Sie waren noch bei ihrem Mittagessen.

»Wir gehen jetzt da hinein«, bestimmte Gilbert. Er zerrte sein Opfer mit sich. »Und dort wirst du die Schießeisen der Cops einsammeln. Klar, Jo?«

Jo nickte.

Er wußte, was Gilbert beabsichtigte. Jo zusammenzuschlagen oder zu töten, das war ein Vergnügen. Aber es so aussehen zu lassen, als würde er eine Gefangenenmeuterei anführen, war ein weitaus größeres Vergnügen. Insbesondere dann, wenn es zu einer Schießerei mit Toten kommen sollte.

Nach amerikanischem Recht wurden bei einer »Verschwörung zum Mord« alle Teilnehmer so hart bestraft wie die eigentlichen Killer. Und bei einer Verhandlung würde es Jo wohl kaum gelingen, der Jury klarzumachen, daß er nicht einer der Köpfe dieser Aktion gewesen war.

»Also los!«

Jo stieß die trennende Tür auf. Ein halbes Dutzend Köpfe flog herum. Geübte Fäuste führen zu den Waffen.

»Keine Bewegung!« schrie Jo. »Er hat einen von euch als Geisel!«

Glücklicherweise tauchte genau in diesem Augenblick Gilbert mit seiner Geisel auf. Der Polizist war naß im Gesicht, dazu kreideweiß, aber er hatte Mut.

»Knallt ihn ab, Jungs!« keuchte er. »Laßt ihn nicht entwischen, knallt ihn ab.«

Jo machte zwei Schritte und griff nach der nächstbesten Waffe. Als er den Revolver in der Hand hielt, hatte sich die Lage zunächst einmal stabilisiert.

Gilbert schnell auszuschalten, hätten sich die Cops vielleicht zugetraut, zumal der seine Waffe nach wie vor auf den Kopf seiner Geisel gerichtet hielt. Aber dadurch, daß auch Jo eine Waffe in der Hand hielt, ließ sich ein richtiges Feuergefecht dann nicht mehr vermeiden.

Die Cops ließen die Hände oben und rührten sich nicht. Ihre Blicke allerdings hätten für einen Massenmord ausgereicht.

»Ihr könnt schon mal anfangen zu beten«, knirschte einer der Männer. »Wenn wir euch kriegen ...«

»Ihr kriegt uns aber nicht«, gab Gilbert zurück.

Er sah sich um und grinste. Offenbar war ihm ein Gedanke gekommen.

»Wir ...«

Jo ahnte, was im Kopf dieses Mannes vorging. Da Jo ohnehin schon in der Falle steckte, schadete es wenig, wenn er die Sache noch etwas eindeutiger machte.

In keinem Fall durfte es Jo zulassen, daß Gilbert den Häftlingen erlaubte, das Waffenmagazin des Reviers zu plündern und die Flucht bewaffnet anzutreten – genau darauf schien es Gilbert nämlich abgesehen zu haben.

»Komm, Kumpel«, sagte Jo schnell. »Wir haben, was wir brauchen. Machen wir schnell, bevor einige Leute auftauchen oder so etwas ...«

Gilbert zögerte. »Okay«, sagte er.

Jo behielt die Waffe in der Hand. Er hielt sie so, daß er niemanden treffen konnte, falls sich unversehens ein Schuß lösen sollte.

»Keine voreiligen Aktionen, Männer«, sagte er zu den Cops. »Der erste, der sich draußen sehen läßt, riskiert sein Leben.«

Wie sollte er später einer Jury klarmachen, daß er das als Warnung, nicht als Drohung gemeint hatte?

Gilbert zog sich mit seiner Geisel langsam zurück. Währenddessen drängten die anderen Häftlinge aus den Räumen nach draußen.

Die meisten sahen einfach nur zu, daß sie verschwanden, bevor die Cops zugreifen konnten. Ein paar nutzten die Gelegenheit, noch schnell den Kaffeeautomaten aufzubrechen und ein paar schäbige Dollars zu erbeuten.

Jo schloß rasch die Tür zwischen dem Office und dem Gang. Das würde die Cops zwar nur ein paar Sekunden lang aufhalten, aber ein paar Sekunden Unterschied können zwischen Leben und Tod entscheiden. Ein paar Sekunden sind ein Vielfaches an Zeit, die ein Bleigeschoß braucht, um den Lauf eines Revolvers zu verlassen und den Körper eines Mannes zu durchbohren. Ein paar Sekunden sind eine Zeit, in der man tausend Tode sterben kann.

»Du bleibst bei mir, Walker«, befahl Gilbert, als sie vor dem Eingang standen. »Wir rechnen noch miteinander ab.«

»Meinetwegen«, sagte Jo.

Er lächelte knapp, dann schlug er zu. Der Cop sackte zusammen. Jos Hieb hatte ihn außer Gefecht gesetzt.

»Verdammt!« stieß Gilbert hervor. Er konnte den Mann nicht mehr halten. Der Körper plumpste auf den Boden, dafür richtete Gilbert seine Waffe auf Jo.

»Was soll der Quatsch?« fragte er.

»Er wäre uns nur hinderlich gewesen«, sagte Jo kalt.

In Wirklichkeit war der betäubte Cop jetzt hinderlich, da man ihn hätte tragen müssen. Ob er später begreifen würde, welchen Gefallen ihm Jo damit getan hatte?

»Und was jetzt?« fragte Jo Walker weiter. »Ein schnelles Krümmen des Fingers?«

Gilbert schüttelte den Kopf. »Das ging viel zu schnell«, sagte er. »Viel zu schnell. Nein ...«

Er dachte angestrengt nach. »Wir werden uns wiedersehen, Walker«, sagte Gilbert leise. »Irgendwann, irgendwo. Ich werde dich schon erwischen. Aber nicht jetzt. Ich lasse dich noch ein paar Tage leben!«

»Reizend«, sagte Jo. »Ich bin dir auch sehr dankbar dafür. Deswegen lasse ich dich am Leben ...«

Gilbert grinste.

Die Mündung seines Revolvers zeigte genau auf den Bauch von Kommissar X. Jo hingegen hielt die Waffe, die er im Office an sich genommen hatte, in der baumelnden rechten Hand. Bis er diese Hand in die Höhe bekam und die Mündung ins Ziel richten konnte, hätte Gilbert das ganze Magazin leergeschossen.

Und Gilbert wußte das.

Jo ließ ihn grinsen und wartete.

»Vielleicht sollte ich dich gleich erschießen«, sagte Gilbert und kniff die Augen zusammen.

»Versuch's doch!« schlug Jo vor.

Gilbert stutzte.

Es war ihm anzusehen, daß sein Gehirn auf vollen Touren arbeitete. Was, zum Teufel, hatte Jo Walker damit gemeint? Er wollte sich doch nicht ernsthaft von Gilbert abknallen lassen? Mitten in den Bauch? Nein, ganz bestimmt nicht.

Gilbert schluckte.

Walker wollte nicht sterben. Das war klar. Was also sollte die Aufforderung? Ein Bluff ...!

Klar, ganz klar. Walker bluffte. Ein eiskalter, gerissener Hund, dieser Kommissar X. Verdammt gerissen.

Aber nicht gerissen genug für Gilbert. Nicht für diesen Profi der Extraklasse. Oder vielleicht doch?

Jo Walker stand einfach da. Der rechte Arm hing herab, die rechte Hand hielt den Kolben eines Smith-&-Wesson-Revolvers.

Im Hintergrund wurde Lärm laut. Die Cops begannen sich zu befreien. Ein paar Sekunden noch. Der Tapfere, lautete ein altes Sprichwort, stirbt nur einmal; der Feigling stirbt tausend Tode.

Und Gilbert mußte begreifen, daß er tief in seinem Innern ein Feigling war.

Er starb tausend Tode. Denn mit einem Schlag war ihm eingefallen, welchen Fehler er gemachte hatte. Möglicherweise.

Vielleicht hatte er dem Cop in der Sammelzelle einen Revolver abgenommen, der nicht entsichert worden war. Und den er seither natürlich nicht entsichert hatte.

Vielleicht hatte Jo Walker das mitbekommen. Vielleicht wartete er nur darauf, daß Gilbert den Abzug betätigte.

Und in der Zeit, die Gilbert brauchen würde, seinen Fehler zu korrigieren, blieb Jo Walker mehrmals genug Gelegenheit, die eigene Waffe abzufeuern. In Notwehr, das würde jede Jury bestätigen. Denn wie wollte man Kommissar X beweisen, daß er gesehen und gewußt hatte, daß Gilberts Waffe nicht einsatzfähig war?

Im Hintergrund klang Lärm auf. Die eingesperrten Cops befreiten sich. Sie würden nur ein paar Sekunden dafür brauchen. In diesen wenigen Augenblicken entschied sich das Leben – oder der Tod des Mannes, der sich nur Gilbert nennen ließ.

Gilbert starrte in die Augen seines Gegners.

Sah so ein Mann aus, der auf eine Gelegenheit wartete, seinen Gegner über den Haufen zu schießen? Kaltblütig, gnadenlos?

Gilbert konnte es nicht erkennen. Er konnte überhaupt nichts mehr richtig sehen. Sein ganzes Denken war nur noch von einem Gedanken ausgefüllt – von der furchtbaren Angst, in ein paar Sekunden sterben zu müssen.

Gilbert ließ die Waffe fallen.

»Sehr gut«, sagte Jo und hob nun seinen Revolver. »Und jetzt ab mit dir ...«

Gilbert nahm die Hände hoch, legte sie hinter den Kopf. Er war ein geschlagener Mann.

»Walker?«

Gilbert erkannte seine eigene Stimme kaum wieder: Sie klang jämmerlich.

»Ja?«

»War mein Revolver ... Ich meine, habe ich ...?«

Gilbert schloß die Augen vor Entsetzen. *Jetzt bekomme ich nicht einmal mehr einen vollständigen Satz zusammen,* dachte er schaudernd.

Jo Walker lächelte. »Er war geladen«, sagte er. »Und entsichert ...«

Gilberts Lippen begannen zu zucken. Nicht nur geschlagen, auch noch ausgeblufft, übertölpelt und zum Narren gehalten.

In diesem Augenblick betrat Ron Myers das Revier, in der Hand den Entlassungsbefehl für seinen Freund Jo. Das Bild, das sich ihm bot, würde er wohl nie vergessen – ein Cop, der auf dem Boden lag; ein Kahlkopf mit einer auffälligen Schädelnarbe, in dem Myers sofort Gilbert erkannte, der wie ein kleiner Junge schluchzte und wimmerte; Jo Walker, mit einem Revolver aus den Dienstbeständen des Reviers in der Hand. Und dazu einige sehr grimmig dreinblickende Cops, die sich gerade auf Jo stürzten, um ihn erneut festzunehmen.

Es gibt Augenblicke im Leben eines Detective Lieutenants, in denen einem wirklich nichts anderes übrigbleibt, als den Mund zu öffnen und einfach nur zu schauen …

Die Adresse, die April Bondy von Grace Millers Mann bekommen hatte, lag weit außerhalb der Stadtgrenzen. Scott Hamilton, so hieß der Mann, und er schien in seinem Beruf nicht übel zu sein. Hamiltons Haus erwies sich jedenfalls als alte Farm, die er gekauft und nach seinen Vorstellungen umgemodelt hatte. Es gab ein Haupthaus im Kolonialstil des Südens, mit einer Terrasse und Säulen und allem, was zu einem Dixie-Idyll gehörte. Dreißig Meter entfernt standen rechts und links je eine umgebaute Scheune aus dunkelrotem Holz, mit weiß abgesetzten Kanten. Alles wirkte hübsch und gemütlich.

Dieser Meinung waren außer April Bondy offenbar auch andere; auf einem Parkplatz, ein wenig abseits und durch hohe Hecken weitgehend sichtgeschützt, standen etwa zwei Dutzend Autos. Ein Teil der Wagen paßte allerdings nicht ganz zum vornehmen Äußeren der Hamilton-Farm, es waren Freak-Kutschen, zum Teil bunt bemalt und mit Graffiti versehen.

April stellte den Wagen ab und stieg aus. Weißer Kies knirschte unter ihren Schuhen, als sie hinüberging zum Haus.

Es war still und friedlich. Ein vergleichsweise milder Nachmittag, der jäh gestört wurde, als von rechts eine Stimme in Aprils Ohren gellte: »Ich hasse dich! Ich hasse dich wie nichts anderes auf dieser Welt! Ich könnte dich totschlagen …«

April zuckte zusammen. Die Stimme fuhr fort, wüste Beschimpfungen und Drohungen auszustoßen. Sie kam aus dem rechten Gebäude, wo ein Fenster offenstand.

Aber niemand schien zu reagieren.

Am Haupthaus stöckelte sie drei Stufen hinauf und stand dann vor einer großen weißlackierten Tür. Rechts schimmerte ein Klingelknopf in einer blankpolierten Messingfassung. April drückte den Knopf. Im Innern des Hauses klang ein Gong auf, sehr warm und melodisch. Eine halbe Minute verging, dann wurde die Tür geöffnet.

Eine ungemein attraktive Schwarze stand auf der Schwelle und sah April freundlich an.

»Guten Tag. Was kann ich für Sie tun?«

April Bondy lächelte zufrieden.

Sie hatte alle Termine zwischen Wyngrave und Jo ausgemacht, natürlich mit Wyngraves Sekretärin. Wer ihre Stimme einmal gehört hatte, vergaß sie so schnell nicht.

»Mein Name ist Bondy«, ab und zu erlaubte sich April diese 007-Marotte. »April Bondy. Und ich bin Ihretwegen hier, Mrs. Miller.«

Grace Miller schluckte und erstarrte. »Woher ...?«

»Von Ihrem Mann«, sagte April. »Er hat mir den Tip gegeben. Offenbar nur mir.«

Grace Miller holte tief Luft und sah April genau an. Sie hatte den gleichen offenen, alles erkennenden Blick wie ihr Mann.

»Er scheint offenbar Vertrauen zu mir zu haben«, erläuterte April gelassen. »Wenn Sie keines haben, werde ich sofort wieder fahren ...«

Grace Miller lächelte.

»Okay«, sagte sie. »Kommen Sie herein. Ich vertrete zur Zeit den Hausherrn.«

Grace deutete mit dem Kopf hinüber zum Nebengebäude.

»Der Lärm, den Sie eben da hören, stammt von einer Therapie-Gruppe. Aber kommen Sie doch bitte herein ...«

Augenscheinlich war Scott Hamilton als Psychotherapeut sehr erfolgreich; auf jeden Fall besaß er genug Geld, um seinem Geschmack entsprechend zu leben und sein Haus zu gestalten. April fand diesen Geschmack gut, und vor allem reichlich kostspielig.

»Wie geht es meinem Mann?« fragte Grace. »Ich habe nicht gewagt, bei ihm anzurufen, weil ich sicher war, daß die Polizei unser Telefon abhört.«

»Ihrem Mann geht es gut«, antwortete April. »Er hat Sehnsucht nach Ihnen, wie auch Ihr Sohn. Und damit sind wir beim Thema.«

»Tee, Kaffee oder etwas Stärkeres?«

April setzte sich in einen bequemen Ledersessel. Im Kamin brannte nahezu geräuschlos ein Feuer. »Einstweilen nichts«, antwortete sie. »Warum sind Sie aus dem Krankenhaus verschwunden?«

Grace Miller holte tief Luft.

»Weil Chester ermordet worden ist«, sagte sie leise. »Ich habe die Leiche gefunden. Es war ...«

Sie verstummte.

April beschloß, es kurz und schmerzlos zu machen.

»Hatten oder haben Sie Angst, verdächtigt zu werden, an dem Mord beteiligt zu sein?«

Grace Miller schenkte einen Sherry ein und setzte sich so, daß April sie gut sehen konnte.

»Ein wenig«, gab sie zu. »Ich hatte vor Jahren mit Chester eine Affäre. Kurz, leidenschaftlich, heftig – aber eben nur kurz. Und wir sind Freunde geblieben, auch nachdem ich geheiratet hatte. Ich mochte ihn sehr. Glauben Sie, daß man das der Polizei hätte erklären können? Mein Mann hat von der Affäre gewußt. Er und Chester kannten sich ebenfalls, sie mochten sich. Auch das wird mir kaum jemand glauben. Und es gab außer Chester nur eine einzige Person, die alle Codes kannte, alle Schlösser, Tricks und Schlüssel, die man braucht, um bis in Chesters Büro vordringen zu können das war ich. Jedermann sonst wäre spätestens in meinem Zimmer gescheitert.«

April nickte.

»Sie haben recht«, sagte sie seufzend. »Ein gewisser Lieutenant Huntington denkt genau in dieser Richtung. Er nimmt allerdings an, daß mein Chef, Jo Walker ...«

»Ich erinnere mich«, sagte Grace Miller. »Er hat ein paarmal für Chester gearbeitet, nicht wahr?«

Sie wußte also nichts davon, daß Chester Wyngraves letzter Auftrag gewesen war, Jo Walker einzuladen.

»Er glaubt, daß Sie Jo hereingelassen haben. Entweder persönlich, oder dadurch, daß Sie ihm die Schlüssel gegeben haben.«

Grace Miller schüttelte den Kopf. »Unsinn«, sagte sie. »Ich weiß, daß Jo Walker meinen Chef nicht getötet hat.«

April lächelte.

»Sie sprechen, als wüßten Sie, wer der Mörder ist.«

Grace senkte den Blick.

»Ich weiß es auch«, sagte sie leise.

Detective Lieutenant Breck Huntington war alles andere als ein Trottel. Selbstverständlich wußte er, daß seine Anschuldigungen gegen Jo Walker alles andere als hieb- und stichfest waren. Genug, um Walker für einige Tage aus dem Verkehr zu ziehen, aber bestimmt nicht genug für seine Verurteilung.

Im übrigen hatte Breck Huntington einiges an Erfahrung. Er hatte mit Spitzbuben, mit Ganoven und Verbrechern zu tun gehabt. Er hatte Männer festgenommen, die im Suff ihre Frau mit dem Bügeleisen erschlagen hatten. Er hatte eiskalte Profi-Killer verhaftet, die zehn, zwanzig oder mehr Leute auf dem Gewissen hatten. Er hatte Jugendliche verhaftet, die einfach so – just for fun – einen Penner mit Benzin übergossen und angezündet hatten. Und er hatte Soziopathen verhaftet, für die ein Mord völlig nebensächlich war und die imstande waren, einen Mann niederzuschießen, nur weil er ihnen kein Feuer geben konnte.

Breck Huntington hatte im Lauf der Zeit viele Mördergesichter gesehen. Er kannte seine Klientel.

Jo Walker war kein Mörder, das war Huntington von Anfang an klar gewesen. Jedenfalls nicht im üblichen Sinne. Aber er hätte zum Mörder werden können – zum Mörder an Breck Huntingtons Karriere.

Huntington hatte nie einen richtigen Fall bearbeiten und lösen dürfen. Nie einen dieser Fälle, die in die Zeitung kamen und über die im Fernsehen berichtet wurde. Wo man schließlich den erfolgreichen Detective samt dem überführten Mörder zeigte und der Commissioner sich freute. Nie einen Fall, der Huntington zum Leiter der Detektiv-Abteilung in einem Revier hätte machen können.

Außer dem Fall Wyngrave.

Der Fall an sich war nicht so überwältigend. Ein Mord eben mit einem kleinen Geheimnis – wie nämlich der Täter in Wyngraves Büro gekommen war.

Bedeutend wurde der Fall, weil ein gewisser Kommissar X im Spiel war. Es gab zwei Möglichkeiten – entweder löste Walker den Fall, oder Huntington tat es. Im ersten Fall war Huntington wieder mal der Verlierer. Im zweiten Fall war die Sache nur dann von Interesse, wenn sie etwas für die Presse hergab.

Und Jo Walker in Untersuchungshaft – das war ein gefundenes Fressen für die Presse.

Damit hatte Breck Huntington einen ganzen Schwarm Fliegen mit einer Klappe erwischt. Zum einen konnte Walker den Fall nicht an Huntingtons Stelle lösen, weil er nämlich im Knast saß. Zum zweiten wurde über den Fall lang und breit berichtet, aus dem gleichen Grund.

Und wenn Huntington schließlich den wahren Mörder lieferte und damit den Unschuldsbeweis für Walker, gab das erneut Stoff für die Presse und das Fernsehen. Und, wie gesagt, kein Jo Walker störte die Ermittlungen.

Huntington war sehr zufrieden mit sich.

Er parkte den Wagen auf dem Firmengelände und stieg aus. Ein dreigeschossiger Bau, architektonisch sehr einfallsreich, wie Huntington spöttisch feststellte. Wirklich erstaunlich, wie viele Möglichkeiten es für Architekten gab, sich für den originellen Entwurf eines simplen Quaders fürstlich bezahlen zu lassen. Huntington haßte Klötze dieser Art. Er wohnte in einem, und das reichte ihm.

Auf dem Dach der Firma flackerte die Leuchtreklame.

»Belford Enterprises«, las Huntington. Er war also richtig.

Eine Akte mit diesem Namen war allem Anschein nach das letzte, woran Chester Wyngrave vor seinem Tod gearbeitet hatte. Vielleicht gab es doch einen Zusammenhang.

Huntington spazierte über den Parkplatz zum Eingang des Gebäudes. Die geparkten Wagen verrieten, um was für eine Firma es sich handelte.

Es gab wenige Cadillacs, wie sie von konservativen Industriedirektoren gefahren wurden, statt dessen viele kleine Japaner und einige exklusive ausländische Flitzer. Huntington warf ab und zu einen Blick ins Innere der Autos und registrierte fast überall sündhaft teure HiFi-Anlagen, ausgestattet mit allem, was gut und teuer war: Booster, CD-Player und sehr viel Verstärkerkraft. Schlußfolgerung: In diesem Haus arbeiteten junge Leute, die sich für moderne Technik begeisterten. Vielleicht Computer-Freaks.

Wyngrave hatte eine Elektronik-Firma geleitet, das paßte ins Bild. Neonfarben hatte Huntington nie gemocht. Stahl und Plastik auch nicht.

Der Empfang bei Belford Enterprises war mit diesen Zutaten reichlich garniert. Auch das Girl hinter dem Tresen bezog ihre Mode wohl aus einem Zeitgeist-Magazin. Teuer und geschmacklos, fand Huntington.

Er hielt dem Mädchen die gute altmodische Dienstmarke unter die Nase. Früher – aber das lag Jahrzehnte zurück – war diese Marke einmal aus Kupfer gewesen. Und deshalb leitete sich von dem Wort *Cooper* für Kupfer der Spitzname für die Polizisten ab: Cops.

Ob aus Kupfer oder eloxiertem Stahl – der Anblick des Dienstsiegels verfehlte seine Wirkung jedenfalls nicht. Das Mädchen schrak zusammen.

»Ach, du lieber Himmel«, stieß sie hervor und wurde blaß.

Sie war eine von den Puppen, die nie und nimmer mit einem hart arbeitenden Detective oder Patrolman ausgehen würde. Das war wohl unter ihrem Niveau.

Huntington genoß es, das gestylte Mäuschen ein wenig hochzunehmen. Vielleicht kriegte er sie dazu, daß sie ihren Kaugummi schluckte.

Huntington war gespannt, wann es endlich jemandem auffallen würde, daß selbst Modelle von Dior, Gucci, Armani oder Lagerfeld entsetzlich aussahen, wenn sie zu ihrem Super-Outfit nach wie vor Kaugummi zermanschten und wie Wiederkäuer aussahen.

»Am besten geben Sie alles zu«, begann Huntington rauh. »Dann kommen Sie besser weg. Glauben Sie mir ...«

Das Mädchen schniefte. »Es war wirklich das erste Mal«, gestand sie erschüttert. »Das erste Mal. Und ich werde das Zeug nie wieder anrühren. Ehrlich, Officer. Nie wieder.«

Huntington reimte sich den Rest zusammen. Vermutlich hatte die Kleine ihre erste Koks-Party hinter sich. Nun tat es ihr leid, aber wohl nicht für lange.

Selbst wenn Huntington die Kleine gleich festnahm und verhörte, bis er den Namen ihres Dealers wußte – es würde nichts ändern, höchstwahrscheinlich.

»Vergessen wir die Angelegenheit«, sagte Huntington. »Ich habe Wichtigeres zu tun. Ich möchte Ihren Chef sprechen. Gibt es hier einen Mister Belford?«

Das Mädchen nickte eifrig und wischte die verschmierten Augen sauber.

»Natürlich. Nathan Belford. Darf ich Sie melden, Sir?«

Nicht mehr Officer, sondern Sir. Huntington nahm es mit dem

stillen Zynismus zur Kenntnis, den man sich in seinem Beruf schnell aneignete.

»Tun Sie das«, sagte er. »Welche Richtung?«

»Dort, Sir, den Gang entlang. Und dann mit dem Aufzug in den dritten Stock!«

»Dritten?«

»Es gibt auf dem Dach eine Maisonette-Wohnung. Dort werden Sie Mister Belford finden, Sir.«

Huntington nickte und eilte davon. Nach dreizehn Schritten drehte er sich um. Volltreffer.

In der Erwartung, daß er einfach weitergehen würde, hatte das Mädchen sich erst einmal Luft gemacht. Die Geste, die sie mit der rechten Hand machte, hatte man früher einmal nur in Hafenkneipen oder in der Unterwelt gesehen. Jetzt gehörte der obszöne Griff zur Umgangssprache.

Das Mädchen schluckte und sah Huntington erschrocken an.

Der sagte nichts. Er blickte nur zurück.

Kein Ausdruck von Betroffenheit oder Scham auf dem Gesicht des Mädchens. Nur Ärger und Wut darüber, daß sie schon wieder ertappt worden war.

»Aussichtslos«, murmelte Huntington und setzte seinen Gang fort.

Der Lift brachte Breck Huntington in den dritten Stock. Eine angenehme Überraschung erwartete dort den Lieutenant.

Kein neumodischer Schnickschnack aus der Werkstatt moderner Designer. Statt dessen gute altmodische Möbel aus edlem Holz, hervorragend gearbeitet und so zusammengestellt, daß die Wohnung nicht wie ein Museum wirkte, sondern durchaus gemütlich. Allerdings war Huntington klar, daß sich unter den Möbeln und Wandteppichen nicht weniger moderne Technik verbarg als in den anderen Räumen.

»Bitte treten Sie näher«, bat eine freundliche Stimme aus einem versteckt angebrachten Lautsprecher. »Nach rechts, Lieutenant, und dann durch die Tür. Ich warte bereits auf Sie ...«

Huntington tat, wie ihm befohlen. Seine Schuhe versanken in weichen Teppichen, in der Luft lag ein warmer, angenehmer Geruch nach exotischen Gewürzen, und wenn man genau hinhörte, konnte man ganz leise Musik vernehmen.

Huntington öffnete die Tür. Ein großer Raum, mindestens fünfzehn Meter lang, sechs bis acht Meter breit. Der Boden war mit kostbaren Teppichen belegt, an den Wänden hingen Bilder in schweren Rahmen.

Und ganz am anderen Ende des Riesenraums ein Mahagonischreibtisch.

Dort stand gerade ein Mann auf. Huntington setzte sich in Bewegung. Es wurde fast ein kleiner Spaziergang daraus, bis er vor dem Schreibtisch stand. Mit jedem Schritt hatte Breck Huntington das Gefühl, kleiner und kleiner zu werden.

»Guten Tag, Officer Huntington«, sagte der Mann, der hinter dem Schreibtisch stand. »Ich bin Nathan Belford ...«

Und ein Mörder, setzte Huntington in Gedanken hinzu. Er sah es auf den ersten Blick. Dieser Mann war ein Mörder. Und wenn er noch nicht gemordet haben sollte, dann würde er es noch tun.

Irgendwann. Kaltblütig.

Ohne das geringste Gefühl. Detective Lieutenant Breck Huntington schauderte.

Langsam sickerte etwas Kaltes, Gräßliches seinen Nacken hinunter und breitete sich auf seinem Rücken aus. Es war das Gefühl, in einer tödlichen Falle zu sitzen.

»Ich habe diesen Mann nur einmal gesehen«, sagte Grace Miller leise. »Und ich habe sofort gespürt, daß er gefährlich ist. Unglaublich gefährlich. Es sind seine Augen, wissen Sie. Sie sind leer. Sie drücken gar nichts aus. Als wäre er ein Roboter.«

April Bondy spürte, wie sich ihre Nackenhaare aufstellten. Sie verstand Grace Miller sehr gut.

»Aber das reicht nicht als Beweis«, sagte sie leise.

»Ich weiß, April«, fuhr Grace Miller fort. »Jedenfalls nicht für ein Gericht. Aber es genügt mir. Und es hat ihm genügt.«

»Ihm?«

Grace Miller nickte. »Nathan Belford war eine Woche vor Chesters Tod bei uns im Büro. Er war früh da. Chester war noch unterwegs. Belford hat im Vorzimmer gewartet. Ich habe nie zuvor so sehnsüchtig auf Chesters Erscheinen gewartet wie an diesem Tag. Er war ...«

Grace Miller suchte nach den richtigen Worten.

»Wissen Sie, es gibt Männer, die einen flegelhaft anstarren. Das kennen Sie ebenfalls. Es gibt Männer, die sind geradezu obszön in ihren Blicken. Andere sind schüchtern; man kann ihnen ansehen, daß sie Angst vor Frauen haben. Dann gibt es komische Vögel, die mit den Augen flirten und sehr lustig sind. Mein Freund, dem dieses Haus gehört, ist so ein Typ. All diese Männer, so verschieden sie auch sind, haben etwas gemeinsam.«

»Und was?«

»Sie definieren dich als Frau, indem sie dich ansehen. Sie definieren dich als Kumpel, als Freund, als Spielgefährte. Oder als Beute, im schlimmsten Fall als ein Stück Fleisch, auf das sie scharf sind. Oder als etwas, vor dem sie sich fürchten. Nur bei Nathan Belford habe ich so etwas nicht gefunden. Überhaupt nicht.«

»Als wäre man nicht da?«

»Jedenfalls nicht als Frau«, sagte Grace Miller. »Oder überhaupt als lebendes Wesen. Er hat mich angesehen, aber wir hatten keinen Kontakt. Und das hat mich erschreckt, ich kann gar nicht sagen, wie sehr.«

»Ich verstehe«, sagte April Bondy.

Sie fröstelte, trotz des warmen Feuers im Kamin. Trotz des heißen Tees. »Aber das beweist nicht, daß er ein Mörder ist«, fuhr April nach langem Schweigen fort.

»An diesem Tag haben Chester und dieser Mann sich gestritten ...«, erinnerte sich Grace Miller. »Laut gestritten. Ich konnte es trotz der geschlossenen Tür deutlich hören. Wütende Stimmen, Geschrei und Gepolter ...«

»Wissen Sie, worüber?«

Grace Miller nickte. »Es ging um Chips«, sagte sie. »Um ganz besondere Chips. Noch kleiner als die üblichen. Belfords Electronics hat solche Chips bei uns gekauft.«

»Wie viele?«

»Einige hundert.«

»Das nennen Sie viel?«

Grace Miller nickte. »Wir haben diese Chips selbst entwickelt und in kleinen Serien hergestellt«, erläuterte sie. »Verstehen Sie etwas davon?«

»Ich kann eine Fernbedienung handhaben und mit einem Textverarbeitungsprogramm umgehen. Aber damit hat es auch schon sein Ende.«

»Dann lassen Sie mich die Sache erklären, kurz und halbwegs verständlich. Wir arbeiten an biologischen Chips, an einer Kombination von hochwertiger Technik und lebenden Zellen, Mikroorganismen. Unser Ziel ist es, beispielsweise Prothesen herzustellen, die so ähnlich funktionieren wie ein natürlicher Arm oder ein echtes Bein. Das heißt, daß unsere Chips die Nervenimpulse des Trägers aufnehmen, weiterverarbeiten und die Prothese in Gang setzen. Und daß sie umgekehrt Daten aufnehmen und an das Nervensystem des Trägers weitergeben können. Direkt eine unmittelbare Verbindung von Mensch und Maschine.«

April schüttelte sich ein wenig. »Ich weiß nicht, ob mir das gefällt«, meinte sie.

»Es hat auch sehr unangenehme Effekte«, sagte Grace. »Diese Sachen hat Chester selbst vor mir geheimgehalten, aber ich glaube, daß er an einem ganz besonderen Chip gearbeitet hat. Er sollte als eine Art Verstärker arbeiten. Wenn ich Chester richtig verstanden habe, will das Pentagon diesen Chip in das Gewebe von Düsenpiloten einpflanzen lassen oder bei Astronauten, damit sie sich selbst unter der Belastung einer erhöhten Schwerkraft noch einwandfrei bewegen können.«

»Lassen Sie mich raten – Belford war an diesen Chips interessiert?«

Grace beantwortete Aprils Frage mit einem Nicken.

»Ganz besonders an diesen so geheimen Chips. Chester mußte mit Belford darüber gesprochen haben, vage und unverbindlich, wegen der Geheimhaltung. Belford wollte diese Chips um jeden Preis ...«

Grace Miller schwieg.

Der Satz, der sich logisch an ihre letzte Äußerung anhängte, war klar, niemand brauchte ihn auszusprechen ...

... auch um den Preis des Mords.

»Was gibt es Neues?« fragte Jo. »Ich war hier tagelang außer Gefecht.«

Ron Myers hob die Schultern.

»Im Mordfall Wyngrave?«

»Vor allem da«, knurrte Jo. »Neue Spuren?«

»Der Fall wird nicht von uns bearbeitet«, sagte Myers. »Huntington, dieser Detective vom Revier, ist am Ball geblieben. Den mußt du fragen. Wir haben da einen anderen Fall, der uns zu schaffen macht. Gestern haben wir einen Mann gefunden, tot in seinem Auto.«

»Selbstmord?«

»Nein, Mord. Abercrombie heißt der Mann, ein eher mittelmäßiger Architekt. Kein Motiv, kein Täter, nur ein sehr ungewöhnliches Tatwerkzeug ...«

Jo fragte nicht. Er war an dem Fall Wyngrave interessiert, nicht am Ableben eines drittklassigen Architekten.

Ron Myers hingegen ließ sich nicht bremsen.

»Schlangengift«, fuhr er fort. »Die Leiche sah gräßlich aus, sagen die Pathologen. Ganz schwarz, halb verfault, und das in wenigen Stunden.«

»Klingt schaurig«, sagte Jo beiläufig. »Bringst du mich bitte in mein Büro? Vielleicht hat April dort etwas für mich vorbereitet ...«

»Klar, wird gemacht«, erwiderte Myers. »Das muß man sich einmal vorstellen. Da wird jemand mitten in New York ermordet, indem man ihm das Gift einer Amazonas-Schlange in den Körper spritzt.«

»Spritzt?«

»Klar, sonst hätten wir das Vieh ja gefunden. Glaubst du, jemand reist mit einem Köfferchen durch New York, mit einer Schlange darin, die die Leute beißt? Erstens würde er die wahrscheinlich nicht wieder einfangen, ohne Gefahr zu laufen, selbst gebissen zu werden. Und zweitens würde ihm das Vieh in New York schnell eingehen. Viel zu kalt für so eine tropische Schlange.«

Jo ließ den Lieutenant erzählen, obwohl er sich für die Story nicht sonderlich interessierte. Wenn, dann nur als Kuriosum am Rande.

Während Ron Myers Jo nach Hause fuhr, waren die Polizisten auf den Straßen damit beschäftigt, die davongelaufene Kundschaft wieder einzusammeln. Mit bemerkenswertem Erfolg übrigens; fast konnte man glauben, die schweren Jungs hatten Sehnsucht nach der

Zelle. Vielleicht aber lag es auch daran, daß sie dort wußten, daß sie abends etwas zu essen bekommen würden.

Daß Verbrechen eine einträgliche Sache ist, gilt nur für die ganz Großen im Geschäft. Der Durchschnittsganove hätte ein besseres Leben, würde er ehrlich arbeiten; nicht aus moralischen oder gesetzlichen Gründen, sondern einfach aus finanziellen.

Ron Myers setzte Jo ab und fuhr dann weiter, während Jo eilig sein Office aufsuchte.

Er hatte Glück. April hatte inzwischen angerufen und ihm eine Botschaft hinterlassen.

Eine Botschaft, die Jo Walker sofort in Alarmstimmung versetzte: *Grace Miller behauptet, der Täter müsse ein gewisser Nathan Belford sein oder wenigstens mit ihm zusammenarbeiten. Größte Vorsicht geboten, April!*

»Nathan Belford«, murmelte Jo. Er griff nach dem Telefonbuch und begann die Adresse zu suchen. Gleichzeitig verfolgte er im Fernsehen die stündlichen Nachrichten.

Es war die übliche Mischung: Lokales und Sport genossen die höchste Priorität. Hauptmeldung des Tages war, daß Boris Becker wieder Probleme mit seinem Fuß und André Agassi einen Witz gemachte habe. Daß New York hochrangigen Besuch hatte, wurde nur am Rande erwähnt.

Jo schaltete ab. Er hatte die Anschrift inzwischen gefunden. Mit dem neuen Wagen würde er hoffentlich nicht lange brauchen, um sein Ziel zu erreichen …

Nathan Belford war relativ groß und hager. Hager war auch sein Gesicht mit den tief in den Höhlen liegenden Augen. Belford hatte eisgraue Haare, die er sehr kurz geschnitten trug. Seine Bewegungen waren knapp und bestimmt, sah man davon ab, daß er ständig seine langen, schmalen Finger spielen ließ.

»Wenn diese Vorzimmerdame gefunden ist«, schloß Belford seine Äußerungen ab, »wird sich die Sache im Nu aufklären. Natürlich haben wir uns gestritten, Mister Wyngrave und ich. So etwas kommt vor. Nicht nur in Ihrer Branche, Lieutenant.«

Huntington saß voller Unbehagen auf seinem Stuhl. Er schwitzte innerlich Blut und Wasser. Er wußte, daß der Mann auf der anderen Seite ein Mörder war. Seine Augen sagten das. Aber es gab nicht den geringsten Beweis dafür. Nichts, was Huntington hätte mitnehmen können, um bei einem Richter einen Haftbefehl durchzusetzen.

»Wozu brauchen Sie eigentlich die Chips von Wyngrave?« fragte Huntington. »Machen Sie auch in Elektronik?«

Belford legte die Hände zusammen und bildete damit einen spitzen Winkel, der genau auf Huntington zeigte. Diese Geste hatte Huntington schon bei seinem Religionslehrer nicht gemocht.

»Meine Firma beschäftigt sich mehr mit biologischer Forschung«, sagte Belford.

Er schien über seine Engelsgeduld oder über ein sehr schlechtes Gewissen zu verfügen, sonst hätte er nicht zweieinhalb Stunden lang, ohne zu murren, Huntingtons Frage-und-Antwort-Spiel mitgemacht.

»Biologisch?«

»Genforschung, um genau zu sein«, antwortete Belford. »Wir verändern Erbanlagen von Tieren.«

»Und Menschen?«

Belford lachte lautlos. »Noch nicht«, sagte er. Huntington liefen wieder Schauder über den Rücken. »Nein, einstweilen beschränken wir uns auf niedere Lebewesen. Auf Amphibien und Reptilien, beispielsweise. Es geht mehr darum, die Technik des Vorgehens zu vervollkommnen.«

»Aha«, sagte Huntington.

Er wurde langsam müde. Diesem Mann war nicht beizukommen. Aber Huntington wußte, daß er auf der richtigen Fährte war. Er würde wiederkommen.

Er würde noch einmal mit diesem Mister Belford reden, der ihm unheimlich erschien, wie ein Monster aus einem Gruselfilm. Unmenschlich, weil er nicht die geringste Gemütsbewegung zeigte. Kein Gefühl, nichts. Auch bei seinem kurzen Lachen, das er gerade hatte hören lassen, hatten seine Augen nicht mitgelacht.

Huntington sah auf die Uhr.

Verflixt, er hatte völlig vergessen, wie spät es bereits war. Wahrscheinlich waren er und Belford die einzigen Menschen, die sich noch im Haus aufhielten. Der Gedanke gefiel Huntington überhaupt nicht.

Auch Belford schien es für geraten zu halten, dem Gespräch ein Ende zu bereiten. Er erhob sich langsam.

»Sonst noch etwas, Lieutenant?« fragte er mit ausgesuchter Höflichkeit.

»Für heute nicht«, gab der zurück.

»Sie wollen wiederkommen?«

Höfliches Interesse. Huntington witterte eine Falle, aber er konnte nicht anders.

»Das werde ich«, sagte er. »Mein Instinkt sagt mir nämlich, daß Sie etwas mit dem Tod von Chester Wyngrave zu tun haben.«

»Ihr Instinkt?«

»Meine Nase als Cop«, antwortete Huntington. »Bemühen Sie sich nicht, ich finde schon heraus.«

»Wie Sie wollen, Lieutenant«, sagte Belford. Er gab dem Detective nicht die Hand, sondern neigte nur leicht den Kopf. »Dann also auf Wiedersehen.«

Huntington fröstelte. Normalerweise war es so, daß er als Polizist den Mordverdächtigen einen Schrecken einjagte. In diesem Fall war vieles anders.

Huntington verließ gedankenverloren den Raum und stieg in den Lift. Im Erdgeschoß stieg er aus und ging nachdenklich zum Ausgang zurück. Aber der schien verschwunden zu sein.

Huntington stieß einen Fluch aus.

Dieses Haus war gespickt mit Türen, die bei Annäherung aufgingen oder nicht, alles geräuschlos. Kaum eine dieser Quertüren trug irgendeinen Hinweis, so daß man sich sehr schnell verlaufen konnte. Und genau das war ihm offenbar geschehen.

Huntington suchte nach dem Lift, fand ihn nicht, suchte weiter. Nach einer Viertelstunde entdeckte er endlich, daß er versehentlich im Keller gelandet war.

Schließlich fand er den Lift wieder, ließ sich ins Erdgeschoß bringen und spazierte zum Ausgang. Außer ihm war kein Mensch zu sehen. Auch der Parkplatz lag verlassen und leer da. Nur Huntingtons Wagen war zu sehen.

Der Detective ging hinüber zu dem Wagen, stieg ein und setzte sich auf den Fahrersitz. Er stieß einen leisen Seufzer aus. Irgendwie war ihm zumute …

Eine Berührung. Rechts an seinem Fuß. Etwas, das sich etwas warm und trocken an fühlte.

Gar nicht schleimig oder kalt, wie er es immer erwartet hatte. Huntington wußte sofort, was er da an seinem Fuß spürte.

Eine Schlange. Und er begriff auch rasend schnell, auf welche Weise Chester Wyngrave gestorben war.

Auf die gleiche oder ähnliche Weise wie die, die ihm nun bevorstand.

Wenn er sich regte. Wenn er auch nur einmal zappelte oder niesen mußte.

Nur wenn er ganz still blieb, kein Glied rührte, flach atmete und nichts, absolut gar nichts tat – dann hatte er vielleicht eine Chance. Vielleicht …

Jo trat das Gaspedal durch. Der Wagen machte einen Satz nach vorn, überholte einen Porsche. Jo genoß die verwunderten Blicke des Fahrers, als er lässig an dem Porsche vorbeizog.

Aber Jo hatte keine Zeit, die Eigenschaften seiner Neuerwerbung zu genießen. Er wollte die Zeit während des Fahrens dazu nutzen, seine Gedanken zu klären und herauszubekommen, was eigentlich passiert war.

Jo hatte nicht die leiseste Ahnung. Es war schmerzlich, das so einfach zuzugeben, aber es war so. Er hatte Fakten en masse, aber sie paßten nicht zusammen. Wie die Einzelteile einer Vase, aber ohne den Klebstoff, den man brauchte, um sie wieder zusammenzusetzen. Und nirgendwo gab es einen Ansatzpunkt.

Zu Jos Erfahrungen gehörte es, ein Problem einfach zu vergessen, wenn man damit nicht klarkam. Sich darauf zu konzentrieren, brachte nichts.

Es war wie bei der Suche nach der Brille oder nach dem Schlüssel – je mehr man sucht, um so weniger findet man ihn. Aber wenn man sich ablenkt, kann es oft passieren, daß man später wie beiläufig einen Handgriff tut und das Gesuchte in der Hand hält. Es gab eine gescheite psychoanalytische Theorie dazu, aber damit wollte sich Jo auch nicht beschäftigen.

Er hörte lieber Radio.

Der hohe Besuch der Stadt am Hudson sollte in wenigen Minuten sein Hotel verlassen und zum Spielfeld gebracht werden. Pete Sampras würde bald gegen André Agassi spielen – ein echter Klassiker des Tennis, vor allem dank der genialen Spielkunst eines André Agassi und dem unverwüstlichen Kampfgeist eines Sampras.

Reporter im Rundfunk wurden zwar nicht gerade nach Sendeminuten bezahlt. Aber sie standen gelegentlich vor der Aufgabe, irgendwie Lücken zu stopfen.

Die Abfahrt des Gastes verzögerte sich, und der Reporter mußte die Zeit zwischen zwei Werbeeinblendungen mit irgend etwas füllen. Offenbar hatte er sich gut vorbereitet.

Er erzählte etwas von dem Stadtviertel, in dem der Gast wohnte, etwas von dem Hotel, das nach einem Entwurf von Gene Abercrombie gebaut worden war, vom hervorragenden Service des Hotels und der perfekten Überwachung durch Polizei, FBI und Secret Service.

Jo hörte nur mit halbem Ohr zu. Schließlich mußte er sich auf den Verkehr konzentrieren. Meistens half der kleine Trick, aber dieses Mal lenkte Jo sich vergeblich ab.

Er erreichte das Gelände von Belford Enterprises. Wie er befürchtet hatte, waren alle Fenster dunkel, der Parkplatz lag leer und verlassen da. Nur ein einziger Wagen war zu sehen.

Jo murmelte eine Verwünschung.

Ein Detektiv im Fernsehen hätte sich jetzt natürlich nicht um Recht und Gesetz gekümmert, wäre ins Haus eingedrungen und hätte dort alle Beweise der Welt gefunden, um den Joker oder Professor Moriarty zur Strecke zu bringen.

Für Jo kam das nicht in Frage. Er wollte gerade auf dem Parkplatz wenden und zurückfahren, als er entdeckte, daß in dem verlassenen Auto ein Mann lag. Der Mann rührte sich nicht.

Jo ließ seinen Wagen neben dem anderen Fahrzeug anhalten. Er spähte hinüber.

Der Fahrer des anderen Wagens war höchstwahrscheinlich tot. Jedenfalls bewegte er sich nicht.

Doch. Halt. Jo konnte im schwachen Licht der Beleuchtung des Parkplatzes sehen, daß die Halsschlagader des Mannes pulsierte. Vielleicht war der Mann …

Es war Huntington, stellte Jo fest, als er ausstieg und zu dem anderen Wagen ging. Und er lebte.

Huntington öffnete die Augen. In diesem Blick lag alles Entsetzen dieser Welt.

Jo wollte gerade nach der Tür greifen.

Huntington bewegte sich nicht. Nur seine Augen schrien gleichsam in höchster Panik auf. Jos Hand blieb auf dem Türgriff liegen.

»Können Sie mich hören, Huntington?«

Er mußte Jo verstehen können, denn die beiden hinteren Fenster waren ein Spalt geöffnet worden.

Mit den Augen gab Huntington ein kurzes Zeichen.

»Ja!«

Jo überlegte. Wenn Huntington nicht völlig übergeschnappt war, gab es für sein Verhalten nur eine Erklärung.

»Sitzen Sie auf dem Zünder einer Bombe?«

Nein.

Jo überlegte. »Haben Sie ein Tier auf dem Schoß? Einen Skorpion? Eine Giftschlange etwa?«

Ja, lautete dieses Mal die Antwort.

»Wie lange schon?«

Zwei Stunden, signalisierte Huntington. Der Detective hatte Jo übel mitgespielt, aber diese Strafe war doch ein wenig zu hart.

»Okay. Wenn Sie wollen, mache ich jetzt ganz langsam die Tür auf. Dann sehen wir weiter. Einverstanden?«

Zögern, dann ein Ja. Diesen Abend würde Huntington bis ans Ende seiner Tage nicht vergessen.

»Ganz ruhig«, sagte Jo. »Nur nicht erschrecken.«

Sehr behutsam öffnete er die Tür des Wagens. Es gelang. Langsam zog Jo die Tür an sich heran. Er hörte Huntingtons leisen Atem. Und er roch den Angstschweiß, den der Lieutenant in den letzten beiden Stunden vergossen hatte.

»Vorsichtig, um Gottes willen vorsichtig«, sagte Huntington. Er hauchte die Worte nur.

»Wo ist das Vieh?«

»In meinem linken Hosenbein«, wisperte Huntington.

»Es wird schwer sein, es da herauszubekommen«, sagte Jo. »Ehrlich gesagt, ich habe keine Idee ...«

»Bitte«, flehte Huntington leise. »Bitte. Sie müssen einfach. Ich halte es nicht mehr lange aus.«

Jo überlegte. »Okay, ich nehme an, Ihr Leben ist Ihnen mehr wert als Ihr Auto ...«

»Sicher, sicher. Was wollen Sie machen?«

Jo Walker lächelte. »Ganz einfach«, erklärte er. »Den Wagen anzünden ...«

Aus Huntingtons Gesicht schienen fast die Augen zu quellen.

»Waas?«

»Warten Sie's ab«, sagte Jo. »Ich werde jetzt hinter Ihnen die Verriegelung für die hintere Tür öffnen.«

Huntington bewegte sich nicht. Er hörte auf zu schwitzen. Das lag nicht zuletzt daran, daß jetzt die Kälte des Abends in den Wagen zu kriechen begann.

Jo öffnete die hintere Tür. Auf dem Rücksitz lagen ein paar alte Magazine. Huntington las offenbar im Dienst ausgerechnet den »Hustler«. Jo nahm sein Feuerzeug zur Hand und zündete eines der Magazine an.

Es begann zu brennen, nicht sehr heftig. Jo legte es auf den Rücksitz.

»Könnte sein, daß Ihnen jetzt sehr heiß wird«, sagte Jo. »Aber das werden Sie aushalten müssen ...«

Jo nahm seine Waffe zur Hand. Jetzt konnte er nur warten.

Warten, bis die Schlange, die bei der Novemberkälte allmählich erstarrte, das Feuer und damit die Wärme auf dem Rücksitz bemerkte.

Schlangen sind wechselwarme Tiere: Im Gegensatz zum Menschen und anderen Säugetieren, die ihre Körpertemperatur konstant halten können, sind Schlangen stets so warm oder so kalt wie ihre Umgebung. Und sie brauchen eine gewisse Umgebungstemperatur, um aktiv sein zu können, zubeißen eingeschlossen.

Huntington schluckte. »Sie bewegt sich«, sagte er leise.

»Mit dem Kopf ein bißchen nach vorn«, schlug Jo vor. »Sonst versengt es Ihnen den Nacken.«

Jo hielt die Waffe in der Hand.

»Rechter Fuß«, wisperte Huntington. »Sie will aus dem Hosenbein heraus.«

Jo wartete. Er sah genau hin.

Sekunden verstrichen. Inzwischen brannte der Rücksitz schon recht kräftig. Und dann sah Jo den Kopf des Reptils neben dem Gaspedal auftauchen.

Jo zögerte keinen Augenblick. Der Schuß krachte und riß der Schlange den Kopf ab.

Huntington stieß einen Schrei aus, dann ließ er sich nach links fallen, aus dem Wagen heraus. Jo packte zu, stellte den Mann auf die Beine, und dann rannte Huntington los.

Sein Wagen brannte bereits lichterloh. Jeden Augenblick konnte der Tank explodieren.

»Verdammt«, stieß Jo hervor. Daran hatte er nicht gedacht. Trotz der Gefahr schwang er sich auf den Fahrersitz seines Wagens. Er hatte sich das Gefährt nicht zugelegt, damit es explodierte.

Jo legte einen Kavalierstart hin. Die Pneus kreischten auf dem Asphalt, dann machte der Mercedes einen Satz.

Als Breck Huntingtons Auto in die Luft flog, war Jo mit seinem Wagen in Sicherheit. Und als Jo den Wagen wieder zum Stehen brachte, hatte er auch des Rätsels Lösung in der Hand.

April war inzwischen nach New York zurückgekehrt. In Jos Büro wartete sie auf Nachricht.

Auf einem kleinen Fernseher lieferten sich in der Zwischenzeit Agassi und Sampras einen der brillantesten Kämpfe der Tennisgeschichte. Das Publikum raste und tobte, der Staatsgast bekam wirklich etwas geboten.

Dann klingelte das Telefon. April nahm ab.

»Hier ist Jo, Mädchen. Keine Zeit für Fragen, du mußt jetzt ganz schnell sein. Alarmiere Tom, Ron oder sonst wen. Und dann rast du ins Hotel Majestic. Auf diesen hohen Besuch soll ein Attentat verübt werden. Wahrscheinlich noch heute nacht. Die Räume, in denen der Gast wohnt, dürfen unter gar keinen Umständen betreten werden. Verstehst du das, April?«

»Ich habe alles mitbekommen«, gab sie zurück. »Und ich werde mich beeilen.«

»Okay, Mädchen. Viel Glück ...«

Jo hatte aufgelegt.

Für den ersten Teil seines Auftrags brauchte April Bondy nur wenige Minuten. Tom Rowland und sein Team standen einsatzbereit und würden sich sofort auf den Weg machen; telefonisch wollte Tom außerdem dem Sicherheitsberater beim Hotel mitteilen, daß April im Anmarsch war.

Für die Fahrt von Jos Office zum Hotel Majestic brauchte April eine Menge Zeit, fast eine Stunde. Zum Glück ging der Kampf zwischen den beiden Tennis-Giganten länger. Wahrscheinlich würde es ein Fünf-Satz-Spiel werden.

April erreichte das Hotel. In der Tiefgarage wurde sie von Paul Denholm erwartet, der die Sicherheitsmaßnahmen in und um das Hotel koordinierte.

»Alles klar«, sagte er, als April ausstieg. »Rowland hat mich schon angerufen. Wir haben sofort ein Ausweichquartier hergerichtet. Aber wie zum Teufel soll der Anschlag aussehen? Eine Bombe?«

»Ich weiß es selbst nicht«, gab April zu. »Ich weiß nur, daß Jos Warnung garantiert berechtigt ist.«

Denholm rieb über seine Nase.

»Okay«, sagte er. »Wollen Sie mitkommen? Ich werde mir die Suite noch einmal ganz genau ansehen.«

April nickte. Aber sie hatte ein ungutes Gefühl dabei. Ein sehr ungutes Gefühl.

»Das wär's«, stieß Jo Walker hervor.

»Ich blicke immer noch nicht durch«, sagte Huntington matt.

Er schlotterte am ganzen Leib, aber diesmal vor Kälte. Er hatte so geschwitzt vor Angst, daß seine Kleider gänzlich durchnäßt waren. Und nun fegte ihm der Novemberwind durch alle Nähte.

»So ganz habe ich die Sache auch nicht begriffen«, gestand Jo. »Aber ein bißchen blicke ich durch. Aus irgendeinem Grund will Belford dem Gast in unserer Stadt an den Kragen.«

»Wie kommen Sie darauf?«

Jo zählte die Fakten auf.

»Erstens«, sagte er. »Belford züchtete, wie Sie erfahren haben, Reptilien. Eines der Viecher haben wir gerade getötet. Ein anderes hat gestern oder vor zwei Tagen einen gewissen Abercrombie umgebracht, einen unbedeutenden Architekten. Nur hat dieser Architekt zufällig das Haus gebaut, in dem unser Staatsgast schläft.«

»Das macht Sinn«, stimmte Huntington zu. »Aber wie will Belford das machen. Ich nehme an, daß er noch im Haus ist, jedenfalls habe ich nicht gesehen, wie er es verlassen hat.«

Jo lächelte zuversichtlich. »Auch das werden wir herauskriegen«, sagte er. »Aber zunächst müssen wir erst einmal Belford finden. Er weiß garantiert alles, was wir gerne wissen würden.«

»Ich bin dabei«, versicherte Breck Huntington grimmig. »Für die zwei Stunden Todesangst soll er büßen, dieser Lump ...«

Die beiden Männer gingen zum Haus. Solche Dinge gehörten zwar nicht gerade zu dem, was an der Polizeiakademie gelehrt wurde, aber Jo und Huntington brauchten trotzdem nur eine knappe halbe Minute, um das Türschloß am Eingang zu knacken.

Dann drangen sie in das Gebäude ein. Auf der Suche nach Nathan Belford, der gerade einen weiteren Mord begehen ließ ...

»Sehen Sie? Nichts, keine Spur«, sagte Paul Denholm. »Glauben Sie mir, Miß Bondy, wie haben das Hotel exakt überprüft. Wir haben zum Beispiel sämtliche Mauern mit Metalldetektoren überprüft – es wäre ja möglich, daß einer eine Bombe in die Wand gebaut und dann darübertapeziert hat. Hier gibt es keine Bombe.«

»Es muß nicht unbedingt eine Bombe sein«, sagte April. »Vielleicht ist es auch etwas ganz anderes.«

»Und was, bitte?«

»Ich weiß es nicht ...«

Denholm hatte ein Radio mitgenommen. Gerade wurde durchgegeben, daß der Staatsgast die Halle verlassen habe.

Denholm murmelte eine Verwünschung.

»Wenn der Killer ebenfalls Radio hört, wird er bald zuschlagen«, knurrte er. »Aber ich glaube nicht, daß er hier sein wird. Es ist ausgeschlossen. Völlig ausgeschlossen ...«

April sah sich um. Sie stand in dem Zimmer, in dem die Gattin untergebracht war. An einem Bügel hing ein Paillettenkleid, sündhaft teuer, aber wunderschön.

Denholm ging ins Nachbarzimmer.

»Auch hier nichts«, sagte er. »Jetzt haben wir alle Räume untersucht. Die Toiletten ausgenommen.«

April lachte unterdrückt. Diese Vorstellung war wohl doch zu absurd. Sie hörte, wie eine Tür geöffnet wurde. Und dann vernahm sie einen entsetzten Ausruf.

»Großer Gott ...«

Es folgte ein grauenvolles Ächzen. Und dann eine noch viel grauenvollere Stille.

Nathan Belford hielt sich in seinem Büro auf, ganz in seine Tätigkeit versunken. So sehr, daß er gar nicht mitbekommen hatte, daß zwei Männer den Lift benutzt hatten und in seine Maisonette-Wohnung eingedrungen waren ...

»Was macht er da?« wisperte Huntington.

»Ich weiß nicht«, murmelte Jo.

Die zwei Männer hielten ihre Waffen in den Händen. Auf den dicken Teppichen bewegten sich beide leise auf Belford zu.

Belford hatte sich mit seinem Sessel herumgedreht, so daß er die rückwärtige Wand des großen Raums ansah. Dort hatte sich die Täfelung geöffnet, ein großer Bildschirm war zu sehen.

Jo hatte keine Probleme, das Bild zu erkennen. Es stellte den Grundriß einer Wohnung dar, wie ihn ein Architekt zeichnen würde. Und es gehörte nicht sehr viel Phantasie dazu, sich auszumalen, welche Wohnung dort zu sehen war. Es war die Suite, in der der Staatsgast aus Washington wohnte.

Es sah ganz danach aus, als sei das Attentat in vollem Gange. Bei dem Bild handelte es sich nicht um ein normales Fernsehbild, sondern um eine Computer-Grafik. Zu sehen war ein Symbol, das Jo nicht so schnell identifizieren konnte; er nahm an, daß es den Angreifer oder Attentäter markierte.

Und da waren zwei weitere Symbole. Vermutlich die Opfer.

Eines der Symbole war von grüner Farbe, rührte sich nicht und pulsierte leicht. Das andere leuchtete gelb und bewegte sich. Und das dritte Symbol bewegte sich auf dieses zweite Zeichen zu.

Die Erklärung war deutlich.

Belfords Attentäter – jetzt konnte Jo die Fernsteuerung in den Händen des Mannes sehen – hatte das erste Opfer bereits gefunden und zur Strecke gebracht. Jetzt wandte es sich dem zweiten Opfer zu.

Es war ein Anblick, den April niemals vergessen würde. So ein Geschöpf gab es in der Natur nicht, es konnte nur in einer speziellen Züchtung fabriziert worden sein.

Eine Schlange.

Sie war riesengroß, größer als eine Anakonda, die Flußschlange aus Südamerika. Und wahrscheinlich konnte sie ebenso gut wie diese Schlange tauchen.

Sich beispielsweise gegen eine Strömung vorzukämpfen bis zum Ziel. Selbst durch einen Abwasserkanal.

Aber damit hatten sich die Züchter nicht zufriedengegeben. Die Anakonda war eine Würgeschlange, die ihre Opfer erstickte oder ihnen, wie Chester Wyngrave, Genick und Rippen brach. Beim Zugriff dieser Schlange würden Menschenknochen bersten wie Streichhölzer.

Diese Monsterschlange hatte zudem Giftzähne. Unterarmlang, scharf und spitz wie Dolche, und April Bondy konnte das Gift von den Zähnen tropfen sehen.

Aber das war noch nicht das Schlimmste. Die Schlange trug eine Art Krone: einen kleinen, metallisch schimmernden Kasten, der fest auf dem Kopf der Bestie saß. Gespickt mit den Spezialchips aus der Wyngrave-Werkstatt, diente dieser Kasten dazu, das Tier fernzusteuern. Wie eine Maschine.

So erst war es möglich geworden, diese Neuschöpfung aus den Genlabors als Waffe, als ein Mordinstrument zu benutzen.

Chester Wyngrave war den würgenden Schlingen des Monsters als erster zum Opfer gefallen. Gene Abercrombie war an dem Gift gestorben, das ihm in den Körper gejagt worden war. Und nun war die Reihe an April Bondy …

Jo richtete seine Waffe auf Belford.

»Lassen Sie den Steuerknüppel los, Belford«, befahl Jo. »Sofort!«

Nathan Belford reagierte, als habe ihn ein elektrischer Schlag getroffen. Langsam drehte er sich mit dem Sessel herum.

»Sieh an«, höhnte er. »Sie leben also doch noch.«

»In der Tat«, stellte Huntington grimmig fest.

»Weg mit der Fernbedienung«, forderte Jo mit rauher Stimme.

»Gern«, sagte Belford. »Es wird auch nichts mehr nützen. Das Programm läuft, es ist durch nichts mehr zu stoppen ...«

Jo Walker sah, wie sich das Symbol auf dem Bildschirm bewegte. Das zweite Opfer zog sich zurück. Langsam und zögernd. Es ging in den Raum hinein, der für die Gattin bestimmt war.

»Es sind winzige Elektroden im Schädel der Schlange«, erklärte Belford amüsiert und spöttisch zugleich. »Sie können aus der Wahrnehmung der Schlange Wärmeimpulse empfangen und verwerten. Und sie können die Bewegungen der Schlange steuern, rechts und links, vor und zurück.«

Belford grinste tückisch.

»Und sie können den Angriffsimpuls auslösen«, sagte er dann. »Das Beutemachen ... sehen Sie zu, meine Herren ... Sie brauchen sich nicht anzustrengen. Es läßt sich nichts mehr daran ändern.«

Eine Fernsteuerung. April Bondy verstand nichts von Fernsteuerungen. Aber sie wußte eines von der Schule her: In einen sogenannten Faradayschen Käfig kam kein Sendeimpuls. Darum kann man im Innern eines Autos nicht vom Blitz getroffen werden, wenn man die Wände nicht anfaßt. Die ganze Energie bleibt auf der Hülle.

Die Schlange zischte und bewegte sich auf April zu. Sie kam schnell, entsetzlich schnell.

April machte einen vorsichtigen Schritt zur Seite. Sie bekam das Kleid der vornehmen Dame zu fassen. Ein Handgriff genügte. Und dann ...

April warf den Stoff mit den vielen tausend metallischen Pailletten der Schlange über den Kopf. Das Tier hörte auf, sich zu bewegen. Der Kopf pendelte irritiert hin und her.

April rannte los. In weitem Abstand hetzte sie an der Bestie vorbei. Auf Paul Denholm zu. Der Mann war schlichtweg in Ohnmacht gefallen, und das hatte ihm das Leben gerettet. Neben ihm lag seine Waffe. April Bondy griff entschlossen danach ...

Auf dem Bildschirm war nur noch ein wüstes Flackern zu sehen. Belford stieß einen heiseren Schrei aus. Zum ersten Mal war eine Gefühlsregung bei ihm zu erkennen, Angst und Erschrecken.

Und dann erlosch das Symbol der Schlange auf dem Bildschirm.

Jo lächelte. Er ahnte, daß die Bestie tot war.

»Sie haben das Spiel verloren, Belford«, erklärte er ruhig. »Dieser Mord ist Ihnen nicht gelungen.«

Belford drehte sich langsam herum. »Sie werden das beweisen müssen«, sagte er.

Jo lächelte zurück. »Das werden wir, Nathan Belford«, versprach er.

Belford wurde bleich.

Aprils Todesstunde

In der Ferne ebbte das Gewitter ab. Nur das dumpfe Grollen war noch zu hören. Am Horizont zuckte der Widerschein der Blitze. Es war kurz vor Mitternacht.

»Wer ist da?« Die Stimme des Mörders klang beherrscht. Der Auftraggeber wartete.

Im Mondlicht war die Gestalt in Umrissen zu erkennen. Der Mann war bucklig. »Ich bin es!«

April Bondy setzte das Opernglas an die Augen. Unwillkürlich hielt sie den Atem an. Der Mörder trat ins Freie. Er zerrte einen Sack hinter sich her. Der Bucklige strahlte.

April Bondy schluckte. Sie wußte, was nun folgte, denn sie sah diese Szene nicht zum ersten Mal auf der Bühne.

Die Börse, die der Auftraggeber dem Mörder zuwarf. Das Ächzen und Schnaufen, mit dem der Bucklige den schweren Sack zum Flußufer hinunterschleppte.

April Bondy griff, ohne das Glas von den Augen zu nehmen, in ihre Handtasche und kramte ein Papiertaschentuch hervor. Die Zeit war reif dafür. Denn in diesem Augenblick entdeckte, vierzig Meter von April entfernt und knapp fünf Meter tiefer, Rigoletto in dem Sack die Leiche seiner Tochter.

Sherill Milnes sang an diesem Abend den Rigoletto, die zur Zeit wahrscheinlich beste Besetzung dieser Rolle weltweit. In der Schlußszene war er überwältigend.

Im Hintergrund entfernte sich gerade der Herzog mit der berühmten Kavatine: *»La donna e mobile ...«*

Angeblich hatte Verdi die Noten für diese Arie erst eine halbe Stunde vor der Premiere herausgerückt, weil er wohl ahnte, daß bereits eine Stunde nach der Premiere jeder Gondoliere Venedigs diese Melodie singen würde.

Auch die Gilda war an diesem Abend hochkarätig besetzt. April konnte Jo Walker nur bedauern, daß er nicht auch Zeit gefunden hatte mitzukommen.

Gildas Stimme erstarb in einem Hauch. Rigoletto sackte erst über der Leiche zusammen, dann bäumte er sich zuletzt in Verzweiflung auf:

»Ah! la maledizione . . .!«

Sherill Milnes schaffte es noch einmal, all seine Gesangs- und Darstellungskunst in diesen letzten Aufschrei zu legen, und die Wirkung war so überwältigend, daß es nach den letzten Takten fast zwei Minuten lang totenstill in dem riesigen Auditorium blieb.

Dann brach ein Beifallsorkan los. Die Menschen standen auf, und auch April Bondy applaudierte stehend. Sie war so überwältigt, daß sie gar nicht recht wußte, was sie tun sollte – das Opernglas weglegen, mit dem Taschentuch gegen die Tränen der Rührung ankämpfen, bevor das Make-up davon weggeschwemmt wurde, oder mit beiden Händen zu applaudieren. April entschied sich für den Applaus. Ihr Make-up konnte sie später immer noch korrigieren.

Es dauerte geraume Zeit, bis sich das Publikum seine Begeisterung von der Seele geklatscht hatte.

April zählte dreißig Vorhänge, ehe sie sich dazu entschloß zu gehen und sich erst mal frisch zu machen.

Es wäre schöner gewesen, den Abend mit Jo zusammen zu verbringen, aber Kommissar X hatte zu tun. In einem Entführungsfall war er dazu ausersehen, das Lösegeld zu überbringen. Da das Leben eines dreizehnjährigen Jungen auf dem Spiel stand, hatte er keinen Augenblick gezögert, die seltene und damit kostbare Karte für die MET verfallen zu lassen.

April Bondy ließ sich Zeit. Sie wußte, daß es dauern würde, bis die Besucher der MET das Haus verlassen hatten. Ob Fußball, Politik oder große Kunst – nach jedem großen Ereignis dieser Art folgte beinahe zwangsläufig der Augenblick, da sich das Interesse des Publikums vom Erhabenen dem trivialen Problem zuwandte, wie man am schnellsten ein Taxi erhielt oder den eigenen Wagen aus dem Parkhaus auf die überfüllten Straßen bugsierte.

Als April mit ihrem Make-up fertig war, waren die Gänge der Metropolitan-Oper schon ziemlich leer.

Leise ein paar Takte aus der Oper summend – es war die Arie der Gilda *»Caro nome che il mio cor«,* aus der irgendein Banause vor ein paar Jahren den Schlager *»Juanita Banana«* gemacht hatte –, schritt April über die Gänge der MET. Sie waren mit dicken Teppichen ausgelegt, die die Schrittgeräusche dämpfen sollten. Zweck des Aufwands war, den musikalischen Genuß nicht zu stören.

Der Nebeneffekt war, daß man auch nicht zu hören vermochte, ob einem jemand auf diesen Teppichen folgte, und so war sie fürchterlich überrascht, als sich ihr von hinten jäh eine Hand auf den Mund legte.

»Keinen Laut!«

Dieses Hinweises hätte es nicht bedurft. Das Harte, das sie rechts in ihrem Rücken spürte, war garantiert eine Schußwaffe.

April erstarrte. Keine Gegenwehr, ganz ruhig bleiben. Der Schock war groß, aber er warf sie nicht um.

Kein Mensch ging hin und kidnappte auf den Gängen der Metropolitan eine wildfremde Frau, einfach so, zum Jux.

Hinter dieser Aktion steckte ein Plan, und das gab ihr Chancen, wenn sie kaltblütig blieb und ihre Zeit abwartete.

Die Hand löste sich langsam von ihrem Mund. April dachte nicht daran, zu schreien. Zum einen hätte sie vermutlich ohnehin niemand gehört, zum anderen konnte das den Mann mit der Waffe nur zu Unbesonnenheiten verleiten. Ein Mann mußte es wohl sein – sie konnte ein Rasierwasser riechen, »das Frauen provoziert«.

Einen Augenblick überlegte sie, den Hacken hochzuziehen. Irgend etwas Schmerzempfindliches mußte eigentlich in Reichweite ihres rechten Fußes sein. Aber sie sagte sich, daß allein der Schmerz ausreichen konnte, den rechten Zeigefinger des Mannes hinter ihrem Rücken zusammenkrampfen zu lassen, und das hätte unweigerlich zur Folge gehabt, daß ein paar Gramm Blei quer durch ihren Körper gerast wären.

»Keine Panik!« zischte der Mann mit dem aufdringlichen Rasierwasser. »Ihnen wird nichts passieren, wenn Sie kooperieren.«

April reagierte nicht. Aus den Augenwinkeln heraus musterte sie ihre Umgebung. Ein paar Dutzend Meter entfernt ging ein Mann in

Livree vorbei, aber der dienstbare Geist war wohl schon zu sehr mit seinem Feierabend beschäftigt, um sie und den Mann mit der Waffe wahrzunehmen.

Der Angreifer hatte den linken Arm weggenommen. Er stand dicht hinter ihr, sie spürte den Druck der Waffe in ihrem Rücken. Es fühlte sich wie ein großes Kaliber an, mindestens 38, wenn nicht noch mehr.

Ein Geschoß aus dieser Waffe würde ein Loch in Aprils hübschen Leib stanzen, das an der Austrittsöffnung garantiert groß genug war, um ihren Bauchnabel samt Umgebung verschwinden zu lassen.

»Vorwärts! Und keine Mätzchen, Lady, sonst drücke ich ab!«

April gehorchte.

Der Mann kannte sich im Inneren der Metropolitan Opera aus, außerdem hatte er Nachschlüssel.

Irgendwo in den Gängen schallte Gelächter, vielleicht feierten ein paar Musiker noch in den Garderoben, oder die Beleuchter saßen noch bei einem Bier zusammen. Publikumsverkehr gab es nicht mehr. Die Gänge, durch die sie geführt wurde, wurden immer technischer und unfreundlicher. Rohre, Kabel, Gittertüren, Gerüche nach Schmieröl.

In den ersten Sekunden dieses Überfalles hatte April keine Angst verspürt – oder jedenfalls nicht sehr viel. Aber jetzt stellte sich die Furcht ein, langsam kroch sie in ihr hoch.

War da nicht der Fall der Geigerin gewesen, die man vor ein paar Jahren in der MET gefunden hatte – nackt, vergewaltigt und anschließend in einen Aufzugsschacht gestürzt! Und hatte man den Täter jemals gefunden?

Sie konnte sich nicht daran erinnern.

Nein, ein Sittenstrolch war der Mann hinter ihr nicht, da war sich April sicher. Kerle dieser Art gingen in der Regel anders vor. Außerdem hatte sich April mit der Kriminalstatistik beschäftigt. In den meisten Fällen von Notzucht hatten sich Täter und Opfer vorher schon gekannt.

Die vom Publikum mit lüsternem Grausen beschworenen Fälle vom Unhold, der hinter dem Gebüsch hockt und das nächstbeste Frauenzimmer überfällt und schändet, war, rein statistisch betrachtet, die absolute Ausnahme. Leider half diese kriminologische Miniatur-Expertise wenig. Gescheit zu denken, half nicht gegen die Angst. Sie spürte ihre Hände feucht werden, als der Mann sie immer tiefer ins Innere der MET entführte.

»Jetzt nach links!«

April hatte längst die Orientierung verloren. Zu viele Treppen war sie hinunter- und wieder hinaufgestiegen, zu viele schmutzige, nach Öl stinkende Korridore und Gänge hatte sie durchwandert, und immer hatte sie den Druck der Waffe im Rücken gespürt.

Und sie hatte immer gewußt – der Mann, der diese Waffe hielt, war kein Frauenschänder oder Sittenstrolch. Viel schlimmer – er war jemand, der einfach schoß, wenn er es für richtig hielt.

»Öffnen!«

Sie drückte die Klinke nach unten. Die Tür ging nach innen auf. Ein Schwall kühler Nachtluft schlug ihr entgegen, und sie verwünschte die Tatsache, daß sie nur ein Abendkleid trug. Der Pelzmantel hing noch in der Garderobe.

Eine kleine Straße, wahrscheinlich nur für Anlieferungen gebaut. Nasser Asphalt, eine Pfütze mit einem dünnen Ölfilm darauf. Das Licht einer entfernten Neonreklame wurde von der Pfütze schillernd reflektiert.

April fröstelte. Nicht nur wegen der kalten Luft.

Die Angst wurde immer stärker. Denn langsam begann sie zu ahnen, was sie erwartete.

Ein Pfiff. Ein Motor, der gestartet wurde. Um die Ecke bog ein Lieferwagen. Weiße Lackierung, Schriftzüge in Schwarz und Rot: ACME Securities, Sicherheitstransporte.

Der Wagen glitt näher und hielt. Die Seitentür rollte auf, zwei Arme schossen hervor, packten sie und zerrten sie ins Innere des Wagens.

Aprils letzte Eindrücke waren: drei Männer, dunkle Kapuzen, glitzernde Augen. Ein Männerlachen, geil und dreckig. Etwas Weißes, Stinkendes, das sich auf ihr Gesicht zubewegte. Eine Hand, die gierig nach ihrer linken Brust griff. Erstickende Dämpfe, die ihr in die Lungen schossen.

Angst – Grauen ... Und dann Stille.

Jo schlug den Kragen höher. Der Abend war kalt und feucht. Nebelschwaden zogen durch den Park und krochen durch jeden Ritz ins Innere der Kleidung.

Der Koffer stand neben der Bank. Eine halbe Million. Kleine Scheine, gebraucht, keine fortlaufenden Seriennummern. Wie der Kidnapper das gefordert hatte.

Natürlich waren die Scheine trotzdem markiert, und schon seit sechs Stunden hatte jede Bank in den USA eine Computerliste, mit der jeder einzelne Schein identifiziert werden konnte. Die Liste selbst war mehr als drei Jahre alt. Man hatte sie erstellt, als der Lösegeldfonds zusammengestellt worden war. Drei Millionen Dollar in kleinen Scheinen, ohne fortlaufende Nummern, alle mit Gebrauchsspuren. Und alle mit Seriennummern, deren sechs letzte Stellen Primzahlen waren. Für einen Computer eine Kleinigkeit, sich so etwas zu merken – für einen Menschen praktisch nicht herauszufinden.

Die Falle für die Kidnapper war offen – das Geld war der Köder, Jo gleichsam der Haken am Ende der langen Leine.

Aber es gab dummerweise auch immer wieder Fische, die samt Köder und Haken verschwanden – fatal für den Haken.

Jo sah auf die Uhr. Mitternacht, die vereinbarte Zeit. Er war gespannt, wie die Kerle die Übergabe durchziehen wollten.

Entführer waren in aller Regel Amateure, blutige Laien, die ihre Fähigkeiten meist hoffnungslos über- und die Schwierigkeiten einer solchen Operation unterschätzten.

In Italien – vor allem auf Korsika und Sardinien – gab es gut geplante Entführungen. Sie wurden gleichsam von Familien organisiert, die sich auf diesem speziellen handwerklichen Gebiet eine gewisse Tradition erworben hatten.

In Jos Fall waren Laien am Werk gewesen. Dadurch wurde die Sache doppelt und dreifach gefährlich.

Laien neigten zum Durchdrehen, und die meisten rasteten schon aus, wenn sich das Opfer nicht so verhielt, wie es sich nach Plan zu verhalten hatte. Es gab Frauen, die gegen jede Vernunft loskreischten und einfach nicht mehr still zu kriegen waren, wenn sie entführt werden sollten. Es gab Männer, die sich in Lagen noch zur Wehr setzten, in denen ihre Chancen kleiner als der Blutalkoholgehalt eines Streifenpolizisten waren. Kinder schrien und weinten, ob man ihnen nun mit der Waffe drohte oder nicht.

Entführungen wie diese konnten mitunter aus der Sicht der Täter gutgehen. In der Regel gingen sie vor allem aus der Sicht der Opfer gründlich daneben.

Jemand näherte sich. Aufrecht gehend, eine Gestalt in Dunkel. Jo registrierte die Details gewohnheitsmäßig. Dunkle Stiefel, Texasboots. Jeans, dunkle Jacke mit hochgeschlagenem Kragen. Eine tief in die Stirn gezogene Mütze. Der Kopf bewegte sich ruckartig hin und her.

Jo saß auf der Bank in der Nähe der Laterne. Ein vierjähriges Kind hätte aus dieser Szenerie folgern können, daß hier jemand mit einem Koffer voller Geld auf den Partner zur Übergabe wartete.

»Sind Sie es?«

Jo sah auf. »Möglich.«

»Kennwort Lindbergh.«

Der Dunkle gibt sich verschwörerisch wie ein Operndarsteller, dachte Jo. »Okay«, sagte er und stand auf. Er nahm den Koffer zur Hand und klappte ihn auf. »Zufrieden?«

Sein Partner hatte sich »getarnt« – das hieß, er hatte sich das Gesicht mit Schuhwichse eingerieben, um im Dunkeln nicht wegen des hellen Gesichts aufzufallen. Eine sehr dezente Maskerade – die Schuhwichse konnte man vermutlich noch auf der anderen Seite des Parks riechen.

Es war zu hören, wie der Mann schluckte.

Fünfhunderttausend Dollar in einem Koffer, das war ein Anblick, der auch hartgesottenen Gemütern die Finger zittern ließ. Und Jos Partner war nicht hartgesotten. Ein elender Stümper, aber das Opfer eines stümperhaften Mörders ist ebenso tot wie das eines exquisiten Profis, das galt es zu bedenken.

»Wo ist der Junge?« fragte Jo.

»Später«, sagte der Kidnapper, seine Stimme war heiser vor Erregung. Er klappte den Koffer zu, schnappte nach dem Griff. »Wir sind zu zweit, wissen Sie ...«

Er gab keinen Laut von sich, als Jo zuschlug.

Vier, fünf kurze, trockene Hiebe. Sie trieben dem Mann die Luft aus den Lungen, lähmten seine Beine und ließen paralysierende Schmerzen durch sämtliche Glieder schießen.

»Wo ist der Junge?« fragte Jo kalt.

Sein Gegner lag auf dem Rücken und schnappte nach Luft wie ein Karpfen auf der Wiese, seine Augen quollen leicht hervor. Selbst wenn der Mann hätte reden wollen, hätte er es nicht geschafft, und das war auch Jos Absicht gewesen.

Jo griff in seine Jacke und holte seine Waffe hervor.

»Damit kein Mißverständnis entsteht«, sagte er ruhig, während er aus der Brusttasche den Schalldämpfer hervorholte und mit geübten Bewegungen aufschraubte. »Ich bin der Onkel des kleinen Gregg, und zwei meiner Freunde vom Clan werden mir für diesen Abend ein perfektes Alibi geben. Wo ist der Junge?«

Der Kidnapper rollte mit den Augen. Bis er auch nur imstande war, stopp zu sagen, würde noch mindestens eine Minute vergehen.

Jo war fertig und überprüfte die Ladung der Waffe. In den Augen des Kidnappers hatte sich ein Ausdruckswandel vollzogen.

Zuerst hatte Jo in den Augen Überraschung und Schmerz gesehen, dann dumpfes Unverständnis, gepaart mit Wut. Und jetzt glomm in den dunklen Augen des Mannes am Boden der erste Funke jenes Grauens auf, das Jo dort sehen wollte.

»Okay«, sagte Jo. »Du willst also nicht reden. Wie du willst. Wenn du es nicht auf die einfache Tour haben willst, dann erledigen wir das auf die harte. Nur damit du begreifst, daß hier kein Theater gespielt wird.«

Er zielte, ganz schnell, ganz kurz und drückte ab. Es sah aus wie eine beiläufige Bewegung, als wedele er einfach nur mit der Waffe in der Luft herum.

Die Kugel schlug neben der linken Wange des Kidnappers im Boden ein. Er mußte spüren, wie sich das Geschoß in den Grasboden bohrte, wie Grasstückchen an seiner Wange hochspritzten.

»Die nächste Kugel setze ich dir in den linken Fußknöchel«, sagte Jo. »Das ist ein 38er Kaliber, von deinen Knochen bleibt also nur Mus übrig. Dann nehme ich mir dein Knie vor, dann die Hüfte. Und wenn das nicht geholfen hat, gehen wir zum anderen Bein über ...«

Der Mann war zäh. Dumm, aber tapfer. Er wollte irgend etwas sagen, einen Fluch vielleicht, aber das Problem war – er brachte einfach keinen Ton heraus.

Jos Handkantenschlag hatte das bewirkt. Absichtlich. Denn das war der Effekt gewesen, auf den Jo gewartet hatte. Ein kleiner, abgefeimter psychologischer Trick.

Wenn du jemandem ein Auto verkaufen willst, dann sieh zu, daß er einsteigt, und dann erzählst du dem Kunden, daß er die Karre auch in Silbermetallic haben kann. Oder mit Schiebedach. Oder mit Radio. Natürlich auch in Grün und mit Weißwandreifen.

Bring den Kunden dazu, daß er nicht mehr darüber nachdenkt, ob er das Auto kaufen will, sondern nur noch darüber, in welcher Version er es haben will!

Und Jos Gegner fragte sich, während Jo seinen Arm bewegte und die Waffe auf das Ziel richtete, längst nicht mehr, ob er etwas gestehen sollte oder nicht, er war nur noch mit dem Problem beschäftigt, überhaupt etwas über die paralysierten Stimmbänder zu wuchten.

Jo zuckte mit den Schultern. »Gut«, sagte er. »Dann wollen wir mal.«

Er hatte ein paar Stunden vor dem Spiegel geübt, bis der Gesichtsausdruck perfekt saß. Das langsame, perfide Aufblühen niederträchtiger, sadistischer Freude. Ein absolut satanisches, widerliches Grinsen voll Bosheit und grausamer Freude, dazu geeignet, Kindergärtnerinnen in Ohnmacht fallen zu lassen und Skins binnen weniger Augenblicke weißhaarig vor Angst werden zu lassen. Richtig fies.

»Ächetszzzsttbrrlklk!«

»Bitte?«

Mit sichtlicher Enttäuschung in der Miene beugte sich Jo über sein Opfer.

»Dreiundsiebzigste Straße, West«, brachte der Mann über die Lippen. Er mußte sich furchtbar anstrengen, und seine Stimme klang krächzend wie von einer alten Schellack-Platte.

Jo hielt die Mündung des Schalldämpfers an den rechten Fußknöchel des Mannes.

»Und das soll ich glauben?«

Nicken, entsetztes Augenrollen. »Ja, ja ...«

Jo zögerte, dann packte er zu und stellte den Gegner auf die Beine.

»Okay, dann wollen wir den Jungen mal abholen«, sagte er.

Drei Minuten später stand er am Straßenrand und winkte ein Taxi heran. In der rechten Hand hielt er die Waffe, hinter dem Rücken des Kidnappers. Der durfte das Geld schleppen, und sein Gesicht zeigte, wie entzückt er davon war.

Ein gelbes Taxi hielt an. Jo öffnete und schubste seinen Begleiter ins Innere.

»Keine Panik, Mann«, sagte er zu dem Taxifahrer. »Hast du schon mal jemanden überfahren?«

Der Taxifahrer schüttelte den Kopf.

»Willst du?«

»Bitte was?« Jo deutete auf den Mann neben ihm, ein Unglückshaufen mit Schuhwichse im Gesicht.

»Ein Kidnapper«, sagte Jo. »Wir fahren jetzt das Kind holen, und wenn der Kerl Schwierigkeiten macht, einfach darüber wegrollen.«

Der Taxifahrer spuckte aus, mitten auf die Kleidung von Jos Begleiter.

»Das können Sie haben, Mister. Mit Vergnügen.«

Zwölf Minuten später stand das Taxi vor dem Haus in der dreiundvierzigsten Straße, mit der Schnauze an der Häuserwand, und zwischen Wand und Kotflügel, einstweilen noch sanft, der Kidnapper eingeklemmt.

»Wie heißt dein Kumpel?«

»Stefanu, Giorgio Stefanu«, ächzte der Kidnapper. Wie zur Ironie hielt er noch immer den Koffer mit der halben Million in der Hand. Und er klammerte sich verzweifelt daran fest. »Bitte, Mister, bitte ...«

Jo fand die Klingel und drückte sie. Derweil hatte der Taxifahrer den Fuß auf dem Gaspedal, und er war sadistisch genug, den Motor immer wieder ein bißchen aufheulen zu lassen.

»Stefanu!« brüllte Jo mit allem, was seine Lungen hergaben. »Stefanu, zeig dich!«

Es dauerte nur ein paar Sekunden, dann erschien ein Gesicht in einem Fenster am ersten Stock. Ein blasses, teigiges Gesicht. Das Gesicht eines Verlierers.

»Was ist los?«

»Giorgio, laß den Jungen los!« winselte Jos Gefangener. »Um Himmels willen, laß den Jungen los. Der Kerl ist wahnsinnig, völlig wahnsinnig. Laß ihn los, Giorgio, oder er bringt mich um. Dieser Kerl ist komplett irre, der gehört eingesperrt!«

Giorgios Partner jammerte und kreischte in den höchsten Tönen, während Stefanu selbst mit den Augen rollte und nach einem schäbigen, Sekunden dauernden Kampf zwischen Feigheit und Angst die Flagge strich.

Drei Minuten später konnte Jo am Ende der Treppe den Jungen in Empfang nehmen, blaß und verstört, aber wenigstens körperlich unbeschädigt.

Jo brauchte nur eine Hand zu heben und zu winken. Einen Herzschlag später schwemmte eine blaue Flut in die Straße. Die Cops, die die ganze Zeit über im Hintergrund gelauert hatten, schwärmten aus, um ihren Teil der Arbeit zu tun.

Binnen zehn Sekunden waren auf die beiden unglücklichen Kidnapper genügend Schußwaffen gerichtet, um damit den Sturm auf den Monte Cassino zu wiederholen. Oder das Little Big Horn.

»Gute Arbeit, Jo«, sagte Tom Rowland, als er Jo erreichte.

Jo stieß nur ein Schnauben aus. In Augenblicken wie diesem haßte er seinen Job.

Er hatte sich von Tom Rowland dazu breitschlagen lassen, in diesem Fall als Vermittler zu fungieren – mit uneingeschränkter Handlungsvollmacht, denn Kommissar X war nicht gern nur der Erfüllungsgehilfe des New Yorker Police Departements.

Schon sehr bald hatte Jo in diesem Fall das sichere Gespür gehabt, daß es sich bei den Tätern um blutige Laien handelte, um lausige Dilettanten. Und darauf hatte er seine Taktik aufgebaut.

Es gab bei Anfängern dieses Kalibers zwei Sorten – die eine, die im Ernstfall zusammenklappte und sich ergab, und die andere, weit gefährlichere, die erst mal aus Verzweiflung losballerte, wenn es kritisch wurde.

Nun, Giorgio Stefanu und sein mit Schuhwichse geschminkter Partner hatten zu der ersten Sorte gehört. So hatte sich Jo dazu entschlossen, den Fall sofort zu klären mit einem knallharten Bluff, der jedem Zuschauer von Staatsanwaltschaft oder Presse wütende Protestrufe abgenötigt hätte. Auch ein paar Freunde von Jo hätten sicherlich zu schlucken gehabt, hätten sie diesen »knallharten« Auftritt von Kommissar X erlebt.

Das Experiment war gutgegangen, die beiden Tölpel hatten Jo die brutale Masche geglaubt. Der Junge war frei, die beiden Täter geschnappt. Abgesehen von dem Schuß in den Boden war keine Kugel geflogen. Was wollte man mehr?

Jo angelte eine Packung Zigaretten aus der Tasche und ließ sich von Tom Feuer geben. Die beiden Männer rauchten schweigend.

Sie sahen zu, wie eine tränenüberströmte Mutter ihren Sohn in die Arme schloß, während der Vater damit beschäftigt war, den Inhalt des Koffers zu kontrollieren, ob auch kein kostbarer Dollar verlorengegangen war.

Derweil wurden die beiden Verbrecher von Cops auf Waffen untersucht. Die ganze Nachbarschaft war auf den Beinen und sah zu, wie Stefanu und sein Kumpel abgeführt wurden. Die Frauen der beiden Männer standen in der Nähe, Kinder drängten sich an ihre Beine, und die Tränen flossen reichlich.

Zwei Männer hatten ihren Job getan, gut getan, aber Jo und Tom konnten darüber nicht recht froh werden. Vielleicht hatte dieser Abend die Psyche eines dreizehnjährigen Jungen verändert, wahrscheinlich eine Ehe und mit größter Wahrscheinlichkeit zwei Familien zerstört.

Da hinter Stefanu und Partner keine Partei, kein Verein und kein Industrieunternehmen stand, würden die beiden zu einer erheblichen Freiheitsstrafe verknackt werden. Und in einem richtigen Knast hatten diese beiden eine Überlebenschance, die man sich besser nicht in Zahlen ausrechnete.

»Mistwetter!« maulte Tom, um wenigstens etwas zu sagen

Eine dunkle Straße, die Hälfte aller Straßenlaternen waren zerstört. Die Burschen von der Straße hatten kaum eine andere Beschäftigung, als mit Steinen nach den Leuchtkörpern zu werfen.

In den Fenstern hingen die Nachbarn, und im Hintergrund der Zimmer flimmerte es blau. Das war doch mal was, garantiert echte Live-Verhaftung von zwei Schwerverbrechern.

Die Szene hätte in einen Kojak-Film gepaßt. Die Cops, der naß glitzernde Asphalt, die Blaulichter, die auf den Dächern der Polizeiautos kreiselten, das unverständliche, verzerrte Plappern aus den Sprechfunkgeräten.

Jo wußte: Ein Teil der Leute war vermutlich echt enttäuscht, daß nicht geschossen worden war. Ein paar Leichen auf der Straße – egal, ob Cops oder Robbers – hätten die Szene gewaltig aufpeppen können. Es hätte nach Action ausgesehen.

Jo schnippte die Zigarette weg und sah sekundenlang dem Funkenflug zu. So schnell, wie diese Funken verglühten, so schnell verglühten in dieser Stadt aller Superlative auch die menschlichen Existenzen. Bei zweien hatte er an diesem Abend nachgeholfen – er hatte die beiden ebenfalls weggeschnippt, und jetzt würden sie in irgendeinem Rinnstein endgültig erlöschen.

»Ich gehe nach Hause«, sagte Jo müde. »Es reicht für heute.«

Tom nickte verständnisvoll. Er würde heute nacht noch allerlei zu tun kriegen: mit den Eltern reden, den Jungen befragen, das erste Verhör mit den Tätern, wenn sie noch geschockt von der Verhaftung waren und versuchten, sich den Schrecken von der Seele zu reden. Und natürlich die Presse.

Jo setzte sich in Bewegung. Ihm war kalt. In der Loge in der MET wäre es sicherlich wärmer gewesen. Und April Bondy bot einen entschieden hübscheren Anblick als Stefanus schwangere, tränenüberströmte, wimmernde Frau.

»La maledizione ...«, murmelte Jo. Er kannte Verdis Oper auch sehr gut.

»Sir!« Ein Streifenpolizist trat auf ihn zu. Sein Gesicht zeigte Aufregung und Respekt. Er war jung, neu in seinem Job und noch zu beeindrucken. Von seinem Gehalt wohl nicht mehr. Ein neuer Cop verdiente im Jahr weniger als die meisten Nutten. Die waren dafür auch weniger auf den Straßen unterwegs.

Jo zwinkerte müde. »Ja, bitte?«

»Wir haben da einen Anruf. Ein Telefongespräch von der Zentrale auf unseren Wagen geschaltet. Es ist für Sie, Mister Walker.«

Mit einem Schlag war die Müdigkeit verschwunden.

Das war ganz bestimmt nicht die Ankündigung eines Lotteriegewinns. Das konnte nur der Auftakt zu einer Katastrophe sein.

Jo folgte dem Cop bis zu dem Wagen und setzte sich auf den Platz des Beifahrers. Zehn Meter entfernt von ihm wurden gerade die beiden Kidnapper in einen Transporter verfrachtet, geistig und körperlich hatten die beiden das Niveau von Mehlsäcken erreicht.

Für die nächsten zehn bis fünfzehn Jahre würde das so bleiben – man würde ihnen sagen, was sie zu essen hatten, was sie als

Kleidung tragen mußten und wann sie wen und wie höflich zu grüßen hatten.

Wenn Stefanu und Partner im Knast überleben wollten, würden sie das werden müssen, was sie jetzt noch nicht waren, eiskalte Verbrecher, die keinen Augenblick zögerten, wenn es darum ging, Gewalt auszuüben.

Jo griff nach dem schwarzen Mikrofonknopf.

»Walker?« wurde gefragt.

Die Stimme war leise und gepflegt. Eine kultivierte Männerstimme, sehr sachlich. Sie sagte nur zwei Sätze: »Wir haben April Bondy. Sie erfahren später mehr!«

Jo Walker nickte. Ron Myers stand am Fenster, blickte nach draußen und stieß einen Fluch aus.

Auf dem Schreibtisch lag ein Pelzmantel. Cops hatten ihn in der MET gefunden und hergebracht. Der Mantel gehörte April Bondy. Jo hatte ihn ihr vor drei Jahren geschenkt.

»Die Garderobenfrau sagte, daß die Frau den Mantel nicht abgeholt habe. Sie sei überhaupt nicht an der Garderobe vorbeigegangen. Die Garderobenfrau erwähnte noch, daß die Frau mit dem Mantel sehr schön gewesen sei, und sie habe nach dieser Frau Ausschau gehalten.«

Jo zündete sich die nächste Zigarette an. Tom Rowland hatte das Jackett ausgezogen und die Ärmel hochgekrempelt. Die Männer saßen in seinem Büro, es war warm geworden. Vor allem innen drin.

»Und du hast die Stimme ... ?«

Jo schüttelte den Kopf.

»Keine Ahnung«, sagte er. »Ich habe ein ziemlich gutes Gehör für Stimmen, aber diese kenne ich nicht. Ich kann nur tippen – Weißer, Alter über fünfzig. Hat in Harvard studiert. War des öfteren in Europa, vor allem in England. Einwandfrei ein Amerikaner, aber einer, der ebenfalls perfekt ein britisches Englisch sprechen kann.«

Tom zog eine Braue hoch.

»Mit deutschem Akzent? Dann wäre es Henry Kissinger!« Der Witz kam nicht an.

Ein Cop trat in das Office.

»Fehlanzeige, Sir«, berichtete er Rowland. Ein mitfühlender Blick traf Jo. »Die Wohnung von Miß Bondy ist leer. Die Nachbarn sagen, sie hätten Miß Bondy heute nicht zurückkehren sehen. Der Wagen steht in der Tiefgarage.«

Jo nickte. »April wollte mit dem Taxi zur MET«, erinnerte er sich.

Die Tür zu Rowlands Office stand offen. Jo konnte im Hintergrund den Mann sehen, den er vor wenig mehr als einer Stunde überrumpelt hatte. Er sah jetzt nicht mehr verschwörerisch aus, nur noch elend. Er hatte geweint, die Tränen hatten weiße Rinnen in seine Maske gegraben. Irgendwie sah er aus wie ein Clown, einer von der traurigen Sorte.

Jemand hatte an der Pinnwand ein großes Blatt befestigt. *Bondy-Kidnapping* stand auf dem Papier, geschrieben mit dunkelrotem Filzschreiber, breit und groß. Es tat weh, die Buchstaben zu lesen.

Darunter waren ein paar der W-Fragen aufgeschrieben:

Wo war April Bondy?

Wer hatte sie entführt?

Warum war sie gekidnappt worden?

Was erwartete der Entführer als Lösegeld?

Jo trat an die Pinnwand und ging im stillen die Fragen noch einmal durch. Wo April steckte? Keine Ahnung. Wer sie verschleppt hatte? Jemand, dessen Stimme gefährlich klang. Gefährlich, weil intelligent. Weil überlegt. Weil selbstbewußt.

Wer immer der Kerl war – er war kein Würstchen wie die beiden, die in den Nachbarräumen verhört wurden. Aprils Entführer war von anderem Kaliber, professioneller.

Die Frage nach dem Warum war wieder schwer zu beantworten. Ging es um Geld? Oder handelte es sich um einen Racheakt an Jo Walker? Oder an April?

Wollte der Bursche Geld? Das hätte sich beschaffen lassen. Oder wollte er Rache? Wenn ja – wer sollte gequält werden. Jo Walker?

Jo ging in Gedanken die Liste der Leute durch, die noch ein Hühnchen mit ihm zu rupfen hatten. Vergebliche Mühe – man hätte eine Geflügelfarm mit diesem Personal betreiben können. Dutzende von kalten Killern hatte Jo hinter Gitter gebracht. Die Zahl derer, die noch mit Jo Walker, alias Kommissar X, abzurechnen wünschten, war eine Legion. Jo stieß einen tiefen Seufzer aus und zündete sich die nächste Zigarette an.

Hinter ihm wurde geredet. Leise. Die Cops kannten Jo. Sie wollten Rücksicht nehmen. Sie ahnten nicht, wie scharfe Ohren er hatte. Daß er alles hörte, auch das Getuschel. Flußpolizei, schnappte Jo auf.

Es gehörte zur Routine. Die Cops von der Wasserpolizei erhielten Anweisung, verstärkt Ausschau zu halten. Nach einer Leiche, die im Wasser trieb. Einer Frauenleiche. Der Leiche von April Bondy.

Dann würde jemand einen Filzstift nehmen, vielleicht in Schwarz, und *Kidnapping* auf dem großen Blatt ausstreichen. Statt dessen würde *Mord* dort stehen.

Und irgendwann würde jemand hingehen und den großen Zettel entfernen. Selbst die tüchtige Polizei von New York konnte nicht jeden Mord aufklären. Nicht jeden, den sie aufklären wollte.

Täglich wurden in der Zehn-Millionen-Stadt ein paar Leute ermordet aufgefunden. Meist handelte es sich um Privatangelegenheiten, sehr oft waren Drogen im Spiel. Wenn ein verzweifelter Junkie seinen Dealer abstach, weil der keinen Stoff herausrücken wollte. In Fällen wie diesem hielt sich der Eifer der Ermittler manchmal in Grenzen.

In anderen Fällen arbeiteten die Männer um Tom Rowland rund um die Uhr, dann schufteten sie, bis sie umfielen, wenn jemand ein Kind abgeschlachtet hatte. Oder wenn ein Cop, ein Kollege, abgeknallt worden war.

Aber nicht mal diese Fälle konnten ausnahmslos aufgeklärt werden.

Und was April Bondy betraf...

Jo drehte sich um. »Tom!«

Tom Rowland sah auf. Er hatte gerade Anweisung gegeben, sämtliche Taxifahrer von New York zu befragen, ob sie April gefahren hätten. Ein Foto von April war bereits in der Repro-Anstalt.

»Ja, Jo?«

Jo Walker zögerte. »Das erledige ich allein«, sagte er. »Haltet euch da raus, ja?«

Tom zuckte mit den Schultern. »Das können wir nicht, Jo«, sagte er dann. »Es ist unser Job.«

Jo preßte die Lippen aufeinander. »Wir werden Ärger kriegen«, sagte er leise und sah Tom eindringlich an. Und Tom interpretierte den Satz richtig: Wir beide werden Ärger miteinander kriegen.

»Okay, wie du willst. Ich gebe dir einen Tag Vorsprung, mehr ist nicht drin. Und Jo ...?«

Jo blieb auf der Schwelle stehen.

»Keine Neuinszenierung von Bronson-Filmen, bitte.«

Jo lächelte dürr. »Keine Sorge«, sagte er. »Ich bin schöner als Bronson.«

Aprils Appartement aufzusuchen, war überflüssig. Zum einen lungerten da höchstwahrscheinlich ein paar von Toms Detectives herum, zum anderen gab es dort nichts zu finden, schmerzliche Erinnerungen ausgenommen.

Jo fuhr in seine Wohnung. Früher oder später würde sich der Kidnapper mit ihm in Verbindung setzen. Der Mann wollte etwas haben. Was immer es war, Jo sollte es ihm besorgen.

In irgendeiner Weise würde der Mann mit ihm Kontakt aufnehmen müssen – und das war die Schwachstelle, die Jo ausnutzen konnte. Bis dahin konnte er nur eines tun – warten.

Und das fiel ihm verdammt schwer.

April Bondy kam wieder zu sich. Sie fror. Es war kalt und feucht, und es roch muffig. Wie in einem Keller. Außerdem war es dunkel.

Irgendwo in dieser Finsternis waren Geräusche zu hören. Ein Knistern und Wispern, dann ein leises Fiepen.

Ratten.

April schluckte. Sie ekelte sich vor Ratten und hatte sogar Angst vor diesen Tieren.

Die Ratten waren einmal scheue Tiere gewesen, aber das lag ein paar Generationen zurück. Inzwischen waren sie dreister geworden im Umgang mit Menschen.

April erinnerte sich: Die Tauben, die grauen, gurrenden Körnerfresser, die auf der Piazza in Venedig herumschwirrten und auch sonst überall zu finden waren und überaus demokratisch Diktatorenstandbilder, ebenso wie Künstlerbüsten, mit ihrem ätzenden Dreck vollkleckerten, waren einmal scheue Wildtiere gewesen. Sie hatten sich im Laufe vieler Generationen selbst domestiziert.

Die Ratten waren mittendrin in diesem Prozeß. Noch griffen sie keine Menschen an, außer in Spielfilmen. Aber in Slumgebieten fraßen sie mitunter Säuglinge in den Wiegen auf, wenn die Mütter beim Einkaufen waren.

Eine Frau im Abendkleid, der die Hände auf den Rücken gefesselt waren, konnte sich nicht viel mehr wehren als ein Baby. April konnte nicht mal schreien, denn in ihrem Mund steckte ein Knebel. Sie konnte nur ruhig liegen und hoffen, daß die Viecher sie in Ruhe ließen.

Es waren ein paar. Sie konnte das Trippeln der kleinen Füße hören. Merkwürdig, vor weißen Mäusen und Laborratten hatte April keine Angst. Aber vor diesen widerlichen braunen Gesellen.

Und die Biester rückten näher.

April konnte nichts tun. Ihre Hände waren auf dem Rücken gefesselt, ihre Beine zusammengebunden, ihr Mund mit einem Knebel verschlossen. Und drei breite Binden hielten sie bewegungsunfähig auf einer Pritsche fest, wie auf einem Operationstisch.

Es war dunkel. Kein Lichtschein, nicht mal ein bißchen. Nur April und die Ratten. Sie hätte am liebsten aufgeschrien, als etwas ihre linke Wade berührte. Etwas, das sich anfühlte wie ein Spinnenbein. Ganz leicht, ganz dünn und außerordentlich ekelhaft.

Gab es hier etwa auch noch Spinnen?

Im nächsten Augenblick gesellte sich etwas Kaltes, Feuchtes zu den Spinnenbeinen, und da wußte April, daß sie eine Rattenschnauze an ihrem Bein fühlte. Eines der Tiere beschnüffelte sie.

Von Männern begrabscht zu werden, war schon schlimm genug. Sie war einmal in Ägypten gewesen, wo man mehr Arme als ein Krake hätten haben müssen, um alle Hände abzuwehren.

Aber diese Belästigung war nichts, verglichen mit dem Grauen, das in ihr aufstieg, als sie die Ratte an ihrem Fleisch spürte. Es war, als suche sich das Tier das geeignetste Stück, um seine bakterienverseuchten Zähne hineinzuschlagen.

Nicht bewegen!

So hämmerte es in Aprils Gedanken, aber das ließ sich weitaus leichter denken als ausführen. Wären die Fesseln nicht gewesen, sie wäre aufgesprungen, hätte gebrüllt und geschrien und mit allem um sich geschlagen, was ihr zur Verfügung stand.

So aber merkte sie nur, daß ihr Körper unkontrolliert zu zucken begann, als sie die ersten Rattenpfoten auf ihrem Fleisch spürte. Es war ein Gefühl, das sie bis ins Mark erschauern ließ. Es war eine vorsichtige, tastende Bewegung, aber was dahintersteckte, ließ April fast das Blut gefrieren. Ihr wurde übel vor Angst, und sie mußte alle ihre seelischen Kräfte aufbieten, um nicht durchzudrehen.

Ruhig bleiben!

Sie hämmerte sich den Gedanken ein. Ruhig bleiben, abwarten. Irgendwann würde Jo Walker auftauchen und sie hier herausholen. Auf Jo war Verlaß, Kommissar X würde sie schon finden und retten.

Es fragte sich nur, wie lange es dauern würde. Und ob ihr Verstand solange durchhalten würde. Wenn sie Pech hatte, würde Jo sie retten als ein sabberndes, winselndes Etwas, das sich nach einer kuschligen Gummizelle in der Klapsmühle sehnte und sonst nach gar nichts mehr.

Denn ihre Aussichten, verrückt zu werden, standen hervorragend. Sie merkte es, als das erste Tier auf ihr herumkletterte. Während sich die zitternden Haare an der Rattenschnauze über ihren Körper bewegten, berührten zwei andere Tiere ihre Beine. Und das Fiepen wurde lauter.

Es waren nicht nur drei, es waren zehn oder noch mehr. Genug, um selbst einen hartgesottenen Mann seelisch weich zu kriegen.

April hätte gern gewußt, wie sich Mike Tyson oder Arnold Schwarzenegger in einer solchen Lage verhalten hätten. Ob diese Burschen Gemüter hatten, die so hart waren wie ihre Muskeln und ihr Großhirn.

Jetzt war die Schnauze genau vor ihrem Gesicht. Sie spürte die Hinterpfoten der Ratte an ihrem Busen und die Haare in ihrer Nase, und daran konnte sie ausrechnen, wie groß das Vieh sein mußte, das sie mit hektischen zittrigen Bewegungen beschnupperte.

April wollte sich aufbäumen, aber sie ahnte, daß sie sich damit die ersten Bisse einhandeln würde. Und danach, wenn sie erst mal zugebissen hatten, waren die Biester wohl nicht mehr zu halten. Was für ein Tod – bei lebendigem Leib in einem stockdunklen Keller von Ratten aufgefressen zu werden!

April schüttelte sich vor Ekel und Grauen. Sie blies der Ratte durch die Nase ihren warmen Atem mitten ins Gesicht, aber die Ratte störte sich nicht daran. Mit einer Ungeniertheit, die deutlich signalisierte, wer in diesem Raum das Sagen hatte, turnte die Ratte auf ihrem Gesicht herum, trat ihr auf die Wangen, betastete mit den Vorderpfoten ihre Stirn.

Es war widerlich, grauenvoll, und April spürte, wie sie sich innerlich mehr und mehr verkrampfte. Egal was es war, aber gleich würde sie irgend etwas tun müssen. Egal, was, aber die Initiative wieder ergreifen, nicht nur so reglos und wehrlos daliegen und alles über sich ergehen lassen müssen …

Das Licht war von einem Augenblick zum anderen da und schmerzhaft grell. Die Ratten fiepten auf und huschten in ihre Löcher zurück. April ließ durch die Nase ein erleichtertes Stöhnen hören.

Wenig später vernahm sie das Geräusch, mit dem ein Schlüssel im Schloß gedreht wurde. Die Tür öffnete sich lautlos, die Angeln waren gefettet worden. Ein Zeichen dafür, daß jemand darüber nachgedacht hatte. *Ein gutes Zeichen,* überlegte April Bondy. Ihre Überlebenschancen hingen von der Intelligenz ihrer Entführer ab.

Wenig später tauchte ein Kopf in ihrem Gesichtskreis auf. Sie sah eine schwarze Strumpfmaske mit Löchern für Augen und Mund, mehr nicht. Behandschuhte Hände griffen nach ihr und lösten Knebel und Fesseln.

April bemühte sich, ruhig zu bleiben. Kidnapper schätzten keine Komplikationen, keine Überraschungen. Jede kleine Abweichung vom Plan konnte einen Kidnapper in einen fast unfreiwilligen Mörder verwandeln.

Langsam richtete sich April auf.

Sie waren zu zweit erschienen. Zwei Männer, beide maskiert. Der andere, der auf der Schwelle der Tür stand, hielt eine Waffe in der Hand. Eine 38er Special, die gleiche Waffe, die auch Jo Walker benutzte. Der Gangster hatte einen kurzen, dicken Schalldämpfer aufgeschraubt. April verstand die Warnung.

Mit einem Handzeichen wurde sie aufgefordert, sich zu bewegen. Sie verließ den Raum und stand im Gang eines Kellers. Mauerwerk, weiß gekalkt, nach den Farbtropfen auf dem Betonboden zu schließen, erst vor kurzer Zeit.

»Weiter!« Eine knappe, befehlsgewohnte Stimme. April setzte einen Fuß vor den anderen. Sie ging langsam und tat so, als ob sie sich fürchte. In Wirklichkeit hatte sie tatsächlich Angst.

Sie betrachtete die Wände. Zwei Türen – wie die ihres Kerkers aus Metall. Spuren wiesen darauf hin, daß früher irgendwelche Poster oder Plakate an den Türen geklebt hatten. Ganz schwach war über dem Gestank nach frischer Farbe ein Geruch nach abgestandenem Bier und kaltem Tabak wahrzunehmen. April tippte darauf, daß hinter einer der Metalltüren ein Partykeller lag.

Der Weg ging eine Treppe hinauf. O ja, man hatte sich wirklich Mühe gegeben. Der Gang war mit Stoff ausgeschlagen, nicht sehr perfekt, aber wirkungsvoll. Schwarzer Stoff, auch der Teppichboden war schwarz. Sehr billig und schwarz. Dieser ganze Aufwand war aus Gründen der Tarnung betrieben worden, damit sie keinerlei Anhaltspunkte für irgendwelche Kombinationen erhielt. Damit sie sich an nichts erinnerte, wenn sie später wieder frei war und bei der Polizei aussagte.

Das war sehr viel Aufwand, um sicherzustellen, daß sie keine verwertbaren Zeugenaussagen machen konnte.

Es tat April Bondy gut, das alles zu sehen. Es bewies ihr, daß man es nicht auf ihr Leben abgesehen hatte, ja, daß der Plan von Anfang an einschloß, sie wieder in die Freiheit zu entlassen.

»Halt, öffnen Sie die Tür!«

April tat, wie ihr befohlen worden war. Ein Raum wurde sichtbar, der an eine Gefängniszelle erinnerte, allerdings eine recht hübsche. Ein Bett, Schränke, im Hintergrund die offene Tür zu einem Badezimmer, ein Fernseher, ein gefülltes Bücherregal.

»Hier werden Sie wohnen, solange Sie vernünftig sind. Versuchen Sie Zicken, kehren Sie zurück zu den Ratten. Kapiert?«

April nickte.

Der Mann, der sprach, hatte irgend etwas im Mund, vielleicht ein Stück Schaumstoff oder Gummi. Seine Stimme wurde dadurch stark verzerrt. Wer immer dieses Kidnapping in Szene gesetzt hatte, er hatte sich Mühe gegeben, an alles zu denken.

»Gehen Sie weiter geradeaus!«

April ging an ihrer neuen Behausung vorbei. Sie war sehr gespannt, wen sie nun sehen würde.

Vor der nächsten Tür blieb sie stehen. Der Mann mit der Waffe nickte, und April öffnete.

Es war dieselbe kultivierte Stimme, die Jo schon einmal gehört hatte. Glatt, seidig glänzend und poliert wie eine Billardkugel.

»Einige Präliminarien werden wir uns schenken können, Mister Walker«, sagte der Mann. »Ich habe mit ein paar technischen Tricks dafür gesorgt, daß man diese Leitung nicht zu mir zurückverfolgen kann. Sie brauchen sich also gar nicht erst zu bemühen. Und wenn Sie meine Stimme aufzeichnen und elektronisch auszuwerten versuchen, werden Sie ebenfalls Schiffbruch erleiden.«

»Ich habe verstanden«, sagte Jo.

Er saß in seinem Büro. Es war eine Minute vor sechs Uhr morgens. Jo hatte die ganze Nacht in seinem Büro verbracht. Er hatte geahnt, daß man ihn da anrufen würde. Er wußte natürlich, daß sich Tom Rowland einen richterlichen Beschluß besorgt hatte. Sein Telefon war garantiert angezapft. Aber, daß das geschehen würde, hatte nicht nur Jo voraussehen können.

Ein Mann, der dreist genug war, die erste Nachricht von Aprils Entführung Jo über die Amtsleitungen des New Yorker Police Departements zu übermitteln, hatte diese Reaktion von Tom Rowland selbstverständlich mit einkalkuliert.

»Zur Sache«, sagte Jo. »Wie geht es April?«

»Die junge Dame sitzt mir gegenüber«, erwiderte der Gesprächspartner. »Sie ist wohlauf. Wollen Sie mit ihr reden?«

»Gern.«

Das nächste, was Jo hörte, war Aprils Atem. Auch wenn sie sich sonst nichts anmerken ließ, ihre Atemhäufigkeit verriet, daß sie Angst hatte.

»Jo? Mir geht es gut, den Umständen entsprechend.«

»Fein, April«, sagte Jo. Er bemühte sich, seine Stimme so ruhig wie möglich klingen zu lassen. »Kann er mithören?«

»Das Gespräch geht über einen Verstärker. Jeder im Raum kann mithören.«

»Profis?«

Das war die wichtigste Frage überhaupt. April hatte nach all den Jahren Arbeit für und mit Kommissar X ihre eigene Fachkompetenz auf diesem Gebiet. Sie mußte sich auskennen.

»Profis, Jo. Falls es so etwas gibt: Vollprofis.«

Jo stieß einen Seufzer der Erleichterung aus. Das steigerte

Aprils Chancen, diese Affäre lebend zu überstehen, ganz beträchtlich.

»Okay, Mister«, begann Jo.

»Nennen Sie mich Wilmore«, sagte der Unbekannte. »Lord Wilmore.«

»Wie Sie wollen, Mylord«, sagte Jo und legte einen Hauch von Ironie in seine Worte. Einen Hauch, den nur ein Mann mit Geschmack und scharfen Ohren wahrnehmen konnte.

Offenkundig war dieser Name falsch. Es gab nur ein paar hundert Menschen auf der Welt, die sich Lord nennen durften, und kein Kidnapper wäre so dumm gewesen, die Sucharbeit der Polizei freiwillig auf diesen Personenkreis zu beschränken. Aber wie alles andere hatte auch diese Namenswahl etwas zu besagen. Es steckte irgendeine Botschaft, eine Chiffre darin, die man entschlüsseln mußte. Das galt auch für den Fall, daß der Lord seinen Namen aus einer augenblicklichen Laune heraus gewählt hatte.

»Was also soll ich tun, Mylord«, fragte Jo, »an welche Bedingungen ist Aprils Freigabe geknüpft?«

»Oh, nur eine Kleinigkeit, Mister Walker alias Kommissar X«, war Lord Wilmores Stimme zu hören. Sie hatte ebenfalls einen sanft ironischen Unterton. »Nichts, was einem Mann Ihres Formats schwerfallen könnte. Ich möchte, daß Sie einen Auftrag für mich erledigen, den ich leider nicht mit eigener Hand abwickeln kann.«

»Und das wäre?«

Das Zögern dauerte ein paar Sekunden.

»Das werde ich Ihnen später verraten«, sagte Lord Wilmore. »In wenigen Augenblicken wird diese Verbindung von der Poli...«

Es knackte in der Leitung, und eine Stimme mit unverkennbar alkoholisch-dienstlich-irischem Klang sagte: »Hallo, hallo? Sir, die haben da einfach zwei Apparate zusammengeknotet, wissen Sie ...«

»Ja, ich weiß.« Jo konnte seinen alten Freund Tom Rowland seufzen hören.

»Jo, ich kann nicht anders«, sagte Tom. Er starrte auf das *Cordon bleu,* als sei es sein persönlicher Feind. »Ich muß eingreifen, ob ich will oder nicht.«

Jo Walker zuckte nur mit den Schultern. Tom hatte um dieses

Gespräch gebeten, und die beiden hatten sich in einem Restaurant an der zweiunddreißigsten Straße getroffen. Das mit Käse und Schinken gefüllte, panierte Kalbsschnitzel war vorzüglich, die Laune weniger.

»Du hast mein Telefon überwachen lassen«, sagte Jo ruhig. »Und das hat dieser Mister Wilmore vorausgesehen. Du hast auch Aprils Stimme gehört. Sie spricht von Vollprofis, und April weiß, von was sie spricht.«

»Okay, okay, es tut mir leid«, sagte Tom. »Daß dieser übereifrige Cop nach dem Telefon grabschen würde . . .«

». . . war ebenfalls vorauszusehen«, entgegnete Jo trocken. »Heißt der Mann Murphy?«

»Nein, O'Conell. Wie kommst du darauf?«

»Seine Stimme klang sehr irisch«, erwiderte Jo. »Laß uns aufhören, uns was vorzuwerfen. Ich will von dir zweierlei: Erstens halte dich aus diesem Fall heraus!«

»Das kann ich nicht«, sagte Tom eindringlich.

»Aber du mußt«, erwiderte Jo. »Ist dir das Wesentliche an diesem Fall immer noch nicht klar?«

Toms Stirnrunzeln zeigte, daß Jo richtig lag. »Was soll das sein?«

Der schwergewichtige Captain schob den Teller von sich, obwohl er nur ein paar Happen gegessen hatte. Offenbar hatte ihm der Fall den Appetit verschlagen.

Jo dachte kurz nach. »Dieser Mann, der sich Lord Wilmore nennt – konntet ihr übrigens mit dem Namen etwas anfangen? Das wäre das zweite, was ich von dir will.«

»Nichts«, antwortete Tom. »Keine Ahnung. Es gibt keinen Lord Wilmore in England, es hat nie einen gegeben. Der Name ist pure Phantasie.«

Jo nickte.

»Aber deswegen nicht ohne Bedeutung«, erklärte er. »Okay, zum Thema zurück. Dieser Lord Wilmore hat sich genau überlegt, was er tut. Er hat mich beim ersten Mal über eine Amtsleitung angerufen. Was folgerst du daraus?«

»Daß er frech ist«, erwiderte Tom. »Daß er sich für unheimlich clever und witzig hält. Daß er der Größte ist. Ich kenne solche Typen. Die glauben, sie könnten uns verarschen. Aber am Ende . . .«

»Das hat er damit nicht zum Ausdruck gebracht«, unterbrach ihn Jo. »Es ist ein Signal. Es bedeutet: Lord Wilmore hat in seinen Plan mit einkalkuliert, daß sich die Polizei einschalten wird. Und es heißt, daß er sich zutraut, euch aufs Kreuz zu legen, alle miteinander.«

»Pah«, äußerte Tom verächtlich.

»Halte das nicht für einen Kampf um Kleinigkeiten«, warnte Jo. »Es geht darum: Dieser Kerl scheint den Polizeiapparat zu kennen, vielleicht so gut wie du und ich. Und er weiß, daß dieser Apparat eine ganz bestimmte Art und Weise hat, zu denken, zu planen und zu handeln. Das nutzt er aus, raffiniert und skrupellos. Er wußte, daß du mich abhören würdest. Er wußte, daß du – mit oder ohne meine Erlaubnis – den Anruf zurückverfolgen würdest. Er weiß, wie die Polizei vorgeht – und deswegen könnt ihr euch die Mühe sparen.«

»Kapitulieren? Vor diesem Kerl?«

Jo schüttelte den Kopf. »Nicht kapitulieren«, sagte er. »Eure Stunde wird kommen, ganz bestimmt. Aber in erster Linie muß dieser Lord Wilmore mit Witz und Einfallsreichtum bekämpft werden, mit originellen, unkonventionellen Methoden, und du wirst ja wohl nicht ernsthaft behaupten wollen, daß das die Stärken des New Police Departements sind. Oder?«

Tom schwieg eine halbe Minute lang.

»Jo«, sagte er dann leise. »Du trampelst mir auf den Eingeweiden rum, und das weißt du. Okay, es geht um April, und da kann ich verstehen, daß eine Menge in dir brodelt. Mag sein, daß eine Behörde wie die unsere nicht so flexibel ist wie du.«

»Genau, das meinte ich. Es sollte kein Vorwurf sein. Ich kenne deine Qualitäten.«

»Aber, Jo Walker, du hängst in diesem Fall so tief drin, daß du anfängst, die Übersicht zu verlieren. Du bist zu befangen!«

Jo Walker zögerte. An dem, was Tom sagte, war etwas dran. Der Einwand war vernünftig, aber er traf nicht.

»Tom«, sagte er schließlich mit großer Eindringlichkeit »Ich bitte dich darum, halte dich aus diesem Fall heraus. Ich werde April da herausholen und mein möglichstes tun, ihre Entführer hinter Schloß und Riegel zu bringen. Aber das muß ich klein tun, auf meine Weise, ohne dich und deine Männer. Und zwinge mich nicht, gegen dich zu arbeiten.«

Tom Rowland schluckte. Er antwortete nicht. Für den Rest des Abends kam kein Gespräch mehr zustande.

Ein paar Tage Urlaub von der Arbeit waren genau das, was April hätte brauchen können, aber nicht unter diesen Umständen. Die unfreiwillige Pause ging ihr auf die Nerven. Sie wurde nicht gefoltert oder gequält, sie wurde nicht sexuell belästigt. Die Kerle waren so zurückhaltend, daß es fast schon wieder eine Beleidigung war. Man ließ sie in Ruhe. Sie konnte fernsehen, sie konnte lesen.

Das Essen war gut, im Zimmer gab es eine gutbestückte Bar, die prompt aufgefüllt wurde, wenn sie etwas verbrauchte.

Es war eine sehr komfortable Entführung. Nur war sie auch stinklangweilig.

Sich rund um die Uhr Werbung anzusehen oder Larry Hagman in allen Lebensaltern zu begegnen – mal mit Jeanny im Clinch, mal als Dallas-Fiesling – war keine Beschäftigung, die April ausfüllte. Bei der Lektüre, die man ihr angeboten hatte, handelte es sich vorwiegend um Romane von Sarah Seale, die ihr nicht gefielen.

Und den ganzen Tag zu verschlafen, war ebenfalls nicht Aprils Sache. So war sie schon fast froh, als sie zwei Tage nach dem Telefonat mit Jo aus ihrem Zimmer geholt wurde.

Lord Wilmore wartete auf sie. Er hatte sich ebenfalls maskiert. Aber er trug keine schwarze Strumpfmaske, er hatte sich auf Schminkeffekte beschränkt.

Lord Wilmore – falls das überhaupt sein Name war und er nicht einfach Sammy Miller hieß – war schlank und hochgewachsen, und seine Kleidung unterstrich diese Schlankheit noch. Er trug schwarze Schuhe und einen Frack, dazu weiße Handschuhe. Sein Gesicht, ohnehin schmal und hager, hatte er mit Schminke weiß gefärbt, die Wangen mit Rouge betont, die Augen so unterstrichen, daß sie tief in den Höhlen zu liegen schienen.

In gewisser, beängstigender Weise sah er aus wie sein eigenes Gespenst, unheimlich und bedrohlich. Die leise, übertrieben artikulierte Stimme, die sparsamen Gesten, all das unterstrich noch den unheimlichen Eindruck, den April von ihm hatte.

Bei dieser zweiten Begegnung bestätigte sich, was sie beim ersten Kontakt schon befürchtet hatte. Lord Wilmore würde zurückhaltend und kultiviert bleiben, solange alles nach seinem Plan lief und er das Gefühl hatte, die Dinge unter Kontrolle zu haben. So lange würde er sie gut behandeln. Sollten sich die Dinge aber anders entwickeln, dann würde sich alles ändern.

»Was ist los mit Ihrem Freund und Chef?« fragte Wilmore, kaum daß April den Raum betreten hatte. »Seit zwei Tagen treibt er sich herum, ich kann ihn nicht mehr erreichen.«

»Was?« April war völlig entgeistert.

»Er wimmelte mich mit dem Anrufbeantworter ab«, zischte Lord Wilmore. In seinen Augen gloste ein düsteres Feuer. »Ansonsten meldet er sich nicht. Und sehen Sie hier!«

New York Chronicle, eine der letzten Ausgaben. Lord Wilmore hielt April die Seite mit den Gesellschaftsnachrichten entgegen.

Der *Chronicle* war keine der Zeitungen, die April oder Jo schätzten, zu reißerisch gemacht, zu sehr auf Sensationen und Klatsch aus. Die Reporter des *Chronicle* waren sehr emsige und rührige Leute.

New Yorks bekanntester Privatdetektiv in mondäner Gesellschaft ...

April las staunend die Bildunterschrift. Das war tatsächlich Jo, und er hielt eine üppige, atemberaubend dekolletierte Blondine im Arm, irgend so ein Busenwunder aus den anrüchigen Studios hinter dem Broadway.

April stieß ein wütendes Schnauben aus.

Hat Kommissar X sein in der Unterwelt gefürchtetes »private eye« auf lohnendere Objekte gerichtet?

»Das ist ...!« April schnappte empört nach Luft.

»Eine Frechheit!« stieß Lord Wilmore hervor. »Der Bursche glaubt, er könnte Spielchen mit mir spielen. Nun, ich werde ihn eines Besseren belehren.«

Seine drohenden Augen richteten sich auf April. »Ich werde jetzt noch einmal versuchen, ihn zu erreichen«, verkündete er. »Wenn er dann immer noch nicht zu sprechen ist ...«

April schluckte.

»Ich tue das nicht gern, meine Liebe«, sagte Lord Wilmore. »Aber seien Sie versichert, daß ich es tun werde, wenn sich die Umstände oder Ihr seltsamer Chef nicht meinen Wünschen gemäß entwikkeln.«

Das war geschraubt ausgedrückt. Klartext war: Er würde April foltern lassen, um Jo unter Druck zu setzen. Und April wußte, wenn sie in die Augen dieses Mannes blickte, daß es sich dabei nicht um eine leere Drohung handelte.

Lord Wilmore tippte auf der Tastatur des Telefons herum und wählte Jos Büronummer. Aus dem Verstärker ertönte das Rufzeichen.

»Was wollen Sie eigentlich von Jo?« fragte April. »Was soll er für Sie tun?«

»Habe ich das noch nicht gesagt?«

Tuuut-Tuuut.

»Nein, bis jetzt noch nicht.«

Wilmore lächelte.

Seine Antwort verschlug April die Sprache.

»Ganz einfach«, sagte er. »Er soll jemanden für mich ermorden ...«

Dann war das Geräusch zu hören, mit dem der Hörer abgenommen wurde.

Es gab bestimmte Verhaltensmaßregeln in solchen Fällen. Beispielsweise hatte Jo ständig in der Nähe des Telefons zu sein. Er hatte vor Aufregung an den Nägeln zu kauen oder eine Zigarette nach der anderen zu rauchen.

Das Repertoire menschlicher Verhaltensweisen war manchmal reichlich dürftig, und für jemanden, der mit einer Entführung erpreßt werden sollte, waren die Möglichkeiten äußerst beschränkt.

Damit rechneten Polizei und Psychologen, Drehbuchautoren und die Regisseure von Krimis.

Immer liefen die Opfer aufgeregt und nervös in ihrer Wohnung auf und ab, schnauzten sich gegenseitig immer heftiger an, schütteten Whisky in sich hinein und gebärdeten sich so hektisch wie nur möglich.

Nichts dergleichen hatte Jo Walker getan. Er hatte lange geschlafen und das Telefon in seiner Wohnung abgestellt. Er war tagsüber durch den Central Park gebummelt, hatte Hamburger gegessen und von einer Parkbank aus interessiert zugeschaut, wie Mütter ihre Kinder spazierenführten, oder Liebespaare eng umschlungen vorbeigingen.

Er hatte Jogger erlebt, die sich emsig bemühten, dem Herzinfarkt durch Übergewicht durch den Infarkt wegen Überlastung zu ersetzen. Vor seinen Augen hatten etliche hundert Gramm Haschisch, Heroin und Koks den Besitzer gewechselt.

Er hatte Zeitung gelesen, eine Bar besucht und sich mit einem Soft-Porno-Sternchen fotografieren lassen. Er war in einem der teuersten Restaurants von New York aufgetaucht und hatte genußvoll und ausgiebig gespeist. Und er hatte die ganze Zeit über gewußt, daß er unter Beobachtung stand.

Die eine Gruppe von Spitzeln, die ihm mit mehr oder weniger Sachverstand folgten, waren zweifellos die Männer von Tom Rowland, und Tom würde sicherlich bei den absonderlichen Berichten dieser Männer den einen oder anderen Wutanfall bekommen haben. Ein paar hatte Jo einfach gewähren lassen, andere hatte er nach Lust und Laune abgehängt.

Die anderen Schnüffler auf seinen Fersen hatte er ähnlich behandelt. Genau voneinander trennen ließen sich diese beiden Gruppen nicht. Jo hatte einen Kollegen erkannt, dessen Spezialität verdeckte Beobachtungen und Verfolgungen waren, und es hatte ihm ein Heidenvergnügen bereitet, die Könnerschaft dieses Mannes auf die Probe zu stellen.

Natürlich hatten diese Aktionen einen Zweck gehabt. Sie sollten Lord Wilmore aus der Reserve locken. Jo hatte in seinem Beruf unter anderem gelernt, daß viele Menschen ihre Handlungen nach Erwartungen und gleichbleibenden Verhaltensmustern einstellten. Das betraf nicht nur das eigene Verhalten, das traf auch auf das Benehmen anderer Menschen zu. Und nahezu jeder Mensch war ziemlich aus der Fassung zu bringen, wenn man ihn nur gründlich genug verwirrte.

Bei seinem Spaziergang hatte er versehentlich einen Passanten angerempelt. Statt sich gebührend zu entschuldigen, hatte Jo auf seine Uhr geblickt, mit dem freundlichsten Lächeln der Welt »Zwölf Uhr siebzehn« gesagt und war weitergegangen. Vielleicht stand sein verdattertes Opfer noch immer an derselben Stelle und versuchte durch angestrengtes Nachdenken herauszufinden, wie ihm eigentlich geschehen war. Das letzte jedenfalls, das Jo von dem Mann gesehen hatte, war eine Miene vollständiger Verwirrung und fassungslosen Nicht-Begreifens gewesen.

Diese Strategie gedachte Jo auch im Fall des Lord Wilmore anzuwenden zu verwirren, wo immer es nur ging. Als das Telefon in seinem Büro klingelte, war für Jo klar, wer am Apparat sein mußte. Er nahm ab.

»Na endlich!« schnauzte er, kaum daß sich Lord Wilmore gemeldet hatte. »Wieso dauert das eigentlich bei Ihnen so lange? Ich sitze fast den ganzen Tag am Telefon, und Sie melden sich einfach nicht. Gestern habe ich fast sieben Stunden am Apparat gehangen.«

Er hatte natürlich genau notiert, wann angerufen worden war und von wem, und nun schlug er dem verwirrten Anrufer die Zeiten um die Ohren, in denen er nicht versucht hatte, ihn anzurufen. Naturgemäß war das der weitaus größte Teil des Tages.

»Ich ...« stotterte der angebliche Lord. »Also ...«

»Könnte ich erst mal Miß Bondy sprechen?« unterbrach Jo. »Es ist wichtig. April, wo, zum Teufel, steckt die Reinschrift der Henderson-Akte? Auf meinem Tisch liegt ein Text, der von Tippfehlern nur so wimmelt. Siebzehn Stück auf zwei Seiten! Sag mal, was ist eigentlich los mit dir?«

»Schluß jetzt!« Der Lord brüllte fast, um die Herrschaft über das Gespräch zurückzuerlangen. Jo grinste in sich hinein. Das Spiel war aufgegangen. Es fragte sich nur, ob es sich auch weiterhin so gut anlassen würde.

»Okay, Mylord«, sagte Jo. »Also, was wollen Sie von mir?«

»Das werden Sie gleich erfahren, Mister Walker«, fauchte Lord Wilmore in das Telefon. »Und damit Sie Bescheid wissen: Wenn Sie mir gegenüber noch einmal einen derart frechen Ton anschlagen, fasse ich das als Meuterei auf. Ihre Assistentin werde ich dann gebührend behandeln. Ist das klar?«

»Selbstverständlich«, erwiderte Jo mit einem gereizten Unterton in der Stimme. »Ich bin bereit. Ich stehe sozusagen Gewehr bei Fuß. Was soll ich tun? Jemanden umlegen?«

Kurze Pause.

Dann wieder eine ruhige, gelassene Stimme, voll Bosheit und einer gewissen Schadenfreude.

Jo ahnte es.

»Sie haben recht, Mister Walker. Genau das erwarte ich von Ihnen.«

»Okay«, sagte Jo gleichmütig. »Und wen soll ich abknallen?«

Wieder eine Pause.

Jo wußte, daß Tom Rowland im Building des New York Police Department mithörte und ein Bandgerät diese ganze Unterhaltung mitschnitt. Was Jo nicht wußte und nicht wissen konnte, war, welches Gesicht Tom Rowland bei den nächsten Sätzen schneiden würde.

»Ihren alten Freund Tom Rowland.«

»Gut«, sagte Jo kalt. »Und wann? Haben Sie bestimmte Vorstellungen, wie ich ihn umbringen soll?«

Jo antwortete schnell und zügig. Noch immer wollte er seinen Gesprächspartner verwirren. Nur wenn er für sich den Vorteil der völligen Unkalkulierbarkeit wahrte, hatte er eine Chance.

»Ja«, sagte Lord Wilmore. »In zehn Tagen ist St. Patrick's Day. Dann findet wieder die große Parade der irischen Bullen statt.«

Natürlich wußte auch Lord Wilmore, daß die Unterhaltung von den Cops abgehört wurde, und es bereitete dem Kidnapper ein hörbares Vergnügen, seine Bosheiten durch die Leitung zu verkünden.

»Rowland wird, wie jedes Jahr, als Vorgesetzter in dem Zug mitfahren«, sagte Lord Wilmore. »Und bei dieser Gelegenheit werden Sie ihn umlegen – vor den Kameras des Fernsehens. Verstanden?«

»Sehr gut«, sagte Jo. »In vierzehn Tagen Tom Rowland erschießen. Und wann geben Sie dann meine Sekretärin frei?«

»Oh, wenn ich gesehen habe, wie Mister Rowland tot auf dem Asphalt liegt, werde ich Miß Bondy auf der Stelle freilassen. Und ich werde ihr auch eine Prämie für Ihre gute Arbeit mitgeben. Ihre Tarife wird Miß Bondy ja wohl kennen.«

Es klickte, als die Verbindung unterbrochen wurde.

Jo holte tief Luft. Langsam legte er den Hörer auf den Apparat zurück, stand auf, ging zu der kleinen Bar und goß sich einen doppelten Bourbon ein. Vorsichtig nahm er einen kleinen Schluck aus dem Glas.

Der Alkohol brannte in seiner Kehle. Und in seinem Kopf brannte heiße Wut.

Dieser Wilmore war wirklich ein Sadist. Tom Rowland erschießen, vor laufenden Fernsehkameras! Und ausgerechnet Jo Walker sollte es sein.

»Ufff!« Mehr gab Jo Walker einstweilen nicht von sich.

Es war Abend. Vom Fenster aus konnte Jo die Lichter von Manhattan glitzern sehen. Irgendwo in diesem Meer von Lichtern, in dieser ungeheuren Ansammlung von Glas, Stahl und Beton, wurde genau in diesem Augenblick geliebt, gelitten, gesoffen, gefixt, geklaut und gemordet. Morgen würde wieder eine Leiche im Hudson River treiben oder den Putzfrauen in der U-Bahn in die Arme fallen.

Zwei Tage später erschienen dann manchmal die Todesanzeigen in den Zeitungen New Yorks. Manche Leichen brachten es bis zur Schlagzeile, meistens dann, wenn sie vorher schon für Schlagzeilen gesorgt hatten. Aber auch namenlosen Mitbürgern gelang es ab und zu, wenigstens als Leiche auf dem Titelblatt einer Zeitung zu erscheinen – wenn der Tod dieses Menschen besonders originell oder besonders grausam und qualvoll gewesen war.

Die meisten Menschen aber, die in New York ein Messer zwischen die Rippen empfingen oder eine Ladung Blei in den Schädel, blieben auch im Tode das, was sie immer gewesen waren – niemand, um die sich keiner einen Dreck kümmerte.

Nun – Tom Rowland würde das erspart bleiben. Er würde auf der Titelseite stehen. Vielleicht sogar auf der ersten Seite der *New York Times* – und das war eine Ehre, die einem tüchtigen, arbeitsamen Polizeibeamten in New York nur in den allerseltensten Fällen zuteil wurde.

Das Telefon klingelte. Jo wußte, wer ihn da zu sprechen wünschte. Tom Rowland.

Langsam nahm Jo noch einen Schluck von dem Bourbon.

Tom oder April. Das Klingeln hörte auf.

Was mochte Tom jetzt denken? Was ging durch den Kopf von April Bondy? Sie hatte die Unterhaltung mitgehört. Und sie wußte so gut wie Tom, wie er und dieser Wahnsinnige, der sich Lord Wilmore nannte, daß der es ernst meinte.

Am St. Patrick's Day, dem großen Feiertag der Iren, würde einer von beiden sterben müssen – Tom Rowland oder April Bondy. Wobei Tom die besseren Karten hatte, denn bei ihm würde es schnell gehen.

Jo kippte den letzten Rest des Whiskys hinunter, dann ging er zum Safe hinüber und öffnete ihn. Er nahm das Bargeld heraus, dazu zwei Kreditkarten, die gültig waren, gedeckt und auf andere Namen lauteten. Dann verließ er sein Office. Er ließ den Aufzug links liegen und stieg eine Treppe höher. Die Tür ließ er offen.

Der Trick war alt wie Grandma Moses, aber er klappte.

Sie hatten sich beeilt. Sieben Minuten, nachdem das Gespräch beendet worden war, stürmten Rowlands Männer in sein Büro. Jo wartete, bis die Elefantenherde in seinen Räumlichkeiten verschwunden war, dann huschte er an der offenen Tür vorbei nach unten. Als der erste der Detectives wenig später auf dem Flur nachsah, war Jo Walker verschwunden.

»Sie sind wahnsinnig«, sagte April Bondy. »Völlig wahnsinnig. Jo und Tom sind Freunde, seit ewigen Zeiten. Niemals würde Jo ...«

Auf dem geweißten Gesicht von Lord Wilmore tauchte ein satanisches Lächeln auf.

»Er wird«, sagte Lord Wilmore.

»Glauben Sie mir, er wird. Ihr Freund ist ein Mann mit feiner Wahrnehmung. Er kann sich ausrechnen, daß mir unerhörte Dinge einfallen werden, um Ihnen weh zu tun und ihn zu zwingen.«

April schauderte vor Entsetzen. Sie wollte aufspringen, aber einer von Wilmores Sklaven hielt sie mit eisernem Griff fest.

»Sehen Sie«, sagte Wilmore ruhig und zündete sich eine Pfeife an, eine Wasserpfeife, wie April verwundert registrierte. »Ich könnte Sie meinen Dienern zum Spielen überlassen.«

April schluckte. »Das nennen Sie originell?« fragte sie spöttisch.

Wilmores Lächeln blieb tückisch und voll teuflischer Schadenfreude.

»Nur als Auftakt«, beteuerte er. »gleichsam vom Gewöhnlichen zum Exquisiten. Wir könnten mit den Ratten fortfahren. Oder mit Säure.«

Er genoß offensichtlich, April mit Worten zu quälen. Und er war gut in dieser Beschäftigung.

»Aber in einem Punkt kann ich Sie beruhigen«, sagte er wenig später. »Sie werden nicht sterben müssen, das kann ich Ihnen versprechen. Sterben werden Sie nicht, und wenn Sie mich noch so sehr deswegen anflehen.«

»Pah«, sagte April, aber es fiel ihr schwer. Dieser Mann meinte, was er sagte. Er war verrückt, geisteskrank, ein Psychopath. Und er hatte die Macht, seinen perversen Willen durchzusetzen.

»Kennen Sie die chinesische Wasserfolter? Nein? Oh, sie ist ganz einfach!« Mit Behagen breitete Lord Wilmore seine teuflischen Einfälle vor April Bondy aus.

»Man wird Sie festbinden, und zwar so, daß Sie Ihren Kopf nicht mehr bewegen können. Dann werden wir eine kleine Stelle auf Ihrem Kopf kahl scheren ...«

April begann zu ahnen, was der Mann im Sinn hatte. Sie spürte, wie sich ihr Magen umdrehte. Das Grauen griff nach ihren Gedanken und begann sie erbarmungslos zu peinigen.

»Anschließend sorgen wir dafür, daß alle paar Augenblicke aus geringer Höhe ein Tropfen Wasser auf eben diese rasierte Stelle fällt. Klingt lustig, nicht wahr? Gar nicht nach Folter und Qual.«

Wilmore nahm einen Zug aus der Wasserpfeife.

»Aber es ist eine Folter«, sagte er. »Ich habe mich intensiv damit befaßt. Wenn ich mit Ihnen fertig bin, meine Liebe, und es wird ein paar Tage dauern, bis es soweit ist, werden Sie zwar nicht tot sein, aber doch so gut wie. Am Ende dieser Prozedur werden Sie eine lallende Idiotin sein, die nicht mal mehr ihren Namen weiß. Ihren Körper werde ich nicht zerstören, werte Miß Bondy, aber Ihre Seele, Ihren Geist, werde ich für immer in Nacht versenken. So wie dieser ...«

Ein ganz eigentümlicher Laut klang durch das Zimmer, ein grimmiges Knirschen und Mahlen. April stellten sieh die Nackenhaare auf. Es war ein Laut, der allen Haß ausdrückte, dessen ein Mensch nur fähig ist.

April schauderte.

Nur einen Herzschlag lang ließ sich Wilmore gehen, dann fing er sich wieder und gab seinem Gehilfen ein Handzeichen. April stand auf und ließ sich zur Tür führen.

Auf der Schwelle drehte sie sich um. »Sie werden es erleben«, sagte sie mit leicht zitternder Stimme. »Jo wird nicht zum Mörder an seinem besten Freund. Nicht ein Jo Walker!«

»Weg? Was heißt weg?«

»Eben weg, Chef«, stotterte der Detective. »Er war nicht in seinem Büro, und er ist auch nicht in seiner Wohnung gewesen. Wir haben alles auf den Kopf gestellt. Er ist weg, spurlos verschwunden.«

Tom Rowland, ohnehin kein Mann mit viel Geduld, donnerte die wuchtige Faust auf die Platte seines Schreibtisches. »Soll das heißen, daß ihr Stümper ihn nicht finden könnt?« brüllte er.

»Sieht so aus«, warf Ron Myers ein. »Jo Walker ist verschwunden.«

»Der Safe in seinem Office stand offen. Er war leer.«

Myers und Rowland wechselten einen raschen Blick. Der offene Safe bedeutete, daß Jo nicht nur einfach zufällig unauffindbar war. Er besagte, daß Jo Walker untergetaucht war.

Myers erprobte sich in Redensarten. »Es wird nicht alles so heiß gegessen ...«

»... wie es gekotzt wird«, schnauzte Rowland. Er stand auf und begann einen Marsch durch sein Büro. Auf und ab, ab und auf. Er war nervös, wütend, aufgeregt, und er verhehlte das nicht.

»Ich glaube es nicht«, stieß er hervor. »Herrgott, ich glaube es einfach nicht!«

»Was? Daß Walker ...«

»Würde er sonst untertauchen? Wäre er sonst verschwunden, ohne eine Nachricht an mich?« fauchte Tom. »Verdammt, wenn ich an Jos Stelle wäre – April oder ich –, ich weiß nicht, für was ich mich entscheiden würde.«

Myers probierte es noch mit einem Scherz. »Und wenn ich es wäre?«

Rowlands Gesicht verriet die Antwort. Myers verstummte beleidigt.

»Zur Sache«, ermahnte sich Tom Rowland. »Jo ist untergetaucht. Ich kann mir nicht vorstellen, daß er tatsächlich versuchen wird ...«

Rowland konnte den Gedanken nicht fassen.

»Angst?« fragte Ron Myers.

Rowland blieb stehen.

»Ja!« brüllte er. »Herrgott noch mal, ja! Ich habe Angst. Ich sehe keine Möglichkeit, an diesen Knaben Wilmore heranzukommen. Wir haben nicht den leisesten Hinweis. Und er hat April Bondy. Das ist der Sachverhalt. Und dieser Kerl will, daß Jo mich umlegt. Auch gut, er ist nicht der einzige, der mir ans Leben will.«

Rowland setzte ein sarkastisches Grinsen auf. »Eigentlich müßte man dem Kerl sagen, er möge sich bitte sehr, hinten anstellen«, erklärte er grimmig. »Aber der Kerl hat als Killer niemand anderen als Jo Walker angeheuert.«

Jetzt begriff Myers endlich.

»Und wenn Jo Walker ernsthaft will ...«

Rowland nickte. »Dann kann ich schon mal hingehen und mir Sarg und Grabstein aussuchen«, sagte er dumpf.

»Und jetzt die Zehntausend-Dollar-Frage«, sagte der Quizmaster pathetisch. »Oder wollen Sie sich mit fünftausend Dollar zufriedengeben, Mike?«

Mike Hansons Adamsapfel bewegte sich heftig. Fünftausend Dollar, das war eine Menge Geld, und er konnte das Geld verflucht gut gebrauchen. Die Arbeit an seinem Roman schleppte sich dahin, und wenn er Pech hatte, dann ging er pleite, bevor er das Manuskript dieses Meisterwerks fertig hatte.

Aber zehntausend, das war das Doppelte von fünftausend. Das lief auf einen Urlaub hinaus und auf einen vernünftigen Computer mit einem Drucker, auf dem er viel besser schreiben konnte.

»Nun, Mike? Kämpfen Sie, oder kneifen Sie?«

Nach dieser Einleitung hatte Mike keine andere Wahl mehr, jetzt mußte er alles wagen.

»Ich spiele weiter!«

Knapp vier Meter von ihm entfernt hob ein Angestellter des Senders eine Tafel. APPLAUS stand darauf, und das Publikum im Studio klatschte auch pflichtschuldig in die Hände.

Mike Hanson wollte sich die Hände an den Jeans trockenreiben, aber irgendwie produzierten seine Schweißdrüsen mehr Flüssigkeit, als der Jeansstoff aufnehmen konnte. Die Hände blieben heiß und feucht, und Mike ließ ein weiteres Mal seinen Adamsapfel hüpfen.

»Die Zehntausend-Dollar-Frage!«

Der Moderator, der Mike nicht ausstehen konnte, nahm den grünen Umschlag zur Hand und öffnete ihn mit großer Gebärde. Sein Gesicht war zu einem Lächeln verzogen, das dem Publikum galt. Als er sich zu Mike umdrehte, wurde daraus ein giftiges Grinsen, und Mike wußte plötzlich, daß er geleimt worden war.

Diese Schweine hatten nie vorgehabt, ihm die zehn Riesen hinzublättern. Es war ein abgekartetes Spiel von Anfang an. Jetzt folgte garantiert irgendeine Frage, die kein Mensch beantworten konnte.

Grün – das war eine Literaturfrage, und wie Mike den Moderator einschätzte, handelte es sich um irgendeinen Zettel, den Shakespeare einmal auf dem Klo bekritzelt hatte. Natürlich kannte kaum ein Mensch diesen Text, aber der Name Shakespeare würde dafür sorgen, daß ihn jeder im Publikum für einen Blödmann hielt, wenn er die Frage nicht oder falsch beantwortete.

»In welchem bedeutenden Werk englischer Sprache soll ein Mann sterben, weil er auf seiner Trompete b statt f geblasen hat?«

»Hä?« äußerte Mike.

Das war wohl nicht des Moderators Ernst, diese Frage. Im Publikum wurde ein Raunen hörbar, und Mike schüttelte völlig entgeistert den Kopf.

»Ich wiederhole die Frage«, schwatzte der Moderator weiter, und sein Blick war siegessicher. »In welchem Werk eines bedeutenden Autors englischer Sprache soll ein Mann sterben, weil er auf seiner Trompete b statt f geblasen hat?«

Der Moderator ließ die Karte mit der Frage sinken und sah Mike voll gespielter Anteilnahme an. Und Mike wußte vor Staunen gar nicht, was er sagen sollte. Er begriff es nicht. Es war wirklich nicht zu glauben. Gerade noch dieser Schock – und jetzt diese Frage.

»Noch drei Sekunden!«

Da erst dämmerte Mike, daß er vor lauter Freude über die Frage dabei war, das Antworten zu vergessen.

»Forester!« sprudelte Mike hervor. In Gedanken schickte er ein

Dankgebet für seine Jugendlektüre zum Himmel. »*Cecil Scott Forester.* Das Buch heißt *Hornblower in Westindien.* Der Mann, der hingerichtet werden soll, heißt *Hudnutt,* und es handelt sich genaugenommen gar nicht um eine Trompete, sondern um ein Kornett!«

Sekundenlang war es still, dann hob der Mann wieder die Tafel, und diesmal war der Applaus echt. Mike lief vor Freude rot an, und der Moderator blickte drein, als müsse er die zehntausend Dollar von seinem Honorar abziehen.

»Graaatuliere!« schrie der Fernsehmann schließlich. »Graaaatuliere, Mike Hanson, unser Super-Champion, der jetzt als erster die Riesen-Super-Wahnsinnschance hat, eine Zwanzigtausend-Dollar-Frage zu beantworten! Zwanzigtausend Dollar für einen jungen Mann mit Wissen und Mut!«

Mike stand auf und schüttelte den Kopf.

»Nein«, sagte er verlegen. Seine Hände waren klatschnaß. »Ich ...«

»Sehen Sie, meine Damen und Herren, wie stolz er ist! Unser Mike, zehntausend Dollar hat er schon, und zwanzigtausend Dollar stehen jetzt auf dem Spiel. Nun, wie ist es Mike? Noch Mut?«

Mike hatte es schwer. Das Publikum applaudierte wie rasend und drängte ihn, und der Moderator tat ein übriges, um Mike zu einer Entscheidung zu drängen, die er eigentlich gar nicht wollte.

»Ich höre auf«, brachte er schließlich über die Lippen.

Das Lächeln des Moderators gefror.

»Wie Sie wollen, Mister Hanson«, sagte der Quizmaster. »Es muß auch solche Kandidaten geben, die das Geld mit nach Hause nehmen.«

Er war ein mittleres Stinktier, dieser Mann vom Fernsehen, aber Mike hatte jetzt zehntausend Dollar, und das gab ihm ein ganz beträchtliches Selbstbewußtsein.

Seine Zuversicht wurde ein wenig gedämpft, als er das Aufnahmestudio verließ, den Scheck über die zehntausend Dollar in der Hand. Vor der Sendung hatte man sich um ihn gekümmert, jetzt interessierte sich niemand mehr für ihn. Es stand auch kein Wagen für ihn bereit, der ihn nach Hause gebracht hätte, nicht mal ein Taxi. Und der Pförtner der kleinen TV-Station verzog das Gesicht, als Mike ihn bat, für ihn einen Wagen zu rufen.

Das *Yellow Cab* erschien nach zehn Minuten, und Mike stieg ein.

Er nannte dem Fahrer, einem kaugummikauenden Schwarzen, seine Adresse und setzte sich auf den hinteren Sitz. Irgendwie, auf ganz seltsame Weise, wurde eine Taxifahrt dadurch noch herrschaftlicher und genußvoller.

Der Wagen rollte durch die nächtlichen Straßen, und Mike begann darüber nachzudenken, was er mit dem Geld alles tun würde. Ein neuer Computer mit Festplatte, soviel war schon mal klar. Und ein Drucker der Spitzenklasse, vielleicht sogar ein Laserdrucker?

Und Urlaub! Sand, Sonne und Sex, vor allem Sex. Mike Hanson hatte bisher entschieden mehr Erfahrung mit Büchern als mit Busen, und er fand, daß es an der Zeit war, nachzuholen, was er bisher versäumt hatte.

»He, Mac«, sagte der Taxifahrer plötzlich. »Bist du 'n schräger Vogel oder so?«

»Nnnein!« stotterte Mike. »Wieso? Ist was?«

Der Fahrer deutete mit dem Daumen nach hinten. Mike drehte sich um. Er sah gar nichts, nur Straße und nasses Pflaster, Autos und Scheinwerfer.

»Da hat sich einer an meine Stoßstange geklebt«, sagte der Fahrer, und seine Stimme klang, als fange er an, nervös zu werden. »Mal sehen, ob ich den Kerl abhängen kann. Warum ist der hinter uns her?«

»Jedenfalls nicht meinet ...« Mike verstummte. Er dachte an den Scheck in seiner Brieftasche.

Zehntausend Dollar! O verflucht! In dieser Stadt konnte man jederzeit für einen lausigen Zwanziger jemandem die Gurgel durchschneiden lassen, wieviel mehr für zehntausend!

Aber woher wußte der Verfolger von dem Geld? Ob er mit dem Moderator unter einer Decke steckte? Mike Hanson begann zu beten. Er sah jetzt völlig klar. Der Moderator hing mit dem Verfolger zusammen. Der Kerl würde immerzu an Mikes Fersen kleben, bis er ihm die zehntausend Dollar wieder abnehmen konnte. Wie weit würde der Verfolger dabei gehen?

»Verdammt«, knurrte der Fahrer. »Der Bursche kann's aber. Das ist kein Anfänger, der versteht sein Geschäft. Ein Profi!«

Profi. Das Wort brannte sich in Mikes Gedanken. Ein Professioneller, der wahrscheinlich vor nichts zurückschreckte, schon gar nicht davor, einen jungen Mann von Mitte Zwanzig, der zum ersten Male in seinem Leben mehr Geld als Pickel sein eigen nannte, kaltblütig umzubringen.

Wenn er doch nur auf das Angebot des Moderators eingegangen wäre! Lieber die zehn Riesen verlieren als das Leben.

Auf dem Fahrersitz gab der Schwarze Flüche von sich. Er kurbelte wild herum und versuchte, den Verfolger abzuhängen, aber der blieb an der Stoßstange des Taxis gleichsam kleben. Plötzlich kreischten die Reifen des Cabs. Der Fahrer hielt am Straßenrand an, stieß die Tür auf und winkte mit der Hand.

»Los, steig aus, Mac. Ich will wissen, ob der Kerl dich jagt oder mich.«

Mike gehorchte automatisch, so wie ihm seine Mutter, sein Erzieher und seine Vermieterin das beigebracht hatten. Verwundert stellte er fest, daß er gar nicht weit von zu Hause entfernt war.

Hinter Mike fiel die Tür des Taxis ins Schloß, dann heulte der Motor auf, und mit kreischenden Pneus setzte sich der Wagen wieder in Bewegung.

Jetzt stand Mike ganz allein auf der dunklen, regennassen Straße. Unwillkürlich hatte er beide Hände auf der Brust verkrampft, genau dort, wo in der Brusttasche der todbringende Scheck versteckt war.

»O Gott!« stieß Mike hervor.

Er hatte nie viel vom Beten gehalten. Die Menschen mochten Mike Hanson nicht und kümmerten sich nicht um ihn, warum sollte ausgerechnet Gott dann von ihm angetan sein?

»Laß mich heute nicht sterben«, murmelte Mike flehentlich, und dann entschloß er sich, seine Rettung mehr seinen flinken Beinen als dem Eingreifen Gottes zu überlassen.

Mike rannte los. Er brauchte nur um zwei Ecken zu biegen, an dem Gemüsegeschäft vorbei, am Drugstore vorbei – Joe Paaster, der Drogist, sah gerade nach draußen und wunderte sich, den mageren Mike Hanson derart flitzen zu sehen. Noch ein Stück die Straße entlang, dann nach links in die Einfahrt, und jetzt brauchte er nur noch die Treppe hinauf, und da stand er genau vor dem Killer!

»Ooooccchh«, ächzte Mike, denn mehr gaben seine Lungen zur Zeit nicht her.

»Guten Abend«, sagte der Killer freundlich. Er hatte ein sehr markantes Gesicht, und Mike wußte gleich, daß er ein Profi war. Hoffentlich tat er es schnell und nicht so schmerzhaft. Am besten mit einer Pistole und nicht mit einem Messer. Mit einem Messer, hatte Mike gelesen, soll es scheußlich weh tun.

»Mein Name ist Jo Walker, und ich hätte eine Bitte an Sie. Ich habe da ein kleines Problem, bei dem Sie mir vielleicht helfen könnten ...«

Um am Leben zu bleiben, hätte Mike dem Mann bei allem und jedem geholfen, und wenn es ein Mord gewesen wäre.

Ersatzleute haben immer etwas Leidiges. Sie kennen sich in den Behörden noch nicht so recht aus, wollen alles besser wissen und mischen sich in Sachen ein, die sie eigentlich gar nichts angehen.

Commissioner Clifford Stapelton war ein Ersatzmann, eine Urlaubsvertretung. Er kam aus Yonkers, wo es entschieden gemütlicher zuging als in New York, speziell in Manhattan.

Stapelton war schlank und trug einen gutsitzenden Anzug in dezentem Blau. Dazu ein hellblaues Hemd, passende Krawatte und eine Krawattennadel mit dem Harvard-Abzeichen. An der Hand noch einen schweren Siegelring, der ihn als Senior-Präsident einer studentischen Verbindung auswies. Phi-Kappa-Tau, wenn Tom Rowland die griechischen Zeichen richtig deutete.

»Ich habe da einige sehr beunruhigende Sachen gehört, Captain Rowland«, begann der Ersatz-Commissioner das Gespräch. Er hatte eine Halbglatze, die im Licht der Deckenbeleuchtung spiegelte.

»Sehr beunruhigende Sachen, Captain.«

Offenbar war er einer der Klugscheißer, die jeden zweiten Satz in einem Gespräch wiederholten, weil sie ihre Syntax genauso toll fanden wie ihre Stellung. Ob solche Typen im Bett auch alles zweimal machen? fragte sich Tom Rowland instinktiv.

»Ich weiß nicht ganz, von was Sie reden, Sir«, entgegnete er vorsichtig. »Meinen Sie die Aktion gegen Positano und seinen Rauschgifttransport? Wir haben doch den ermordeten Kurier ...«

»Ich meine den Fall Walker«, sagte der Commissioner. »Den Fall Jo Walker, Captain!«

»Mir ist nicht bekannt, daß ein solcher Fall überhaupt existiert«, erwiderte Tom. Er ahnte, daß es Ärger geben würde, noch mehr

Ärger, als er ohnehin schon am Hals hatte. Die Dealer, Pusher, Killer, Zuhälter und schweren Jungs von New York waren wie eine Landplage für einen Cop, der ehrlich seine Arbeit tun wollte. Die andere Landplage waren die Vorgesetzten. Und wahrscheinlich waren die letzteren schwerer zu ertragen als die Kriminellen.

Vielleicht sollte man beide Gruppen mal aufeinanderhetzen, dachte Rowland grimmig.

Stapelton zeigte ein überlegenes Lächeln.

»Machen wir uns nichts vor, Captain Rowland«, sagte der Commissioner. »Ich weiß, daß Sie ein tapferer Mann sind. Wie oft sind Sie im Dienst angeschossen und verwundet worden?«

»Weiß ich nicht«, knurrte Rowland, dem das Gesäusel auf den Geist ging. »Ich werde nicht dafür bezahlt, die Einschußlöcher in meinem Balg zu zählen, Sir.«

»Hahaha!« amüsierte sich Stapelton. »Sehr witzig. Sehr schlagfertig. Sehr gut, Captain. Aber im Ernst ...«

Rowland wappnete sich mit Geduld. Auf seinem Schreibtisch gingen die unaufgeklärten Morde allmählich in Verwesung über, weil immer wieder irgend jemand aus den höheren Etagen ihm und den anderen Cops dämliche Vorträge halten mußte.

»Ich habe gehört, dieser Walker – ein Privatdetektiv, nicht wahr? Ziemlich bekannt, habe ich gehört. Nun gut, dieser Walker also soll gedroht haben, Sie umzubringen. Trifft das zu?«

»Nein«, antwortete Rowland. »Ganz entschieden trifft das nicht zu. Mister Walker wird von einem Kidnapper erpreßt, der seine Assistentin, Miß Bondy als Geisel hat. Und der hat ihn aufgefordert, mich umzubringen.«

»Sehen Sie, das meinte ich doch. Sie sollen umgebracht werden. Also habe ich doch recht.«

»Wie Sie meinen, Sir«, sagte Rowland frostig.

Zufrieden über dieses Zugeständnis setzte der Commissioner eine freundliche Miene auf. »Und was gedenken Sie dagegen zu tun?«

Rowland zuckte mit den Schultern. »Die Kidnapper ermitteln und festnehmen, April, ich meine, Miß Bondy, befreien.«

»Gewiß, gewiß, Captain«, sagte Stapelton, ein wenig ungeduldig werdend. »Aber einstweilen haben Sie doch, wie ich hörte, in diesem Fall noch keine brauchbare Spur, oder?«

»Die Sache ist in Arbeit, Sir, und …«

»Na also, Captain. Dann muß etwas geschehen, um Sie zu schützen. Ich kann doch nicht zulassen, daß Sie von diesem Walker über den Haufen geschossen werden.«

»Zufällig ist dieser Walker, wie Sie es nennen, mein Freund«, entfuhr es Rowland. Bei diesem Commissioner hatte selbst die Sprache Bügelfalten.

»Na und? Ich habe auch Freunde.«

Und die würden dich mit Vergnügen abknallen, dachte Rowland spöttisch. *Und ich kann's verstehen.*

»Jo Walker wird mich nicht abknallen«, sagte er laut.

»Und wenn er es doch tut?«

»Dann reiße ich ihm den …« Rowland unterbrach sich, bevor er die Heiligkeit dieses Büros durch zu deftige Polizeisprache entweihte.

»Jo wird nicht auf mich schießen«, sagte er. »Daß er untergetaucht ist …«

»Sie sagen es ja selbst! Untergetaucht! Captain, wir wissen doch beide, was für Leute diese Privatdetektive sind. Haltlose Existenzen, die im Privatleben anderer Menschen herumschnüffeln, heimlich kompromittierende Bilder schießen, Paare beim Liebesspiel mit Tonbandgeräten und Wanzen belauschen, Ehen zerstören usw.«

Es gab Augenblicke, in denen Tom Rowland kein Blatt vor den Mund nahm, auch dann nicht, wenn es ihm schaden konnte. Dies war einer dieser Augenblicke.

»Ich weiß nicht, welche Erfahrungen *Sie* mit Privatdetektiven haben, Sir!« Volltreffer, der Commissioner wurde abwechselnd blaß und rot. »Aber ich kenne Jo Walker seit vielen Jahren. Falls Sie es nicht wissen – Jo Walker ist Kommissar X.«

»Weiß ich«, näselte Stapelton. »Ich habe es irgendwo gelesen, ich weiß nicht mehr wo. Aber was sagt das schon in einem solchen Fall?«

Rowland beschloß, den Spieß umzudrehen.

»Und was empfehlen Sie mir? Was soll ich tun?«

Stapelton dachte kurz nach. »Lassen Sie sich beurlauben oder krank schreiben«, schlug er vor.

»Unsinn«, entfuhr es Rowland. »Ich kneife nicht.«

»Dann sorgen Sie wenigstens dafür, daß Sie geschützt sind. Verstehen Sie doch, ich habe hier die Urlaubsvertretung, und ich möchte nicht gern, daß ausgerechnet in den paar Wochen, in denen ich auf diesem Stuhl sitze, der Captain der Mordkommission von einem wahnsinnigen Privatdetektiv während der Parade zum St. Patrick's Day erschossen wird, vor laufenden Fernsehkameras noch dazu. Was glauben Sie, wie ich dastehe, wenn das passiert?«

»Und wie ich daliegen werde«, entgegnete Rowland trocken. »Sir, ich lasse mich nicht beurlauben. Und überlegen Sie, wie die Presse über Sie und mich herfallen wird, wenn ich jetzt mit eingezogenem Schwanz das Weite suche. Nein, Sir, für mich gibt's nur eines – ich tue weiter Dienst – wie immer.«

»Haben Sie gar keine Angst?«

»Eigentlich nicht, Sir«, sagte Rowland. »Wenn mich Jo Walker unbedingt haben will, wird er mich kriegen. Aber er wird nicht, glauben Sie mir – dafür halte ich meinen Kopf hin.«

Zum erstenmal zeigte auch der Interims-Commissioner einen Anflug von Humor. »Genau das«, sagte er süffisant, »werden Sie dann ja wohl auch tun müssen.«

Jo zählte die Scheine auf den Tisch. »Eintausend, zweitausend ...«

James Luganos Augen begannen kugelrund zu glänzen.

»Alles für mich?«

»Wenn du es schaffst«, sagte Jo.

»Aber ich verlange Präzisionsarbeit, millimetergenau. Wenn die Kugel danebengeht, können wir einpacken.«

James Lugano kratzte sich hinter dem rechten Ohr.

»Wird verflucht hart werden, Mister Walker«, sagte er. »Und wenn es danebengeht und rauskommt?«

»Gehst du zurück in den Bau.«

Lugano schielte auf das Geld. »Siebentausend sind ein bißchen mager«, sagte er. »Wenn man überlegt, welche Ausgaben ich haben werde. Und was für ein Risiko ich eingehe. Wenn die Sache auffliegt, muß ich noch sieben Jahre abbrummen. Können Sie sich vorstellen, wie das ist, sieben Jahre Knast?«

»Ich kann«, sagte Jo Walker grimmig. »Glaube mir, ich kann es mir nur zu gut vorstellen.«

»Nun gut.« James Lugano war noch immer nicht zufrieden. »Und wo soll ich den Sprengstoff herkriegen? Ich bin Automechaniker, kein Feuerwerker.«

Jo nickte verständnisvoll. »Den werde ich dir besorgen, das andere Spezialwerkzeug auch. Wichtig ist nur, daß alles exakt nach Plan abläuft. Die Sprengsätze müssen alle gleichzeitig hochgehen, sonst sind wir aufgeschmissen.«

»O Mann«, murmelte James. Sein Blick wanderte immer wieder zu dem Geld. Die sieben Riesen konnte er verdammt gut gebrauchen. Und für Betsy würde ein neuer Pelzmantel drin sein. Kaninchen natürlich, für Nerz würde es nicht reichen. »Also gut, Mister Walker. Wann soll die Karre fertig sein?«

Auch darauf hatte Jo eine Antwort bereit.

»In zehn Tagen«, sagte er.

James Lugano stieß einen halblauten Schrei der Entrüstung aus. »Ausgeschlossen«, sagte er. »Mann, Mister Walker, überlegen Sie mal, wieviel Arbeit das ist. Den Wagen aufmotzen, umbauen, all die Leitungen und Apparate, dann noch komplett neu spritzen – in welcher Farbe übrigens?«

»Den genauen Farbton für den Lack gebe ich noch durch«, sagte Jo. »James, es hilft nichts. Ich brauche den Schlitten in zehn Tagen, und es muß perfekt funktionieren. Und du bist der einzige in ganz New York, der so etwas hinkriegen kann.«

»Wäre ich Ihnen doch nie begegnet«, murrte Lugano.

Jo grinste. »Dann hättest du nicht mit dem Klauen anfangen dürfen«, sagte er.

James grinste ebenfalls. »Das mit dem Klauen war nicht der Fehler«, erklärte er. »Ich war ein guter Dieb. Geschickte Hände, das hat sogar der Richter gesagt. Ich hätte mich nicht von Ihnen erwischen lassen dürfen, das ist es.«

Jo unterdrückte ein weiteres Grinsen.

»Mit der Einstellung könntest du in die Politik gehen. Wie sieht es aus? Erhalte ich, was ich haben will?«

James Lugano zögerte.

»Mann«, sagte er dann. »Wenn ich mich darauf einlasse, muß ich jeden Tag bis in die Nacht arbeiten. Und dann bin ich völlig kaputt, fix und fertig. Viel zu müde zum ... Betsy wird mir irgendwas abreißen.«

Jo zückte einen weiteren Schein. »Wird das Betsy für den Ausfall entschädigen?«

James Lugano strahlte.

»Garantiert«, sagte er. »Sie kriegen Ihren Schlitten. Verraten Sie mir noch ein Geheimnis – für wen ist der Wagen bestimmt?«

Jo zögerte kurz, dann antwortete er: »Für Captain Tom Rowland.«

»Oha«, sagte James Lugano nur. »Da hätte ich wohl besser nicht gefragt.«

Jo lächelte zurück. »Ich habe ja auch nichts gesagt.«

Ein paar Augenblicke später war er aus der Werkstatt von James Lugano verschwunden. Er hatte acht Tausender zurückgelassen, von denen James als erstes ein Auto zu kaufen hatte – einen '85er Plymouth. Und dann sollte er den Wagen in eine perfekt funktionierende Bombe verwandeln – für Captain Tom Rowland.

Herbert Spachtenbusch reagierte blitzschnell. Eine knappe Bewegung aus dem Handgelenk, ein rasches Zucken des Zeigefingers, und der Bandit kippte, mitten in die Brust getroffen, um. Eine Blutkaskade sprudelte hoch. Es sah widerlich aus.

»Jetzt den nächsten«, stieß Mickey hervor.

Mickey war erst sieben und hatte noch keinen eigenen Computer. Und er fand auch nichts dabei, mit einer Spezial-Licht-Pistole ein Computerspiel zu spielen, das sich *Showdown* nannte und hauptsächlich darin bestand, Leute über den Haufen zu schießen.

Mickey mochte solche Ballerspiele, typisch Anfänger. Herbert hatte andere Spezialitäten. Er hätte lieber die verbesserte Form des *Flight Simulator II* aufgelegt, aber das wiederum fand sein Freund Mickey doof und langweilig.

Wenn man im Rollstuhl sitzt, hat man wenig Freunde, und auf die muß man dann auch ab und zu Rücksicht nehmen. Also spielte Herbert weiter. Das Spiel war schlecht programmiert, die Grafik lausig, jedenfalls, wenn man wußte, was der ATARI auf diesem Gebiet drauf hatte, wenn man den Blitter-Chip an der richtigen Stelle kitzelte. Und Herbert kannte seinen Mega-Atari recht gut.

»Darf ich mal?«

Gönnerhaft gab Herbert die Lichtpistole weiter, und nun war Mickey an der Reihe, Indianer und Outlaws abzuknallen. Er tat es mit sichtlichem Vergnügen. Wenn er groß war, wollte er Sheriff werden, hatte er Herbert anvertraut. Oder Weltraumpilot. Oder Spiderman, je nachdem.

Es klingelte. Herbert setzte den Rollstuhl in Bewegung und fuhr zur Tür. »Wer ist dort?«

»Ein alter Freund, mein Junge.«

Herbert stieß einen Freudenschrei aus, als er die Stimme erkannte. Rasch öffnete er die Tür.

»Sie sind es, Mister Walker. Das finde ich aber toll, daß Sie mich mal wieder besuchen.«

»Schön, dich zu sehen, Herbert. Ich habe eine Bitte an dich, ich brauche nämlich deine Hilfe.«

Herbert zwinkerte. »Irgend etwas Computermäßiges?«

»Genau das«, antwortete Jo Walker. Er hatte Herbert eine Tafel seiner Lieblingsschokolade mitgebracht.

»Dann muß ich erst mal Mickey rausschmeißen, den Nachbarjungen. Ich nehme an, die Sache soll geheim bleiben.«

»Soll sie«, bestätigte Jo.

Mickey ließ sich ohne Probleme aus der Wohnung komplimentieren. Zwei Dollar für das Kino ließen ihn sogar sehr eilig aufbrechen – die nächste Vorstellung fing nämlich bald an.

»Ma ist arbeiten, Mister Walker«, sagte Herbert. »Möchten Sie was trinken?«

Jo schüttelte den Kopf. »Laß uns gleich zur Sache kommen«, sagte er. »Ich will mich kurz fassen: Ich suche einen Mann.«

»Kein Problem«, sagte Herbert forsch. »Davon gibt es auf der Welt schätzungsweise drei bis vier Milliarden.«

Jo grinste und gab dem Jungen einen sanften Klaps auf den Hinterkopf. Herbert grinste zurück. Er mochte es, von Jo gemocht zu werden, obwohl es weh tat. Denn vieles vom dem, was Herbert an Jo bewunderte, war für einen Jungen mit spinaler Kinderlähmung niemals zu erreichen.

»Was wissen wir über den Mann?« fragte Herbert. Als Computerspezialist war er einer der besten seines Faches, ein kleines Hacker-Genie.

»Er ist älter als dreißig und jünger als sechzig.« Jo rief sich die Stimme ins Gedächtnis zurück. Ob gewollt oder nicht, die Stimme eines Menschen konnte sehr viel über ihn verraten. »Er ist Weißer und hat wahrscheinlich studiert.«

»Woher wissen Sie das?«

»Typische Aussprachmerkmale, wie man sie sich in Harvard angewöhnt«, erwiderte Jo. »Und er hat etwas mit Schiffen und Seefahrt zu tun, privat oder beruflich.«

»Aha«, sagte Herbert, dem diese Detailkenntnisse völlig normal zu sein schienen.

»Er benutzt Ausdrücke aus der Seemannssprache«, erinnerte sich Jo. »Schiffbruch erleiden – Meuterei ...«

Herbert nickte. »Das vereinfacht die Sache. Dann brauchen wir nur noch die Mitgliederverzeichnisse aller Yachtclubs an der Ostküste durchzusehen, um den Mann zu finden.«

Jo lächelte. »Versuche es doch mal mit der Abonnentenkartei vom *Yacht-Journal.*«

»Sehr gut, Mister Walker«, sagte Herbert. »Sie denken wie ein Hacker. Sie könnten einer von uns sein!«

»Besten Dank für das Kompliment«, sagte Jo. »Aber das wäre nichts für mich. Zu ungesund auf die Dauer.«

»Ich nehme keine Drogen, wenn Sie das meinen«, sagte Herbert, der die Anspielung sofort verstanden hatte. Etliche prominente Hacker schnupften Koks oder warfen Pep-Pills ein, um die endlos langen Nachtsitzungen am Computer durchzustehen.

»Ich weiß, Herbert«, sagte Jo besänftigend. »Deswegen habe ich mit meinem Problem ja auch gerade dich ausgesucht, keinen anderen. Ich brauche jemanden, dem ich voll vertrauen kann.«

Herbert lächelte dankbar. Er war zwölf, aber seine Augen waren sehr viel älter.

»Ist das alles?«

»Beinahe«, sagte Jo. »Außerdem liebt er Romane von Alexandre Dumas.«

»Die drei Musketiere?«

»Vor allem den *Grafen von Monte Christo*«, antwortete Jo.

»Wie Sie so was immer rauskriegen!« staunte Herbert.

Jo überlegte.

»Der Mann benutzt als Pseudonym den Namen Lord Wilmore«, erklärte er. »Den Namen gibt es nicht in Wirklichkeit, also muß er ihn woanders herhaben. Vielleicht hat er ihn sogar ganz bewußt gewählt, ich bin sogar sicher, daß er das getan hat. Jedenfalls habe ich einen jungen Mann besucht, der ein nahezu lückenloses Literaturlexikon im Kopf hat.«

Herbert grinste. »Den Jungen von KLAB-TV, der gestern die zehntausend Dollar gewonnen hat?«

»Genau den«, antwortete Jo. »Und er hat sich erinnert. Lord Wilmore ist einer der Decknamen, die Edmond Dantes, der Graf von Monte Christo, in dem Roman benutzt.«

»Toll«, staunte Herbert. »Dann ist das also eine Rachegeschichte?«

Jo stutzte. Darüber hatte er noch nicht nachgedacht. Es gab aus der Sicht von Verbrechern genügend Gründe, einen Mann wie Tom Rowland zu töten. Aber Rache war vermutlich das nächstliegende Motiv.

Ja, Herbert hatte den richtigen Riecher gehabt. Hinter diesem Fall steckten sehr private Beweggründe. Ein Hinweis mehr.

»Ja, das ist es vermutlich«, sagte Jo. »Dieser Mann will Captain Rowland ermorden.«

Mehr zu sagen, hielt er nicht für angebracht. Er wollte den Jungen seelisch nicht zu sehr belasten.

»Ist das alles?«

Jo nickte, und Herbert verzog das Gesicht.

»Das ist nicht sehr viel«, sagte er.

»Ich weiß«, sagte Jo leise. »Aber ich hoffe, daß du trotzdem etwas damit anfangen kannst.«

Herbert wiegte den Kopf und zwinkerte. »Vielleicht doch«, sagte er hoffnungsvoll.

Die Szene hatte etwas Erschreckendes, fand Jo. Er konnte ein leichtes Gruseln nicht unterdrücken.

In der Regel hielten sich Menschen für einzigartig, und das wurde ihnen von der Werbung auch immer wieder bestätigt. *Individuell* war ein beliebtes und oft gebrauchtes, weil wirksames Wort in der Werbung. Individuell zu sein, das erhöhte das Selbstwertgefühl eines Menschen. Was viele nicht wußten und begriffen, war, mit wie wenigen knappen Daten sich ein einzelner Mensch präzise erfassen und festlegen ließ.

Mann: Damit schieden alle Frauen aus. Das reduzierte die Zahl der Möglichkeiten von 240 auf 110 Millionen. Alter zwischen dreißig und sechzig: die Zahl schrumpfte auf weniger als dreißig Millionen. Literarisch gebildet: 500 000. Gute Kenntnisse in europäischem Englisch: die Zahl verminderte sich auf 250 000. Lebt an der Ostküste: 25 000. Hat privat oder beruflich mit Schiffen und Seefahrt zu tun: wahrscheinlich gab es nur wenige tausend Personen in den USA, auf die alle diese acht Merkmale zutrafen. Zwei, drei zusätzliche Angaben, und die fragliche Person war gefunden. Und dies, ohne daß wirklich private, indiskrete Informationen benutzt worden wären. Alles, was gebraucht wurde, um jemanden auf diese Weise zu erfassen und per Computer festzunageln, waren Listen, die solche Merkmale betrafen. Ein Einwohnermeldeverzeichnis, die Abonnentenliste des *Yacht Journals,* die VIP-Liste und so fort.

»Reist unser Mann viel?« fragte in diesem Augenblick der Junge. Offenbar war er mit seinen Überlegungen an der gleichen Stelle angelangt wie Jo.

»Vermutlich ja«, sagte Jo. »Er ist gebürtiger Amerikaner, das kann man hören. Aber er spricht sehr britisch, und das kann man bei uns kaum lernen. Also ist er für längere Zeit in England gewesen. Das muß aber nicht unbedingt heißen, daß er oft gereist ist.«

»Ich werde trotzdem mal bei den Fluggesellschaften hineinschnuppern«, sagte Herbert und schrieb ein paar Notizen auf.

Wenn jemand bei einer Fluglinie sehr oft buchte und etliche zehntausend Flugkilometer im Jahr hinter sich brachte, wurde diese Person vom Computer erfaßt und in eine Vorzugskategorie eingestuft. Vielflieger wurden von den Gesellschaften besonders umsorgt – nicht nur der vielen Flugkilometer wegen, sondern weil jeder Geschäftsmann, der stur bei einer Gesellschaft buchte, ein unfreiwilliger, aber wirksamer Werbeträger war.

Wenn Lord Wilmore oft zwischen Amerika und England hin und her geflogen war – die Besuchscomputer der Fluggesellschaft würden es wissen.

»Kommst du denn da rein?«

»Blöde Frage«, antwortete Herbert, nun nicht mehr ein Junge im Rollstuhl, der für jeden Kontakt dankbar war, sondern ganz hochkompetenter Computerfachmann. »Klar komme ich da rein.«

Jo wußte, daß im immerwährenden Wettkampf zwischen Hackern

und Datenschützern im Augenblick wieder die Hacker die Nase vorn hatten. Sie waren meist die Überlegenen, weil selbst der beste technische Datenschutz immer wieder durch menschliche Schlamperei unterlaufen wurde.

Selbst Angestellte, die täglich mit den Computern zu tun hatten, hielten Datenschutz in aller Regel für irgendeine verrückte Marotte der Chefetage. Welche Macht im Zugriff auf Computerdaten lag, hatte sich noch nicht herumgesprochen.

Gegen Hacker-Angriffe perfekt abgesichert war, wie Jo gehört hatte, der Zentralcomputer des KGB in Moskau. Wenn man da anrief, meldete sich eine Frauenstimme. Eine direkte Telefonverbindung zum Computer gab es nicht, erst mußte man an dieser Telefonistin vorbei. Billig und funktionierend.

»Wie lange wird es dauern?«

Herbert überlegte. »Wenn Sie mir meine Mutter vom Hals halten könnten, zwei Tage. Aber da Sie das nicht schaffen werden und Ma Wert darauf legt, daß ich nachts schlafe, drei bis vier Tage. Reicht das?«

»Es genügt«, sagte Jo. »Bereite dir deswegen keine Sorgen.«

Er deutete auf Herberts Computer. »Kannst du dafür noch etwas brauchen?«

Ein Erwachsener hätte wohl diskret irgend etwas gemurmelt und sich bescheiden gegeben, Herbert reagierte mit der Unbefangenheit eines Kindes. »Eine Festplatte, das wäre super. 20 oder 30 MB, das würde völlig genügen. Aber so ein Ding ist wahnsinnig teuer, und das kann ich mir jetzt nicht leisten.«

»Wenn alles gutgeht«, sagte Jo. Er zögerte und ließ den Satz noch einmal in Gedanken auf der Zunge zergehen: *wenn alles gutgeht* ...

»Wenn alles gutgeht, erhältst du deine Festplatte. Versprochen. Und einstweilen, zur Ablenkung, nimm das!«

Jo legte das Buch auf den Tisch neben den Computer. Es war Hawkings *Kleine Geschichte der Zeit.*

»Du wirst staunen«, sagte Jo. »Was ein Mann mit Köpfchen in einem Rollstuhl alles erreichen kann.«

Er verabschiedete sich und ging. Und Herbert stürzte sich auf die Tastatur seines Computers. Die 68 000er CPU des ATARI würde was zu tun haben.

»O ja«, keuchte Betsy Lugano. »O ja, o ja ...«

Es war der unpassendste Augenblick, den man sich nur vorstellen konnte, aber so war das Leben – das Telefon klingelt immer in solchen Augenblicken.

»Mist!« fluchte James, den diese Störung völlig aus der Fassung gebracht hatte. »So ein verdammter Mist!«

Das Telefon klingelte und klingelte. Der Kerl hatte eine Mordsgeduld, jedenfalls mehr als James.

Lugano löste sich von seiner Frau, die jetzt nicht mehr lustvoll keuchte, sondern nur noch wütend fauchte. Aus der Schmusekatze war ein tobsüchtiger Tiger geworden. Auf bloßen Füßen tappte James Lugano in das Wohnzimmer, wo das Telefon nicht aufhörte, Radau zu veranstalten. James nahm den Hörer ab.

»Ja!« brüllte er in die Muschel. Sein Gesprächspartner zeigte sich unbeeindruckt.

»James, die Farbe ist Grün, Moosgrün!«

»Waaaas?« fragte James Lugano fassungslos. »Und deshalb stören Sie mich beim ...«

»Verzeihung«, sagte Jo Walker am anderen Ende der Leitung. »Wie sieht es aus?«

»Was? Das Auto oder das Gesicht meiner Frau?«

Jo lachte unterdrückt. »Das Auto natürlich. Es tut mir leid, James.«

James dachte an die Scheine in seiner Brieftasche, vor allem an den Extraschein, den Jo für gewisse »Ausfallerscheinungen« hingeblättert hatte. James hatte sich gedacht, daß er mit ein bißchen gutem Willen und Glück beides haben konnte – den Schein für sich und eine zufriedene Ehefrau.

»Ist schon okay«, knurrte er. »Der Wagen wird gut. Wann kann ich den Sprengstoff und das andere Zeug kriegen?«

»Sie werden es morgen in der Werkstatt finden«, versprach Jo.

»In der Werkstatt? Wie wollen Sie denn da rein?«

»Pah«, sagte Jo. »Im Zweifelsfall breche ich ein.«

»Junge, Junge«, murmelte James beeindruckt. »So etwas können Sie auch? Und ich werde dafür eingesperrt.«

»Eingesperrt? Wieso eingesperrt? Was ist da los, James?«

»Meine Frau!« wisperte James eilig und legte auf. Dann drehte er sich um.

Betsy stand auf der Schwelle zwischen Schlaf- und Wohnzimmer. Sie hatte keinen Faden am Leib, und bei diesem Leib war das ein sehr aufregender Anblick. Gleichzeitig aber hatte sie beide Fäuste in die Hüften gestemmt, und das war ein eher furchteinflößender Anblick. Betsy Lugano schlug eine Rechte wie Mike Tyson, wenn sie wütend war.

»Was heißt das, du wirst eingesperrt? Und mit wem quasselst du da überhaupt? Drehst du wieder krumme Dinger?«

»Nein, Liebling«, stieß James Lugano ratlos hervor. Er wußte nicht mehr, wo ihm der Kopf stand. Hilflos stierte er auf Betsys Busen. Betsy hatte einen tollen, üppigen Busen, und da sie sehr aufgeregt war, wogte dieser Busen, und das brachte James fast um den Verstand. »Es war Jo ...«

»Ich habe dir schon tausendmal gesagt, du sollst dich auf keine Geschäfte mit diesem Joe Burdette einlassen. Der Kerl ist ein Gauner.«

»Jo Walker, Schatz. Ich habe mit Jo Walker gesprochen, Liebling.«

»Der dich ins Gefängnis gebracht hat?«

Eilig erklärte er, daß er für Jo einen Wagen besorgt hätte, einen 85er Plymouth.

»Besorgt?«

»Gekauft, Schatz. Jo hat mir vorher Geld dafür gegeben. Es ist alles in Ordnung. Er hat mir gerade nur durchgegeben, in welcher Farbe er den Wagen gespritzt haben will.«

»Nachts um drei?«

»Nun ja, er braucht den Wagen dringend, verstehst du?«

Betsy Lugano war noch immer nicht zufrieden. Immerhin hatte die Erwähnung des Namens von Jo Walker ihren Zorn größtenteils besänftigt. Sie mochte Jo, vor allem, seit Kommissar X dafür gesorgt hatte, daß James eingesperrt worden war. Seit er aus dem Knast raus war, arbeitete er ehrlich und ging auch nicht mehr fremd.

Sie rümpfte mißtrauisch die Nase.

»Und wozu braucht er den Wagen?« wollte sie wissen.

James schien regelrecht einzuschrumpfen. »Wenn ich ihn richtig verstanden habe«, James Gesicht drückte seine Ratlosigkeit aus, »um seinen Freund, Captain Rowland, in die Luft zu sprengen.«

Zum ersten Mal in seinem Leben erlebte James Lugano, daß seine Frau sprachlos war.

»Keine Spur von Walker?« Tom Rowland hatte in einem bemüht gleichgültigen Tonfall gesprochen, aber er konnte Lieutenant Ron Myers nicht täuschen. Der konnte dem Leiter der Mordkommission C/II ansehen, daß die Frage für ihn wichtig war.

»Nichts«, sagte Myers achselzuckend. »Keine Spur, wie vom Erdboden verschluckt.«

Rowland zuckte ebenfalls mit den Schultern.

»Nun, dann nicht«, sagte er und widmete sich wieder dem Studium der Akte auf seinem Schreibtisch.

Dummerweise konnte der Lieutenant sehen, daß der Captain die Akte verkehrt herum hielt. Kein Wunder, Lieutenant Myers hätte ebenfalls Händezittern gehabt, wäre ein »Killer« vom Format des Jo Walker auf ihn angesetzt worden.

Walker wäre nicht nur aufgrund seiner Fähigkeiten ein furchtbarer Verbrecher geworden, es gab auch wahrscheinlich keinen zweiten »Außerbehördlichen« – so wurden manchmal alle Nicht-Cops genannt –, der sich derart in allen Winkeln des New York Police Departement auskannte.

Myers konnte sich zwar nicht richtig vorstellen, daß Kommissar X die Seiten gewechselt haben sollte, aber wenn, war Rowlands Leben keinen Dime mehr wert.

»Der Kidnapper hat noch dreimal bei Jo angerufen, auf dem Anrufbeantworter.«

»Aha«, sagte Rowland. Dann gab er das Theater auf und warf die Akte wütend auf den Tisch. »Ist das alles?«

»Leider ja«, mußte Myers zugeben. »Wir haben die Anrufe nicht zurückverfolgen können.«

»Verdammt!« schimpfte Tom Rowland.

Er hatte selten in seinem Leben so viel geflucht wie in den letzten Tagen. Der einzige Vorteil, den diese Zeit gebracht hatte, war der Umstand, daß er dabei vier Kilo abgenommen hatte. Der Captain konnte sich schönere Verfahren vorstellen, sein Gewicht zu reduzieren.

Er trat ans Fenster. Abend in New York City, es war nach

Büroschluß. Auf den Straßen wälzte sich die glitzernde, lichtflakkernde Blechlawine durch den Betondschungel.

Irgendwo in diesem Brodeln steckte Jo Walker, und Tom Rowland wußte nicht, was in Jos Kopf jetzt vorging. Wie hätte er, Rowland, in dieser Lage reagiert? Frau, Freundin oder Kind in der Gewalt eines Verbrechers, mit Folter und Tod bedroht. Und als Lösegeld – der Mord an einem Freund. Am besten Freund.

Erster Gedanke, ganz klar – niemals, nur über meine Leiche. Aber so einfach war das nicht. Ob man wollte oder nicht, man wurde hineingezogen in eins der miesesten Spiele, die es überhaupt gab – die Entscheidung über Leben und Tod.

Es gab Typen, die sich gern und leicht zu Richtern aufschwangen. In der Politik waren sie oft zu finden. In einem Geschworenengericht hatten sie nichts zu suchen, da war es nur gut, wenn es den Geschworenen schwerfiel, einem Menschen mit einem Satz das Leben zu nehmen. Im Kino wurde das Spiel auch gern gespielt.

Tom Rowland erinnerte sich. *Zwei Minuten* war der Titel des Films gewesen, oder *Noch zwei Minuten.* Irgendein Verrückter hatte sich mit einem Schnellfeuergewehr oben im Olympiaturm des Stadions von Los Angeles eingenistet und wartete dort auf die letzten, turbulenten zwei Minuten des Super-Bowl-Finales, um in diesem Durcheinander ein paar Leute zu erschießen.

Fast eine halbe Stunde lang hatte die Kamera immer wieder Zuschauer gezeigt, und Tom hatte wie jeder andere in der Dunkelheit des Kinos Gott und Regisseur gespielt. Wen würde es erwischen? Den Betrüger? Den kleinen Jungen, der mit seinem Vater das Stadion besucht hatte? Oder besser den Priester? Oder vielleicht diese unheimlich nervige alte Ziege mit ihren ständigen Meckereien?

Der Film war zumindest unter diesem Gesichtspunkt nicht übel gewesen. Aber Rowland hatte das Kino verlassen, weil er dieses Psychospiel ablehnte.

Nun, jetzt war er wieder im Spiel. Diesmal ließ Jo Walker das Zielfernrohr wandern, und er hatte nur zwei Ziele zur Auswahl: Tom Rowland oder April Bondy.

Was gab es für Argumente?

Daß ein Mann wie Tom Rowland immer mit der Gefahr leben

mußte, von einem Kriminellen über den Haufen geschossen zu werden? Daß er – wenn auch lausig – für dieses Risiko bezahlt wurde? Daß es sein Job war, im Zweifelsfall unter Einsatz seines Lebens zu verhindern, daß Unschuldigen – wie April Bondy – etwas geschah?

Wenn Jo es tat, würde es schnell gehen. Und nahezu schmerzlos. Wahrscheinlich würde er, Tom, es gar nicht mitkriegen.

Wenn es April erwischte?

Tom hatte Fotos gesehen und echte Leichen. Von Frauen, die Sadisten in die Hände gefallen waren. Von Frauen, die stundenlang mißhandelt worden waren, bis der Tod endlich das Leiden beendet hatte. Tom wollte lieber gar nicht daran denken, was April Bondy bevorstand, wenn Jo sich nicht dazu entschloß, ihn zu erschießen.

Hinter ihm räusperte sich Lieutenant Myers, aber Tom hatte jetzt keine Lust, sich umzudrehen. Er wollte den Gedanken zu Ende denken.

Vielleicht war das die Chance, wenn man ihn unter Polizeischutz stellte, wenn man ihn so beschützte und bewachte, daß selbst einer von Jo Walkers Kaliber keine Chance hatte, eine tödliche Kugel anzubringen.

Ob Jos Auftraggeber sich darauf einließ? Ob er April laufenließ, wenn Jo es versuchte, aber aus objektiven Gründen nicht schaffte?

Höchstwahrscheinlich nicht.

Tom drehte sich um.

»Vielleicht«, sagte Ron Myers zaghaft, »sollten wir für die Parade einen anderen Weg nehmen. Wir könnten eine gepanzerte Limousine kriegen, ich habe nachgefragt. Drei Zoll dicke Panzerung, da geht nichts durch.«

Dafür hatte Tom Rowland nur ein Wort. »Quatsch!«

Myers preßte die Lippen aufeinander. »Ich will dir sagen, wie die Kollegen es sehen«, sagte er. »Man ist allgemein dafür, dich morgen früh unter irgendeinem Vorwand festzunehmen und in die Arrestzelle zu sperren, bis die verdammte Parade vorbei ist.«

Rowland sah den Lieutenant aus kleinen Augen an. »Habt ihr schon ausgeknobelt, wer dann den Mordfall April Bondy löst?« fragte er. »Basta! Ihr haltet euch da heraus. Das ist eine Sache zwischen Jo und mir, da hat kein anderer etwas zu suchen.«

Myers zog scharf die Luft ein. »Wie du willst«, sagte er. »Dann fährst du eben morgen mit. In einem offenen 85er Plymouth. Damit du's weißt – der Zug ist fast vier Kilometer lang, und die Prozedur wird etwa drei Stunden dauern.«

Myers zögerte.

»Auf dem elektrischen Stuhl braucht man nicht so lange zu sitzen«, sagte er dann.

Rowland lächelte mager. »Es ist meine Sache, auf welches Polster ich meinen Hintern pflanze«, sagte er. »Und wir haben ja noch Zeit.«

»Oja«, entgegnete Myers sarkastisch – nach einem Blick auf die Uhr. »Noch ziemlich genau vierundzwanzig Stunden.«

Tom Rowland nickte bedächtig. Und kein Lebenszeichen von Jo Walker.

Sie hatten gegrinst wie die Honigkuchenpferde, als sie ihn eingekreist hatten. Sieben Mann, die ganze Gang. *Hell Divers* hatten sie sich genannt, Höllentaucher. In Wirklichkeit waren sie ein elender, feiger Haufen gewesen, weißer Abschaum. Wer dieses Gesindel kannte und dann noch stolz darauf war, ein Weißer zu sein, hatte irgend etwas nicht kapiert.

Sam Washington hatte kapiert damals.

Die sieben waren weiß, bekifft, aggressiv und auf Randale aus. Auf *Äktschn,* wie man das heute nannte. Und Sam Washington war Streifenpolizist gewesen, nur wenig älter als die sieben. Und schwarz.

Jedesmal, wenn das Wetter wechselte, wurde Sam an diese Nacht erinnert. Der Vorabend vom St. Patrick's Day brachte für New York einen Wetterwechsel. Sam spürte es in jedem Knochen. Es waren siebzehn, um genau zu sein.

Sie hatten ihn zusammengeschlagen, gnadenlos und mit sadistischer Präzision. Sie wollten ihn nicht umbringen. Sie wollten ihm nur *zeigen, wo er hin gehörte.* Das Ganze hatte keine fünf Minuten gedauert. Am Ende dieser fünf Minuten hatte Sam Washington in der Gosse gelegen, nicht bewußtlos, aber doch weggetreten. Er hätte seinen Namen nicht sagen und nicht mal ein Gebet sprechen können. In seinem Gehirn waren nur Schmerzen gewesen. Sie hatten ihn mit Stangen und Knüppeln geschlagen und ihm die Knochen gebrochen, einen nach dem anderen.

Ein halbes Jahr hatte Sam Washington im Krankenhaus verbracht, und als er herauskam, war er um zwei Kilo und einhundertsieben Gramm schwerer gewesen als normal.

Die einhundertsieben Gramm entfielen auf eine Tapferkeitsmedaille, die man ihm angehängt hatte. Tolle Zeremonie, mit Presse und Blitzlicht. Der Commissioner war dagewesen und hatte eine Ansprache gehalten, in der es von Worten wie Tapferkeit, Heldentum, Gleichheit vor dem Gesetz, Sauberkeit und Ordnung nur so gewimmelt hatte.

Die zwei Kilo entfielen auf Metallstücke, die man in Sam Washingtons Körper gepflanzt hatte, um seine zertrümmerten Knochen wieder halbwegs hinzukriegen. Als er aus dem Krankenhaus entlassen worden war, hatten die wichtigen Worte anders gelautet: Wohnungskündigung, Sozialhilfe, Fürsorge, Arbeitslosigkeit und Krüppel.

»Gute Nacht, Michele!« Sam hob grüßend die Hand, als Detective 1. Class Michele Panini an ihm vorbeifuhr. Gut sah er aus, der Detective. Der Typ, auf den die Frauen flogen.

Sam hatte seine Hoffnungen in dieser Beziehung begraben. Seine Nase war gebrochen gewesen und sah nun entsprechend aus, ein Ohr fehlte, und da man ihm auch die Kiefer gebrochen hatte, nuschelte er. Das wurde noch durch das künstliche Gebiß verstärkt.

Sam drückte den Knopf, der die Schranke hochfahren ließ. Michele Panini konnte mit seinem schmucken neuen Chevy die Tiefgarage des New York Police Department verlassen und in einen kühlen Abend gondeln. Die Schranke senkte sich wieder, und Sam spürte die Wetterschmerzen in der Schulter. Das rechte Schlüsselbein tat bei jedem Wetterwechsel besonders weh.

Seit drei Jahren war Sam wieder bei der Polizei, natürlich nicht mehr als Cop, sondern als Parkwächter. Mehr war nicht drin gewesen, und auch das nur unter Vorbehalt.

Es gab nur wenige Beamte, die wußten, daß Sam früher selbst ein Cop gewesen war und man ihn während des Dienstes derart zugerichtet hatte. Es hätte nicht ins Arbeitsklima gepaßt.

»'n Abend!«

Der nächste, der das Gebäude verließ. Ein Bürohengst, dick und behäbig. Sicher würde er eines Tages eine fette Pension empfangen.

Es war sehr ruhig hier unten. Hier standen die Privatfahrzeuge der Polizisten und Dienstfahrzeuge, die nicht ständig gebraucht wurden. Beispielsweise die dekorierten Mannschaftswagen, die morgen bei der Parade mitfahren würden. Verrückt – die Iren feierten den St. Patrick's Day, und es gab eine Parade. Die Italiener feierten Kolumbus – mit einer Parade. Die Deutschen feierten einen Steuben-Tag, auch mit Parade. Nur für die Schwarzen gab es keinen Tag und keine Parade. Was hätten sie da auch vorführen sollen – Sklavenketten?

Der Nachtdienst war ätzend langweilig. Es passierte so gut wie nichts. Die wenigen Männer und Frauen, die jetzt noch arbeiten mußten, waren nicht zu beneiden.

Ein Wagen rauschte die Einfahrt hinunter. Ein 85er Plymouth. Sam hatte einen guten Blick für Automarken. Grün war der Wagen, und hinter dem Steuer saß ...

Sam winkte fröhlich. »Mister Walker!« rief er. Er verließ die Kabine, in der er meistens hockte, und humpelte langsam zu Jo Walker hinüber. Die Schranke hatte er noch in Bewegung gesetzt.

Jo Walker lächelte und gab Sam die Hand. »Hallo, Sam«, sagte er.

Jo Walker hatte damals zusammen mit Tom Rowland den Fall Washington bearbeitet. Sie hatten die Typen auch erwischt, und die Typen waren bestraft worden – pro Nase mit fünfzehnhundert Dollar und sechs Wochen freiwilligem Dienst in einer sozialen Einrichtung.

»Wie wird das Wetter, Sam? Haben wir morgen Sonne?«

»Ich glaube ja, Sir«, antwortete Sam lächelnd. »Ich spür's im rechten Schlüsselbein. Was führt Sie her, Sir? Captain Rowland und Lieutenant Myers sind bereits weg. Und die anderen ...«

»Nur eine Kleinigkeit, Sam, nichts Besonderes«, unterbrach Jo. »Tut mir leid, ich habe es ziemlich eilig. Ein andermal, ja?«

»Klar, Sir!« Sam brachte es nicht fertig, Jo anders als mit Sir anzureden. Das hatte etwas mit Respekt zu tun, mit dem Respekt, den Jo ihm entgegenbrachte.

Jo Walker verschwand mit dem Plymouth in den Höhlen der Tiefgarage. Vor zehntausend Jahren hatten die Menschen in Höhlen gehaust und sich mit Keulen die Schädel eingeschlagen. Heute wurden schon wieder teure Höhlen für die Menschen gebaut.

Jo Walker hatte es wirklich eilig. Er blieb nur ein paar Minuten weg, dann tauchte er wieder mit dem Wagen auf und hielt neben Sams Kabine.

»Kann ich noch etwas für Sie tun, Sir?« fragte Sam.

Jo nickte. »Wenn morgen Captain Rowland hier herausfährt, richten Sie ihm bitte etwas aus, ja?«

»Klar, Sir. Und was?«

Als die Tür sich öffnete, wußte April, daß es losging.

St. Patrick's Day, der Tag der Parade der Iren. Der Tag, an dem ein Mensch ermordet werden sollte, entweder Tom Rowland oder April Bondy.

Als April in einen Raum geführt wurde, den sie bisher noch nicht betreten hatte, wußte sie, daß sich Lord Wilmore auf alle Eventualitäten eingerichtet hatte. Der Raum war ziemlich groß und vollständig mit Plastikfolie ausgeschlagen, wohl um Fingerabdrücke zu vermeiden.

Und um Blutspritzer aufzufangen.

In dem Raum gab es ein großes Bett, an dem Riemen befestigt waren. April schluckte und wurde blaß, als sie es sah. Die Drohung war nicht zu übersehen. Oder war es eine Ankündigung?

»Setzen Sie sich, Miß Bondy«, sagte Wilmore. Er hatte in einem Schaukelstuhl Platz genommen, neben ihm stand die Wasserpfeife, an die April sich fast schon gewöhnt hatte. Wilmore deutete auf einen freien Stuhl. »Noch können wir freundlich miteinander umgehen.«

»Sie sind ...«

»Wahnsinnig? Kind, Sie haben viele schlechte Fernsehfilme gesehen. Immer wenn jemand konsequent und zielstrebig seine Pläne verwirklicht, wird ihm vorgeworfen, er sei wahnsinnig.«

April setzte sich. Nicht aus Bequemlichkeit, sondern weil ihre Beine allmählich weich wurden.

Die Tür wurde von innen abgeschlossen. April war mit Lord Wilmore, seinen zwei Dienern und dem großen Fernseher allein. Auf dem Schirm begann gerade die Parade.

»Warum tun Sie das?« fragte April halblaut. »Können oder wollen Sie es mir nicht erzählen? Was hat Ihnen Tom Rowland angetan?«

»Ach was, Tom Rowland«, sagte Wilmore, begleitet von einer

wegwerfenden Handbewegung. »Rowland, was interessiert mich Rowland!«

»Sie haben es auf – auf Jo abgesehen?«

»Richtig, meine Liebe. Auf Ihren Chef und Freund Jo Walker. Rowland brauchte ich nur, um die Sache zu würzen.«

»Sie wollen, daß Jo zum Mörder wird?«

Wilmore schloß halb die Augen. Auf dem Bildschirm waren lachende Gesichter zu sehen, winkende, fröhliche Menschen. Ahnungslose Menschen.

»Werden? Zum Mörder werden? Sagten Sie werden? Er ist ein Mörder, aber einer, der frei herumläuft, immer noch. Aber damit wird es nach dem heutigen Tag vorbei sein.«

»Sie sind ...«

Wilmore winkte ab.

»Keine Wiederholungen, bitte«, sagte er, ohne die Augen vom Bildschirm zu nehmen. Gerade war für einen Augenblick ein grüner Plymouth zu sehen, ein 85er Modell. Aprils Herzschlag beschleunigte sich. Sie sah, aufrecht hinten im Wagen stehend, Tom Rowland. Sein Gesicht wirkte wie versteinert, und April ahnte: Tom wußte, daß Jo auf ihn schießen mußte.

Mußte?

»Er wird nicht zum Mörder werden«, sagte April leise, und sie schauderte, weil sie sich der Konsequenzen bewußt wurde.

Unwillkürlich sah sie zum Bett. Auf einem flachen Tisch an der Wand lagen unter einer Decke irgendwelche Gerätschaften, und April schwante, daß man sie damit quälen würde, wenn Jo nicht innerhalb der nächsten drei Stunden seinen Freund Tom Rowland erschoß.

Oder aber erschien und sie befreite. Aber das konnte sie sich nicht vorstellen. Wünschen ja, aber nicht vorstellen. Dafür hatte Jo zu wenig Hinweise. Kidnapper schnappte man beim Kontakt, und einen Kontakt hatte es nicht gegeben. In diesem Fall hatte nicht mal Kommissar X eine Chance.

»Was hat er Ihnen getan?« fragte April leise. »Warum?«

»Warum interessiert Sie das?« fragte Wilmore kalt. Er hatte wieder das Gesicht weiß geschminkt, und das veränderte seine Züge so, daß April sicher war, sie würde ihn ungeschminkt nicht identifizieren können. Die tödliche Falle schien perfekt zu sein, absolut lückenlos.

»Ich will es einfach wissen, deswegen«, sagte April. »Weil ich wissen will, was einen Menschen so mit Haß erfüllen kann.«

»Ihre Neugierde ist lebensgefährlich, meine Liebe«, sagte Lord Wilmore.

Gebannt starrte er auf den Fernseher. Unter dem Gerät stand ein Videorecorder. Der Lord wollte den Tod von Tom Rowland aufzeichnen, sich in Zeitlupe ansehen oder was auch immer.

»Glauben Sie mir, ich will Ihnen nichts tun, Miß Bondy«, sagte Lord Wilmore. »Daher dieser gewaltige Aufwand. Ich wünschte, Sie könnten das mehr würdigen. Schließlich hätte ich mir auch weniger Mühe geben können, nicht wahr? Eine Kugel oder ein Messerstich würden gewisse Probleme ebenfalls lösen.«

Wilmore sog am Mundstück der Pfeife. Er genoß es, die Szene in die Länge zu ziehen, sich darzustellen und zu produzieren. Der Mann war eitel wie ein Pfau, nur leider nicht so harmlos wie der Radschläger.

»Würde ich Ihnen das genaue Motiv verraten, könnte das eine Spur ergeben, die zu mir führt. Und seien Sie versichert, meine Liebe, ich bin zwar gern bereit, eine Menge Geld für die Vernichtung von Jo Walker auszugeben, aber ich habe nicht die Absicht, wegen ihm ins Gefängnis zu gehen, ganz bestimmt nicht.«

»Ausnahmsweise sind wir einer Meinung«, sagte April giftig. »Man wird Sie in eine Klapsmühle stecken.«

»Sie sehen zauberhaft aus in Ihrer Wut«, sagte Wilmore gelassen. »Wenn Sie so großen Wert darauf legen, kann ich Ihnen natürlich das Motiv nennen. Aber dann werden Sie mit Sicherheit dieses Haus nicht lebend verlassen. Den Grund habe ich Ihnen genannt.«

»Jo wird mich hier herausholen«, sagte April.

Wilmore wölbte affektiert eine Braue. »Ach, das glauben Sie wirklich?«

April brachte es nicht fertig, zu nicken oder ja zu sagen. Sie konnte es nicht. Mit jedem Augenblick wuchs in ihr die Angst.

»Ach du lieber Himmel«, sagte James Lugano und legte die rechte Hand vor den Mund. »Madonna mia! Betsy, komm her. Komm um Himmels willen schnell her. Sieh dir das an. So schau doch!«

»Ich schaue ja schon. Die Iren-Parade. Na und? Was ist daran Besonderes? Die findet doch jedes Jahr statt.«

»Sicher«, stieß James Lugano hervor. Noch nie in seinem Leben hatte er so geschwitzt. »O Gott, wenn ich das geahnt hätte!«

»Was denn?«

James deutete auf den Schirm. Das Bild war scheußlich, weil die Dachantenne defekt war und der Vermieter sich weigerte, die Reparatur allein zu bezahlen.

»Sieh doch – der Plymouth, der grüne 85er Plymouth! Der, in dem der große, dicke Cop steht, Captain Rowland von der Mordkommission!«

»Was ist mit dem Wagen?«

»Das ist der, den ich für Jo Walker präpariert habe. Himmel! Ich habe das für einen Witz gehalten, für einen Spaß. Du weißt doch, was manche Leute für einen verrückten Humor haben. Deine Mutter beispielsweise ...«

»Laß meine Mutter aus dem Spiel«, unterbrach Betsy streng. Sie hockte sich neben James auf das Sofa und sah sich den Wagen an. »Und, was hast du an dem Auto präpariert?«

James Lugano stieß einen gequälten Seufzer aus.

»Da ist 'ne Bombe drin«, sagte er. »Eine richtige Bombe. Mit Sprengstoff, Benzin und einem Zeug, das wie Napalm ist.«

Betsy Lugano wurde blaß.

»Und wenn ...«

»Dann geht erst der Wagen hoch«, flüsterte James Lugano. »Und dann geht Jo Walker hoch. Und dann ich wegen Mordes.«

»Aber du hast doch niemanden umgebracht.«

»Verschwörung zum Mord, noch dazu an einem Polizeicaptain!«

»Und was gibt es in unserem Staat für Mord?«

James wußte es nicht, doch er ahnte es – den elektrischen Stuhl. Aber der konnte nicht schlimmer sein, als das Sofa, auf dem er jetzt saß und zusehen mußte, wie Jo Walker heimtückisch sein Leben zerstörte.

»So toll ich es finde, daß Sie sich um meinen Sohn kümmern, Mister Walker ...«

Jo hob abwehrend die Hände. »Später«, bat er eindringlich.

»Bitte! Es geht um Leben und Tod. Sonst hätte ich Ihren Herbert auch nicht so eingespannt.«

»Mister Walker?«

Herberts Stimme klang aufgeregt aus seinem Zimmer. Und siegessicher. Jo stieß einen kleinen Seufzer aus.

»Gut«, sagte Herberts Mutter. Sie lächelte. »Später.«

Sie trat zur Seite, und Jo eilte an ihr vorbei in Herberts Zimmer. Der Junge war aufgeregt und hatte rote Wangen. Seine Augen allerdings verrieten, daß er wenig geschlafen hatte.

Herbert hielt eine Liste in der Hand.

»Einhundertachtzig«, sagte er. »Ziemlich viel, finden Sie nicht?«

Jo warf einen Blick auf die Liste. Sie enthielt Namen und Anschriften.

»Ziemlich viel?«

»Meine ich«, sagte Herbert. »Ich habe die Abonnentenkartei vom *Yacht Journal* ausgelesen und bei mir auf Diskette gespeichert. Dann habe ich den Polizeicomputer angezapft und verglichen.« Herbert sah Jo an.

»Bin ich damit strafbar geworden?« fragte er. »Ich habe keine Angst, eingesperrt zu werden. Das tun sie mir Rollstuhlfahrer wohl nicht an. Aber Ma wäre böse, und das will ich nicht.«

Jo legte dem Jungen eine Hand auf die Schulter.

»Es gibt so etwas wie einen übergesetzlichen Notstand«, sagte er. »Keine Sorge, das nehme ich auf meine Kappe.«

»Sehr gut, Mister Walker.«

»Du kannst Jo zu mir sagen, das tun alle meine Freunde.«

»Danke, Jo.«

Jo hielt den Zettel in der Hand. 128 Namen, eine erstaunliche Leistung des Jungen. Aber noch zu viele Namen, wenn man die Kürze der Zeit bedachte, die ihm noch zur Verfügung stand.

»Ja«, sagte Herbert. »Diese einhundertachtundzwanzig, das sind alles Männer, die sich für Yachten interessieren, im Großraum New York wohnen und schon mal mit der Polizei zu tun hatten.«

Herbert grinste. Dann brachte er einen weiteren Zettel zum Vorschein. Auch darauf standen Namen und Anschriften, säuberlich mit einem Matrix-Drucker ausgedruckt.

»Und das hier«, sagte der Junge stolz, »sind die siebzehn von den hundertachtundzwanzig, die bei einer amerikanischen Fluggesellschaft in der Vielfliegerei-Kartei stehen.«

Jo stieß einen Seufzer aus. Was der Junge fertiggebracht hatte, war phantastisch und bestens dazu geeignet, Datenschützern graue Haare wachsen zu lassen.

»Und das hier«, fuhr Herbert fort und tippte eine Taste an seinem Computer an, »ist ein Mann, der sich für Yachten interessiert, der mit der Polizei von New York zu tun hatte, der viel fliegt – und der vor drei Monaten bei einem großen Auktionshaus für siebentausend Dollar eine Erstausgabe des *Grafen von Monte Christo* ersteigert hat.«

»Hallem Blake«, las Jo auf dem Bildschirm.

Er holte langsam und tief Luft.

»Ist er das?« fragte Herbert gespannt.

Jo bewegte langsam den Kopf. Auf und ab. »Ja«, sagte er und atmete auf. »Das muß er sein – ich bin mir sicher.« Und er erinnerte sich …

Mary-Ann Janders war eine bildschöne Frau, langbeinig, schlank und sonnengebräunt, mit blonden Haaren und unergründlichen blauen Augen. Die Männer flogen auf Mary-Ann, und sie umschwärmten sie um so mehr, weil sich die junge Frau spröde und unnahbar zeigte.

Da sie allem Anschein nach auch viel Geld besaß, konnte sie sich die Unabhängigkeit leisten. Es gab Frauen, die hinter vorgehaltener Hand behaupteten, daß es Miß Janders größtes Vergnügen sei, Männer in den Wahnsinn zu treiben. Eine drückte es drastisch aus: »Sie ist eine verdammte Bettkantenschubserin, aber die Kerle lassen sich lieber von ihr schubsen als von uns zerren.« Womit sie den Nagel auf den Kopf getroffen hatte.

Elmer Pride war der erste, den es erwischte. Er kokste sich voll, soff eine ganze Flasche Scotch aus, setzte sich in seinen Jaguar und raste in Atlantic City in den Atlantik.

Seine Leiche entdeckte man am nächsten Morgen, und bei seinem Anwalt fand sich ein Testament, in dem Pride seinen Selbstmord ankündigte und sein gesamtes Vermögen – stolze siebzehn Millionen Dollar – einer gewissen Mary-Ann Janders vererbte.

Der Klatsch überschlug sich, aber Mary-Ann steckte die Millionen ebenso cool weg wie Elmers Tod. Sie machte ein Vierteljahr Urlaub in Europa und kehrte von dort mit einem spanischen Edelmann zurück, der wie ein Sklave um sie herumgurrte und sie mit Geschenken überhäufte.

Zu diesem Verehrer gesellte sich wenig später ein gewisser Ron Partdrige, der sein Geld mit Computerchips scheffelte, geschätzte zweiundvierzig Millionen schwer und von Mary-Ann ebenso besessen wie der edle Spanier, der es nur auf einundzwanzig Millionen brachte, aber die immerhin in Schweizer Franken, nicht in Peseten.

Die Frauen der Gesellschaft schlossen heimlich Wetten ab, die keiner gewann. Denn mit allem – Ehebruch, Mord und Kidnapping – hatte man gerechnet, aber nicht damit, daß sich zwei angeblich erwachsene Männer, die als harte Geschäftsleute galten, allen Ernstes im Morgengrauen mit wertvollen englischen Pistolen duellieren würden.

Das Finale bei diesem Treffen waren ein *Coup der zwei Witwen* – die Gentlemen erwischten sich wechselseitig mit großer Präzision – und zwei Testamente, die Mary-Anne Janders als Begünstigte aufwiesen.

Während die weibliche Konkurrenz angesichts dieses Männerverschleißes noch staunte, erschien Hallem Blake auf dem Plan, Reederssohn, in Eton und Harvard erzogen, Gentleman der alten Schule, der echten amerikanischen Reichtum – einhundertsechs Millionen Dollar – mit europäischem Schliff verband.

Während Blake damit begann, der verwöhnten Mary-Ann seine Millionen in Gestalt von Brillant-Halsbändern und anderen Artigkeiten dieses Kalibers zu Füßen zu legen, tauchte ein gewisser Jo Walker auf, der binnen drei Wochen feststellte:

An den Bremsen des Jaguars war ebenso manipuliert worden wie am Testament des seligen Mister Pride. Beiden Kontrahenten des Duells hatte die listige Miß Janders versichert, sie werde dafür Sorge tragen, daß der Lauf des jeweiligen Gegners nur Pulver enthalte, kein Blei. Infolgedessen schossen sich die beiden Gentlemen gewissermaßen zu Recht über den Haufen.

Eine Jury, die mit bemerkenswert vielen Frauen besetzt war,

sprach Mary-Ann Janders des dreifachen Mordes für schuldig und forderte die Todesstrafe, die auch vollstreckt worden war.

Hallem Blake gab vergeblich viel Geld für die besten Anwälte Amerikas aus, um seine Angebetete zu retten. Er ließ sich auch nicht davon verwirren, als sich beim Prozeß herausstellte, daß die sittsame Miß Janders das, was sie ihren reichen Verehrern so hartnäckig verweigert hatte, ihren Chauffeuren und anderen dienstbaren Geistern um so verschwenderischer zugestanden hatte.

»Hallem Blake«, murmelte Jo. »Das ergibt einen Sinn.«

Und er begriff in diesem Augenblick auch die ganze Perfidie dieses Planes. Vor allem aber begriff er, daß er mehr Zeit hatte, als er angenommen hatte.

Viel mehr Zeit.

Denn in einem Punkt war sich Jo sicher: wenn er Tom Rowland erschoß, würde Blake ganz bestimmt April Bondy unbeschadet gehen lassen. Nicht den kleinsten Kratzer würde sie empfangen, nicht den kleinsten brauchbaren Beweis für das Kidnapping würde es geben.

Und damit stand – ebenso teuflisch wie folgerichtig – Jo Walker als Mörder von Tom Rowland da, und das ohne irgendeine Entschuldigung oder Erklärung, die eine Jury vielleicht dazu bringen konnte, ihm die Todesstrafe zu ersparen.

Wie Mary-Ann Janders würde Jo Walker verurteilt werden und auf dem elektrischen Stuhl sterben. Eine Rache, wie sie in dieser Güteklasse eigentlich nur Frauen einfiel. Aber Hallem Blake war ein großer Verehrer von Alexandre Dumas und seinem Roman vom Grafen von Monte Christo – die Geschichte einer diabolischen Rache nach zwanzig Jahren.

Es paßte. Die Details fügten sich ineinander. Jetzt blieb Jo nur noch eines zu tun, nämlich Tom Rowland zu erschießen.

Vor laufenden Kameras.

Vor den Augen seiner Kollegen, vor den Augen von April Bondy.

Und vor den Augen von Hallem Blake.

Jo sah auf die Uhr. Ihm blieb noch eine Stunde. Das mußte genügen.

»Es ist ein Trick«, murmelte Ron Myers. »Irgendein Trick, ein Dreh oder so etwas. Um dich in Sicherheit zu wiegen. Warum hat Jo nicht mit uns kooperiert, eh? Warum nicht? Weil er die Bedingung des Geiselnehmers erfüllen will.«

»Ach was«, sagte Tom Rowland.

Er schielte auf die Uhr. Noch eine Dreiviertelstunde.

Fünfundvierzig Minuten.

Danach war er entweder tot, oder es begann das grauenvolle Sterben der April Bondy. Oder es passierte ein Wunder, und Jo schnappte den Kidnapper.

Aber an solche Wunder glaubte Tom Rowland nicht. Wenn Jo genügend Hinweise gehabt hätte für eine solche Aktion, hätte er sie an ihn weitergegeben.

Der Tag war gar nicht mal so schlecht. Nicht warm, aber wenigstens trocken. Die Musikkapellen spielten irische Weisen, die Zuschauer freuten sich, und die Männer und Frauen im Umzug freuten sich auch. Für die Iren in New York war dieser Tag ein Feiertag, und wahrhaftig, die Iren verstanden zu feiern. Die Kater nach dem St. Patrick's Day waren die härtesten von allen gewesen, erinnerte sich Tom.

Seltsam, was einem alles durch den Kopf ging, wenn man in einem offenen 85er Plymouth stand und jeden Augenblick von seinem besten Freund abgeknallt werden sollte. Tom Rowland dachte an Besäufnisse und andere Ereignisse, die mit Jo zu tun hatten.

Lieutenant Myers ertappte sich bei dem Gedanken, daß Tom mit seinem Tod möglicherweise für ihn einen Sessel im Office freiräumte, und er schämte sich für diesen Gedanken. Deswegen blieb er auch ständig in Toms Nähe, und er wußte, daß er dabei sehr leicht ebenfalls eine Kugel einfangen konnte, selbst, wenn Jo Walker ihn gar nicht erschießen wollte, sondern Tom Rowland.

Es war unheimlich hart, das alles zu ertragen und dabei zu lächeln, freundlich auszusehen und sich nichts anmerken zu lassen. Vor allen Dingen – nicht ständig auf die Uhr zu schauen.

»Unglaublich, dieser Mann«, sagte der Aushilfs-Commissioner. »Phantastisch. Steht kerzengerade da, obwohl ihn jeden Augenblick eine Kugel treffen kann. Ein Vorbild, wahrhaftig ein Vorbild für uns alle, Gentlemen.«

Das Büro war vollgedrängt mit Menschen, größtenteils aus der Verwaltung. Und jeder wußte, um was es ging.

»Sir?«

Stapelton hob die Hand. »Ja?«

Ein junger Mann drängte sich durch die Reihen, mit einem Blatt in der Hand.

»Hier, Sir. Die Rede, die Sie halten werden. Ich meine, falls ...«

Stapelton winkte unwillig ab. »Nicht jetzt«, sagte er, »wo es gerade spannend wird.«

»Madonna mia!« betete James Lugano. Er kniete vor dem Fernseher, und er meinte das nicht mal blasphemisch. In Großaufnahme war der verdammte 85er Plymouth zu sehen, der Wagen, den er in mühevoller und gekonnter Arbeit in eine rollende Bombe verwandelt hatte. »Laß es nicht geschehen, Madonna«, betete James, während Betsy leise ein Taschentuch nach dem anderen vollweinte. »Ich will auch nie wieder runderneuerte Reifen als neuwertig verkaufen.«

Jo öffnete den Kasten und nahm das Gewehr heraus, eine Präzisionswaffe, wie geschaffen für diesen Zweck. Absolut treffsicher auf mindestens eintausend Meter. Das Zielfernrohr hatte eine Leitz-Optik, beste deutsche Wertarbeit. Das Gewehr ließ sich mit wenigen Handgriffen zusammensetzen, und Jo führte diese Handgriffe ruhig, aber mit Tempo aus.

Von seinem Platz im fünften Stock aus hatte er eine gute Übersicht. In vier Minuten würde der Wagen vorbeifahren, und Jo würde knapp eine halbe Minute Zeit haben. Der Wagen würde so kommen, daß er ihn frontal sehen konnte. Das gab ein besseres Ziel. Aus diesem Grund hatte er sich auch für diesen Standort entschieden.

Er legte an und spähte durch das Zielfernrohr. Ein wenig mußte die Entfernung korrigiert werden, aber dann konnte er klar sehen, was sich unten auf der Straße abspielte.

Dank der vorzüglichen Optik hatte er die Köpfe formatfüllend auf der Linse. Er brauchte jetzt nur noch den richtigen Kopf anzupeilen und abzudrücken – nur einen Finger zu krümmen.

Lord Wilmore benahm sich nicht sehr vornehm. Er knabberte an den Fingernägeln. Seine Leibwächter und Mordgesellen rührten sich nicht.

April war in Schweiß gebadet. Sie konnte nicht anders. Ihr Blick wanderte immer wieder hin und her.

Zum Fernseher, auf dem die Parade ablief, dann zurück, zur anderen Seite des Raumes. Dort stand das Bett, dort lagen unter einem weißen Tuch – wie in einem Operationsraum – die Instrumente des Terrors und warteten auf ihren Einsatz.

»Sie könnten doch recht haben, meine Liebe«, sagte Lord Wilmore, seine Stimme war angespannt. Auch er schaffte es nicht, ruhig zu bleiben. Seine Augen flackerten hektisch. »Daß Ihr Freund sich weigert, seinen Cop-Kumpel auftragsgemäß zu erschießen.«

Wilmore sah auf die Uhr.

»Die Parade ist gleich zu Ende«, sagte er und stand auf. »Schade, ich hätte Ihnen das gern erspart.«

»Sie sadistisches ...«

»Nicht doch«, sagte der Lord und lächelte verächtlich. »Nein, ich werde mir das nicht ansehen. Mein Magen, wissen Sie.«

Er gab seinen Männern ein Zeichen. »Ihr könnt sie haben. Viel Spaß dann noch ...«

In diesem Augenblick weiteten sich Aprils Augen vor Entsetzen.

Der Plymouth tauchte auf. Er bog um die Ecke, langsam, im Schritttempo. Ein bewegliches Ziel zwar, aber bei dieser geringen Geschwindigkeit nicht zu verfehlen, wenn man ein leidlich guter Schütze war und über eine gute Waffe verfügte.

Und Jo Walker hatte eine gute Waffe.

Er ließ die Optik wandern und nahm das Ziel auf.

Ruhig, keine Hektik aufkommen lassen. In aller Ruhe zielen. Und dann abdrücken.

»Gleich ist es vorbei«, sagte jemand im Polizeigebäude. Und irgendwie tauchte auf einigen Gesichtern ein Ausdruck der Unzufriedenheit auf. Vor allem auf dem von Stapelton.

»Gleich ist es vorbei«, stieß Ron Myers hervor. »Mann, bin ich fertig!«

»Abwarten«, empfahl Tom Rowland. »Immer mit der Ruhe. Ein paar Minuten werden wir noch brauchen.«

»Sag mal«, schwatzte der Lieutenant weiter. »Was hat dir Sam Washington eigentlich zugeflüstert? Ich frage mich schon die ganze Zeit ...«

»Eine Botschaft von Jo«, antwortete Rowland und winkte wieder fröhlich und gutgelaunt den Zuschauern zu. Sie standen an dieser Stelle ziemlich weit vom Wagen entfernt. Trotz der sieben Meter Entfernung war das Publikum zufrieden. Diese Parade war ein voller Erfolg gewesen.

»Von Jo? Und was sagt er?«

»Das habe ich auch nicht so recht begriffen«, gab Tom Rowland zu. »Jo läßt uns ausrichten: *Taucht weg, wenn es knallt. Und bleibt unten. Taucht weg ...«*

»Wenn es knallt?« fragte Ron Myers entgeistert. »Hat er wirklich gesagt, wenn es knallt?«

Und in diesem Augenblick knallte es schon.

»Aaaaah!« Es war ein lustvolles Stöhnen, das Lord Wilmore ausstieß. Seine Augen glitzerten.

April Bondy hatte eine Hand vor den Mund gepreßt und schluchzte hemmungslos.

Er bekam, was er haben wollte. Der Wagen wurde regelrecht zerfetzt. Während eine grellrote Feuerwolke hochstieß, konnte man sehen, wie die Türen des Plymouth vom Explosionsdruck weggeschleudert wurden. Sie schlitterten, eingehüllt in waberndes Feuer, über die Straße und blieben zwischen dem Wrack und den davonstürmenden Zuschauern liegen.

Zum Glück war dieser Abschnitt der Parade nicht so voller Menschen – bis zu diesem Augenblick.

Denn nur eine Sekunde nach dem Explosionsknall stürmten die Neugierigen hinzu. Und die Flammen loderten. Es war grauenvoll anzusehen. In diesem Inferno konnte niemand überleben – es versuchte auch keiner der Insassen, sich zu retten.

Wahrscheinlich waren sie bereits von der Detonation getötet worden, und so blieb ihnen erspart, in dem Höllenfeuer bei lebendigem Leibe zu verbrennen.

»Herrlich!« stieß Wilmore hervor. Er zitterte vor Erregung am ganzen Körper. »Schade nur, daß es so schnell ging. Viel zu schnell. Aber wirkungsvoll.«

Wilmore drehte sich um und sah April kalt an.

»Ihr Freund und Mörder Jo Walker hat gute Arbeit geleistet«, sagte er zufrieden.

April hob die Hände und wollte sich auf ihn stürzen, um ihm die Augen auszukratzen, aber schon nach einem Schritt wurde sie von Wilmores Dienern rabiat aufgehalten.

Wilmore lächelte dünn. »Sie bleiben am Leben, ich halte mein Wort. Betäubt sie, und wenn es dunkel ist, bringt ihr sie zurück. Aber vorsichtig, faßt sie nicht zu hart an. Keine Spuren.«

»Jo wird Sie kriegen!« schrie April wütend. »Er wird ...«

Wilmore lächelte kühl und schaltete den Fernseher aus.

»Er wird sterben«, sagte er mit grausamem Triumph in der Stimme. »Auf dem elektrischen Stuhl!«

Das Schlimmste für April war – sie wußte, daß er recht hatte.

»Nicht bewegen!« rief Tom Rowland. »Ganz ruhig liegenbleiben.« Er setzte die Sauerstoffmaske auf und nahm einen tiefen Atemzug. Dann setzte er sie wieder ab.

»Wir müssen wie tot aussehen!« rief er. »Damit der Kidnapper getäuscht wird!«

Es war nicht leicht, in diesem Inferno aus Hitze und Lärm ruhiges Blut zu bewahren. Vor allem war es nicht leicht, auch nur zu kapieren, was sich abgespielt hatte.

Nur Tom Rowland hatte eine gewisse Vorstellung davon, was Jo alles aufgeboten hatte, um diesen Plan Wirklichkeit werden zu lassen.

»Nein!« stöhnte Betsy Lugano. »O nein, o nein!«

Das Telefon klingelte. James hörte es zuerst gar nicht. Er stierte nur auf den Fernseher, wo wieder und wieder gezeigt wurde, welch grauenvollen Tod Tom Rowland gestorben war.

Inzwischen hatte man mit Handlöschern den Brand bekämpft und gelöscht, und die Kamera zeigte das Wrack des Plymouth, völlig zerfetzt, schwarz verkohlt. Aber wenigstens ersparte das Fernsehen seinen Zuschauern den Anblick der Leichen, die in dem Wrack lagen und wahrscheinlich völlig verkohlt waren.

Wieder das Telefon. Benommen vom Schock wankte James zum Apparat hinüber und nahm ab.

»Gute Arbeit, James!« klang es aus der Muschel »Und sorgen Sie sich nicht.«

»Nicht sorgen?« heulte James auf. »Nicht sorgen? Dafür kassier ich fünfzehn Jahre, mindestens!«

»Bestimmt nicht, James. War alles nur Trick und Bluff, aber das konnte ich Ihnen nicht vorher sagen.«

»Trick?«

»Spezialeffekte vom Film. Ich erkläre es Ihnen später. Jetzt muß ich auflegen.«

Es klickte. James hielt den Hörer in der Hand und starrte ihn fassungslos an.

Was war nun der Trick gewesen?

Als April Bondy wieder zu sich kam, lag sie in ihrem Bett, in ihr schönstes, teuerstes und auch gewagtestes Nachthemd gehüllt. Und neben ihr, auf dem Kopfkissen, lag ein Zettel.

»Alles in Ordnung, April.« Sie erkannte sofort Jos Handschrift. »Es war nur ein Bluff. Tom ist wohlauf. Und wenn du eine heiße Show im Fernsehen erleben willst, brauchst du nur ins Wohnzimmer zu gehen.«

April schniefte. Erst mal mußte sie ein paar Tränen der Erleichterung loswerden, die Jo und Tom nicht zu sehen brauchten. Die Männer waren ohnehin schon eingebildet genug. Außerdem hielt April es für richtig, einen Bademantel über das luftige Nichts von Nachthemd zu ziehen.

Das, was sie insgeheim erwartet hatte, war eingetroffen. Da saßen die beiden Kerle im Wohnzimmer, sahen fern und tranken Whisky. Als sie das Geräusch von der Tür hörten, drehten sie sich gleichzeitig um – wie eineiige Zwillinge – und grinsten frech.

»Hallo, April«, sagte Jo. »Hallo, April«, sagte Tom.

»Schert euch zum Teufel!« fauchte April. Sie zog die Nase hoch. Ganz konnte sie ihre Rührung doch nicht unterdrücken.

»Mistkerle«, sagte sie.

Tom und Jo sahen sich an und zuckten mit den Schultern.

»Es tut mir leid, April«, sagte Jo leise. »Aber ich sah keine andere Chance, als das Spiel so lange mitzuspielen, bis ich mehr Informationen hatte. Und diesem Verrückten erst mal zum Schein das zu liefern, was er haben wollte – Toms Tod.«

»Das hättest du auch fast erreicht«, knurrte Rowland. »Mann, ich dachte, mich erwischt der Infarkt, als die Ladungen hochgingen.«

April setzte sich und schnitt ein mürrisches Gesicht.

»Was ist da eigentlich passiert? Wieso lebst du noch?«

»Reizende Frage«, sagte Tom Rowland trocken. »Jo, erklär du's.«

»Ich habe den Wagen ausgetauscht, in dem Tom gefahren ist. Meiner war von einem Spezialisten präpariert worden – mit Gas und Benzin, das fürchterlich hohe Flammen gibt, wenn man es unter Druck in die Höhe sprüht. Mit ziemlich losen Türen, die effektvoll wegfliegen, wenn eine kleine Sprengladung gezündet wird. Innen im Auto und unterhalb der Kante, aus der das Feuermittel heraussprühte, war es zwar warm, aber nicht gefährlich. Unter den Sitzen waren Preßluftflaschen versteckt, damit die Männer nicht ersticken konnten.«

»Und so etwas klappt?«

»Wie du siehst«, erwiderte Jo. »Mit meinem Schuß habe ich die ganze Aktion nur gestartet – James Lugano hatte mir einen Zünder gebastelt, den ich mit einer Kugel starten konnte. Der Rest war reine Nervensache.«

April nickte schwach.

»Tröste dich«, meinte Tom Rowland und füllte sein Glas wieder auf. »Mir hat er auch nichts gesagt.«

»Hättest du mitgespielt?«

»Bei diesem Wahnsinn? Nie und nimmer!« entfuhr es Rowland. »Ich bin doch nicht verrückt!«

»Apropos verrückt«, sagte Jo. »Hier, April!«

Er schaltete den Videorecorder ein. Auf dem Schirm war zu sehen, wie eine Gruppe Cops ein Haus stürmte. Nach ein paar Minuten kehrten die Männer zurück. Mit Handschellen gefesselt, führten sie drei Männer ab.

»Die beiden jungen Männer sind frühere Angestellte und wahrscheinlich auch Liebhaber von Mary-Ann Janders«, sagte Jo zur Erklärung. »Und der Mann, der dich hat verschleppen lassen ...«

»Hallem Blake, ich erinnere mich an den Fall«, unterbrach April erregt! »Hat der Mann sich verändert, ich hätte ihn nicht wiedererkannt.«

Blake trug noch immer ein maskenhaft geschminktes Gesicht zur Schau, als er abgeführt wurde.

»Gefängnis oder Heilanstalt?« fragte April knapp und genehmigte sich ebenfalls einen Whisky.

Jo war sich nicht sicher.

»Ich tippe eher auf Heilanstalt«, sagte er.

Auf dem Fernseher war jetzt eine Szene zu sehen, an die April sich nicht erinnern konnte – Jo Walker trat aus dem Haus und trug sie auf seinen Armen.

»Du warst mit K.O.-Tropfen betäubt worden«, erklärte Jo. »Und wir haben dich schlafen lassen. Ist jetzt alles wieder klar?«

April nickte langsam. An der Oberfläche hatte sie sich wieder gefaßt, aber bis sie dieses Erlebnis verarbeitet hatte, würden noch ein paar Wochen und Monate vergehen.

»Du hast einen Wunsch frei, auf den Schreck«, sagte Jo lächelnd.

April dachte nach. »Okay«, sagte sie dann. »Ich habe einen Wunsch.«

»Laß hören!«

April lächelte. »Ich möchte in die Oper. Mit euch beiden.«

»Allmächtiger!« stieß Tom Rowland hervor. »Er war wahrhaftig kein Kunstbanause. Aber Oper?«

»Was für eine Oper?« erkundigte sich Jo mißtrauisch.

Aprils Antwort konnte man nur als einen Sieg durch Knockout interpretieren.

»Wagner«, sagte sie. »*Die Meistersinger von Nürnberg.* Sechs Stunden Kultur am Stück.«

»Und Musik, die so laut ist, daß man dabei nicht schlafen kann«, ächzte Rowland. »Jo, beim nächsten Mal ...«

»Ich weiß Bescheid«, unterbrach Jo. »Da schieße ich nicht daneben.«

»Siehst du«, sagte Tom grinsend, »das ist es, wofür man Freunde hat.«

»Pah«, äußerte April und behielt das letzte Wort. »Männer!«

Der Panther aus der Bronx

Der Verteidiger bleckte die Zähne in einem scheinheiligen Grinsen.

»Sie haben also im Angeklagten jenen Mann wiedererkannt, verehrte Miß Hanson, der sie überfallen und ihnen Gewalt angetan hat?«

Das Mädchen schielte zum Angeklagten hinüber und nickte eingeschüchtert.

»Aber, Miß Hanson«, der Verteidiger legte alle Verwunderung in die Stimme, zu der er fähig war, »Sie haben doch gar nicht richtig hingesehen!« Er fuhr nach einer Kunstpause grollend fort: »Denken Sie daran, daß es für meinen Mandanten um die Freiheit geht!«

Der Bursche ist ganz schön clever, dachte Wayne Bolton. Der nimmt das Girl auseinander.

Marcia Hanson biß sich auf die Lippen. Sie war blond und trug die Haare lang und glatt fallend. Ihre blauen Augen schwammen in Tränen. Und die Tränen spülten Teile des Make-ups weg, mit dem sie ihre Pickel zu verbergen suchte. Marcia Hanson war gerade erst sechzehn geworden.

»Sehen Sie bitte ganz genau hin. Studieren Sie das Gesicht des Angeklagten, und dann sagen Sie mir bitte laut und deutlich, ob das der Mann ist, von dem Sie angeblich ...«

»Einspruch, Euer Ehren. Die Verteidigung versucht, Miß Hanson zu beeinflussen, indem sie die Zeugin unterschwellig als Lügnerin darstellt. An der Tatsache der Vergewaltigung besteht nach Aussagen der Sachverständigen wohl keinerlei Zweifel mehr.«

Der Richter, ein hochgewachsener Schwarzer mit grauen Schläfen, nickte nach kurzem Nachdenken. Es war sehr heiß in dem

Gerichtssaal. Das Mädchen hatte schon große Schweißflecke unter den Achseln. Normalerweise trug sie wahrscheinlich T-Shirts und Jeans, kein Kleidchen, das sie mädchenhafter und unschuldiger aussehen lassen sollte. Solche Dinge waren wichtig, um die Geschworenen zu beeindrucken.

Auch die Geschworenen schwitzten.

»Stattgegeben«, sagte der Richter. »Die Verteidigung wird aufgefordert, bei der Sache zu bleiben.«

Mist, dachte Wayne. *Es lief doch gerade so gut.*

»Also?« sagte Andrew Laughlin, Wayne Boltons Verteidiger. »Sehen Sie bitte genau hin!«

Marcia hob den Kopf. Ihre Augen waren feucht, als sie langsam den Kopf wandte und zu Wayne hinübersah.

Wayne Bolton lächelte nur. Es war das gleiche Lächeln, das er damals an dem Abend draufgehabt hatte. Ein überlegenes, männliches Lächeln. Wayne erinnerte sich noch gut an den Abend. Damals hatte sie auch angefangen zu heulen. Sie hatte nicht geschrien, nur geheult. Wayne hatte gar nicht geahnt, daß in so einem kleinen Mädchen soviel Wasser drin sein konnte.

Und sie hatte sich gewehrt. Stumm, verbissen, leidenschaftlich. Sie hatte versucht, zu kratzen und zu treten, aber es hatte ihr nichts geholfen. Sie hatte einen schlanken, festen Körper, und es hatte Wayne unheimlich angetörnt, als sie sich unter ihm wand und krümmte und dabei heulte. Es törnte ihn sogar jetzt an, als er daran dachte und sich erinnerte. Wayne rutschte auf seinem Sitz hin und her.

»Was haben Sie gesagt, Miß Hanson? Ich habe Sie nicht gehört.«

»Er ist es«, wisperte Marcia. Sie lief wieder rot an vor Scham und senkte den Blick.

»Lauter, Miß Hanson«, forderte der Verteidiger. »Damit auch die Geschworenen hören können, was Sie zu sagen haben.«

»Er ist es gewesen«, platzte Marcia hinaus und schluchzte nun laut los.

Er stellt sie als hysterische Ziege dar, dachte Wayne, *als eine dumme Kuh, die nicht weiß, was sie will und schnell die Nerven verliert und durchdreht. Klasse, der Mann, einfach Klasse. Jeden Dollar wert, den er kostet.*

»Sie haben den Angeklagten also erkannt? Ganz sicher?«

Marcia nickte, während sie sich die Nase putzte. Sie wirkte dabei ungelenk und kindisch. Man konnte direkt sehen, wie sie den Geschworenen auf den Nerven herumtrampelte.

»Aber an dem Abend war es dunkel, Miß Hanson. Stockdunkel. Keine Straßenbeleuchtung. Und Sie haben den Täter klar erkannt? Miß Hanson, ich glaube, Sie lügen dem Gericht etwas vor!«

Marcia wurde blaß. Laughlin trat vor den Tisch des Richters und legte einige Dokumente auf die Platte.

»Erstens«, sagte er laut und mit abgrundtiefer Verachtung in der Stimme, »eine Bescheinigung des Augenarztes von Miß Marcia Hanson. Er bestätigt, daß Miß Hanson stark weitsichtig ist und eine Brille tragen muß. Inzwischen trägt sie, wie auch heute, Kontaktlinsen, aber damals verwendete sie ausschließlich Brillen zur Korrektur ihrer Sehschwäche. Zweitens: eine Bestätigung des meteorologischen Instituts. An dem fraglichen Abend war Neumond, der Himmel war stark bewölkt. Und am Tatort gab es keine Laternen. Drittens: die beeidigte Aussage des Gerichtsmediziners. Er bestätigt die Aussage der Zeugin, daß sie mehrfach mit großer Wucht ins Gesicht geschlagen worden ist. Viertens: eine beeidigte Stellungnahme der Optikerin von Miß Hanson. Die Brille war am Morgen nach der Tat zerbrochen und nicht mehr brauchbar.«

»Was will die Verteidigung mit diesen Dokumenten beweisen?« fragte der Staatsanwalt.

»Daß die Zeugin nicht die Wahrheit sagt«, erklärte der Verteidiger.

Durch die Reihen der Geschworenen und Zuschauer ging ein Raunen. Wayne kniff die Augen zusammen. Was sollte das?

»Die Zeugin ist überfallen worden. Man hat sie geschlagen, ihr die Brille aus dem Gesicht geschlagen. Abends um elf Uhr. Bei Neumond, bei bedecktem Himmel, bei einem jungen Mädchen, das so weitsichtig ist, daß es ohne Brille die eigenen Füße nicht mehr erkennen kann!«

Die Stimme des Verteidigers würde ätzend.

»Ich streite nicht ab, daß Miß Hanson Opfer eines scheußlichen, ja verabscheuungswürdigen Verbrechens geworden ist. Aber ich bestreite ganz entschieden, daß sie überhaupt imstande war, an diesem Abend unter den Umständen, die sie uns selbst geschildert hat, irgend etwas anderes zu sehen als einfach nur Dunkelheit. In diesem Punkt lügt die Zeugin!«

Wayne warf einen Blick zu den Geschworenen. Ein paar bewegten die Köpfe. Sie stimmten zu.

Klasse, dachte Wayne wieder.

Natürlich hatte das Mädchen ihn erkannt. Er hatte sich ja genügend Zeit mit ihr genommen. Wenn sie nicht so ein Theater veranstaltet hätte. Bloß wegen dem bißchen Sex so eine Schau abziehen! Affig. Einfach ätzend.

»Das ist nicht wahr!« schrie Marcia auf. Ihre Stimme kippte und wurde schrill. »Ich habe alles genau gesehen ...«

Der Verteidiger lächelte kalt. »Wirklich?« fragte er.

Und dann legte er erst richtig los. Die Sache mit der Brille und der Dunkelheit war nur der Auftakt gewesen, jetzt erst ging der Rechtsanwalt zur Sache.

Und wie er das tat!

Er fragte nach den intimsten Einzelheiten, nach Sauereien, auf die Wayne nicht mal im Traum verfallen wäre. Man konnte richtig noch was lernen bei diesem Prozeß. Das Mädchen weinte und schluchzte, es wurde abwechselnd blaß und rot. Sie heulte und jammerte und krümmte sich wie damals.

Im Anfang fand Wayne die Sache noch aufregend, aber allmählich stiegen ihm Bedenken auf. Denn die Stimmung im Saal kippte langsam, aber sicher um.

Der Verteidiger setzte dem Mädchen erbarmungslos zu. Sie mußte von Sachen erzählen, die in keinem Lehrbuch zur Sexualkunde standen, nicht einmal in den Pornobüchern, die Wayne im Schreibtisch seines Vaters entdeckt hatte. Auch den Geschworenen war manches neu, sie ekelten sich, und sie fingen an, den Verteidiger böse anzustarren.

Wayne kriegte es mit der Angst zu tun.

Was war in den Kerl gefahren, daß er hier so einen Zirkus inszenierte? Er machte die Kleine derart fertig, daß die Zuschauer und die Geschworenen allmählich sauer wurden. Die Stimmung, die zuerst für Wayne positiv gewesen war, kippte völlig um.

Mann, dachte Wayne. *Die knallen mir glatt fünf Jahre mehr drauf, bloß weil der hier zu knarsch auf die Pauke haut.*

Aus dem Zuschauerraum ertönten wütende Rufe. Die Eltern des Mädchens standen auf, schwangen die Fäuste und stießen Drohungen aus. Mehr als einmal mußte der Richter eingreifen, um Tumulte zu verhindern.

Am liebsten hätte er, das war deutlich zu sehen, der Verteidigung eins draufgebraten. Aber dafür war Laughlin zu clever. Er wußte genau, wie weit er gehen konnte, ohne daß der Richter die Möglichkeit fand, ihm was zu vermasseln.

Und dann, als der Saal vor Wut fast kochte, ließ er Marcia plötzlich wieder in Ruhe. Sie durfte auf ihren Platz zurückkehren. Sie sah scheußlich aus, fast noch schlimmer als damals.

»Ich rufe als Zeugen den Detective Carlos Velasquez auf!«

Wayne runzelte die Stirn. Was sollte das nun wieder?

Velasquez war der Cop gewesen, der Wayne festgenommen hatte. Ein Chicano, erinnerte sich Wayne schwach. Und dem Cop war kein Fehler unterlaufen. Mit Miranda/Escobedo war da nichts zu holen.

Wayne kannte sich da aus, von den Fernseh-Krimis her, die er sich angeschaut hatte. Schon vor vielen Jahren waren die Cops gezwungen gewesen, einem Festgenommenen seine Rechte genau zu erklären. Daß nämlich alles, was er sagte, gegen ihn verwendet werden konnte und so weiter und so fort, der ganze Schmus eben.

Dann war es Vorschrift geworden, daß die Cops dabei einen ganz bestimmten Wortlaut einhalten mußten. Seit dem Grundsatzurteil in den Fällen Miranda und Escobedo waren die Cops sogar verpflichtet, eine Karte mit dem Text dieser Rechtsmittelbelehrung bei sich zu führen. Im Fall einer Verhaftung mußten sie diesen Text genau von der Karte ablesen. Auswendig aufsagen galt nicht, es mußte von der Karte abgelesen werden.

Velasquez betrat den Verhandlungsraum, ein zierlicher Mann mit einem gemütlichen Bauch. Das Gesicht war rundlich, wirkte intelligent und freundlich. Auffällig waren die Augen des Detectives. Flink schienen sie alles zu erfassen und zu sondieren, was ihn umgab.

Velasquez war in einem früheren Stadium des Prozesses schon vereidigt worden. Jede seiner Bewegungen verriet, daß er sich auch auf diesem Parkett auskannte: ein gutaussehender, tüchtiger Polizist mit viel Berufserfahrung und Sachverstand.

»Detective«, redete Laughlin den Kriminalbeamten an. »Sie sind sechsundvierzig Jahre alt? Seit neunzehn Jahren bei der Polizei? Alles richtig? Wunderbar. Sie sind New Yorker, nicht wahr?«

Velasquez war ein wenig verwirrt. Er wußte offensichtlich nicht genau, auf was der Verteidiger hinauswollte.

»Ich kenne mich in der Stadt aus«, sagte er nach einer kleinen Pause.

»Ach«, sagte Laughlin. »Ich hatte gedacht, sie wären hier geboren worden.«

Velasquez schüttelte den Kopf. »Geboren und aufgewachsen bin ich in Puerto Rico«, sagte er. »Als ich sechzehn war, sind meine Eltern mit mir nach New York gezogen.«

Laughlin lächelte breit. »Dann kennen sie wahrscheinlich die West Side ziemlich genau, die Sitten und Gebräuche dort.«

»Natürlich«, erwiderte Velasquez. »In dem Viertel habe ich jahrelang gelebt, da kenne ich jeden, und jeder kennt mich.«

Wayne konnte sehen, daß der Richter den Kopf aufgestützt hatte und aufmerksam zuhörte. Der Staatsanwalt runzelte die Stirn. Das alles hatte doch nichts damit zu tun, daß Wayne Bolton wegen Vergewaltigung von Marcia Hanson vor Gericht stand.

»Sie tun auch hauptsächlich in diesem Viertel Dienst, stimmt das, Detective Velasquez?«

Der Polizist nickte. Er schien etwas zu ahnen. Wayne konnte sehen, wie sich die Kiefermuskeln des Cops spannten.

»Und Sie sind verheiratet mit Maria Estella des Cruz, richtig? Ihre Frau ist erst vor wenigen Jahren aus Puerto Rico nach Amerika gekommen?«

Auch das mußte Velasquez bestätigen – mit wachsendem Unbehagen.

Laughlin hatte den Boden für seine Attacke vorbereitet, jetzt konnte er loslegen.

»Nach alledem«, sagte er sanft, »vermute ich, Detective Velasquez, daß Sie privat wie dienstlich überwiegend spanisch sprechen. Stimmt das?«

»An meinem Englisch ...« begann der Cop.

»Beantworten Sie bitte meine Frage, Detective. Sie sprechen überwiegend spanisch, nicht wahr?«

»Ja«, entgegnete der Beamte verärgert.

»Aber Ihr Englisch ist nach all den Jahren natürlich einwandfrei, nicht wahr?«

»Natürlich«, stieß Velasquez hervor. Darauf also hatte es der Verteidiger abgesehen.

»Mary Anning, she sells sea shells.«

»Bitte?«

Velasquez grinste zufrieden. Er hatte die Falle erkannt und auf das Nuscheln des Verteidigers mit einer englischen Frage reagiert, nicht mit einem spanischen Wort, wie es Laughlin wohl mit seiner überrumpelnden Bemerkung beabsichtigt hatte.

»Mary Anning, she sells sea shells«, wiederholte der Verteidiger.

»Einspruch«, sagte der Staatsanwalt und stand wütend auf. »Was soll dieser Unfug? Der Verteidiger will wohl das Verfahren verschleppen. Die Frage ist als nicht zur Sache gehörig abzuweisen.«

»Stattgegeben!«

»Einspruch!«

Diesmal hatte Laughlin protestiert. Seine Augen funkelten. Ganz offensichtlich hatte er erreicht, was er hatte erreichen wollen.

»Euer Ehren, das Spanische und das Englische haben eines gemeinsam, nämlich gewisse Zischlaute, wie es sie beispielsweise im Deutschen oder Französischen nicht gibt.«

»Na also«, sagte der Staatsanwalt. »Dann gibt es ja keine Schwierigkeiten.«

»Das Problem ist nur«, fuhr Laughlin fort, »daß im Spanischen und Englischen unterschiedliche Zeichen gelispelt werden. Im Spanischen sind es c-Laute, im Englischen das berühmte th. Mit dem bekannten Zungenbrecher von Marv Anning, die Seemuscheln verkauft, wollte ich lediglich überprüfen und sicherstellen, ob der Detective, der damals meinen Mandanten verhaftete und über seine Rechte belehrte, dies in einer klaren und unzweideutigen Form tat.«

Der Richter preßte die Zähne aufeinander.

»Stattgegeben«, sagte er dann grollend. »Detective, sagen Sie den Vers auf.«

»Was? Ich ...«

Velasquez war völlig außer sich. Fassungslos schüttelte er den Kopf.

»Um es Ihnen zu erleichtern, Detective«, sagte Laughlin scheinheilig, »habe ich den Text auf eine Karte drucken lassen. Das Format dieser Karte werden Sie wohl kennen.«

Die Karte hatte die gleiche Größe wie die Miranda/Escobedo-Karte, die er im Dienst immer bei sich trug. Velasquez griff zögernd danach.

»Lesen Sie vor, Detective«, sagte Laughlin sanft. »Lesen Sie einfach nur vor.«

»Eine Frau, Jo«, sagte April Bondy. »Sie will ihren Namen nicht nennen. Ihre Stimme klingt aufgeregt, sehr besorgt. Soll ich durchstellen.«

Jo Walker stieß einen Seufzer aus. An Arbeit mangelte es ohnehin nicht. Und Personen, die am Telefon ihren Namen nicht nennen wollten, liefen in aller Regel auf die ganz besonders schmuddeligen Fälle hinaus, Ehemänner überwachen oder dergleichen.

»Stell durch«, sagte Jo schließlich. »Ich kann es mir ja wenigstens mal anhören.«

Es knackte in der Leitung, als April durchschaltete.

»Walker«, meldete sich Jo ruhig.

»Sind Sie der Privatdetektiv Jo Walker?«

»Das bin ich, Miß ...?«

»Entschuldigen Sie, wenn ich meinen Namen nicht nenne, Mister Walker. Aber es steht zu viel auf dem Spiel. Können Sie mir helfen? Ich bin in furchtbarer Bedrängnis.«

»Liebe Missis Unbekannt«, sagte Jo kühl. »Bei allem Verständnis für Ihre Nöte, aber mein Job ist es, Sachverhalte aufzuklären und ans Tageslicht zu bringen. Diese Art von Geheimniskrämerei ist nicht meine Sache. Wenn sie mir nicht genug trauen, um mir ihren Namen zu nennen, dann sollten Sie sich besser an einen anderen Privatdetektiv wenden. Es gibt genug davon in der Stadt.«

»Aber diese Leute haben nicht ihren Ruf, Mister Walker. Könnten wir uns nicht wenigstens treffen, bevor Sie meinen Hilferuf einfach ablehnen?«

Jo Walker überlegte kurz. »Wann und wo?«

»In einer Stunde in der Cafeteria von Macy's?«

»Woran erkenne ich Sie?«

»Ich habe ein Bild von Ihnen gesehen, Mister Walker. In der Zeitung. Ich werde Sie erkennen ...«

Knacken in der Leitung. Das Gespräch war beendet. Ein paar Augenblicke später trat April Bondy in den Raum.

»Wirst du den Fall annehmen?« fragte April.

Jo runzelte die Stirn.

»Das weiß ich noch nicht«, sagte er. »Es wird sich zeigen. In einer Stunde treffe ich mich mit der Frau, dann sehen wir weiter.«

Die Fahrt bis zum Warenhaus Macy's in Manhattan verlief schneller, als Jo gedacht hatte. Sein Vorsprung gab ihm Zeit, in der Cafeteria noch etwas zu essen, sich danach einen Mokka zu gönnen und ein wenig in der Zeitung zu blättern.

Der Inhalt der Zeitung war der übliche: auswärtige Politik, Innenpolitik, Literatur, Sport und riesige Mengen von Anzeigen. Die Times wog wieder einmal viele Unzen. Jo legte den Literaturteil beiseite, blätterte kurz im Sport und wandte sich dann dem Lokalteil zu. Er hatte wieder einmal zugeschlagen, der Panther der Bronx. Wer auch immer sich hinter der Maske dieses Killers verstecken mochte, er verstand sein grausiges Handwerk. Der junge Mann, den man ermordet aus dem Hudson gefischt hatte, trug das Markenzeichen des Panthers. Er war das zwölfte Opfer des Killers, und der Panther war erst seit einem halben Jahr aktiv.

»Beachtlich«, murmelte Jo in einem Anflug von zynischem Humor. Natürlich brachte er für Menschen wenig Sympathie auf, die ihren Zeitgenossen die Gurgeln durchschnitten, sie in die Luft sprengten oder ihnen ein Vierteldutzend Kugeln vom Kaliber 44-Magnum in den Bauch schossen.

»Mister Jo Walker?«

Jo sah auf. Fünfunddreißig schätzte er sie. Wenn die Frau keine dunkle Sonnenbrille getragen hätte, wäre die Schätzung präziser ausgefallen. So konnte er die Augen nicht sehen.

Fünfunddreißig, rauchige Altstimme und viel Geld. Man konnte es riechen, man konnte es sehen, Jo hätte es anfassen können. Das Parfum, die Schuhe, das elegante Kostüm, die netten Einkaräter an der Uhr, auch die Bewegungen, die Sprache, das Auftreten – das alles verriet Geld, sehr viel Geld.

Die Lady war reich, selbst nach den Maßstäben Manhattans. Und da hieß reich, daß man mindestens drei bis fünf Millionen Dollar im Jahr einnahm.

Abgesehen davon war die Lady verstört. Sie hatte Angst, sehr viel Angst sogar. Die Sonnenbrille gehörte beispielsweise nicht zu ihrem üblichen Outfit. Das Ding hätte von irgendeinem Krabbeltisch stammen können.

»Richtig, ich bin Walker«, sagte Jo. »Setzen Sie sich.«

Ein Blick auf die Uhr. Sehr gut, die Lady war pünktlich. Folglich hatte sie noch nicht völlig die Nerven verloren.

»Kaffee, Mokka, Tee oder ein Softdrink ...«

»Tee, bitte, sechs Minuten gezogen«, sagte die Lady, während sie die Jacke auszog und neben sich auf die Bank legte. Vielbesuchte Plätze wie dieser gehörten ebenfalls nicht zu ihren normalen Lebensumständen. Man merkte es daran, daß sie unwillkürlich nach einem Butler oder Kellner Ausschau hielt. Jo gab die Bestellung auf.

Die Lady war inzwischen damit beschäftigt, sich eine Zigarette anzuzünden. Jo nahm ihr das glitzernde Feuerzeug aus der Hand, massives Gold mit echten Steinen, und gab ihr Feuer. Die Hand der Lady zitterte, nicht sehr, aber merklich.

Das Feuerzeug schnappte zu. Das scharfe Geräusch ließ die Lady zusammenzucken. »Wer will Sie umbringen?«

Diesmal war das Erschrecken so heftig, daß die Frau das Feuerzeug fallen ließ, das sie gerade wieder in die Handtasche versenken wollte.

»Niemand«, stieß sie hervor. Ihr Atem verriet Jo, daß sie log. Es war nur nicht klar, welcher Art diese Lüge war.

»Ihre Reaktionen sprechen da eine ganz andere Sprache«, sagte Jo. »Lady, wer immer Sie auch sind, Sie müssen ein wenig Vertrauen zu mir haben, wenn ich Ihnen helfen soll. Und Hilfe brauchen Sie, das sieht selbst ein Blinder. Sie sind ein Nervenbündel und zucken beim kleinsten Geräusch zusammen.«

Die Frau ließ den Kopf sinken und nahm die Brille ab. Die Augen dahinter waren gerötet. Die Frau hatte geweint, vermutlich stundenlang. Sie sah ein wenig verquollen aus, bleich und übernächtigt. Sie schien genügend Probleme zu haben, um damit ein komplettes Polizeirevier und ein Dutzend Psychoanalytiker zu beschäftigen. Von Privatdetektiven ganz zu schweigen.

»Es geht nicht um mich«, sagte sie. »Es geht um meinen Sohn. Ich fürchte, daß er ermordet werden soll.«

Jo zuckte mit keiner Wimper. »Was bringt Sie auf den Gedanken?« fragte er knapp. »Anonyme Briefe, Anrufe mit verstellter Stimme? Lösegeldforderungen? So einen Verdacht hat man nicht ohne Grund.«

Die Frau seufzte tief. »Ich fürchte«, sagte sie dann sehr leise, »daß mein Sohn in ein Verbrechen verwickelt ist.«

Jo runzelte die Stirn. »Natürlich«, sagte er verwundert. »Wenn man ihn ermorden will ...«

Die Frau schüttelte den Kopf: Sie sah nach unten auf ihre Hände. Lange schlanke Finger, sehr sorgfältig manikürt. Jetzt waren diese Hände ruhig. Die Zigarette verqualmte im Aschenbecher.

»Es geht nicht darum«, sagte sie und sah Jo Walker an. Hinter den tränenfeuchten Augen war der Seelenschmerz deutlich zu bemerken. Die Frau litt furchtbar. Sie brauchte Hilfe.

»Sondern?«

Offensichtlich fiel es der Frau furchtbar schwer, darüber zu sprechen.

Jo wollte versuchen, ihr zu helfen. »Lassen Sie mich raten? Frischt er sein Taschengeld durch Drogenhandel auf. Dealt er an der Schule mit Hasch, Speed, Heroin oder so etwas?«

Seltsamerweise veranlaßte dieser Verdacht die Frau zu einem bitteren Lachen.

»Um Gottes willen, nein«, sagte sie. »Wenn mein Mann davon erführe, er würde den Jungen totschlagen! Nein, das würde Brad nie wagen, nicht bei diesem Vater.«

Wenigstens wußte Jo jetzt den Namen des Knaben, der umgebracht werden sollte. Es schien ihm nicht ratsam, auf die Frau Druck auszuüben. Wenn man sie in Ruhe ließ, erzählte sie vielleicht von selbst, was er wissen mußte, um aktiv zu werden.

»Was ist es dann?«

Die Frau zögerte lange. »Er steht unter dem Verdacht, ein Mädchen vergewaltigt zu haben«, sagte sie leise und mit gesenktem Blick, als schäme sie sich der Tat ihres Sohnes.

Jo Walker begann zu ahnen, daß er sich am Anfang eines besonders heißen und kitzligen Falls befand.

»Der Trick mit dem Detective war echt gut«, sagte Wayne Bolton anerkennend. »Das haben Sie toll hingekriegt, Mister Laughlin.«

Laughlin saß hinter seinem Schreibtisch. Eiche, sehr vornehm. Immerhin verdiente Laughlin phantastisch. Vor allem an Klienten wie Wayne Bolton, dessen Eltern ein kleines Vermögen hatten ausgeben müssen, um sich diesen Spitzenanwalt leisten zu können.

»Halt den Mund, du Schwätzer«, sagte Frank Bolton, Waynes Vater. Frank war kurz, stämmig, rotnackig. Früher Bauarbeiter, jetzt Inhaber einer gutgehenden Bauhandelsfirma, mehrfacher Millionär. Neben ihm saß seine Frau mit rotgeweinten Augen. Ersichtlich konnte Frank Bolton weder seinen Sohn noch seine Frau ausstehen.

»Ich will etwas wissen, Mister Laughlin«, sagte Frank Bolton grimmig.

Als gewiefter Geschäftsmann konnte er die Zahlen auf Scheckformularen auch lesen, wenn sie auf dem Kopf standen. In diesem Fall brauchte er die Zahlen auf dem Papier nicht zu entziffern, das auf Laughlins Schreibtisch lag. Er hatte den Scheck selbst ausgefüllt, es war Laughlins Honorar für Waynes Verteidigung. Und dieses Honorar war saftig gewesen, genug für ein Wochenendhaus mit allen Schikanen.

»Fragen Sie nur, Mister Bolton. Was wollen Sie wissen?«

»Wenn Sie wußten, daß der Trick mit dem Brad klappen würde, warum haben Sie dann diese Show mit dem Mädchen abgezogen? Also, ich finde, sie haben da zu stark aufgetragen. Die Jury war nahe dran, von den Bänken zu springen und über Sie herzufallen.«

Laughlin lächelte herablassend. Natürlich hatte dieser vierschrötige Primitivling überhaupt nicht die Feinheiten von seiner Strategie begriffen. Der Alte war so blöde, wie seine Frau dumm und sein Sohn arrogant. Am liebsten hätte Laughlin die ganze Sippe hinter Gittern gesehen, ob im Knast oder im Zoo, war unwichtig.

»Ich werde es Ihnen erklären«, sagte er in sanft belehrendem Tonfall. »Ich war mir sehr sicher, daß wir mit dem kleinen Kunstgriff vor diesem Gericht Erfolg haben würden. Der Richter gilt als guter, bescheidener Mann. Er würde sich in einem solchen Fall nie anmaßen, ein neues, grundsätzliches Urteil zu fällen. Er hat also darauf vertraut, daß der Staatsanwalt Revision einlegen wird.«

Frank Bolton schluckte. »Aber Wayne ist doch freigesprochen worden ...«

»Einstweilen ja«, erwiderte Laughlin spöttisch. »Aber nur wegen des kleinen Verfahrensfehlers. Die Möglichkeit besteht, daß es zu einer zweiten Verhandlung kommt. Nur ...« Er legte eine kleine dramatische Kunstpause ein. Er liebte es, seine Zuhörer zu beeindrucken, selbst wenn es sich um so kleinkarierte Hohlköpfe handelte wie die Boltons.

»Bis diese zweite Verhandlung endlich beginnen kann, werden Monate ins Land gehen, wahrscheinlich ein Jahr und mehr. Die kleine Marcia und deren Eltern werden in dieser ganzen Zeit damit zu tun haben, den Schock zu verarbeiten, den das Kind empfangen hat ...«

»... das arme Kind«, schluchzte Mrs. Bolton.

Bei ihrem Mann zuckten die Mundwinkel, Laughlin lächelte fein. Wahrscheinlich war Mrs. Bolton die einzige Person in ganz New York, die noch nicht begriffen hatte, daß ihr Sohn ein geiles, brutales junges Schwein war.

»Eine neuerliche Verhandlung mit mir als dem Verteidiger von Wayne würde bedeuten, daß die Hansons die Verhöre und Befragungen noch einmal werden durchexerzieren müssen.«

Auf dem runden Gesicht von Frank Bolton tauchte ein anerkennendes Grinsen auf, gleichsam von einem Schlitzohr zum anderen. Er hatte begriffen. Laughlin reagierte nicht.

»Aus diesem Grund, verehrte Missis Bolton«, fuhr Laughlin in herablassendem Tonfall fort, »werden die Eltern und der Rechtsanwalt von Marcia Hanson zu der Erkenntnis gelangen, daß es im Interesse des Kindes liegt, ihr eine weitere Verhandlung zu ersparen. Eine zweite Verhandlung wird es demnach mit großer Wahrscheinlichkeit nicht geben.«

Mrs. Bolton nickte eifrig. Sie hatte nur verstanden, daß ihrem kleinen Schatz kein Ungemach mehr drohte, und das genügte ihr. »Sie sind ein wundervoller Mensch, Mister Laughlin«, sagte sie ergriffen.

Sowohl der Anwalt als auch Mr. Bolton hatten einige Mühe, diesen Ausbruch von Bewunderung über sich ergehen zu lassen, ohne spöttisch zu werden.

»Ich darf mich dann von Ihnen verabschieden«, sagte Laughlin geschmeidig und stand auf. »Ich habe noch andere Klienten, die auf mich warten.«

Fünf Minuten später standen die Boltons auf der Straße. Es war schon Abend geworden, und es regnete ein wenig. Der Asphalt glänzte naß und reflektierte in schillernden Schlieren die bunten Lichter der vorbeifahrenden Autos.

»Ich habe Hunger, Darling«, ließ sich Mrs. Bolton vernehmen. »Wollen wir nicht in ein Restaurant gehen und etwas essen? Zur Feier des Tages sozusagen ...«

»Nicht für mich«, stieß Wayne hervor. »Ich muß jetzt weg, Pa und Ma, ich will noch Freunde besuchen. 'ne irre Fete wird's heute geben.«

Frank Bolton gab seiner Frau ein Zeichen mit den Augen. Gut trainiert, entfernte sie sich und suchte bereits nach einem passenden Restaurant. Bolton winkte seinen Sprößling heran.

»Bist du dir eigentlich klar darüber, was uns dieser Spaß gekostet hat?« fragte Frank Bolton. Er brauchte bloß einen Blick auf das gelangweilte Gesicht seines Sohnes zu werfen, um zu sehen, daß Wayne dieser Sermon nicht die Bohne interessierte. War es etwa seine Knete? Happig war es schon gewesen, aber nur, weil die Tussi so einen Radau veranstaltet hatte.

»Sicher, Paps«, sagte Wayne und bemühte sich, wenigstens für ein paar Augenblicke geknickt dreinzusehen. Bei den Paukern kam er mit diesem treudofen Blick bestens durch, und auch die Alte wurde immer weich, wenn Wayne sie so ansah. Und bei Paps klappte es auch. »Wird nicht wieder passieren, Paps.«

»Das möchte ich dir auch raten«, sagte Frank Bolton. Einen Augenblick lang sah er seinen Sohn angewidert an. Er schämte sich für diesen Kerl, und er wußte nicht, wie er aus dem Früchtchen noch einen anständigen Menschen machen sollte. Er fühlte sich sehr müde. »Verschwinde!«

Das war das Signal, auf das Wayne gewartet hatte.

»Danke, Paps. Dann bis morgen!«

Und weg war er, quer über die Straße, durch die parkenden Autos hindurch, in den Emerson Park. Die Wohnung von Freddie Wilkins, dort sollte die Fete steigen, lag auf der anderen Seite. Der Eingang befand sich neben einem Modegeschäft. Wayne blieb einen Augenblick stehen und besah sich die Auslagen. Nun ja, einstweilen würde sein Outfit reichen.

Zufrieden betrachtete sich Wayne im spiegelnden Schaufensterglas. Er sah gut aus, todschick. Blonde Haare, kunstvoll frisiert, letzter Schliff, mit Wetgel und einem wahren Beton-Haarspray. Ätzend.

Wayne spazierte in den Park. Er grinste, als er an den Abend damals dachte. Junge, Junge, das war vielleicht 'ne heiße Nummer gewesen!

Und was der kleine Käfer alles gewinselt hatte.

»Bitte nicht, ich bin doch erst fünfzehn ...« und so 'n Zeug. Hatte bloß noch gefehlt, daß sie sich auf ihre Jungfräulichkeit berief. Wayne kicherte. Beim nächsten Mal würde sie das nicht mehr können.

Er hörte nur ein »Ffftt!«

Ein rasender Schmerz jagte von seinem linken Bein hoch. Er knickte ein und stürzte auf den Boden. Fassungslos vor Schrecken starrte er auf sein Bein. Ein Stück Holz ragte aus dem Oberschenkel. Ein Bolzen, ein Armbrustbolzen. Jemand schoß mit einer verdammten Armbrust auf ihn.

Wayne stieß ein Ächzen aus. Es tat höllisch weh. Und an seinem Bein lief warm das Blut hinunter. Sein Blut.

»Ffffttt!«

Der zweite Bolzen schrammte über seine Schulter, riß das Jackett in Fetzen und schnitt ihm tief ins Fleisch. In diesem Augenblick wußte Wayne jäh, was es mit dem Panther aus der Bronx auf sich hatte. Und er hatte plötzlich unheimliche Angst.

Er rappelte sich hoch, gelangte auf die Beine. Aber er konnte nur ein, zwei Schritte tun mit dem verletzten Bein, und dann war der nächste Bolzen da und traf ihn.

Wayne stieß ein Wimmern aus. »Nein!« ächzte er. »Bitte nicht ...«

Es tat so furchtbar weh, und er hatte solche Angst, weil er wußte, daß er sterben mußte, jetzt und hier, innerhalb der nächsten Minuten. Und der Schmerz wurde immer schlimmer, die Luft blieb ihm weg, weil der letzte Bolzen in seine Lungen gedrungen war.

Dann tauchte plötzlich dieser Schatten vor Wayne auf, ein Mensch, ganz in Schwarz gekleidet wie im Kino. Der Mensch hatte die Armbrust in der Hand, ein Bolzen lag auf der Sehne.

»Nein!« versuchte Wayne zu schreien, aber mehr als ein Gurgeln drang nicht aus seiner Kehle. Der Bolzen schwirrte heran und warf Wayne Bolton um.

Das letzte, was Wayne Bolton in diesem Leben noch sah, war das grelle Aufblitzen messerscharfer Krallen über seinem Gesicht, dann versank er in der endlosen Nacht des Todes.

»Jetzt sagen Sie nur noch, Mister Walker, sie wissen nicht, was die Masche des Panthers aus der Bronx ist?«

Mrs. Unbekannt sah Jo Walker ziemlich entgeistert und auch ein wenig skeptisch an.

»Ich weiß es wirklich nicht«, sagte er offen. Er erinnerte sich, was er bislang über diesen sogenannten Panther gelesen hatte. Panther wurde er genannt, weil er seine Opfer zu zeichnen pflegte. Auf den Stirnen der Toten waren lange und tiefe Kratzer gefunden worden wie Spuren von einem Raubtier. Und da der Panther seine ersten drei Opfer in der Bronx gerissen hatte, hieß er inzwischen der Panther von der Bronx.

»Merkwürdig«, sagte die Frau. Sie zündete sich eine neue Zigarette an. »Aber vielleicht liegt es daran, daß Sie keine Frau sind. Bei den Frauen hat sich die Sache sofort herumgesprochen.«

»Welche Sache?« fragte Jo mißtrauisch.

Die Frau nahm einen tiefen Zug von der Zigarette. Sie war viel ruhiger geworden.

»Bei den Opfern des Panthers, handelt es sich ausnahmslos um Männer«, sagte die Lady. Sie lächelte dünn und böse. »Und alle diese Männer haben vor Gericht gestanden, weil sie angeschuldigt wurden, Frauen oder Mädchen überfallen und vergewaltigt zu haben. Alle diese Männer sind freigesprochen worden. Oder das Verfahren wurde aus dem einen oder anderen Grund eingestellt. Selbst im aufgeklärten New York dieses Jahrzehnts wird so schnell kein weißer Student aus gutem Hause verurteilt, weil er in seinem Werben um die Gunst einer kleinen schwarzen Schlampe vielleicht ein bißchen zu ruppig vorgegangen ist. Hätte es sich um eine nschwarzen Arbeitslosen gehandelt, der der Tochter des weißen Doktors unter den Rock gefaßt hätte, wäre der Strom unter dem Stuhl längst eingeschaltet worden. Sie verstehen, Mister Wayne?«

»Sagen wir es ganz behutsam«, erwiderte Jo Walker. »Jemand hilft auf seine Weise der Justiz nach.«

»Das haben Sie hübsch gesagt, Mister Walker«, erklärte die Frau.

Jo war sich nicht ganz sicher, ob der zitternde zynische Unterton in ihrer Stimme etwas damit zu tun hatte, daß sie als Frau ein potentielles Vergewaltigungsopfer war, oder damit, daß ihr Sohn als Vergewaltiger das nächste Opfer des Killers werden konnte. Irgend etwas stimmte nicht mit dieser Frau. Sie war verwirrt, aufgeregt, ängstlich, und das alles gleichzeitig. Für Kommissar X war das nichts Neues, er kannte solche Klienten. Aber er fand nicht den Zugang zu dem Motiv der Frau. Was steckte wirklich hinter ihren Bemühungen, ihn zu engagieren?

»Und Sie befürchten nun, daß Ihr Sohn …«

Die Frau nickte. »Brad ist das nächste Opfer dieses geisteskranken Killers«, sagte die Frau. »Oder er könnte es wenigstens sein. Sicher bin ich mir da natürlich nicht.«

Jo Walker rieb sich die Nase. »Auf Ehre und Gewissen«, sagte er. »Hat Ihr Sohn, oder hat er nicht?«

Die Frau schwieg. Sie rauchte an ihrer Zigarette, schwieg, und nach zwei Minuten sagte sie: »Ich bin sicher, er hat!«

Jo Walker schluckte. Das war schweres Geschütz.

»Sie erwarten also von mir, daß ich einen jungen Mann schütze, der selbst nach Ansicht seiner Mutter wegen Vergewaltigung für zehn bis fünfzehn Jahre hinter Gitter gehört?«

Das Lächeln der Frau wirkte bitter. »Ja, das erwarte ich.«

In diesem Fall brauchte Jo nicht lange zu überlegen. Seine Stimme war leise und gedämpft, aber sein Tonfall ließ keine falsche Interpretation zu.

Er sagte kalt: »In diesem Fall weiß ich ein entschieden besseres Verfahren, die Sicherheit ihres Sohnes zu gewährleisten, Lady. Raten Sie ihrem Sprößling, er soll sich schuldig bekennen und gestehen. Zum einen wird er vielleicht daraus etwas lernen, zum anderen ist er hinter Zuchthausmauern vor dem Killer sicher. Und drittens hat es der Panther von der Bronx ja wohl auf solche Täter abgesehen, die der Justiz durch die Lappen gegangen sind.«

»Meinen Sie das im Ernst, Mister Walker?«

Die Frage klang ruhig und gelassen. Walker wurde aus der Frau nicht schlau. Sie benahm sich nicht so, wie sie sich nach seinen Vorstellungen hätte benehmen müssen. Seinen ziemlich grimmigen Ausbruch hatte sie ohne Wimpernzucken hingenommen. Fast hätte man glauben können, ihr Sohn sei ihr gleichgültig.

»Ich meine es ernst«, sagte Jo. »Ich nehme an, damit ist Ihre Frage hinreichend beantwortet. Um es noch einmal klar auszusprechen: ich unterstütze keine Selbstjustiz, gleich welcher Art, und ich helfe auch niemandem, der ein Verbrechen begangen hat, sich vor dem Zugriff der Strafverfolgung in Sicherheit zu bringen. Schon gar nicht in einem Fall wie diesem.«

»Ihr Ekel ehrt Sie, Mister Walker!«

Das klang freundlich und anerkennend, auch ehrlich. Aber nach Lage der Dinge konnte es das nicht sein.

»Ich bin käuflich in dem Sinne, daß man meine Dienste mieten kann«, sagte Jo Walker und stand auf. »Aber ich bin nicht käuflich. Nicht für Geld, nicht für schöne Worte ...«

Die Frau lächelte. Es sollte ein verführerisches Lächeln sein, aber es mißlang. Die Aufmachung der Frau war die eines Luxus-Callgirls, ihre Umgangsformen die einer resoluten Geschäftsfrau, aber ihre Augen waren die eines Opfers.

»... und vermutlich auch nicht für Sex«, ergänzte die Frau. »Setzen Sie sich, Mister Walker, bitte. Sie sind kein Narr, Sie wissen, daß ein Kerl, der Frauen überfällt, viel zu feige ist, um sich dazu zu bekennen. Mein Sohn bildet da keine Ausnahme. Er wird nicht gestehen. Aber er hat es nicht verdient, dafür getötet zu werden. Auch das, Mister Walker, ist ungesetzlich.«

»Gehen Sie zur Polizei«, gab Walker knapp zurück. »Gehen Sie zu Tom Rowland.«

»Dort würde man mich auslachen, Mister Walker.«

Jo schüttelte den Kopf. Tom Rowland war ein erstklassiger Polizist, der seine Pflichten auch dann erfüllte, wenn es ihm gegen den Strich ging. In diesem Fall würde es ihm gegen den Strich gehen.

Aber er würde es tun, weil er es tun mußte. Weil er Polizist war und diesen Beruf liebte.

»Der Mann, an den ich denke, würde Sie bestimmt nicht auslachen, Missis ...«

Die Frau stieß einen tiefen Seufzer aus.

»Baltuzzi«, sagte sie leise, »ich bin Giancarlo Baltuzzis Frau.«

»Uff«, sagte Jo Walker, und dann setzte er sich erst mal.

Tom Rowland wiegte den Kopf. »Dir ist klar, Jo, daß ich dir diese Informationen nicht offiziell zur Verfügung stellen kann. Benutze sie also bitte nur äußerst vorsichtig. Sollten wir Baltuzzi jemals vor Gericht stellen können und sein Anwalt herausfinden, daß wir schon jetzt Untersuchungen gegen ihn angestellt haben und es eine Akte Baltuzzi gibt – das Gericht wird uns die Köpfe abreißen und in Blumentöpfe pflanzen.«

»Wo sie sich sicherlich gut ausnehmen werden«, meinte Jo Walker grinsend.

Die beiden Männer hatten sich bei Jack Dempsey's verabredet, zum Essen und um ein paar Dinge zu besprechen. Beispielsweise den Fall Baltuzzi.

Jo hatte Piccata Milanese bestellt, vor Rowland lag eine Scholle. Offensichtlich hatte er auch als Privatmann nichts gegen Aufgaben, die Fingerfertigkeit und Geduld erforderten, wenn nur das Ergebnis seinen Wünschen entsprach. Es war ein kleiner Genuß Rowland zuzusehen, wie er mit dem Fischbesteck hantierte.

»Was liegt gegen Baltuzzi vor?« fragte Jo. Mit Gesten erklärte er dem Kellner, daß er noch eine kleine Karaffe Wein haben wollte.

»Was immer du willst«, erwiderte Rowland. »Entführung, Raub, Rauschgift, Glücksspiel, Racketeering, illegaler Geldverleih, Mädchenhandel ...«

»Vorbestraft?«

»Nicht einmal wegen Falschparkens. Baltuzzi hat zweimal vor Gericht gestanden. Beide Male war ihm eine Gefängnisstrafe nahezu sicher. Und beide Male hat einer von seinen Leuten ausgesagt, er, nicht sein Boß habe das Ding gedreht. Du weißt ja, nichts wirkt auf Geschworene so überzeugend wie ein Geständnis. Die Anklagen gegen Baltuzzi wurden fallengelassen, seine Männer wanderten für einige Monate oder gar Jahre hinter Gitter. Wenn sie wieder frei herumliefen, dann taten sie's in Armani-Klamotten. Du verstehst?«

»Es hatte sich für die Leute gelohnt«, merkte Walker an.

»Richtig«, bestätigte Tom Rowland. Binnen kurzer Zeit hatte er die Scholle zerlegt und aß nun genußvoll, ohne Angst vor einer Gräte haben zu müssen. Auch das Piccata Milanese war vorzüglich. »Baltuzzi ist in seiner ganzen kriminellen Karriere kein Fehler unterlaufen, der vielen seiner Kollegen zum Verhängnis geworden ist. Baltuzzi war nie geizig. Er hat seine Leute hervorragend bezahlt. Aber: wenn ihm mal einer in die Quere geriet, dann hat Baltuzzi auch nie gezögert, solch einen Widersacher ohne Gnade umlegen zu lassen.«

»Viel Zuckerbrot, aber auch eine knallharte Peitsche?«

»Genau das«, bestätigte Rowland. »Baltuzzi ist zum zweiten Mal verheiratet, mit einem ehemaligen Fotomodell.«

»Kleider? Oder Porno?«

»Kleider. Aus erster Ehe hat er einen Sohn. Und in diesem Punkt hat deine Lady nicht gelogen. Gegen diesen Sprößling läuft tatsächlich ein Verfahren wegen Notzucht.«

Jo Walker war mit dem Essen fertig. Er schob den Teller ein Stück zurück. »Und wie stehen die Aussichten?«

Tom Rowland schloß für einen kurzen Augenblick die Augen. Sein Gesicht wurde hart. »Ich bin sicher, daß der Junge schuldig ist. Ein Rotzlümmel, eitel, brutal, mit viel zuviel Taschengeld. Ein Angeber und Aufschneider, wie er im Buche steht. Und dumm, strohdumm. So dumm, daß einem die Eltern fast schon leid tun können. Der Vater ist, in gewisser Hinsicht, ein Top-Gangster. Und sein Sohn ist ein Versager der Spitzenklasse. Es dürfte den alten Herrn schon ein mittleres Vermögen gekostet haben, die Missetaten seines Knaben zu vertuschen. Und es wird ihm auch in diesem Fall gelingen.«

Jo Walker nippte an dem Wein. »Die üblichen Mittel?«

Rowland nickte knapp.

»Vermutlich. Bestechung von Zeugen, Bedrohung von Zeugen, Kauf und Bedrohung von Geschworenen. Sollte das nicht gelingen, wird das Opfer in diesem Fall wahrscheinlich ein zweites Mal Opfer. Diesmal, wenn es Glück hat, Opfer einer brutalen Erpressung. Wenn das nichts nützt, wird Baltuzzi einen seiner Killer ansetzen.«

»Klingt nach einer Bankrotterklärung der Polizei«, sagte Jo ohne Vorwurf.

»Ist es in gewisser Weise auch«, gab Rowland zu, dann lächelte er grimmig. »Allerdings nur für eine gewisse Zeit. Irgendwann werden wir diesen Typ kriegen, und dann wird er für sehr lange Zeit hinter Gittern verschwinden.«

Rowland legte eine Pause ein und musterte Jo kühl.

»Und was wirst du tun?« fragte er dann. »Übernimmst du den Job, den dir Missis Baltuzzi angeboten hat?«

Jo wiegte den Kopf.

»Der Junge mag schlimm sein und hinter Gitter gehören«, sagte er. »Aber das gibt niemandem das Recht, ihn umzubringen. Nicht einmal diesem sogenannten Panther. Hast du übrigens gewußt, was seine Masche ist?«

Rowland schüttelte den Kopf.

»Ich hatte nicht die leiseste Ahnung«, sagte er. »Ich bin mir noch nicht einmal sicher, ob dieser Zusammenhang überhaupt besteht. Vielleicht hat sich deine Lady das nur aus den Fingern gesogen.«

»Möglich wär's«, räumte Jo ein.

Ein Zeitungsausträger ging draußen auf der Straße vorbei. Durch die Glasscheibe hindurch konnte Jo die Schlagzeile lesen.

»Neues Opfer des Panthers der Bronx«, las Jo halblaut. Er tippte gegen das Glas und winkte den Verkäufer herein. Ein paar Augenblicke später konnte er in einem noch fast druckfrischen Exemplar einer Boulevardzeitung alles über den neuesten Panther-Mord lesen.

Mit leichter Verwunderung stellte Jo fest, daß der Autor des Artikels die gleiche These vertrat wie Mrs. Baltuzzi. Dementsprechend fiel auch der Kommentar aus.

Jo zündete sich eine Pall-Mall an, während er die wenigen Tatsachen aus dem reißerischen Artikel herauslöste.

»Wayne Bolton heißt das Opfer«, berichtete er an Tom Rowland weiter. »Er wurde gestern abend mit einer Armbrust getötet.«

»Der Panther liebt Abwechslung«, sagte Rowland trocken. »Armbrust, Sprengstoff, Revolver, einmal hat er sogar eine Würgeschlinge benutzt – jedesmal eine andere Waffe. Der Kerl will ein bißchen mit uns spielen, und deswegen werden wir ihn auch erwischen.«

Jo grinste spöttisch.

»Brauchst du nicht«, sagte er, faltete die Zeitung zusammen und legte sie neben den Aschenbecher. »Der Autor dieses Artikels deutet an, daß er und seine Leser gar nicht einmal böse wären, wenn die Polizei den Panther nicht fangen würde.«

Rowland nickte betroffen.

»Damit haben wir bei der Polizei schon gerechnet«, sagte er nachdenklich. »Gerade bei diesem Thema. Es hat sogar schon Nachahmer gegeben.«

Jo Walker kniff die Augen zusammen. »Ich wußte nicht, daß die Sache bereits solche Formen angenommen hat.«

»Und es wird noch schlimmer kommen«, sagte Rowland. »Bis jetzt ist der Panther nichts weiter als ein Serienmörder, der die Polizei zum Narren hält. Wenn sich herumspricht, daß er es auf solche Typen abgesehen hat wie Wayne Bolton, wird New York nicht mehr zu halten sein. Ich bin in Sorge, Jo.«

Jo verstand die Probleme seines alten Freundes.

»Du befürchtest eine Vigilanz-Welle? Selbstjustiz in jeder Preislage?«

Rowland nickte.

»Wie nach dem Erscheinen des Films *Ein Mann sieht rot* oder wie nach dem U-Bahn-Massaker.«

Natürlich erinnerte sich Jo. Während einer Fahrt in der U-Bahn hatte sich ein weißer Mittdreißiger von schwarzen Jugendlichen bedroht und angegriffen gefühlt. Und er hatte sie niedergeschossen. Von einem Teil der New Yorker Bevölkerung war der Mann als Held gefeiert worden. Noch heute liefen Menschen mit T-Shirts herum, die das Foto des U-Bahn-Schützen zeigten.

»Deswegen eine Bitte, Jo.«

»Ich höre!«

Rowland leckte sich die Lippen.

»Inoffiziell natürlich. Und deine Gage und die Spesen kann ich selbstverständlich auch nicht zahlen, weder offiziell noch privat.«

»Ich weiß, was Cops verdienen«, sagte Jo grinsend.

»Häng dich da rein, Jo«, bat Captain Rowland. »Du hast eine Chance – bei dem Baltuzzi-Jungen!«

Jo zögerte eine halbe Minute. »Okay«, sagte er dann. »Deinetwegen. Und die Rechnung kriegt der Vater von dem Wonneproppen.«

»... und danach den üblichen Schmus«, sagte Andrew Laughlin in das Mikrophon des Diktiergerätes. »Mit freundlichen Grüßen und so weiter und so weiter. Das wär's für heute, Brenda. Tut mir leid, daß es soviel geworden ist. Bis morgen!«

Laughlin schaltete aus, legte das Mikro zurück auf den Tisch und rieb sich die Augen. Es war nach Mitternacht. Wahrscheinlich war sein Büro der einzige Raum in dem Gebäude, in dem noch Licht brannte.

Aber wer die Nummer eins in der Stadt werden wollte, mußte sich ab und an auch bis nach Mitternacht mit Fällen herumquälen. Briefe diktieren oder Ähnliches tun. Es gehörte zum Job.

Laughlin packte seine Akten zusammen, legte sie in den Koffer und ließ die Verschlüsse zuschnappen. Ein kurzer Fingerdruck genügte, um den Computer auszuschalten.

Laughlin zögerte einen Augenblick, dann winkte er ab. Er hatte keine Lust mehr, das austauschbare Festplattenlaufwerk aus der Halterung zu zerren und in den Safe zu sperren. Es war spät, und er war sehr müde. Was ihn wachhielt, war eine kleine Dosis feinsten Koks und ein paar Honorarschecks, die im Laufe des Tages eingetrudelt waren. Achtzig Mille an einem Tag, das konnte sich sehen lassen. Wenn die Geschäfte noch ein paar Jahre so gut liefen, konnte er sich vielleicht ganz aus der Praxis zurückziehen, die tägliche Arbeit seinen Angestellten überlassen und sich voll und ganz der Politik widmen. Senator Laughlin – das klang nicht schlecht, fand er.

Andrew Laughlin hatte die intellektuelle Ausstrahlung und das knallharte »Macher«-Image, das man brauchte, wenn man die richtigen Freunde gewinnen wollte. Er war gerissen und skrupellos genug, sich aller Mittel zu bedienen, die ihm einfielen und nicht offen gegen das Gesetz verstießen.

Der Aufzug brachte Laughlin hinunter in die Tiefgarage, in der sein Wagen stand, ein brandneuer Chrysler. Laughlin war ein großer Verehrer des Chrysler-Chefs. Der allerdings hätte sich solche Bewunderer wahrscheinlich nachdrücklich verbeten.

Mit zufriedenem Lächeln streichelte Laughlin den glänzenden

Lack seines Wagens. Erst seit seine Büros in diesem Hochhaus eröffnet worden waren, hatte sich Laughlin solch einen Wagen geleistet. Die Sicherheitsvorkehrungen in diesem Bauwerk waren phantastisch. Hier drangen keine Diebe ein, auch keine Vandalen, die Obszönitäten in den Lack ritzten.

Hier blieb der Lack, wie es sich gehörte. Klar und strahlend, so sauber, daß man sich darin spiegeln konnte. Und daß man die Gestalt erkennen konnte, die lautlos hinter Laughlin aufgetaucht war. Eine Gestalt ganz in Schwarz.

Und diese Gestalt hielt etwas in, der Hand.

Eine Waffe.

Laughlin reagierte sofort. Er ließ den Koffer fallen und warf sich zur Seite. Noch im Fallen griff er nach der Waffe. Er wußte, daß er irgendwann einmal angegriffen werden würde. Und er hatte sich darauf vorbereitet. Täglich zwei Stunden Gymnastik, Fitneßtraining oder Joggen, dreimal die Woche je zwei Stunden im Judo-Center *Musash:* Judo, Kendo, Aikido.

Die Waffe, eine 38er-Special, trug Laughlin in einem Halfter unter der linken Schulter. Er hatte auch geübt, die Waffe blitzschnell zu ziehen. Einmal im Monat verbrachte Laughlin einen Nachmittag mit Combat-Schießen.

Etwas zischte leise, und dann gab es einen harten, sehr schmerzhaften Schlag gegen Laughlins rechtes Handgelenk. Laughlin stöhnte auf, starrte den Stumpf an. Ihm wurde schlecht, als er sein Blut sah.

Mit einem gezielten, präzisen Hieb des Katana hatte sein Gegner ihn entwaffnet. Laughlin sah die Klinge des japanischen Langschwerts im Licht der Lampen blitzen.

»Nein!« stöhnte Laughlin auf.

Er lag auf dem Rücken, er blutete und war praktisch wehrlos. Und er kroch auf dem Rücken von dem Gegner weg.

Ganz in Schwarz war dieser Gegner gekleidet wie ein Ninja. Nur die Augen waren zu sehen. Seltsam, diese Augen kamen Laughlin bekannt vor, sehr bekannt sogar. Aber er hatte keine Zeit, sich langsam und gründlich zu erinnern. Denn der Unheimliche zog jetzt eine zweite Waffe aus dem Gürtel. Ein Wakizashi.

In diesem Augenblick begriff Andrew Laughlin nicht nur, daß er in der nächsten Stunde würde sterben müssen, er wußte auch sehr genau, wie er sterben würde. Die Angst entriß ihm den ersten gellenden Schrei, der von den kalten Wänden der Tiefgarage widerhallte und von niemandem gehört wurde. So wenig wie die anderen furchtbaren Schreie, die Andrew Laughlin danach ausstieß.

Tom Rowland verzog das Gesicht, als er die Leiche betrachtete. So etwas sah man als New Yorker Polizist nicht einmal bei der Mordkommission allzu oft. Nur Kids mit einem Faible für Horrorvideos sahen derlei täglich.

»Richtiggehend aufgeschlitzt?« fragte er den Coroner, der die Leiche oberflächlich untersucht hatte.

»Genau«, bestätigte der Arzt. Er wirkte ziemlich nervös. Auf dem weißen Kittel war ein Namensschild befestigt – *Jeannie Baker* stand da zu lesen. Der Coroner war eine Frau, eine junge und hübsche dazu. Sie war reichlich blaß, und als sie sich eine Zigarette anzündete, fielen die ersten Züge sehr tief und gierig aus.

»Is was, Doc?«

Die Frau verzog das Gesicht. »Dieser Witz ist schlimmer als der Zustand der Leiche«, sagte sie angewidert. »Und deren Zustand ist übel. Wissen Sie, wenn wir hier nicht in New York wären, sondern in Osaka, und wenn hier irgendwo ein unterarmlanger Dolch herumläge mit viel Blut dran – dann würde ich glauben, dieser Mann habe möglicherweise *Seppuku* begangen.«

Rowland versuchte es mit einem weiteren Witz. »Hört sich an wie etwas, für das die Kollegen von der Sitte zuständig sind.«

»Seppuku ist die korrekte Bezeichnung jenes Rituals, das von den *Gajin,* und damit sind wir westlichen Barbaren gemeint, als Harakiri bezeichnet wird. Hara-no-kiri heißt einfach nur Bauchaufschlitzen.«

»Und was ist der Unterschied?«

Die Ärztin warf Rowland einen etwas spöttischen Blick zu. »Sprachlich und sachlich ist der Unterschied zwischen Seppuku und Harakiri der gleiche wie zwischen lieben und ...«

Rowland hob beide Hände.

»Okay, ich habe begriffen«, sagte er eilig. »Also, dieser Mann hat Selbstmord begangen, auf japanische Art.«

»Nein«, sagte die Ärztin rauh. »Die Sache, ist viel brutaler.

Jemand hat diesem Mann den Bauch aufgeschlitzt und ihn dann liegenlassen. Es handelt sich einwandfrei um Mord. Außerdem hat der Tote sehr charakteristische Kratzspuren im Gesicht.«

Rowland schluckte. »Pantherspuren ...«

Die Ärztin nickte. Sie nahm einen letzten Zug von der Zigarette, schnippte sie dann weg und klappte ihren Koffer zu.

»Wo ist der nächste?« fragte sie geschäftsmäßig, und das klang so hart, daß es selbst Captain Rowland erst mal die Sprache verschlug.

»Nur das nicht«, murmelte er betroffen. »Eine Leiche am Morgen reicht mir völlig.«

Wäre Brad Baltuzzi nicht so dumm gewesen, hätte er die Probleme nicht gehabt, mit denen er sich nun auseinandersetzen mußte. Ein wenig gescheiter, und man hätte den Knaben auf einem Internat unterbringen können, in der Schweiz, in Italien, irgendwo sonst in der Welt. Aber Brad Baltuzzi zeigte für das Lernen soviel Begabung wie sein Vater für Wohltätigkeit.

Infolgedessen hatte Brad Baltuzzis schulische Ausbildung auf allen besseren Schulen ein frühes Ende gefunden. Selbst dem Sohn eines so berüchtigten Gangsterbosses wie Giancarlo Baltuzzi war es nicht möglich, alle Klassenkameraden erschießen oder doch wenigstens verprügeln zu lassen, die ihn einen Schwachkopf oder noch schlimmer nannten.

Jo rauchte langsam eine Zigarette, während er den Jugendclub im Auge behielt, in dem Brad vor zwei Stunden verschwunden war.

Jo hatte sich Bilder von Baltuzzi zeigen lassen. Giancarlo war ein Mann, der mit Omar Sharif in dessen besten Tagen hätte konkurrieren können. Hochgewachsen, schlank und dabei muskulös, mit dunklen Haaren und angegrauten Schläfen. Die Züge fast edel geschnitten, blendend weiße, regelmäßige Zähne und dazu ein Lächeln, als wollte er die ganze Welt umarmen, das war Giancarlo Baltuzzi.

Nur wer ihn näher kannte, ihm beim Lächeln einmal in die Augen gesehen hatte, der wußte, was von diesem Lächeln zu halten war. Das Maul eines Hais sah lustiger aus als dieser Mund, wenn er breit lächelte, ohne daß sich die kalten Augen daran beteiligten.

Brad Baltuzzi hingegen war etwas größer als der Durchschnitt, er hatte blonde Wuschelhaare und den Körper eines Bacchus. Nichts an ihm schien Festigkeit zu haben oder Struktur. Sein Gesicht hätte man hübsch nennen können, wäre es im Ausdruck nicht so kindisch gewesen. Abgesehen von den Augen. Die waren denen des Vaters ebenbürtig. Kleine, dunkle Augen, in denen Feigheit und Tücke schimmerten.

Es war sicherlich nicht sehr angenehm, mit Brad Baltuzzi befreundet zu sein. Sein Feind zu sein, war allerdings lebensgefährlich.

Was der Junge in dem Club wollte, war Jo nicht ganz klar. Offensichtlich war, daß Vater Baltuzzi sich um seinen Sprößling sorgte. Die Limousine, die Brad hergebracht hatte, war gepanzert. Die Gentlemen, die ihn schweigsam und mit verschlossenen Gesichtern begleitet hatten, trugen unter ihren dezenten Anzügen Westen aus Kevlar, dem neuen Material für kugelsichere Westen. Es bedurfte nicht einmal der geschulten Wahrnehmung eines Kommissar X, um die Ausbuchtungen der Jacken richtig zu deuten. Die Gentlemen gaben sich auffällig wenig Mühe, ihre Kanonen zu verbergen. Es waren sechs an der Zahl – eine beachtliche Streitmacht. Baltuzzi ging auf Nummer Sicher.

Am Morgen dieses Tages hatte sich Jo noch einmal mit Mrs. Baltuzzi getroffen. Er hatte ihr erklärt, daß er den Job annehme. Außerdem hatte er Mrs. Baltuzzi seine Tarife genannt. Die Lady hatte nicht mit der Wimper gezuckt.

Auf Jos Schreibtisch lag jetzt ein à-Konto-Scheck über sechstausend Dollar – fürs erste, wie sich Mrs. Baltuzzi ausgedrückt hatte. Nachdem sie den Scheck unterschrieben hatte, war die Lady zur Sache gekommen.

»Das Problem ist«, hatte sie gesagt, »daß mein Mann nichts davon wissen darf. Er ist davon überzeugt, daß seine Männer völlig ausreichen, um Brads Schutz zu gewährleisten.«

Jo Walker neigte zu dem Urteil, daß sich Baltuzzi in der Tat auf seine Männer verlassen konnte. Die Burschen verstanden ihr Handwerk.

Jo langweilte sich. Aber auch das gehörte zum Beruf. Der Panther hatte bislang nicht tagsüber zugeschlagen. Sein Revier war die Nacht. Dort fiel er auch in seiner schwarzen Maskerade nicht so sehr auf. Gesehen worden war er bisher nur einmal. Seitdem wußte die Polizei, daß der Panther in engen schwarzen Monturen herumlief und keine äußerlichen Behinderungen hatte.

Nach Aussage dieses einzigen Zeugen war der Panther mittelgroß, mitteldick, mittelblond, mittelalt – abgesehen von den schwarzen Monturen paßte diese präzise Beschreibung auf nahezu jeden vierten Bewohner New Yorks.

Jo drückte die Zigarette aus, als Brad den Club verließ. Der Junge grinste über das ganze Gesicht. Ein anderer Junge, der ihm bis auf die Treppe folgte, hatte ein verheultes Gesicht. Brad hatte also wieder einmal zugeschlagen.

Rein äußerlich entsprach Brad dem Klischee des netten Jungen von nebenan, aber man brauchte nur seine Bewegungen zu beobachten, um ihn gründlich unsympathisch zu finden. Brad ging nicht, er schritt – oder tat zumindest so. Dieser Junge strahlte Show aus, viel Glamour, keine Substanz.

Aber Jo Walker wußte, daß er sich von solchen oberflächlichen Betrachtungen nicht beeinflussen lassen durfte. Selbst wenn Brad Baltuzzi das Musterbeispiel eines jugendlichen Scheusals gewesen wäre, hätte das niemandem das Recht gegeben, ihn umzubringen.

Jo sah, wie der Junge mit den Leibwächtern redete.

Baltuzzi hatte wirklich Könner für diesen Job abgesetzt. Zwar konnte Jo den Text nicht verstehen, den der Junge von sich gab, aber seinem Gesichtsausdruck und seiner Gestik war unschwer zu entnehmen, in welchem Ton er mit den Bodyguards sprach. Die Männer verzogen keine Miene, ruhig und konzentriert gingen sie ihrer Aufgabe nach. Ihre Wachsamkeit ließ keine Sekunde nach – Jo war Fachmann, er konnte das beurteilen.

»Hm«, murmelte er nachdenklich. Wenn der Junge so gut bewacht wurde, wie wollte der Panther sich dann an ihn heranpirschen, um ihn zu töten?

Und es gab außer Mrs. Baltuzzis Verdacht nicht den geringsten Beweis dafür, daß der Panther der Bronx es tatsächlich auf Brad Baltuzzi abgesehen hatte.

Der Junge stieg in den Wagen, die Leibwächter folgten, und dann setzte sich der kleine Konvoi in Bewegung. Auch bei den Wagen hatte Giancarlo Baltuzzi nicht gespart – der Panther hätte schon mit einer Bazooka oder noch größerem Kaliber anrücken müssen, um diese Panzerung zu knacken.

Den ganzen Tag lang blieb Jo an Brad Baltuzzi kleben. Er folgte ihm, wohin er auch ging. Brad besuchte ein Kaufhaus, genehmigte sich ein Eis – eine Riesenportion für sich, die Leibwächter durften zusehen – und erweiterte seine Sammlung von CD-Platten um einen beachtlichen Stapel.

Danach ging es nach Haus. Während der Fahrt beschäftigte sich Baltuzzi junior damit, mit dem Telefon im Auto längere Gespräche zu führen.

Jo folgte beharrlich wie ein Schatten. Während der ganzen Zeit überlegte er, wie der Panther wohl an den Knaben Baltuzzi herankommen wollte. Das Sicherheitssystem, das Brad Baltuzzi umgab, schien perfekt zu sein. Der einzige Weg, Brad umzubringen, wäre der gewesen, ihn in aller Öffentlichkeit niederzuschießen und sich dafür ein Kilo Kugeln von den Leibwächtern einzufangen. Ungeschoren konnte das kein Attentäter überstehen.

Die Baltuzzis bewohnten eine kleine 40-Zimmer-Villa in einem kleinen Drei-Hektar-Anwesen. Den Grund und Boden schätzte Jo auf etliche hundert Dollar pro Quadratmeter. Baltuzzi Sohn und Vater schienen der lebende Beweis gegen den Lehrsatz zu sein, daß sich Verbrechen nicht lohnen. Im Falle Giancarlo Baltuzzi hatte es sich gelohnt.

Jo hielt Abstand von dem kleinen Konvoi, aber das half ihm nicht viel. Woher hätte er wissen sollen, daß das, was er für eine stille Seitenstraße gehalten hatte, in Wirklichkeit die Einfahrt zum Baltuzzi-Grundstück war?

Unmittelbar vor Jo fuhr der Wagen mit den Leibwächtern, und als Jo routinemäßig einen Blick in den Rückspiegel warf, sah er hinter sich einen weiteren Wagen, auch er angefüllt mit großen Männern, die kantige Gesichter hatten und sehr entschlossen wirkten.

Jo murmelte eine Verwünschung. Aber es half nichts. Ein großes schmiedeeisernes Gitter tauchte auf und versperrte die Weiterfahrt. Die schmale Straße wurde jetzt rechts und links von Mauern begrenzt. Jo sah braune Felssteine, glatt geschliffen, oben, auf der Krone der Mauer, glitzerten Glasscherben, die in Zement eingelassen waren. Und eine handbreit höher begann ein Stacheldrahtzaun.

Es war nicht der übliche Stacheldraht – der mit den Stacheln –, sondern die militärische Variante, bei der in den Draht rechteckige Metallplättchen eingewirkt waren. Die Kanten dieser Metallteile hatten Skalpellqualitäten: Sie gingen selbst durch dicke Lederhandschuhe durch und fetzten einem unvorsichtigen Kletterer das Fleisch bis zu den Knochen von den Händen. Wem das noch nicht genügte, dem wurde höchstwahrscheinlich noch ein 3000-Volt-Elektro-Feuerwerk geliefert.

Daß es an dem schmiedeeisernen Tor – eine englische Arbeit, wie Jo erkannte – noch ein paar gut versteckte Videokameras gab, hatte er nicht anders erwartet.

Jo mußte anhalten, weil der Wagen vor ihm stoppte. Das Auto mit Brad an Bord hatte inzwischen das Gitter passiert und fuhr weiter. Der Wagen hinter Jo hatte zu ihm aufgeschlossen. Es dauerte nur ein paar Augenblicke, dann war Jos Wagen von schweigsamen Männern umringt, die sehr beredte 44er Kaliber in den Händen hielten.

Einer der Männer winkte auffordernd. Aussteigen, hieß es. Jo zündete sich eine neue Zigarette an und gehorchte.

Der Anführer der Leibwächter war ein schlanker Mann mit glatt zurückgekämmten, hellblonden Haaren. Er hatte wasserhelle Augen, die etwas hervorquollen. Die scharfen Falten von der Nase zu den Mundwinkeln verrieten, daß er Magenbeschwerden hatte. Bei seinem Job war das nicht verwunderlich. Die Augen waren klein. Mit einem stechenden, unfreundlichen Blick musterten sie Jo.

Ein Handzeichen. Die Männer benahmen sich, als wären sie von Tom Rowland persönlich geschult worden. Es waren sechs – vier sicherten den Weg in jede nur denkbare Richtung ab, einer spielte den Boß, und der letzte schubste Jo gegen seinen Wagen. Routine, aber gekonnt durchgeführt – der Mann untersuchte Jo auf Waffen und Papiere.

Und natürlich wurde er fündig. »Was haben Sie hier zu suchen, Walker?«

»Oha«, sagte Jo spöttisch. »Er kann sprechen ...«

Das nächste, was er sagte, war »Uummphh!« als ihn ein wuchtiger Boxhieb traf. Auch gekonnt ausgeführt schmerzhaft, aber nicht so, daß sichtbare Verletzungen auftraten.

»Sie sind Profi, Walker, also lassen Sie den überflüssigen Unfug«, sagte der Anführer der Leibwächter. »Mein Name ist Burdick, Sie können sich bei der Polizei nach meiner Akte erkundigen. Also, was wollen Sie hier? Sie haben den ganzen Tag lang den Jungen beschattet. Erzählen Sie uns nicht, daß Sie's nicht getan haben. Warum?«

»Das ist mein Job«, erwiderte Jo Walker.

Aber damit gab sich Burdick nicht zufrieden.

»Das weiß ich«, sagte er knapp. Die anderen Gorillas rückten langsam näher. Auch sie hatten Kanonen in den Händen, 44er. »Wer hat dich beauftragt?«

»Berufsgeheimnis«, entgegnete Jo.

Burdick hatte ein Walkie-Talkie dabei, das rechtzeitig und durchdringend fiepte. Burdick hielt das Gerät an den Mund. Er drehte sich um, so daß Walker seine Lippen beim Sprechen nicht sehen konnte. Burdick sprach leise. Seine Haltung verriet, daß er wohl mit seinem Boß plauderte.

Zwei seiner Männer hatten sich neben Jo aufgebaut. Sie hatten die Kanonen wieder in den Schulterhalftern verschwinden lassen und hielten Kommissar X an den Oberarmen. Es sah ganz danach aus, als würde sich eine handfeste, aber leider etwas einseitige Schlägerei anbahnen.

»Okay«, sagte Burdick laut. »Schafft ihn ins Haus. Der Boß will ihn sehen.«

»Wer hat Sie beauftragt, Mieter Walker? Ich werde es herausfinden, ob Sie nun darüber schweigen wollen oder nicht. Es ist nur eine Frage der Zeit, wann Sie reden.«

Baltuzzi bluffte nicht. Er drohe. Er tat es mit sanfter, kultivierter Stimme. Sein Vater mochte noch in Milano oder Firenze Obst auf dem Markt verkauft haben – Giancarlo Baltuzzi hingegen war kein Signore, er war eindeutig ein Gentleman, was seine sprachlichen Umgangsformen betraf.

»Richtig«, sagte Jo. »Und es ist auch nur eine Frage der Zeit, bis man hier nach mir suchen wird. Es hört sich verdächtig nach Freiheitsberaubung an, was Sie da im Schilde führen.«

Baltuzzi lächelte dünn.

»Packen wir's anders an«, sagte er. »Ich stelle Ihnen noch eine

Frage, und wenn Sie die auch nicht beantworten, werde ich Sie von meinen Leuten bearbeiten lassen.«

Baltuzzi zögerte einen Augenblick. Seine Augen wurden hart. »Ich kenne da ein paar Tricks und wende sie auch an, die Ihnen sozusagen kein Haar krümmen werden, Mister Walker. Dann werden Sie nicht mehr sein als eben nur ein Körper. Ich werde Ihren Geist löschen lassen, so gründlich ... Ach, sagen Sie, haben die einen Computer? Bestimmt haben Sie einen, nicht wahr? Dann werden Sie die Feinheit dieses Wortes ja zu würdigen wissen. Ich werde Ihr Gehirn *formatieren* lassen. Viel eleganter als Mord, mindestens ebenso wirksam und, ganz nebenbei, bei weitem nicht so strafbar wie Mord.«

Das Lächeln wurde noch ein wenig schmaler und tückischer.

»Sie verstehen, Mister Walker?«

Baltuzzi sprach leise, fast sanft. Aber das nahm seinen Drohungen nichts von Ihrer Gefährlichkeit. Kommissar X konnte mit dem Begriff *Formatieren* sehr wohl etwas anfangen. Es war so, als schrubbe man eine vollgeschriebene Kreidetafel gründlich mit viel Wasser ab, bis sie absolut leer war.

Möglicherweise war das noch nicht einmal strafbar – denn genaugenommen gab es nach dieser Löschung praktisch keine Person mehr, die sich über einen ihr zugefügten Schaden hätte beklagen können. Auf den Papieren würde es einen Jo Walker noch geben, aber nicht mehr im Inneren seines Kopfes. Da würde nur Leere sein.

»Und jetzt meine Frage – was wollen Sie hier?«

»Warum fragten Sie das nicht gleich?« erwiderte Jo spöttisch. »Ihren Sohn will ich beschützen, das ist alles!«

Baltuzzis Augen weiteten sich. »Waas? Meinen Sohn? Wovor? Und warum? Will ihn jemand kidnappen?«

Jo glaubte, seinen Ohren nicht trauen zu können. Aber der Mann meinte es ernst. Er wußte wirklich nichts.

Jo sah nicht ein, warum er den Vater nicht aufklären sollte.

»Kennen Sie jemanden, der Panther der Bronx genannt wird?« fragte er.

Baltuzzi vollführte eine wegwerfende Handbewegung.

»Natürlich, aus der Zeitung«, sagte er. »Und? Was hat das mit ...« Baltuzzi erstarrte. Er trat auf Walker zu, seine Augen flammten.

Dann holte er aus und schlug mit voller Kraft zu. Er war gut im Training. Jo wurde von dem Sessel auf den Boden geschleudert, so wuchtig war der Schlag.

»Wollen Sie damit sagen, daß mein Sohn …? Brad soll …?«

Jo richtete sich wieder auf. Sein Kiefer schmerzte. »Fragen Sie Ihren Sohn!« forderte er Baltuzzi auf.

Der preßte die Zähne aufeinander.

»Brad!« brüllte er dann, als sei Feuer ausgebrochen. »Brad, komm her!«

Der Sohn hatte zwar nicht viel im Kopf, aber er hatte gelernt, zu parieren. Eine halbe Minute später stand er im Zimmer. Sein T-Shirt war mit Ketchup bekleckert, er kaute schmatzend auf einem Kaugummi herum.

»Nimm das Zeug aus dem Maul«, fauchte Baltuzzi seinen Sohn an. »Und dann sag mir …«

Brad versuchte nur drei Sätze lang, seinem Vater etwas vorzuschwindeln, dann brach sein Widerstand zusammen. Aber er fand natürlich ein paar Ausreden.

»Gelogen, Dad, alles gelogen«, beschwor er seinen Vater. »Sie hat freiwillig mitgebumst, bestimmt. Natürlich hat sie sich ein bißchen gewehrt, das tun die Tussis doch alle …«

Baltuzzi hatte Mühe, nicht umzufallen. »Mein Sohn«, wimmerte er auf. »Mein Sohn, ein Verge … Ich kann es nicht glauben.«

»Mein Gott, Dad«, sagte Brad. »Die Sache ist doch längst gelaufen. Glaub mir, das habe ich schon erledigt.«

»Wie erledigt?« fragte Baltuzzi. Sein väterlicher Instinkt sagte ihm wohl, daß seinem Sohn noch gröbere Dummheiten zuzutrauen waren als jene, die Brad gerade gebeichtet hatte. »Du hast doch nicht etwa …?«

»Aber, Dad«, stieß Brad hervor. »Nein, doch nicht so. Mit Geld haben wir's erledigt. Außergerichtlich.«

Baltuzzi kniff die Augen zusammen. »Wer ist …«

Dann fiel ihm ein, daß bei diesem traulichen Gespräch zwischen Mördervater und vergewaltigendem Sohn ein höchst überflüssiger Zeuge zugegen war. Baltuzzi drehte sich zu Jo um.

»Mister Walker, ich werde später mit Ihnen sprechen. Einstweilen möchte ich …«

Jo beschloß, ein wenig auf den Busch zu klopfen. »Burdick«, sagte er. »Mit Burdick zusammen hat Ihr Sohn die Angelegenheit aus der Welt geschafft.«

Brads wütende Grimasse zeigte, daß Jo ins Schwarze getroffen hatte.

»Ist das wahr, Brad?«

Brad nickte nur und wandte sich ab. Jo sah, wie Baltuzzi die Hände zu Fäusten ballte.

»Und Sie nehmen wohl die Interessen des Mädchens wahr, Mister Walker?«

Kommissar X hielt es für ratsam, diesen Verdacht nicht zu leugnen.

»Möglich, Mister Baltuzzi, Jedenfalls kann ich Ihnen eins versichern: Meinen Auftraggebern liegt daran, daß Ihr Sohn nicht das nächste Opfer des Panthers der Bronx wird.«

Volltreffer, dachte Jo.

An diese Möglichkeit hatte Baltuzzi junior überhaupt noch nicht gedacht.

Jo hatte das Vergnügen, das Gesicht des Knaben kalkweiß werden zu sehen.

»Moment mal«, sagte Brad erschüttert. »Das heißt doch nicht etwa ...«

»Woher haben Sie Ihre Informationen, Mister Walker?« sagte der Vater rauh. »Es geht um meinen Sohn, wie Sie wissen.«

»Er ist die Mühe wahrscheinlich wert«, gab Jo trocken zurück.

»Laß ihn umlegen, Pa«, stieß der Sohn giftig hervor. »Du hast gehört, was er gesagt hat. Sag Burdick, er soll diesen Kerl umlegen. Oder soll ich es tun ...«

»Halt's Maul!« fuhr ihn Baltuzzi senior an. Er verschränkte die Hände hinter dem Rücken und begann im Zimmer auf und ab zu gehen. In ihm arbeitete es, das war deutlich zu sehen.

Die Blicke, die Baltuzzi senior seinem Sohn zuwarf, sprachen Bände. Der Junge war ein Trottel, arrogant, strohdumm und aufgeblasen. Mit dieser Kombination von Eigenschaften war er der denkbar beste Mann, das kriminelle Imperium seines Vaters binnen kurzer Frist restlos zugrunde zu richten.

Baltuzzi fixierte Jo Walker. Er tat es lange und gründlich, und es sah aus, als studiere er eine Speisekarte – es gehörte nicht viel Phantasie dazu, sich vorzustellen, was sich im Gehirn des Gangsterbosses abspielte. Er studierte tatsächlich eine Art Speisekarte – ein Menü der Möglichkeiten, einen Menschen zu quälen, zu töten und seine Leiche spurlos und konsequenzenlos verschwinden zu lassen.

»Es sieht so aus, Mister Walker, als müßte ich Ihnen dankbar sein für die Information. Ich hatte bis jetzt keine Ahnung von dem Vorfall. Ich danke Ihnen dafür. Sie können gehen.«

Jo Walker stand auf und tat einige Schritte auf die Tür zu.

»Mister Walker ...?«

Jo wandte den Kopf.

»Bitte, Mister Walker«, sagte Baltuzzi mit sanfter Stimme, »sehen Sie zu, daß wir uns nie wieder begegnen.«

»Andernfalls?«

»Genau, Mister Walker. Andernfalls ... Auf Wiedersehen, Mister Walker.«

»Du läßt ihn gehen, Dad?« schrie Brad auf.

Er war, wie Jo wußte, fast achtzehn, aber er benahm sich wie ein Vierzehnjähriger.

Baltuzzi holte kaum aus, aber die Ohrfeige, die er seinem Sohn verpaßte, war eine Maurer- oder Obsthändlermaulschelle, kein schlapper Klaps eines Weichmanns. Brad stieß ein durchdringendes Jaulen aus, als sei er soeben kastriert worden.

Jo zog es vor, die familiäre Szene zu verlassen. Langsam spazierte er durch das Haus dem Eingang entgegen. Es war ein Marsch, der wie der Hinweg durch viel sichtbaren Reichtum führte. Kostbare Möbel – Louis quatorze, quinze, seize – Gobelins, Gemälde von Braque und Arbeiten von Jonczyk, Teppiche, die einen Ayatollah neidisch stimmen konnten. Und all dieser Reichtum und Luxus waren nun gefährdet, weil der Sohn des Besitzers ein kleiner, geiler Schwachkopf war. Die Eingangshalle war riesig. Marmorfußböden – der Marmor aus Carrara, riesige Spiegel, ein kostbarer Kristallüster. Und eine Treppe, die in sanftem Schwung hinaufführte in die oberen Etagen.

Jo hatte es erwartet. Auf dem oberen Treppenabsatz stand die Lady. Schön, schweigsam und chic. Sie sah auf Jo hinunter. In ihrem

Gesicht zuckte kein Muskel. Sie sah Jo an, dann drehte sie sich um und stolzierte davon.

Jo zuckte mit den Schultern. Auch das konnte zum Job gehören.

»Etwas erreicht?«

Jo schüttelte den Kopf. »Ich bin nicht einen Schritt vorangelangt«, sagte er grimmig. »Und du?«

Auch Captain Rowland hatte keinen besonderen Grund zur Freude.

»Der Panther hat gestern wieder zugeschlagen«, berichtete er. »Diesmal war nicht ein Täter sein Opfer, sondern dessen Verteidiger.«

Jo hatte sich inzwischen mit den Einzelheiten der Fälle beschäftigt, die dem Panther zugeschrieben wurden. »Welcher? Laughlin?«

»Genau der«, sagte Rowland und nippte an dem Whisky.

Es war Abend, kurz vor Mitternacht. Jo und Rowland hatten sich in einer Bar in einer ruhigen Seitenstraße der Madison Avenue getroffen. Es gab guten Whisky dort, und die Barpianistin war ausgezeichnet. Sie hätte mit Oskar Peterson konkurrieren können. Im Augenblick spielte sie Petersons »Blues für Allan Felix« – vielleicht tat sie es für den verschüchtert wirkenden Mann mit Starbrille, roten Haaren und Sommersprossen, der in der ersten Reihe saß und verzückt zu ihr hinübersah.

»Aufgeschlitzt wie bei einem japanischen Selbstmord«, sagte Rowland. »Sah scheußlich aus, einfach widerlich. Wer immer den Kerl umgebracht hat, er hat ihn grausam gehaßt. Laughlin muß in den letzten Minuten seines Lebens furchtbar gelitten haben. Das sagte jedenfalls ein Mitarbeiter des japanischen Konsulats, den wir danach gefragt haben.«

»War Laughlin Spezialist für solche Fälle? Ich meine, Vergewaltigungen? Hat er auch andere Opfer des Panthers verteidigt?«

»Haben wir nachgeprüft«, berichtete Rowland. »Laughlin hat zwei solcher Fälle übernommen. Einen hat er verloren, der Knabe sitzt, wahrscheinlich für den Rest seines Lebens. Der andere Fall war Bolton, und den hat er nur herauspauken können, weil er dem verhaftenden Detective nachweisen konnte, daß der gelegentlich nuschelt.«

Jo Walker kannte die Eigentümlichkeiten des amerikanischen Rechtssystems und verkniff sich daher spitze Kommentare. »Und es ist sicher, daß Laughlins Mörder der Panther ist?« fragte er.

Rowland nickte grimmig. Er schnippte den Kellner heran und bestellte noch zwei Drinks.

Aus den Lautsprechern der Musikanlage klang der Song der *Dubliners* »The Wild Rover«, der mit irgendwelchen Nordseeküsten nichts im Sinn hatte.

»Einwandfrei«, murmelte Rowland. »Er hatte neben der furchtbaren Bauchwunde auch die typischen Kratzverletzungen im Gesicht. Es war der Panther, kein Zweifel.«

»Hm«, äußerte sich Jo. »Der Panther scheint ein Anhänger der Frauenbewegung zu sein. Erst der Täter, jetzt ein Verteidiger. Habt ihr irgendein System in den Fällen gefunden, ich meine, abgesehen von dem Zusammenhang mit Vergewaltigungsverfahren?«

»Nicht den Schimmer einer Verbindung.« Rowland seufzte. »Nachdem du mich mit der Nase draufgestoßen hattest, habe ich eine zeitlang vermutet, Laughlin wäre der gemeinsame Faktor. Du hattest den gleichen Einfall. Fehlanzeige. Derselbe Richter? Auch daneben. Vielleicht ein Geschworener, der zufällig bei all diesen Fällen dabei war? Pustekuchen!«

Jo Walker fiel in den Seufzer des Captains ein. Dieser Fall war einer der verwickeltsten, den er jemals übernommen hatte. Eine echte Herausforderung für Kommissar X. Aber bis jetzt sah es so aus, als sei er dieser Herausforderung nicht gewachsen. Und das tat weh.

»Ich werde den Verdacht nicht los«, murmelte Jo, »daß hier die Lösung des Problems genau vor der Nase liegt. Ich komme nur nicht drauf. Es ist wie verhext.«

»So kann man es nennen«, sagte Rowland trübsinnig.

Wider Willen mußte Jo grinsen. Eine Szene wie diese hatten die Freunde und Bekannten der beiden Männer wahrscheinlich seit einem Jahrzehnt nicht mehr erlebt. Da standen Kommissar X und Captain Tom Rowland an einer Bar, ließen sich in Maßen vollaufen und jammerten unisono über die Härten des Lebens im allgemeinen und die ihres Berufes im besonderen.

»Vielleicht«, sagte Jo Walker feixend, »sollten wir uns der Dienste eines tüchtigen Helfers versichern. Theo Kojak oder Columbo oder sonst einen der Cracks von der Leinwand und Mattscheibe.«

Tom Rowland sah von seinem Drink auf. Zu Jos Scherz verzog er nur kurz die Lippen.

»Verdammt, Jo«, sagte er rauh. »Du weißt, wie oft ich mich darüber aufrege, daß durch irgendwelche juristischen Spitzfindigkeiten Burschen durchschlüpfen, die von Rechts wegen für ein paar Jahrzehnte in den Knast gehörten. Ich habe einen Typen kennengelernt, der als freier Mann aus dem Gericht spazierte und sein Opfer noch offen verhöhnte. Aber selbst solche Vorfälle geben keinem das Recht, auf eigene Faust den Richter und den Henker in einer Person zu, spielen. Weißt du, was morgen in der Zeitung stehen wird? In Hoboken ist ein Mann beinahe gelyncht worden, weil man ihn für einen Sittenstrolch hielt. Und es wird nicht bei dem einen Fall bleiben.«

Jo nickte. Es war nach Mitternacht, und es war warm. Der Sommer drängte herauf. Aber nicht nur in dieser Beziehung standen New York heiße Wochen bevor.

Polizeiberichte, selbst wenn sie vom tüchtigen Tom Rowland stammten, waren nie nach Jos Geschmack gewesen. Wenn es möglich war, traute er mehr der eigenen Wahrnehmung und Spürnase.

Nach dem wenig aufmunternden Gespräch mit dem Captain fuhr Jo durch die nächtliche Stadt und wollte sich das Gebäude ansehen, in dem Andrew Laughlin ermordet worden war. Jo stellte den Wagen in der Nähe des Häuserblocks ab, dann begab er sich zu Fuß auf den Weg.

Zu dem Gebäude gab es vier Zugänge. Nummer eins war der Haupteingang. Es ging durch eine Schleuse aus Panzerglas, vorbei an zwei Videokameras und einem Angestellten einer privaten Wachgesellschaft. Nummer zwei war die Zufahrt in die Tiefgarage, in der Laughlin gestorben war. Durch die computergesteuerte Schleuse gelangte man nur mit einer Plastikkarte, die sich, wie Jo wußte, sehr leicht fälschen ließ. Außerdem aber war es noch nötig, sich vom Pförtner per Videoanlage kontrollieren zu lassen.

Jeder Besucher wurde peinlich genau notiert, sein Bild auf Video festgehalten und beim Verlassen des Hauses wieder gelöscht. In diesem Haus ging Sicherheit vor Bürgerrecht und Datenschutz. Mieter und bestimmte Angestellte konnten sich mit einem Fingerabdruck ausweisen. Dazu brauchten sie nur den Mittelfinger aus dem Auto heraus in eine bestimmte kleine Mulde zu legen. Ein optischer Scanner überprüfte die Abdrücke, verglich sie mit den gespeicherten Prints und ließ dann entweder die Schranke aufgehen oder schaltete die Videoüberwachung ein. Auch auf diesem Weg konnte der Panther schwerlich ins Haus eingedrungen sein.

Weg drei bestand in den Fenstern und Türen im Erdgeschoß, aber die waren ohne Ausnahme an hochwertige Alarmsysteme angeschlossen, von denen keins in der Mordnacht ausgelöst worden war. Blieb – in der Theorie – das Hinterhaus mit den Feuertreppen. Aber auch diese Türen waren mit Alarmanlagen gesichert. Jo konnte große Schilder erkennen, in denen darauf hingewiesen wurde, daß ein Öffnen der Türen sofort einen Polizei- und Feueralarm auslösen würde.

»Mann, Mann«, murmelte Jo, nachdem er das alles überprüft hatte. »Nach menschlichem Ermessen kann hier nicht einmal eine verirrte Maus unerkannt hineingeschlüpft sein – wieviel weniger der Killer.«

Jo spazierte zum Haupteingang, wurde eingelassen und hielt einem kalt dreinblickenden Mann seine Lizenz unter die Nase. Der Mann war fünfzig, dick, aber sehr beweglich und hellwach. Ein ehemaliger Cop, tippte Jo. Mißtrauisch musterte der Wachmann den Ausweis.

»Und was wollen Sie?« fragte er dann.

Jo verfolgte mit den Augen, wie der Mann ihn betrachtete. Der Wachmann nahm seinen Job ernst: er hatte die Waffe unter Jos Kleidung entdeckt.

»Ich möchte mir mal das Büro von Mister Laughlin ansehen«, erklärte Jo.

»Jetzt? Um ein Uhr nachts?«

»Dann störe ich wenigstens niemanden«, sagte Jo trocken. Der Wachmann hielt noch seine Lizenz in der Hand und tippte mit der Kante gegen seine weißen Zähne. »Also gut«, sagte er dann. Die Andeutung eines Lächelns tauchte auf seinem Gesicht auf. »Ich kenne Sie zwar nicht persönlich, Mister Walker, aber von Kommissar

X habe ich schon gehört. Sie können durch die Garageneinfahrt rein!«

»Wozu der Umweg?« fragte Jo und deutete auf seine Umgebung. Ein Knopfdruck hätte genügt, um ihn einzulassen.

Der Wachmann zuckte mit den Schultern und gab Jo die Lizenz zurück. »Ganz einfach«, sagte er. »Wenn Sie die Garageneinfahrt nehmen, kann ich einen Fingerabdruck von Ihnen kriegen und speichern. Und wenn heute nacht irgend etwas im Haus geschieht ...«

Jo zeigte dem Mann den aufgerichteten Daumen. »Sehr gut«, sagte er. »Sie hatten Sie auch in der fraglichen Nacht Dienst?«

»Hatte ich«, sagte der Wachmann. »Und wenn ich die Leiche nicht selbst gesehen hätte, würde ich behaupten, daß gar nichts passiert ist – hier ist keiner ungesehen und unregistriert reingekommen. Nicht bei mir, Mister Walker.« Er grinste noch breiter. »Sie können's ja mal versuchen ...«

Jo lächelte knapp. »Wie gut sind Sie im Schießen?«

»Gut genug, um Sie in Lochstickerei zu verwandeln, Mister Walker«, sagte der Wachmann.

»Das will ich lieber nicht ausprobieren«, sagte Jo und marschierte zum Parkhauseingang. In gewisser Weise hatte der Wachmann recht – wie um alles in der Welt war der Panther in der Mordnacht ins Haus gelangt?

Hätte er beispielsweise den Weg benutzt, den Kommissar X nun wählte, wäre ihm wohl die Prozedur, der sich Jo jetzt unterzog, nicht erspart geblieben. Um die schwere stählerne Pforte passieren zu können, mußte er einen Fingerabdruck nehmen lassen, der im Computer gespeichert wurde. Außerdem wurde über die Videokamera sein Bild in die Pförtnerloge gespielt und dort ebenfalls digitalisiert aufgezeichnet.

Jo kannte sich in solchen Systemen ein wenig aus. Er wußte, daß bei dem Fingerprint-Scanner ein Betrug ausgeschlossen war. Selbst wenn jemand brutal genug gewesen wäre, einem Zutrittsberechtigten den Finger abzuschneiden und an die Scanner-Fläche zu halten, hätte ihm das nichts genutzt. Es wurde nämlich zugleich mit dem Abdruckmuster auch eine Infrarotprobe des Fingers genommen – nur ein Lebender hatte eine Chance, in das Haus zu gelangen.

In der Tiefgarage war etwas anders als sonst, Jo spürte es sofort.

Unwillkürlich griff er zur Waffe – und dann wußte er, was ihn irritiert hatte. Den Geruch nach Benzin, Gummi und nach kalten Zigaretten kannte er. Neu für die Ausdünstung einer Tiefgarage war die Beimischung von Blut – es war ein eigentümlicher, schwer definierbarer Geruch, aber wer ihn öfter gerochen hatte, dem ging er nicht mehr aus der Nase.

Jo fand schnell die Stelle, an der man Laughlins Leiche entdeckt hatte. Mit Kreidestrichen waren die Umrisse des Toten markiert worden, auch die des Aktenkoffers, den Laughlin bei sich getragen hatte. Die Blutreste auf dem Boden waren weggewischt worden, es war nur eine dunkle Stelle geblieben, die aussah, als habe ein Auto Schmieröl verloren.

Jo benutzte den Aufzug, der ihn nach oben brachte. Laughlin hatte eine ganze Etage gemietet; seine Kanzlei war auf Wachstum programmiert. Vielleicht stand der eine oder andere Raum der Etage einstweilen noch leer – bald wäre er gebraucht worden. Der Aufzug hielt und Jo stieg aus. Sofort war er von Dunkelheit umgeben. Rechts neben dem Türpfosten befand sich der Lichtschalter. Jo wollte danach greifen, aber dann ließ ihn eine unbestimmte Ahnung innehalten. Er war nicht allein auf dieser Etage.

Jo hielt den Atem an, griff zur Waffe und trat einen Schritt zur Seite. Vor dem schmalen, hell erleuchteten Rechteckfenster des Aufzugs war er eine kaum zu verfehlende Zielscheibe. Es gab in dem Büro eine sehr schwache Notbeleuchtung. Nach einer Minute hatten sich Jos Augen an dieses Licht gewöhnt. Er begann damit, sich in den Büros umzusehen.

Die Lifttür führte in einen quadratischen Raum, in dem es einen hübschen Schreibtisch gab, hinter dem tagsüber wohl eine Empfangsdame saß. Sie bestimmte darüber, wer abgewiesen wurde und wer in den angrenzenden Raum treten durfte.

Die Tür war normalerweise verschlossen. Jetzt war sie nur angelehnt.

Jo drang in das eigentliche Büro ein, sorgfältig auf seine Deckung achtend. Er wußte nicht, wer sich in dem nächtlichen Büro aufhielt. Vielleicht einer der Angestellten, vielleicht der Panther?

Jo lauschte. Ein schwaches Geräusch war zu hören. Es kam aus dem nördlichen Flügel des Büros, ein leises Scharren, mehr nicht.

Jetzt hatte Jo keine Zweifel mehr. Ein Eindringling. Jemand, der hier so wenig zu suchen hatte wie Jo Walker selbst. Er lauschte. Schrittgeräusche waren nicht zu hören, nur dieses sehr leise Scharren.

Jo glitt vorsichtig näher. Als er einen Gang entlangschlich und dann behutsam um eine Ecke spähte, konnte er Licht sehen. In einem der Büros war die Hauptbeleuchtung eingeschaltet worden.

Der Eindringling war ziemlich keß, fand Jo.

Er pirschte sich an die Tür heran und linste durch den Spalt zwischen Tür und Zarge. Eine Gestalt in schwarz war zu sehen. Sie beugte sich vor, offenbar über einen Schreibtisch und dann erlosch das Licht.

Jo Walker war so verblüfft, daß er fast einen Fluch ausgestoßen hätte. Jetzt war von dem Eindringling nur mehr ein vager Umriß zu sehen. Jo wartete einen Augenblick. Dann versetzte er der Tür einen kräftigen Tritt, daß sie weit aufflog, sprang in den Raum und richtete die Waffe auf den Einbrecher.

Der reagierte blitzschnell. Noch bevor Jo ihn richtig erfaßt hatte, bewegte sich der Vermummte. Ein Fuß schnellte hoch. Jo bewegte die Waffenhand ein Stück zur Seite, aber es reichte nicht ganz. Zwar konnte er den Revolver festhalten, aber für ein paar Sekundenbruchteile war die Waffe nicht einsatzbereit.

Der Unbekannte nutzte die Chance, die sich ihm bot. Jo spürte einen harten Schlag in seiner Magengrube, den er nur zu einem Drittel durch Auspendeln in seiner Wirkung mindern konnte. Der Treffer trieb ihm die Luft aus dem Leib. Er konnte nicht anders reagieren und wich einen Schritt zurück.

Die kurze Zeitspanne reichte dem Angreifer. Er wand sich an Jo vorbei und wollte aus dem Raum huschen. Jo packte zu, kriegte einen Arm zu fassen – und verlor fast im selben Augenblick den Halt. Der Stoff, in den sich der Einbrecher gehüllt hatte, war glatt wie Seide.

Jos Hand rutschte an dem seidigen Material entlang, schrammte über ein paar Handschuhe aus dünnem Leder und landeten schließlich bei einem Stück Papier. Das Papier riß, als sich der Vermummte gewaltsam befreite und mit weiten Sätzen davonstürmte. Offenbar kannte er sich in dem Büro bestens aus. Jo nicht.

Er hätte schießen können und wahrscheinlich sogar unter diesen Bedingungen getroffen. Aber Jo wußte nicht, was außer dem Einbruch der Vermummte sonst noch an Straftaten verübt haben mochte – und auf einen Einbrecher zu schießen, der womöglich unbewaffnet war, dazu noch von hinten, das war nicht Jo Walkers Sache.

Er hörte die Tür des Aufzugs klappen und wußte, daß ihm der Vermummte entwischt war. Er konnte nur hoffen, daß dieser Kerl nicht mit dem gesuchten Panther der Bronx identisch war. Es hätte Kommissar X sehr verdrossen, wäre er einem mehrfachen Mörder begegnet und hätte ihn laufenlassen.

Jo steckte den Revolver weg und schaltete das Licht an. Was er im Schein der Lampen sehen konnte, bestätigte seine Vermutungen. Er befand sich in dem Büro, in dem Andrew Laughlin bis zu seinem Tod gearbeitet hatte. Es war ein schönes Büro, sparsam, aber gekonnt eingerichtet, ausgestattet mit allem, was die moderne Technik zu bieten hat, Videoanlage, HiFi-Bausteine der Luxusklasse, CD-Player und DAT-Maschine eingeschlossen.

Und ein Computer war zu sehen. Ein AT-Kompatibler von TANDON, angeschlossen an ein Modem und ausgerüstet mit einem Laserdrucker und einem Gerät, das Jo auf den ersten Blick nicht zu identifizieren vermochte.

Erst bei näherem Hinsehen erkannte er, daß es sich dabei um das Winchester-System von TANDON handelte, bei dem man sogenannte Data-Pacs als mobile Festplatten benutzen konnte. Andrew Laughlin hatte sich für die Version mit zwei Data-Pacs entschieden, zusammen rund 60 Megabyte Speicherkapazität.

Alles in allem handelte es sich um eine bemerkenswert große und leistungsstarke Anlage für ein Anwaltsbüro, zumal es – wie Jo bei einem kleinen Rundgang feststellen konnte – in der Praxis noch ein Netzwerk von insgesamt sieben AT-Terminals gab. Aber die Tatsache, daß sich Laughlin mehr Computer-Power geleistet hatte als manches mittelständische Unternehmen mit dreihundertachtzig Angestellten, war nicht das eigentlich Interessante.

Interessant war, daß in dem TANDON-Pac-Turm nur noch eine der beiden mobilen Festplatten enthalten war. Das zweite Data-Pac fehlte. Hatte der Eindringling es mitgenommen?

Jo schloß kurz die Augen und rief sich ins Gedächtnis, was er in den wenigen Sekundenbruchteilen hatte erkennen können. Der Eindringling war jung, schlank und sehr sportlich gewesen. Höchstwahrscheinlich hatte er jahrelang asiatische Kampfsportarten trainiert, vielleicht sogar den einen oder anderen Dan erreicht.

Von seinem Gesicht war nichts zu sehen gewesen, nicht einmal die Augen. Er hatte eine eng anliegende Haube auf dem Kopf getragen, mit Glasscheiben dort, wo sich normalerweise Schlitze für die Augen befanden. Er hatte nichts dem Zufall überlassen. Und richtig, Jo erinnerte sich – er hatte Handschuhe getragen. Jo erinnerte sich an das Gefühl in seiner Hand, als er den Handschuh berührt hatte. Feinstes Wildleder, wie die ganze Montur des Einbrechers in Schwarz gehalten.

Das hieß, daß es am Tatort keine Fingerabdrücke geben würde, mithin nicht die kleinste Spur, daß überhaupt jemand hier gewesen war. Doch – halt!

Jo fand etwas auf dem Boden. Ein Fetzen Papier, in der Mitte, wie es schien, durchgerissen. Jo hob ihn auf und drehte ihn in der Hand hin und her. Was er lesen konnte, waren nur ein paar Zahlen und ein Buchstabe. 124 C 4 …

Die letzte Vier war gerade noch zu erkennen, danach folgte der Riß, der das Papier zerteilt hatte. Um was mochte es sich dabei handeln?

Telefonnummer? Dann hätte der Buchstabe an erster Stelle stehen müssen – analog zu PLAza 344 usw. oder PENNsylvania 65 000. Vielleicht der Code für einen Tresor?

Nun, Jo hatte noch genügend Zeit, sich damit zu beschäftigen. Erst einmal wollte er wissen, ob sein Verdacht richtig war, daß der Vermummte das Haus inzwischen wieder verlassen hatte – und zwar ebenso unsichtbar, wie er hineingelangt war.

Jo griff zum Hörer der hausinternen Anlage und klingelte beim Pförtner. Er hatte sich nicht geirrt. Dem Pförtner war nichts aufgefallen, schon gar kein Vermummter in schwarzer Maske. Jo hatte es nicht anders erwartet. Der Einbrecher war sehr geschickt vorgegangen. Er kannte sich offenbar nicht nur im Büro von Laughlin bestens aus, er kannte auch einen Dreh, sich ungesehen ins Haus zu schleichen und auch wieder zu verschwinden. Das schränkte die Zahl der Personen beträchtlich ein, die für diesen Auftritt in Frage kamen.

Zurück zu den Zahlen und Buchstaben. Gab es einen Tresor in dem Büro. Es gab einen, und er erweckte einen traurigen Eindruck. Er war gewaltsam geöffnet worden, und der oder die Täter waren sogar so freundlich gewesen, eine ausführliche Notiz zu hinterlassen. Die Polizei hatte den Tresor im Rahmen ihrer Ermittlungsarbeiten von einem Fachmann öffnen lassen, wohl in der Hoffnung, darin brauchbare Spuren zu finden.

Immer wieder sah Jo Walker auf das Loch in dem Computer. Dort hatte das Data-Pac gesessen. 30 Megabyte an Informationen, das waren, wie Jo schnell schätzte, rund 15 000 DIN-A4-Seiten voller Daten. Irgendwo in diesem Heuhaufen aus bedrucktem Papier lag vermutlich die Stecknadel, die nötig gewesen wäre, um den Mörder von Andrew Laughlin zu finden. Aber dazu hätte man, um im Bilde zu bleiben, erst einmal den Heuhaufen wiederfinden müssen.

Beecham Lane 41 – die Adresse hatte Jo von Tom Rowland erhalten.

Er parkte den Wagen unmittelbar vor dem Haus. Niederländischer Stil, erkannte Jo. Teuer, sehr teuer, aber falsch. Zu den Zeiten, als New York Nieuw Amsterdam hieß und der Gouverneur ein gewisser Mijnheer Peter Stuyvesant gewesen war, hatten sich auf diesem Gelände noch Biber oder Bisamratten getummelt. Die ganze Straße war in diesem Stil erbaut worden, wahrscheinlich um die Jahrhundertwende. Immerhin, es sah ganz nett aus und war eine ziemlich vornehme Adresse.

Sechs Stufen führten zur Tür hinauf. Grünes Holz, weiße Türpfosten, Klingel und Briefkastenschlitz aus Messing. Jo klingelte. Im Inneren bimmelte es elektronisch – ein Fiepen war zu hören, das seine Entstehung mit Sicherheit einem Mikroprozessor verdankte.

Eine halbe Minute später wurde geöffnet. Rote Haare, Sommersprossen, grünliche Augen und ein Gebiß, das bei jedem Lächeln zu sehen war. Die junge Dame hatte unzweifelhaft keltische, wahrscheinlich irische Vorfahren.

»Ich möchte gern Missis Laughlin sprechen«, sagte Jo freundlich.

Er kriegte die Standardfragen zu hören: »Sind Sie von der Presse?« Jo zückte seine Lizenz. Die Augen der jungen Frau wurden groß und rund.

»Sie sind ein richtiger Detektiv? Wie Nero Wolfe?«

Jo Walker schloß die Augen. Das tat weh. Nero Wolfe war zwar ein blitzgescheiter Detektiv gewesen, aber dafür auch ein verfressener Koloß von einigen Zentnern Lebendgewicht.

»Haben Sie schon mal jemanden erschossen?«

»Schönes Kind«, antwortete Jo mit sehr sanftem Spott. »Eigentlich bin ich hier, um ihrer Chefin ein paar Fragen zu stellen.«

»Natürlich, ach, entschuldigen Sie! Ich werde gleich Missis Laughlin rufen.«

Zehn Minuten später saß Jo in einem bequemen Sessel, groß genug, um darin eine Familie unterzubringen oder zu zeugen. Auf einem flachen Tisch stand ein echt irischer Whisky für ihn, er wußte, daß die Irin Kathryn O'Donell hieß und in New York geboren war, und daß Mrs. Laughlin bald kommen würde.

Agnes Laughlin erschien in Schwarz.

Jo brauchte nur einen Blick, um festzustellen, daß die Frau jung, sehr schön und sehr erschöpft war. Sie hatte Ringe unter den Augen, und in dem schwarzen Kostüm – das nach mindestens drei Riesen aussah – wirkte sie, als sei bald ihre eigene Beerdigung fällig. Sie lächelte matt und bedeutete Jo, er möge in dem Sessel sitzen bleiben.

Agnes Laughlin, die Witwe des ermordeten Anwalts, war knapp über dreißig Jahre alt. Sie war schlank und fast so hager wie ein Mannequin oder Fotomodell. Das Gesicht war faltenlos glatt, sanft geschminkt, mit großen, ausdrucksvollen Augen und einem feingeschwungenen Mund. Das Trauerkostüm ließ ihre Beine sehen, die mehr als nur einen Blick wert waren. Ein wenig fühlte sich Jo an ältere Filme mit Audrey Hepburn erinnert.

»Mir wurde gesagt, ein privater Ermittler wolle mich sprechen. Sind Sie das?«

Jo nickte. »In welcher Angelegenheit? Handelt es sich um …« Jo nickte wieder.

»Wahrscheinlich haben Sie alle diese Fragen schon dutzendmal gehört«, begann Jo sanft. »Aber manchmal fällt einem beim dreizehnten Mal noch etwas ein, was man die ersten zwölf Mal übersehen oder vergessen hat. Darf ich Ihnen ein paar Fragen stellen?«

Jetzt war es die Witwe, die nickte.

»Kathryn? Bringen Sie mir einen Tee, bitte.«

Der irische Rotschopf verschwand aus dem Zimmer.

»Fragen Sie, Mister Walker. Wenn es dazu dient, den grausamen Mörder meines Mannes zu finden, soll es mir recht sein.« Sie war unglaublich erschöpft. Wahrscheinlich hatte sie tagelang nicht geschlafen. Ihre Augen waren gerötet und glanzlos. In gewisser Weiser wirkte sie wie trockengeweint.

»Sie wissen, daß ein Mörder in der Stadt herumläuft, der allgemein der Panther der Bronx genannt wird?«

»Der Polizist, Mister Howland ...«

»Rowland«, verbesserte Jo.

»Er hat mir gesagt, dieser Panther soll meinen Mann ermordet haben, nicht wahr? Hat man ihn gefangennehmen können?«

Jo schüttelte den Kopf. »Das nicht«, sagte er. »Aber ich glaube, daß ich dem Panther gestern abend begegnet bin.«

»Sie?«

Es klang nicht geringschätzig, aber es war ein seltsamer Unterton dabei, den Jo trotz seiner Erfahrung nicht richtig einordnen konnte. War das Erstaunen gewesen, das Aufblitzen von Hoffnung? Jo wußte es nicht.

»Wo? Wo haben Sie ihn getroffen? Haben Sie ihn erschossen oder festgenommen oder ... So reden Sie doch!«

Agnes Laughlin war sehr aufgeregt. Jo konnte sehen, daß ihre Hände ein wenig zitterten. Nervös nestelte sie an ihrem Zigarettenetui herum.

Jo stand auf und nahm ihr das flache goldene Etui aus der Hand. Er öffnete, ließ sie eine Zigarette nehmen, klappte das Etui zu. Als er ihr Feuer gab, zitterten ihre Hände immer noch. Jo griff sanft zu, hielt die Hände der Frau fest und ruhig, bis die Zigarette brannte, dann ließ er sein Feuerzeug zuschnappen, kehrte zu seinem Sessel zurück und setzte sich.

Und er wunderte sich. Trotz seines beruhigenden Griffes hatte die Frau weiter gezittert, kaum merklich, aber immerhin stark genug, daß es Jo hatte registrieren können.

Er hatte dieses Zittern bei solchen Gelegenheiten schon des öfteren erlebt. Aber dieses Zittern hatte nichts mit Erregung zu tun, mit dem Überspringen irgendwelcher sinnlicher Funken. Jo hatte die Mundwinkel der Frau gesehen und gemerkt, daß dies ein Zittern war, das auf Ekel oder Angst hindeutete.

Jetzt hatte sie sich wieder beruhigt. Kaum vorzustellen, dachte Jo, daß diese Frau Angst vor Männern haben soll. Aber auszuschließen ist dergleichen nie. Entweder hatte Agnes Laughlin eine grundsätzliche Aversion gegen Männer, oder sie hatte Grund, in diesem Augenblick die Gegenwart eines Privatdetektivs zu fürchten. Die Zukunft mußte zeigen, welche der beiden Möglichkeiten zutraf.

»Ich bedauere«, sagte Jo, »aber es ist mir nicht gelungen, die Person festzunehmen. Interessiert es Sie zu erfahren, wo ich den Mann getroffen habe, den ich persönlich für den Panther halte?«

»Unbedingt, Mister Walker«, sagte Mrs. Laughlin.

Was stimmt nicht an dieser Frau, dachte Jo. Sie erinnert mich an jemanden, ich weiß nur nicht an wen. Und ich weiß vor allem nicht, was diese Frau so unglaublich aufregt, daß sich eine Gänsehaut auf ihrem Arm bildet.

»Im Büro Ihres verstorbenen Mannes«, sagte Jo. »Damit beschäftigt, irgend etwas aus diesem Büro zu stehlen.«

»Unglaublich!« rief Mrs. Laughlin. »Ich kenne das Büro von Andrew. Wie ist dieser Mann da eingedrungen? Ich meine, gut, in das Büro einzudringen ist nicht allzu schwer, vor allem nicht für einen Profi. Der Mann war doch Profi, oder?«

»Vermutlich«, sagte Jo.

»Aber wie ist er überhaupt in das Haus gelangt?« fragte Mrs. Laughlin. »Zumal es doch so gut bewacht wird.«

»Das frage ich mich auch«, entgegnete Jo. »Vor allem aber frage ich mich, was der Einbrecher im Büro Ihres Mannes gesucht haben mag.«

»Geld? Wertsachen? Ich weiß es nicht, Mister Walker. Aber wieso überhaupt ...« Mrs. Laughlins verweinte Augen wurden etwas größer, als Jo antwortete: »Weil es irgend etwas in dem Büro gibt, das einen unmittelbaren Zusammenhang zwischen dem Mörder und Ihrem Mann herstellt.«

Die Mundwinkel der Witwe zuckten. »Ich kann mir kaum einen direkteren Kontakt zweier Menschen vorstellen als den zwischen Mörder und Opfer«, sagte sie kalt. »Was meinen Sie mit diesen Worten?«

Jo hatte am Morgen, beim Rasieren vor dem Spiegel, diesen

Zusammenhang gefunden. »Sehen Sie, Missis Laughlin, bis jetzt sind wir ...«

»Wir?« Die Frage erfolgte schnell und scharf. Zum ersten Male wirkte Agnes Laughlin hellwach.

»Ich arbeite oft sehr gut mit der New Yorker Polizei zusammen«, erläuterte Jo. »Und sowohl die Polizei als auch ich waren bisher der Meinung, daß der Panther einen ganz bestimmten Zweck bei seinen Taten verfolgt. Er übt Selbstjustiz und Rache an Notzuchtverbrechern, die wegen fadenscheiniger Verfahrensfehler nicht verurteilt worden sind.«

»Was sehr bedauerlich ist«, murmelte die Frau.

Sie nahm einen Schluck von dem Tee, den Kathryn eine Minute zuvor fast lautlos serviert hatte.

Jo sah auf dem Gesicht von Agnes Laughlin etwas auftauchen, was nach einer seltsamen Mischung aus Haß und Zufriedenheit aussah.

»Was ist bedauerlich?« fragte Jo nach.

»Daß so viele dieser Täter der Justiz entgehen«, sagte Mrs. Laughlin.

»Einer dieser Täter«, schoß Jo einen Versuchsballon ab, »war ein gewisser Wayne Bolton. Er ist ermordet worden, von demselben Täter, der auch Ihren Mann ermordet hat. Denn es war Ihr Mann, Missis Laughlin, der für die Einstellung des Verfahrens gesorgt hatte.«

»Ich weiß«, sagte die Witwe dumpf. »Und ich habe auf Andy eingeredet, er soll diesen Fall nicht übernehmen. Nicht wegen des Panthers oder so, verstehen Sie? Daß dieser Mann es vorzugsweise auf solche Opfer abgesehen hatte, die eigentlich Täter waren, weiß ich erst seit kurzer Zeit. Deswegen habe ich Andy nicht abgeraten. Ich habe es getan, weil ich es nicht für richtig hielt, diesen kleinen ...«

»Ja?«

Mrs. Laughlin setzte ein mageres Lächeln auf. »Ich hätte mich fast ereifert«, sagte sie und beruhigte sich wieder, »wie bei den Gesprächen mit Andy – ich meine Andrew, meinem Mann. Andrew hat diesen Fall auch nicht gewollt. Aber irgend jemand mußte den Jungen schließlich verteidigen, nicht wahr?«

»Das ist richtig, Missis Laughlin«, antwortete Jo.

Seine Überzeugung, daß mit dieser Witwe etwas nicht stimmte, wuchs von Minute zu Minute. Aber er vermochte nicht zu sagen, was diese Unstimmigkeit war. Vielleicht lag es an der Thematik – zwischen einem Mann und einer Frau ließ sich nur schwer über ein so heikles Thema wie Vergewaltigung plaudern. Dafür war das Thema zu brisant.

»Ich habe bis jetzt auch vermutet, daß der Panther seine Mordserie nun auch auf die Verteidiger solcher Täter ausdehnen wollte. Ihr Mann wäre dann das erste in einer ganzen Reihe von Opfern gewesen.«

»Wäre, Mister Walker? Wäre – Sie sprechen im Konjunktiv?«

»Richtig. Wäre es so, wie wir bisher vermutet haben, dann wäre Ihr Mann nur irgendein Opfer dieses Mörders. Es hätte ebensogut einen anderen Anwalt treffen können, der einen Notzuchtverbrecher mit unsauber erscheinenden Methoden vor dem Gefängnis bewahrt hat. Aber der Einbruch gestern in das Büro beweist, daß der Täter dort noch etwas gesucht hat. Obwohl doch eigentlich, entschuldigen Sie die Wortwahl, die Angelegenheit Laughlin für den Mörder erledigt sein sollte.«

Mit langsamen Bewegungen trank Agnes ihren Tee. Jo erkannte ihn am Geruch. Es war eine Sorte grünen, unfermentierten Tees, wie er ihn selbst eine Zeitlang während seiner KarateAusbildung getrunken hatte.

»Und was folgern Sie daraus?«

»Daß es noch irgendeine andere persönliche Beziehung zwischen dem Täter und Ihrem Mann gegeben haben mußte. Vielleicht hatte Ihr Mann zufällig etwas gesehen oder beobachtet.«

»Davon weiß ich nichts«, sagte die Witwe.

»Der Einbrecher hat gestern etwas mitgehen lassen«, fuhr Jo fort.

»Und was?«

»Ein Data-Pac«, sagte Jo. »Vermutlich ist in den Daten, die darauf gespeichert waren, die Lösung des Problems zu finden.«

»Und jetzt wollen Sie erfahren, ob ich davon etwas weiß?«

»So ist es«, erwiderte Jo. »Ich hoffte, daß sie mir weiterhelfen können.«

Über das blasse Gesicht von Mrs. Laughlin flog der Schatten eines Lächelns. »Mir, Mister Walker?«

Jo grinste schwach. »Ich habe der Polizei noch nichts davon erzählt«, gab er zu. »Die Sache erschien mir nicht ausgereift genug.«

Agnes Laughlin stieß einen Seufzer aus. »Ich kann Ihnen leider nicht weiterhelfen«, sagte sie halblaut. »Ich war zwar die Sekretärin meines Mannes, bis vor zwei Jahren, als wir geheiratet haben, aber von den Dingen im neuen Büro weiß ich absolut gar nichts. Mein Mann war sehr darauf bedacht, daß ich von seinem Berufsalltag so wenig wie möglich mitkriegte.«

»Hm«, äußerte sich Jo. »Aber vielleicht hilft das weiter.« Er griff in die Tasche und holte das Stück Papier hervor, das er dem Panther abgejagt hatte.

»Was ist das?«

»Das einzige handfeste Indiz gegen den Panther«, antwortete Jo. »Ein Papierfetzen – ich erbeutete ihn gestern abend.«

Langsam streckte Agnes Laughlin ihre Hände danach aus. »Dann ist das die einzige Spur zum Mörder meines Mannes?« fragte sie leise, als sie das Papier in die Hand nahm.

»Richtig«, bestätigte Jo.

»Und was bedeuten diese Zeichen eins-zwo-vier-ceh-vier?«

»Das eben hoffte ich von Ihnen zu erfahren«, sagte Jo halblaut und sah Agnes Laughlin an. Sie wirkte sehr angegriffen, und sie zitterte ein wenig.

Sie stieß einen sehr tiefen Seufzer aus.

»Da kann ich Ihnen nicht helfen«, sagte sie. »Ich weiß es nicht. Ich habe nicht mal den Schimmer einer Ahnung, um was es sich dabei handelt.«

Jetzt war die Reihe an Jo, einen Seufzer auszustoßen. Aber damit hatte er rechnen müssen.

»Hat Ihr Mann auch zu Hause gearbeitet?« fragte er.

»Selten, nur dann und wann«, antwortete Agnes Laughlin.

Jo nickte langsam. »Dürfte ich mich einmal im Haus umsehen?« fragte er. »Es ist möglich, daß ich etwas finde.«

Agnes Laughlin senkte die langwimprigen Lider. »Wie Sie wollen, Mister Walker«, sagte sie. Das Lächeln fiel etwas bitter aus. »Die Polizei hat sich schon alles angesehen, Leute von der Presse sind dagewesen und haben sogar die Schränke geöffnet. Warum sollte ich

Ihnen daher abschlagen, was sich so viele andere bereits erlaubt haben, die nicht so höflich gefragt hatten wie Sie.«

Das klang giftig. Offenbar hatte Agnes Laughlin während des Gesprächs einen Teil ihrer Kraft wiedergefunden. Sie sah jetzt nicht mehr so erschöpft aus. Irgend etwas war passiert, das ihr neue Energien zugeführt hatte. Vielleicht war es der Tee gewesen.

»Sie gestatten, daß ich hier sitzenbleibe? Rufen Sie Kathryn, sie wird Sie führen. Sie kennt sich hier aus.«

Jo deutete eine Verbeugung an, als er aufstand.

»Und wenn Sie etwas von Bedeutung finden, sagen Sie es mir doch, nicht wahr?«

»Bestimmt, Missis Laughlin«, erwiderte Jo. Höflich verbeugte er sich noch einmal und verließ den Salon.

Das irische Mädchen, das ironischerweise in Little Italy geboren worden war, kannte sich im Haus wirklich aus. Sie führte Jo durch jeden Raum, erklärte ihm dies und jenes und jede Kleinigkeit, ganz so, als führe sie die Villa einem potentiellen Käufer vor.

Jo hörte nur mit halbem Ohr zu. Er interessierte sich mehr für das Atmosphärische. Was für einen Geist atmete dieses Haus? Wie lebte es sich in diesen Wänden? Vorherrschend war, wie Jo schon beim Betreten gemerkt hatte, der Geist des Geldes. Das Haus selbst hatte ein Vermögen gekostet, die Inneneinrichtung war ebenfalls nicht eben billig gewesen.

»Wer hat das gestaltet?« fragte Jo und vollführte eine weitgreifende Handbewegung. »Ein Innenarchitekt? Oder Mister und Missis Laughlin?«

»Hauptsächlich er«, erwiderte Kathryn. »Er hat Bücher darüber gelesen.«

Genauso sah es auch aus. Andrew Laughlin war ein Mann von Geist, Kultur und Geschmack gewesen. Die Möbel, die Teppiche, das Porzellan, die Gemälde und Drucke, alles paßte zusammen. Das ging bis zu den perfekt farblich abgestimmten Vorhängen und Leuchtern.

Aber er schien wenig Gemüt gehabt zu haben. Das Haus wirkte wie eine bewohnte Puppenstube oder ein Museum. Unwillkürlich fühlte sich Jo an jene berüchtigten »Wohnzimmer« erinnert, aus denen die Kinder verbannt wurden, weil sie Unordnung verursachen konnten. Diese Zimmer wurden nur an Feiertagen benutzt oder wenn Besuch erschien. Sonst dienten sie dem Nachweis der Bewohner, daß sie Stil hatten und Geld besaßen.

Hier war das ganze Haus so gestaltet worden. Perfekt, aber steril. Das Interieur wirkte aus dem Leben gegriffen wie eine Folge von *Miami Vice.*

»Wie sind die Herrschaften denn miteinander ausgekommen?« fragte Jo das Mädchen.

»Gut natürlich«, erwiderte Kathryn nach einem kaum merklichen Zögern.

Immer, wenn jemand behauptete, etwas sei natürlich so oder so, wurde Jo mißtrauisch. In diesem Haus schien es niemanden zu geben, der in der Nase bohrte oder sich sonstwie menschlich schwach benahm.

Statt eines Badezimmers gab es diverse Hygieneräume. Und als Jo das Schlafzimmer betrat, fühlte er sich an Hitchcocks »Rebecca« erinnert. Hohe Decken, ein Himmelbett mit Satinwäsche, leise sich blähende Vorhänge, alles sauber aufgeräumt und steril. In diesem Raum, so empfand es Jo, legte man sich zur Ruhe. Schlafen wäre bereits zu profan gewesen. Von so menschlichen Dingen wie Kuscheln und dergleichen ganz zu schweigen.

»Haben Sie sich oft gestritten?« fragte Jo, während sie die Führung fortsetzte.

»Ich bin nicht dabeigewesen«, entgegnete Kathryn reserviert.

Es gab ein Damenschlafzimmer – im »Rebecca-«Stil – und einen Schlafraum für den Herrn des Hauses, bei dem Jo nicht ganz sicher war, ob der Entwurf aus dem *Playboy* oder dem *Hustler*-Magazin stammte. Es war eher eine Art Sex-Sportplatz als ein Liebesnest, und Kathryns munteres Plaudern versiegte nahezu völlig, als sie Jo in diesen Raum führte.

»Nur einmal?« fragte Jo. »Oder öfter?«

Er deutete mit dem Kopf auf das runde Bett, das mit – echtem? – Leopardenfell bezogen war.

Kathryn verstand die Frage völlig richtig und lief knallrot an.

»Hat Sie es herausbekommen?«

Kathryn schüttelte spontan den Kopf. »Was sollen diese Fragen?« wollte sie dann wissen. »Glauben Sie etwa, Missis Laughlin ...«

»Ich glaube einstweilen gar nichts«, unterbrach Jo. »Ich sehe, ich interpretiere, was ich sehe, und ich empfinde etwas. Ich sehe Ihre Verlegenheit in diesem Raum, ich interpretiere, daß sie etwas mit Laughlin gehabt haben ...«

»Und was fühlen Sie?« fragte Kathryn, als Jo den Satz nicht weiterführte.

Jo wiegte den Kopf. »Unbehagen«, sagte er dann lakonisch. »Ich glaube nicht, daß der Mann, der zu diesem Bett gehört, ein besonders guter Liebhaber gewesen ist.«

Kathryn lächelte, und mehr brauchte sie auch nicht zu tun. Das Lächeln drückte alles aus: Anerkennung für Jo und abgrundtiefe Verachtung für Andrew Laughlin, wenn nicht sogar Ekel.

»Hat sie ihn geliebt?« fragte Jo.

Er verließ Laughlins erotischen Hantelraum und trat in das Nachbarzimmer. Hier mußte der Anwalt gearbeitet haben, und das nicht allzu selten.

»Am Anfang, ja«, sagte Kathryn leise. »Später ... Er war ein Schwein, ein brutales Schwein in der Maske eines Gentleman. Verstehen Sie?«

Jo nickte. Rasch nahm er die Einzelheiten des Raumes in sich auf. Schreibtisch, drehbarer Ledersessel, indirekte Beleuchtung, ein zweiter Sessel neben einem flachen Tisch, auf dem ein Pfeifenbesteck neben einem Aschenbecher lag. Neben dem Schreibtisch, durch eine Drehung des Sessels zu erreichen, ein Computer-Terminal, AT mit Festplatte und Streamer. An den Wänden Bücher, Bücher und nochmals Bücher. Gebundene Fachzeitschriften, Ringordner für Loseblattsammlungen.

Bei den Büchern handelte es sich um juristische Fachliteratur und um Science-fiction, erstaunlich viel SF sogar. Laughlin schien ein Fan dieser Literaturgattung gewesen zu sein.

»Ich bin sicher, daß Sie es nicht gewesen sind«, sagte Jo freundlich. »Aber wenn Sie's hätten tun können?«

Kathryn O'Donell zögerte nur ein paar Zehntelsekunden, dann nickte sie.

»Genauso hätte ich's getan«, sagte sie, und ihre Stimme sprühte förmlich vor Haß. »Genauso wie der Panther. Und wenn es weh getan hat, dann war es richtig.«

Jo Walker nickte wohlwollend.

»So habe ich es mir gedacht«, sagte er. »Genauso und nicht anders.«

»Du meinst, jemand habe sich an die Masche des Panthers drangehängt?« erkundigte sich April Bondy. »Laughlin soll aus einem anderen Grund umgebracht worden sein? Von seiner Frau vielleicht?«

Jo Walker überlegte. Er hatte die Beine auf den Schreibtisch gelegt, ließ sich die Sonne ein wenig ins Gesicht scheinen und nippte ab und zu an seinem Drink. Er hatte die seltsame Empfindung, schon über genug Mosaiksteinchen zu verfügen, um ein brauchbares Puzzle damit gestalten zu können. Aber noch fehlte ihm die Idee, welche Art von Bild sich dabei herausstellen sollte.

»Hast du die Alibis überprüfen lassen?« fragte April.

Jo nickte. »Sobald ich Missis Laughlin verlassen hatte«, antwortete er. »Tom hatte das auch schon besorgt. Nichts zu machen. Missis Laughlin ist am Tag des Mordes – nachmittags, um genau zu sein – zu Laughlin ins Büro gefahren. Der Wachmann hat sie bei der Einfahrt in die Tiefgarage aufgehalten, dann hat sie das Haus wieder verlassen. Auch dafür gibt es Zeugen. Und um die Zeit, als jemand Andrew Laughlin mit einem Samurai-Kurzschwert den Bauch aufschlitzte, war Missis Laughlin mitsamt ihrem Mädchen Kathryn im Sportcenter an der Siebenundvierzigsten Straße. Mindestens ein Dutzend Leute haben Sie dort gesehen und mit ihr geredet. Das gilt auch für ihre Begleiterin.«

»Mist!« murmelte April. »Also keine heiße Spur.«

»Am nächsten Morgen ist Agnes Laughlin wieder in das Hochhaus gefahren, in dem ihr Mann ermordet worden ist. Tom hat sie da für mehr als zwei Stunden festgehalten, danach ist sie wieder gefahren. Nichts – diese Alibis sind so wasserdicht, daß man es kaum glauben mag.«

Jo kehrte April den Rücken zu und sah aus dem Fenster auf das Häusermeer von New York hinaus. »Ich habe das Gefühl, ganz dicht an der Lösung drangewesen zu sein«, sagte er. »Aber ich weiß nicht, wo ich diese Chance verpaßt habe. Ich bin dicht dran, der Griff liegt praktisch genau vor meiner Nase, aber ich sehe ihn einfach nicht. Es ist zum Verrücktwerden.«

»Du wirst das Problem schon noch lösen«, sagte April tröstend. »Was ist mit Missis Baltuzzi? Sie hat angerufen, du sollst dich bitte bei ihr melden.«

Jo legte die Stirn in Falten. »Okay«, sagte er dann. »Ruf dort an und stelle die Verbindung durch. Ich will mit der Frau sprechen.«

Fünf Minuten später hatte er Mrs. Baltuzzi am Apparat. Sie war aufgeregt. »Wie konnten Sie nur, Mister Walker!« sagte sie anklagend. »Jetzt hat mein Mann von der Angelegenheit erfahren. Er ist sehr zornig, Mister Walker.«

»Missis Baltuzzi«, sagte Jo rauh. »Sie wissen, wer Ihr Mann ist. Und Sie mußten auch wissen, wie Brad bereits jetzt von den Männern Ihres Gatten bewacht wird. Es war völlig ausgeschlossen, Brad noch zusätzlich zu beschatten, ohne daß das einem so erfahrenen Mann wie Burdick auffällt. Im übrigen habe ich festgestellt, daß die Bodyguards Ihres Mannes ihr Handwerk verstehen. Ich kann Ihnen in diesem Fall kaum nützlich sein, fürchte ich.«

»Das habe ich zu entscheiden, Mister Walker«, klang es aus dem Hörer. Mrs. Baltuzzi hörte sich an, als sei sie beleidigt. »Und ich mache mir nach wie vor große Sorgen um Brad. Mein Mann vertraut darauf, daß seine Männer den Jungen schon hinreichend beschützen werden. Aber das genügt mir nicht.«

»Ich verstehe, Missis Baltuzzi. Haben Sie irgendeinen speziellen Grund, sich zu sorgen?«

»Nein, das nicht«, die Stimme wurde leiser und klang nun verzweifelt, »aber ich sorge mich eben. Brad will heute mit seinem Vater zum Fischen fahren, in die Berge, verstehen Sie? Sie glauben, daß sie dort völlig sicher seien, weil der Panther New York nie verlassen hat. Aber ich ...« Sie verstummte.

Jo wußte aus Erfahrung: manches Mal bestand die Arbeit eines Privatdetektivs nicht darin, seinem Klienten tatsächlich Sicherheit zu verschaffen, sondern allein darin, ihn moralisch-seelisch aufzurüsten und ihm das Gefühl zurückzugeben, daß er sein Leben meistern konnte.

Jo wußte, daß er, objektiv betrachtet, kaum etwas für die Sicherheit von Brad Baltuzzi tun konnte, was nicht längst von Baltuzzis Gorillas erledigt worden wäre. Aber für das Gefühlsleben der Mutter konnte er eine ganze Menge tun.

»Ich werde kommen«, versprach Jo. »Sofort.«

April Bondy verzog den Mund.

»Scheint eine sehr reizvolle Dame zu sein«, sagte sie schmollend. »Wenn du es so eilig hast.«

Jo nickte grinsend. »Die Gattin eines Obergangsters«, sagte er amüsiert. »Wenn ich nicht aufs Wort gehorche, läßt sie mich abknallen.«

»Das Verfahren werde ich mir merken«, sagte April und wandte sich ab.

»Wann bist du zurück?«

Jo zuckte mit den Schultern. »Vielleicht erst in ein paar Tagen«, erwiderte er nachdenklich.

Irgend etwas stimmte an der ganzen Geschichte nicht. Wäre dies ein Roman gewesen, den er las, hätte er den Verdacht gehabt, der Autor habe den Handlungsfaden aus der Hand gleiten lassen und wisse nun nicht mehr, wie es weitergehen solle.

Das weitaus beste Mittel gegen solche Selbstzweifel war Arbeit, und zu diesem Mittel wollte Jo greifen. Er packte in einer Tasche alles zusammen, was er in den nächsten Tagen brauchen würde, dann lud er die Tasche in den Kofferraum seines Wagens und fuhr los.

Aber er wurde das Gefühl nicht los, irgend etwas vergessen zu haben – eine Kleinigkeit nur. Aber eine Kleinigkeit, die die Lösung dieses Falles enthielt.

Während er sich durch den Nachmittagsverkehr der Millionenstadt quälte, grübelte er über das Problem nach. Er fand keine Lösung, und das Gefühl, einfach festzustecken wie ein Traktor im Schlamm, wurde noch stärker.

Am Eingang zu Baltuzzis New Yorker Domizil – er besaß noch eine Villa in Florida, ein Cottage in Schottland und ein Châlet in der Schweiz, letzteres unter anderem mit einem Nummernkonto ausgerüstet – wurde Jo bereits erwartet. Wieder wurde er gründlich überprüft, bevor man ihn einließ.

Vor dem Haus stand abfahrbereit ein Wagen. Es war die gepanzerte Limousine, die Jo schon kennengelernt hatte. Einige Leute vom Personal waren damit beschäftigt, Picknickkörbe und Ähnliches im Kofferraum zu verstauen. Den Mengen nach zu schließen, rüsteten sich Vater und Sohn Baltuzzi für eine Expedition in den Himalaya aus.

Mrs. Baltuzzi ließ Jo zu sich führen. Er traf sie im Keller der Villa, in einem Sportraum. Sie hantierte mit Gewichten, mit denen sie ihre Figur verbessern wollte – falls das noch möglich war. Es war der erste Fitneßraum, den Jo je betreten hatte, der nicht nach Schweiß roch, sondern nach Chanel No. 10.

Mrs. Baltuzzi wischte sich den Schweiß von der Stirn und von den Händen, dann begrüßte sie Jo. Sie wirkte nervös und angespannt, fast wie Mrs. Laughlin, fand Jo. Nun, in gewisser Weise waren die Positionen der beiden Frauen ähnlich – der Panther hatte es auf Verwandte abgesehen.

»Danke, daß Sie gekommen sind«, sagte Mrs. Baltuzzi. »Sie nehmen mir eine große Sorge ab.«

»Hören Sie«, sagte Jo. »Ich kann mir vorstellen, was in Ihnen abläuft. Ihr Sohn ist bedroht, und niemand kann diese Bedrohung ernster nehmen als ich. Ich habe gerade noch mit der Witwe des letzten Opfers gesprochen ...«

»Mit Agnes?«

Jo nickte verblüfft. »Sie kennen Missis Laughlin?«

»Zufällig, wir sind im selben Sportclub. Sonst verbindet uns nichts. Ich habe gelesen, daß ihr Mann ermordet worden ist.«

Jo wartete. »Ist etwas?«

»Zufällig weiß ich«, sagte sie und zündete sich eine Zigarette an, »daß diese Ehe alles andere als glücklich gewesen ist. Ich habe den Mann von Missis Laughlin nie kennengelernt, aber einiges über ihn erfahren. Beispielsweise über seine Verteidigung im Fall Bolton.«

»Sie sind gut informiert, Missis Baltuzzi.«

Die Frau sah Jo ernst an.

»Es geht um das Leben von Brad«, sagte sie, »der von einer mörderischen Bestie bedroht wird. Da ist jedes Stück Information wichtig.« Sie nahm einen tiefen Zug an der Zigarette. Es wirkte seltsam – noch soviel Training und Fitneßprogramme konnten den Gesundheitsschaden nicht ausgleichen, den sich die Frau mit den Zigaretten selbst zufügte. Nun, das war ihre Sache.

»Weichen Sie nicht von Brads Seite, Mister Walker«, sagte Mrs. Baltuzzi eindringlich. »Nicht eine Sekunde lang.«

Sie lächelte wieder.

»Die meisten Frauen müssen früher oder später feststellen, daß sie im Leben des Mannes, für den sie sich entschieden haben, nicht die Rolle spielen, die sie erwartet haben. In kaum einem Fall ist die Frau der Lebensinhalt eines Mannes. Bei den meisten Männern ist es die Arbeit. Können Sie das verstehen, Mister Walker?«

»Durchaus«, antwortete Jo lächelnd. Bei ihm war es nicht anders.

»Bei meinem Mann kommt zuerst seine Arbeit«, sagte Mrs. Baltuzzi. »Ich nehme an, Sie wissen, womit mein Mann sein Geld verdient.«

Jo lächelte mit sanftem Spott.

»Wenn ich es genau genug wüßte ...« sagte er gedehnt.

Die Frau lachte überlegen. »Sie würden ihn ins Gefängnis bringen, gewiß. Bei Gianni kommt jedenfalls auch zuerst die Arbeit – die Macht, die diese Arbeit mit sich bringt, um es ganz genau zu sagen – und dann sein Sohn Brad. Ich stehe erst an dritter Stelle.«

Sie lächelte, und blies den Rauch von sich. Sie war intelligent, reserviert, sehr cool in ihrem Benehmen, und ihre Stimme verriet, daß sie angespannt und nervös war.

»Das klingt nicht nach sehr viel«, fuhr die Frau fort. »Aber mir genügt es. Zumal Gianni mich nie mit etwas anderem als seiner Arbeit und seinem Sohn betrogen hat – und das ist mehr, als die meisten anderen Frau haben.«

Sie wurde sehr ernst.

»Gianni würde verrückt werden, sollte seinem Sohn etwas zustoßen. Es würde ihn umbringen, und das will ich verhindern. Deswegen, Mister Walker, passen Sie auf Brad auf.«

Jo nickte. Er folgte der Frau aus dem Keller hinauf zum Eingang des Hauses. Ein schwarzes Dienstmädchen war damit beschäftigt, eine Tasche mit gekühlten Getränken im Kofferraum des Wagens zu verstauen.

Brad stierte dem Mädchen auf die Beine und auf den Busen, und das so deutlich, daß das Mädchen rot wurde. Brad grinste, dann sah er auf und entdeckte Jo und seine Mutter. Sein Grinsen wurde noch breiter.

Jo sah, daß Mrs. Baltuzzi wieder zu zittern begann. Er faßte ihren Arm. Es war das gleiche, mühsam beherrschte, aber nicht völlig kontrollierte Zittern, das er auch bei Mrs. Laughlin festgestellt hatte. Wahrscheinlich hätten angesichts der Gefährlichkeit des unheimlichen Gegners alle Mütter der Welt gezittert. Jo redete leise auf Mrs. Baltuzzi ein und versuchte, sie zu beruhigen.

»Passen Sie auf!« stieß die Frau ein ums andere Mal hervor. »Ich habe so furchtbare Angst ...«

Sie sagte die Wahrheit. Man konnte den Angstgeruch fast mit Händen greifen. Hinter der Fassade der ruhigen, intelligenten und gefaßten Frau schlotterte Mrs. Baltuzzi innerlich vor Panik.

Jo schaffte es, sie einigermaßen zu beruhigen. Zwei Whiskys, die er als Hilfsmittel benutzte, erwiesen sich letztlich als geeignetes Medikament.

Als Jo das Haus verließ, war Baltuzzi gerade dabei, in seinen Wagen einzusteigen. Brad hatte auf dem Beifahrersitz Platz genommen.

Es war eine verrückte Situation – da war der Gangsterboß mit seinem Sohn, umgeben von hochbezahlten Leibwächtern. Und ganz offensichtlich hielten weder Baltuzzi noch Burdicks Leute etwas von dem Privatdetektiv, der im Auftrag der Ehefrau und Mutter agierte und von den Personen, die er beschützen sollte, einfach ignoriert wurde.

Jo stieß einen Seufzer aus, stieg in seinen Wagen und folgte. Wenigstens bereiteten sie ihm keine Schwierigkeiten. Baltuzzi fuhr selbst, ruhig und gleichmäßig. Er dachte gar nicht daran, irgendwelche Manöver zu unternehmen und Jo abzuhängen.

Es ging hinaus in die Berge, zuerst auf breiten, schnellen Highways, auf denen man langsamer fahren mußte als auf europäischen Landstraßen, dann rollten sie auf schmaleren Straßen weiter. Jo blieb dran. Er wahrte einen höflichen Abstand, aber er blieb den beiden auf den Fersen.

Als der Abend dämmerte, mußte das Licht eingeschaltet werden. Auf den Straßen, die Baltuzzi und sein Verfolger jetzt befuhren, war nichts mehr los. Jo kannte den Grund – dieser Teil der Bergwelt der Appalachen war fest in privater Hand. Das galt auch für die Straßen. Normale Touristen verirrten sich nur selten in diese Gegend.

Jo blieb an Baltuzzis Hinterrad, bis der in einen schmalen Feldweg einbog. Der Zustand dieser Straße erforderte es, daß Jo den Abstand ein wenig vergrößerte. Wenn Baltuzzi vorhatte, Jo abzuhängen, dann hatte er jetzt eine gute Stelle dafür gefunden. Jos Wagen schaukelte und bockte in einem solchen Ausmaß, daß er sich ganz auf das Fahren konzentrieren mußte. So war es fast zwangsläufig, daß er das voranfahrende Fahrzeug für einige Minuten aus der Sicht verlor.

Er fragte sich, wie ein amerikanisches Fahrzeug diese Marterstrecke durchstand, wenn schon sein 230 SLK bockte wie ein Bronco. Aber Baltuzzis gepanzerter Wagen hielt – vielleicht eben deswegen – durch. Eine halbe Stunde später konnte Jo in der Dunkelheit erkennen, daß sich der Scheinwerferstrahl des Wagens vor ihm nicht mehr bewegte. Baltuzzi war also am Ziel.

Jo bremste und brachte den Wagen zum Stehen. Viel sehen konnte er nicht. Der Wagen vor ihm hatte eine beachtliche Menge Staub aufgewirbelt.

Jo stieg aus und ging zu Fuß weiter. Die sogenannte Straße ging noch zweihundert Yards geradeaus, dann gab es einen Platz zum Wenden und damit hatte es sich. Als Jo den Platz erreichte, sah er den Wagen der Baltuzzis. Eine Treppe aus Balken und Erdreich führte einen Abhang hinauf. Jo konnte Stimmen hören – Vater und Sohn unterhielten sich. Was sie sagten, war unverständlich, denn aus dem Wagen ertönten noch immer Pop-Klänge. Jo stiefelte hinterher. Zum Glück hatte es hier seit Wochen nicht mehr geregnet. Der Boden war trocken. Es knirschte leise, als Jo die Treppe hinaufging. Oben blieb er erst einmal stehen und sah sich um.

Eine Ferienhütte nannte Giancarlo Baltuzzi diese Unterkunft. Ein Normalverdiener hätte den Bau einen mittleren Urwaldpalast genannt. Das Ding hatte bestimmt seine zweihundert Quadratmeter.

Was es im Inneren an Technik und Komfort höchstwahrscheinlich gab, ließ sich von außen anhand eines Faktums recht gut abschätzen – auf dem Dach prangte nämlich eine Parabolantenne der Spitzenklasse. Wahrscheinlich konnte Baltuzzi damit nicht nur sämtliche normalen und Satellitenprogramme empfangen, sondern auch den Bordfunk vom Space-Shuttle anhören.

Der Bau war einigermaßen zu erkennen. Die Baltuzzis waren bereits eingetreten und hatten Licht eingeschaltet. Wahrscheinlich gab es irgendwo im Haus einen benzin- und dieselgetriebenen

Motor, der seinerseits einen Generator antrieb. Und der versorgte das Anwesen mit Strom.

Strom für einen Fernseher, die HiFi-Anlage, Videorecorder, Elektroherd und was sonst das Herz eines Wochenendurlaubers vom Schlage Baltuzzis erfreuen mochte. Aus den Fensterritzen fiel warmer, gelber Lichtschein. Noch waren die Blendläden nicht entfernt.

Jo ging ein paar Schritte an dem Haus vorbei. Von dem Platz vor dem Eingang, wo noch Gepäckstücke standen, ging ein Pfad ins Buschwerk. Als Jo ihm folgte, stieß er nach ein paar Augenblicken auf einen Steg. Es plätscherte leise. Jo konnte das Wasser des Sees erkennen. Ein Fisch war hochgeschnellt und ins Wasser zurückgefallen. Das war das Geräusch gewesen.

»Hier läßt es sich aushalten«, murmelte Jo anerkennend. Von so einem Ferienhaus konnte man schon träumen.

Luxuriöser als manche Stadtwohnung, umgeben von Wald, frischer Luft und Stille, mit einem See daneben zum Angeln, Schwimmen und wahrscheinlich auch Wasserskilaufen. Aufstehen mit Vogelgesang, einschlafen bei offenem Fenster, ohne befürchten zu müssen, daß ein Junkie oder der Smog durchs Fenster stieg und dazu die Einsamkeit einer von Menschen noch weitgehend unberührten Natur. Das hieß, ganz so menschenleer, wie Jo gerade vermutet hatte, war diese Landschaft nicht.

Auf der anderen Seite des Sees war etwas aufgeblitzt. Es war ein kurzes, gelbliches Leuchten gewesen. Die Mündungsflamme eines Gewehrs war es nicht gewesen. Dieser Gedanke war – wohl bedingt durch die Situation – als erstes im Kopf von Kommissar X entstanden. Aber Jo kannte sich aus, es war kein Mündungsfeuer gewesen.

Höchstwahrscheinlich jemand, der dort drüben mit einer Taschenlampe hantierte.

»Und was tun Sie jetzt?«

Baltuzzi hatte sich genähert. Er trug Turnschuhe mit sehr weichen Sohlen, die seine Schritte unhörbar werden ließen. Jos Augen, die sich inzwischen an das Dunkel gewöhnt hatten, nahmen das Lächeln des Gangsterbosses wahr.

»Ihr Leben beschützen«, sagte Jo. »Vor allem aber das Ihres Sohnes. Ihre Frau will es so – und sie zahlt.«

Baltuzzi grinste wieder.

»Und wenn ich ihr die Konten sperre?«

Jo zuckte mit den Schultern. »Ich werde schon an mein Honorar gelangen«, sagte er. »Im Zweifelsfall schicke ich Ihnen einen Vollstreckungsbeamten vorbei.«

Die Vorstellung, daß irgendein Gerichtsvollzieher in Jos Auftrag bei Baltuzzi klingelte, war ungemein erheiternd. Wie Baltuzzi offenbar auch, hatte Jo gewisse Vorurteile, was Gerichtsvollzieher betraf – er stellte sie sich immer als aktentrockene Männlein mit Brillen und Asthma vor, die abgeschabte Jacken trugen und Löcher in den Schuhen hatten.

So ein Mann – und dann Baltuzzis Gorillas! Es war schon zum Lachen.

»Sehen Sie«, fuhr Jo fröhlich fort, »wenn Sie dem Mann Schwierigkeiten bereiten, widersetzen Sie sich dem Staat. Und das wäre, glaube ich, ein gefundenes Fressen für einen gemeinsamen Freund von uns.«

»Wir haben gemeinsame Freunde?«

»Ich meine Captain Rowland«, sagte Jo. »Er lechzt danach, ihnen zu einer dritten, sehr dauerhaften Unterkunft in diesem Land zu verhelfen.«

Baltuzzi lachte wieder. »Geben Sie's auf«, sagte er. »Mich wird kein Knast je von innen sehen, dafür bin ich zu clever. Aber nun zu Ihnen, Mister Walker. Eigentlich sollte ich Sie hier draußen stehen lassen. Schließlich habe ich Sie nicht eingeladen.«

Baltuzzi lachte und zeigte seine prachtvollen Zähne. Er konnte so charmant sein, daß es Jo schwerfiel, sich hinter diesem markanten, gutgeschnittenen Männergesicht das Gehirn eines Verbrechers vorzustellen. Aber die Zeiten, in denen die großen Cracks des organisierten Verbrechens wie apulische Landarbeiter ausgesehen hatten, gehörten endgültig der Vergangenheit an.

»Was würden Sie tun, wenn ich Sie jetzt nicht ins Haus bäte? Haben Sie ein Zelt, einen Schlafsack dabei?«

Jo überlegte kurz.

»Ich würde wahrscheinlich bei Ihrem Nachbarn anklopfen«, sagte er leichthin.

Baltuzzi grinste. »Dann hätten Sie aber einen Marsch von acht bis zehn Meilen vor sich«, sagte er amüsiert.

Jo deutete zum anderen Ufer des Sees.

»Und wer wohnt da drüben?« fragte er.

»Niemand«, erwiderte Baltuzzi selbstbewußt. »Kein Mensch wohnt dort drüben.«

Baltuzzi hatte seine Position im organisierten Verbrechen nicht durch Zufall erlangt. Er war ein fixer Kopf und begriff schnell. Was er mit Jo gemeinsam zu haben schien, war eine Art sechster Sinn für Gefahren.

Die beiden Männer sahen sich an und dachten das gleiche. Wer immer sich dort drüben herumtrieb, mit einer Taschenlampe und wer weiß was noch – er hatte dort drüben nichts zu suchen. Und das konnte nur eins bedeuten.

Baltuzzi wandte den Kopf. »Brad!« rief er laut. »Bleib im Haus, halte die Blendläden geschlossen. Komm nicht heraus!«

Jo und Baltuzzi liefen zurück zum Haus. Die Tür stand offen. Gelbes Licht fiel aus dem Flur ins Freie. Eine bessere Zielscheibe konnte man sich kaum wünschen als einen Mann, der in diesem Eingang stand. Ein paar Sekunden lang blieb alles ruhig. Dann ertönte eine Stimme. »Was ist denn los, Dad, was schreist du denn so?«

Im nächsten Augenblick stand Baltuzzi junior im Eingang, in der rechten Hand die Fernbedienung des Fernsehers, in der linken eine Dose *Coors*.

Baltuzzi stieß ein Stöhnen aus. Es war kaum zu glauben, wie wenig Ähnlichkeit dieser Knabe mit ihm hatte.

Jo sprintete los. Er stürmte hinüber zu Brad, packte ihn und stieß ihn vor sich her ins Innere des Hauses. Brad kreischte auf, die Fernbedienung schlitterte über den Boden, und Jos Hemd wurde von Coors-Bier durchtränkt.

»Vollidiot!« kreischte Brad. »Bist du verrückt geworden, du blöder Hund? Dad, er hat mir den Arm gebrochen ...«

»Halt's Maul!« fauchte Baltuzzi senior.

Er hatte inzwischen mit einem ähnlichen Panthersatz ebenfalls das Innere des Hauses erreicht. Obwohl er mindestens fünfzehn Jahre älter war als Kommissar X, schnaufte er nur wenig schneller als zuvor.

Baltuzzi eilte zu einem Couchtisch hinüber und rückte ihn zur Seite. Der Teppich darunter wurde verschoben, dann tauchte eine Luke auf. Mit einem kleinen Schlüssel öffnete Baltuzzi das Schloß.

»Davon hast du mir aber nie was erzählt«, beschwerte sich Brad bei seinem Vater. »Aus gutem Grund«, knurrte Baltuzzi. »Was meinen Sie, Walker?«

»Wenn ich nicht zufällig den Schein der Taschenlampe gesehen hätte«, murmelte Jo. »Ich glaube er wird kommen.«

»He!« rief der Sprößling. »Heißt das, daß da draußen einer rum ...?«

»Du hast es begriffen, Junge«, sagte Jo und verkniff sich ein paar ironische Zusatzbemerkungen. Brads rundliches Gesicht hatte das Aussehen eines weichgekochten Hühnereis angenommen – weiß und irgendwie wabbelig. Ganz offensichtlich hatte er Angst.

»Hier!« rief Baltuzzi senior.

Ein Gegenstand flog auf Jo zu. »Ein M-16, ein prachtvolles, echt amerikanisches Mordinstrument. Obwohl etliche Hunderttausend dieser Waffen hergestellt und auch angewendet worden waren, hatte es nicht gereicht, um den Krieg in Vietnam zu gewinnen.«

Hätte die US-Regierung das Geld, das sie in diesem Krieg verbraten hatte, in gleichgroßen Portionen an die Soldaten des Vietcong als Bestechungsgeld gezahlt, hätte Ho Chi Minh den Krieg verloren. Fast 80 000 Dollar hatten die amerikanischen Steuerzahler für jeden getöteten Vietcong bezahlen dürfen.

»Können Sie damit umgehen?« fragte Baltuzzi.

»Kann ich«, gab Jo zurück. Die Waffe war in tadellosem Zustand, das Magazin war voll. Mit dem nächsten Wurf flog ein Schwung Munition zu Jo hinüber. Baltuzzi selbst hatte sich für eine Maschinenpistole von Heckler & Koch entschieden. Beim Killen gab er offenbar ausländischer Wertarbeit den Vorzug. Jo für sein Teil fand die deutschen Autos sympathischer als die deutschen Waffen.

»Und ich?« fragte Brad beleidigt. »Was ist mit mir?«

»Du legst dich auf den Boden und bleibst da liegen, bis ich dir erlaube, aufzustehen«, ordnete sein Vater an.

Vaterliebe hin, Vaterliebe her – Baltuzzi war in diesem Fall klug genug, zu wissen, daß sein Sohn bei einem Kampf in keiner Weise eine Hilfe sein würde. »Überprüfen wir die Lage«, schlug Baltuzzi vor.

In der Nähe des Eingangs gab es einen Schaltkasten. Baltuzzi legte einige Schalter um. Im Keller des Hauses begann ein Aggregat zu laufen, und eine halbe Minute später war der Platz rings um das Haus von Tiefstrahlern ausgeleuchtet wie das Yankee-Stadion beim Endspiel. Ungesehen gelangte jetzt keiner mehr an das Haus heran.

»Wer kann es sein?« fragte Baltuzzi. »Der Panther?«

»Möglich«, erwiderte Jo. »Das Problem ist nur – hier drinnen kriegen wir das nicht heraus.«

»Ich erlaube Ihnen, rauszugehen und nachzuschauen«, sagte Baltuzzi.

»Ich will auch eine Waffe haben«, quengelte Brad. Der Junge war eine echte Nervensäge.

Baltuzzi stieß einen herzzerreißenden Seufzer aus. »Du wirst deiner Mutter immer ähnlicher«, stieß er grimmig hervor. »Und wenn du jetzt nicht das Maul hältst, jage ich dich raus, und dann kannst du sehen, was du als Kämpfer wert bist ...«

Das half, Brad verstummte auf der Stelle.

Jo Walker musterte ihn. Natürlich – daß er daran nicht gedacht hatte! Er hatte sich benommen wie ein blutiger Anfänger in dem Geschäft. Dabei war die Lösung so einfach – man mußte nur darauf stoßen und durfte sich nicht auf den Augenschein verlassen. Manchmal sah man wirklich das Naheliegende nicht – es war wie verhext.

»Er kommt nicht«, murmelte Baltuzzi.

Aus der unerschöpflich erscheinenden Grube mit den Waffen hatte er inzwischen zwei hervorragende Nachtsichtgeräte hervorgezaubert. Daß diese Geräte geheim waren und den Bereich eines Armee-Depots eigentlich nie verlassen durften, war bei diesem Mann schon nicht mehr verwunderlich.

Eins der Geräte erhielt Jo, das andere nahm Baltuzzi.

»Ich gebe Deckung«, sagte Baltuzzi.

Jo mußte sich immer wieder kurz vergegenwärtigen, daß sein Kampfgefährte ein Mann war, der vermutlich Dutzende von Morden befohlen hatte.

»Okay.«

Es war sinnlos, die Geräte im Inneren des Hauses benutzen zu wollen. Man mußte damit nach draußen und das hieß, erst mal durch die hell strahlende Zone hindurch, die von den Lampen angestrahlt wurde.

»Ich werde solange das Licht abschalten«, sagte Baltuzzi. »Eins – zwei – drei ...«

Bei zwei spurtete Jo los, bei drei erreichte er den Eingang. Das Flutlicht erlosch. Jo lief weiter, vollführte einen wahren Panthersatz – er grinste im Flug, als ihm das Makabre dieses Ausdrucks bewußt wurde – und landete im Buschwerk, das die Hütte umgab. Zwei Sekunden später flammte die Beleuchtung wieder auf. Jo nahm das Sichtgerät zur Hand. Langsam suchte er den Horizont ab. An das fahle grüne Leuchten mußte man sich erst gewöhnen, aber nach zwei Minuten war er mit dem Gerät vertraut.

Es war erstaunlich, was sich im Dunkel alles bewegte – Tiere jeder Art, darunter Kröten, Schlangen, ein Dachs, zwei Stunks, die ins Liebesspiel vertieft waren, ein Fuchs, der einen Hasen im Maul trug – offenbar hielt diese Nacht den Tod nicht nur für Menschen bereit.

Und dann entdeckte Jo die Gestalt. Es war der Panther.

Zum ersten Male sah ihn Jo richtig. Er trug eine dunkle, wahrscheinlich schwarze Montur. Auf dem Rücken schleppte er ein Gewehr mit, außerdem hatte er noch ein Messer im Gürtel. Eine Pistole – großes Kaliber, schätzte Jo – steckte im Hosenbund.

Viel mehr war nicht zu sehen. So stark war das Nachtsichtgerät nicht, außerdem hatte der Mann eine Gesichtsmaske übergestreift. Er bewegte sich relativ schnell. Jo hatte den Eindruck, daß er schon einmal in dieser Gegend gewesen sein mußte.

»Na, können Sie etwas sehen?«

»Ein Mann, er rückt näher!« rief Jo gedämpft. »Er trägt ein Gewehr mit Zielfernrohr!«

»Wie nahe?«

»Ein paar hundert Yards noch!« rief Jo. »Zu weit, um zu schießen und treffen zu können.«

»Okay«, erwiderte Baltuzzi. »Ich komme, dann können wir dem Kerl zu zweit einheizen.«

Wenig später lag er neben Jo auf dem Waldboden und beäugte den heranschleichenden Killer.

»Sobald er nahe genug ist«, murmelte Baltuzzi, »blase ich ihm das Gehirn aus dem Schädel.«

Jo lächelte. »Tun Sie das«, sagte er. »Captain Rowland wünscht sich nichts mehr auf dieser Welt.«

»Verdammt, Walker, auf wessen Seite stehen Sie eigentlich?«

»Ganz einfach«, sagte Jo. »Ich will verhindern, daß Ihr Sohn von einem Killer abgemurkst wird, der schon rund ein Dutzend Leute umgebracht hat. Das ist die eine Seite der Medaille. Die andere sieht so aus, daß ich Sie gern für immer hinter Gittern wüßte und ihren sauberen Sprößling ebenso.«

»Nur weil er mal ...?«

»Genau«, sagte Jo und beherrschte sich mühsam. »Nur ... Wie Sie das ausdrücken.«

Baltuzzi hatte sogar noch einen Scherz auf Lager. »Betrachten Sie das Ganze doch mal als Kavaliersdelikt«, schlug er vor.

»Also, kann ich den Kerl umlegen, wenn er nahe genug ist, oder nicht? Werden Sie mich verpfeifen?«

»Das werde ich«, sagte Jo. »Darauf können Sie sich verlassen.«

Baltuzzi antwortete mit einem Fluch.

Jo spähte wieder durch das Sichtgerät.

Der Killer hatte angehalten. Er war jetzt knapp zweihundert Yards von dem Wochenendhaus entfernt. Aus den Augenwinkeln bemerkte Jo, daß auch Baltuzzi sein Gerät an die Augen gesetzt hatte. Und dann sah Jo etwas, was ihm das Blut in den Adern erstarren ließ.

Der Killer hatte aus seiner Kleidung einen kleinen Kasten geholt. Jetzt war er damit beschäftigt, aus diesem Kasten eine Antenne herauszuziehen. Jo wandte den Blick. Baltuzzi hatte es ebenfalls gesehen und er hatte die gleiche Schlußfolgerung daraus gezogen.

»Brad!« schrie Giancarlo Baltuzzi, und Jo konnte die Angst in der Stimme des Gangsters hören. »Brad, komm sofort raus!«

»Hier ist es aber sicherer, Dad!« rief Brad von innen.

»Lauf, Junge!« schrie Baltuzzi. »Lauf, es geht um dein Leben ...«

Jo hatte das Sichtgerät fallen lassen. Sein M-16 spie Feuer und Blei. Er konnte nicht genau zielen, nur darauf hoffen, daß er mit seinen Schüssen Wirkung erzielte.

»Braad!« brüllte Baltuzzi. Er war aufgesprungen, hielt in den Händen die Heckler & Koch und feuerte wie besessen in die Richtung des Killers. »Braaad!«

Noch während dieses qualvollen, schmerzzitternden Schreis des Vaters mußte es der Killer wohl geschafft haben. Der Bursche hatte stählerne Nerven. Er wurde von zwei Waffen unter Feuer genommen, und wahrscheinlich schwirrten um seinen Kopf die Geschosse wie zornige Hornissen, aber er zog die Antenne der Fernsteuerung heraus, und er schaffte es auch, auf den Knopf zu drücken. Dann ging die Welt unter in einem Chaos aus Feuer, Blitzen und Lärm.

Die Explosion war so laut, daß Jo das Gefühl hatte, ihm würde der Schädel platzen. Der Luftdruck packte ihn und stieß ihn mit unbarmherziger Gewalt vor sich her. Er krachte gegen einen Baum, und ein grausamer Schmerz zuckte durch seinen Rücken bis hinauf in den Nacken. Die Druckwelle preßte ihm die Luft aus den Lungen, das grelle Leuchten der Explosion blendete ihn.

Dann ging, nur sehr kurze Zeit später, ein Trümmerregen auf ihn nieder – Holz, Glas, Metall. Darauf krachte es wieder und wieder, vermutlich, weil jetzt Baltuzzis Munitionsvorräte in die Luft flogen und das Werk der Zerstörung fortführten.

Der ganze Vorgang nahm höchstens eine Minute in Anspruch, aber diese sechzig Sekunden dehnten sich für Jos Empfinden zu mittleren Ewigkeiten.

Als er sich endlich wieder hochstemmte, auf allen vieren, das Gesicht verschmiert von Dreck und Blut, die Kleider zerfetzt, halb taub, fast blind, der Körper eine einzige Ansammlung von Schmerz, stellte er fest, daß der Panther sein Ziel erreicht hatte.

Von dem großen Blockhaus standen nur noch die betonierten Grundmauern. Der Rest war nichts weiter als eine Ruine, in der die Flammen hochleckten. Brad hatte nicht die geringste Chance gehabt. Der Panther hatte auch dieses Opfer erledigt.

Jo rappelte sich auf und taumelte vorwärts. Ein paar Schritte weiter stieß er auf Baltuzzi. Der Mann war verletzt, aber bei Bewußtsein.

»Ist er ...« brachte Baltuzzi heiser hervor.

Jo leckte sich über die aufgesprungenen Lippen. Er mußte sich an einen Baum lehnen, um nicht umzufallen.

»Ihr Sohn ist tot, bestimmt«, murmelte er.

Baltuzzi hatte eine Stirnwunde, von der Blut über sein Gesicht lief. Blut drang auch aus seiner Nase und sickerte ihm aus den Mundwinkeln. Er sprach langsam, man sah ihm die Schmerzen an. Aber er sprach.

»Walker«, quetschte er heraus. »Fangen Sie diesen Kerl, erwischen Sie ihn. Bringen Sie den Killer her, lassen Sie mich das Schwein erledigen. Und danach ...«

Er zeigte die Zähne. Die hatten nichts abgekriegt und sahen strahlend und regelmäßig aus wie immer.

»Danach können Sie das, was von mir noch übrig ist, auf den elektrischen Stuhl schaffen aber fangen Sie den Mörder meines Sohnes. Und Honorar ...«

Jo winkte ab. »Den erhalten Sie gratis«, sagte er halblaut. »Vielleicht nicht heute, aber dafür um so sicherer. Vertrauen Sie mir.«

Baltuzzi nickte. »Los gehen Sie!« ächzte er. »Hilfe können Sie später noch rufen, mit dem Autotelefon. Aber erst holen Sie den Kerl ...!«

Jo zeigte klar. Er fühlte sich so weit fit, daß er gehen konnte. Er tat zwei Schritte, dann stolperte er fast über das Nachtsichtgerät und hob es auf. Es hatte die Explosion gut überstanden. Es funktionierte noch.

»Um so besser«, murmelte Jo, als er zu seinem Wagen torkelte. Den Killer auf dieser Seite des Sees suchen zu wollen, war sinnlos. Er mußte es auf der anderen Seite probieren.

Baltuzzis Wagen war unverschlossen. Auf dem Sitz hinter dem Beifahrer lag eine Karte. Ein Meßtischblatt der Umgebung des Sees. Jeder Feldweg war darauf eingezeichnet, jeder Trampelpfad.

Damit läßt sich schon etwas anfangen, dachte Jo.

Er stieg in seinen 230 SLK, klappte auf der Beifahrerseite die Sonnenblende nach unten und betrachtete sich im Spiegel. Er sah mitgenommen, aber noch recht lebendig aus. Aus dem Handschuhfach holte er eine Waffe und prüfte die Ladung.

Dann startete er den Motor und gab Gas. Die Fahrt über den Pfad, der zur Hütte führte, war ein Martyrium. Jeder noch so geringe Stoß verwandelte sich in eine Schmerzwelle, die vom Hintern den Rücken hochjagte und sich dann explosionsartig im Nacken entlud. Ein ums andere Mal stöhnte Jo vor Schmerzen auf. In ein paar Tagen, nach Bettruhe, ein paar Drinks und zarten Streichlern von April Bondy würde er die Schmerzen vergessen haben, aber jetzt setzten sie ihm gehörig zu.

Jo orientierte sich anhand der Karte. Er fuhr zurück auf die Straße, schlug einen Haken und kroch dann einen anderen Feldweg wieder in die Höhe. Er hatte das Licht ausgeschaltet, um nicht gesehen zu werden. Und immer wieder überprüfte er seine Umgebung mit dem Nachtsichtgerät.

Endlich fand er, wonach er suchte – das Auto, das der Killer auf dem Weg stehengelassen hatte. Der Motor war kalt.

Jo stellte seinen Mercedes ein Stück abwärts in den Wald und wartete in einem Versteck auf die Rückkehr des Attentäters. Er war sicher, daß er den Mann nicht getroffen hatte.

Er hatte sich nicht geirrt. Fast zwei Stunden mußte Jo warten. In dieser Zeit erholte er sich. Er kriegte wieder genug Luft, sein Gehör verbesserte sich, und auch die Schmerzen in den geschundenen Muskeln und Knochen ließen merklich nach.

Als er die schweren Schritte hörte, mit denen sich der Killer näherte, fühlte er sich wieder leidlich fit. Er blieb in seiner Deckung und wartete.

Der Killer tauchte auf. Jo konnte sehen, wie er den Kofferraum öffnete – natürlich, dachte er, völlig klar und naheliegend – und das Gewehr hineinwarf. Der Mann ließ ab und zu ein scharfes Zischen hören. Es klang, als sauge er die Luft zwischen zusammengebissenen Zähnen ein. Offenbar hatte er doch etwas bei der Schießerei abgekriegt.

Jo wartete, bis der Mann die Fahrertür öffnete. Die Innenbeleuchtung des Buick ging an. Jetzt war der Mann nicht mehr zu verfehlen.

»Eine falsche Bewegung«, sagte Jo freundlich, »und Sie haben eine Kugel im Kreuz, Mister!«

Der Killer erstarrte.

»Versuchen Sie's nicht«, riet Jo. »Ganz ruhig. Befolgen Sie jede meiner Anweisungen, und Ihnen wird nichts passieren. Aber glauben Sie nicht, daß ich zögern werde, abzudrücken, wenn es nötig ist.«

Der Killer gehorchte. Ihm blieb nichts anderes übrig. Er hatte eine Kugel im Bein und ziemlich viel Blut verloren. Er war schwach und müde. Seine Festnahme hatte ihn psychisch knockout geschlagen, er leistete keinen Widerstand mehr.

Jo fesselte den Mann, schonend, aber kunstgerecht, dann packte er ihn auf den Rücksitz des Mercedes. Die Reinigungsrechnung würde Baltuzzi bezahlen müssen.

Die Fahrt zurück verlief schweigend, abgesehen von den leisen Schmerzenslauten, die der Vermummte ausstieß, wenn der Mercedes besonders heftig bockte.

Jo fuhr zur Blockhütte zurück. Er konnte sie nicht verfehlen, die Ruine brannte lichterloh. Und über ihr suchte ein Hubschrauber nach einem Landeplatz. Er zerrte den Vermummten aus dem Mercedes und schaffte ihn hinüber zur Hütte. Die Flammen prasselten und knatterten.

Zehn Schritte entfernt, leichenblaß und schwer atmend, lehnte Giancarlo Baltuzzi an einem Baum. Er saß auf dem Boden, den Baum in seinem Rücken. Die hellen Streifen in seinem verrußten Gesicht bewiesen, daß er geweint hatte.

»Haben Sie ihn, Jo?« fragte Baltuzzi. »Haben Sie ihn erwischt?«

»Ich habe ihn«, sagte Jo müde und zerrte seinen Gefangenen zu Baltuzzi hinüber.

»Nehmen Sie ihm die Kapuze ab«, sagte Baltuzzi. »Ich will sehen, wer der Kerl ist.«

Jo wußte es schon. Er sah nach oben, wo der Hubschrauber noch immer herumschwirrte. Jo war erschöpft und sehnte sich nach seinem Bett. Der Tag war hart gewesen, und ihn schmerzten alle Knochen. Und auch mit seinem Kopf schien nicht mehr alles in Ordnung zu sein. Er hatte irgend etwas vergessen.

»Meinetwegen«, sagte Jo und zog dem Mann die Kapuze vom Kopf.

Baltuzzis Augen weiteten sich.

Als sich Jo erinnerte, was er übersehen hatte, war es schon zu spät. Voll im Licht des Suchscheinwerfers sitzend, hob Giancarlo Baltuzzi seine Waffe und erschoß den Mörder seines Sohnes.

»Ich konnte es nicht verhindern«, erklärte Jo. »Wahrscheinlich lag es daran, daß ich mit meinen Kräften am Ende war. Ich hatte einfach vergessen, was Baltuzzi gesagt hatte.«

»Sie brauchen sich nichts vorzuwerfen, Mister Walker«, sagte der Staatsanwalt freundlich. »Es ist erstaunlich genug, daß Sie trotz ihrer eigenen Verletzungen noch imstande waren, den Mörder Burdick festzunehmen, den berüchtigten Panther der Bronx ...«

Jo lächelte dünn. »Irrtum«, sagte er. »Burdick hat zwar Brad Baltuzzi umgebracht, aber er war nicht der Panther.«

»Nicht?« fragte der Staatsanwalt verblüfft.

Baltuzzi, der neben seinem Verteidiger saß und Handschellen trug, ballte die Hände zu Fäusten.

»Ich verstehe nicht ganz, Mister Walker ...«

»Ich habe es auch lange Zeit nicht verstanden«, sagte Jo. April Bondy, die in der ersten Reihe der Zuschauer saß, winkte ihm aufmunternd zu. »Wenn Sie erlauben, Euer Ehren, will ich versuchen, den Fall zu klären und zwar hier und jetzt.«

»Der Staatsanwalt ist einverstanden«, sagte der District Attorney. Auch der Richter und die Verteidigung waren einverstanden. Jo gab April ein Zeichen, und sie verschwand aus dem Gerichtssaal.

»Ich will erklären, warum mich dieser Fall so sehr beschäftigt hat«, sagte Jo Walker, der als Zeuge im Baltuzzi-Verfahren geladen war. »Tatsache ist, daß es in diesem Fall um viele Vorurteile geht, um falsche Annahmen, die nicht überprüft worden sind. Und ich kann nicht leugnen, daß ich selbst in etliche der Fallen getappt bin, die man freundlicherweise für mich bereitgestellt hatte.«

Jo sah das Unverständnis in den Augen des Richters und lächelte. »Fassen Sie sich bitte in Geduld, Euer Ehren«, sagte er.

»Ich werde langsam und systematisch vorgehen. Aber vorher will ich noch, gleichsam als Spannungshappen, die Stichworte aufzählen, die mich auf die richtige Spur gebracht haben. Diese Stichworte sind, Kofferraum, Kavaliersdelikt, Hugo und Stiefmutter.«

»Das hört sich ziemlich, nun sagen wir, kryptisch an, Mister Walker!«

»Das glaube ich gern, Euer Ehren«, antwortete Jo. »Fangen wir mit den Ungereimtheiten dieses Falles an. Erstens: Nach Ansicht aller Experten konnte niemand ungesehen in das Haus eindringen, in dem Andrew Laughlin ermordet worden ist. Zweitens: Burdick, der nun als der Panther gilt, hatte a) nicht das geringste Motiv für solche Taten und b), wie Captain Rowland nachgeprüft hat, für etliche der Tatzeiten perfekte Alibis. Drittens, und jetzt fängt es an, besonders rätselhaft zu werden, gibt es zwischen den Opfern der

Mordserie keine Verbindung. Sie waren alle Sittlichkeitsverbrecher und wurden nicht verurteilt, aber das ist auch alles. Sie entstammten unterschiedlichen Lebenskreisen, sie waren unterschiedlich alt. Hautfarbe, Richter, Verteidiger, ja sogar die jeweiligen Zuschauer bei den Verfahren – nirgendwo eine Übereinstimmung, eine Verbindungslinie. Wie kam der Täter zu dieser Auswahl von Opfern? Es wurde ja nicht einmal über alle diese Taten und Verhandlungen in den Medien berichtet.«

Jo lächelte. Der Staatsanwalt hatte den Köder sofort geschnappt.

»Nicht über alle?« fragte er nach.

Jo nickte. »Über einen Fall ist niemals in der Presse berichtet worden, weil dieser Fall nicht einmal der Polizei gemeldet worden ist. Er ist auf privater Ebene geregelt worden.«

»Welcher Fall?« fragte der Richter.

Im Zuschauerraum wurde es laut.

»Das Verbrechen, das Brad Baltuzzi an einem Mädchen verübt hat, dessen Namen auch hier nicht genannt werden soll«, sagte Jo.

»Aber dann«, stotterte der Staatsanwalt. »Das würde ja bedeuten ...«

»Daß der Panther einen relativ engen Kontakt zu Brad gehabt haben muß. Oder zu seiner Familie. Das ist richtig. Aber bitte, Eurer Ehren, bedenken Sie folgendes, und Sie werden so verwirrt sein wie ich – der Einbrecher in Laughlins Büro, der beweist, daß es einen engen Kontakt zwischen dem Panther und Laughlin gegeben haben muß.«

Der Richter preßte die Lippen aufeinander.

»Aber diese beiden Familien haben doch überhaupt keinen Kontakt, nicht einmal gesellschaftlich«, stieß der Staatsanwalt hervor.

»Irrtum«, wurde er von Jo Walker belehrt. »Missis Baltuzzi und Missis Laughlin sind Mitglieder desselben Sportclubs.«

Der Staatsanwalt lächelte. »Was beweist das?« fragte er.

»Nicht viel«, erwiderte Jo. »Aber Sportclub ist vielleicht nicht die richtige Bezeichnung für dieses Institut. Es handelt sich dabei nämlich um ein Dojo.«

»Und was ist das, ein Dojo?«

»Das ist ein Begriff aus dem Japanischen«, erklärte Jo. »Es bedeutet soviel wie Schule, kann aber auch mit Tempel oder Kirche übersetzt werden. In diesem besonderen Fall würde ich es noch anders übersetzen – nämlich als erstklassige Hochschule für asiatische, besonders japanische Kampfsportarten, weit besser als eine durchschnittliche Karate-Schule. Missis Baltuzzi, wären Sie so freundlich, dem Gericht zu verraten, warum Sie diese Sportarten seit einigen Jahren erlernen – beispielsweise das Kämpfen mit Samurai-Schwertern?«

Mrs. Baltuzzi saß im Zuschauerraum, die Witwe von Laughlin ebenfalls. April kehrte gerade in den Sitzzungssaal zurück. Auf einem fahrbaren Tisch rollte sie einen Computer mit Peripherie in den Saal.

Mrs. Baltuzzi stand auf. »Zur Selbstverteidigung«, sagte sie. »Sie brauchen ja nur die Zeitungen aufzuschlagen – man ist ja als Frau heute nicht mehr sicher auf den Straßen. Und Missis Laughlin hat sich aus dem gleichen Grund dafür interessiert.«

»Danke«, sagte Jo. »Euer Ehren, verehrter Staatsanwalt, behalten Sie diese Aussage bitte sorgfältig im Gedächtnis. Sie liefert nämlich einen Schlüssel zum Verständnis des ganzen Falles.«

Jo holte tief Luft. »Verlassen wir Missis Baltuzzi, kehren wir zu Mister Laughlin zurück. Wie konnte er ermordet werden? Und von wem? Es gelangte doch niemand in das Haus hinein, ohne gesehen zu werden.«

»Richtig«, sagte der Staatsanwalt.

»Irrtum«, erklärte Jo. »Stellen Sie sich vor, ich wäre Mieter in diesem Haus. Ich habe jederzeit Zugang. Also komme ich eines Tages mit meinem Wagen an und parke in der Tiefgarage. Und im Kofferraum meines Autos befindet sich mein Panther.«

Der Staatsanwalt reagierte wie der Rest des Publikums. »Aaahhs« und »Ohs« waren zu hören.

»Ich verlasse das Haus durch den Haupteingang«, fuhr Jo fort. »Mein Panther klettert aus dem Kofferraum, begeht den Mord und verschwindet wieder in diesem Versteck. Tags darauf fahre ich mit einem zweiten Auto in die Tiefgarage. Ich steige um, fahre mit dem anderen Auto samt meinem mörderischen Panther weg und lasse ihn frei. Später besuche ich das Haus dann ganz normal durch den Vordereingang, um mein eigenes Auto wieder abzuholen. Vom Täter und seinem Auto fehlt danach jede Spur.«

»Aber«, stotterte der Staatsanwalt, »das würde ja bedeuten, daß der Panther ...«

»Aus zwei Personen besteht? Richtig, Herr Staatsanwalt. Es sind zwei Personen – Missis Baltuzzi und Missis Laughlin.«

»Blödsinn!« schrie Baltuzzi wütend. »Absoluter Schwachsinn ...«

Ein Gerichtsdiener brachte ihn zur Ruhe.

»Es ist natürlich sehr unbequem in einem Kofferraum«, sagte Jo. »Man kann darin nicht schlafen und sieht danach sehr müde und erschöpft aus so wie Missis Laughlin, als ich sie nach dem Tag des Einbruchs in das Büro ihres Mannes besuchte.«

»Unsinn – warum soll ich das getan haben?« fragte die Witwe scharf.

»Um Ralph zum Schweigen zu bringen«, antwortete Jo. »Ich habe mich gefragt, woher hatten die beiden Frauen alle die Informationen, die sie für ihre Morde brauchten? Die meisten dieser Daten sind nur der Polizei, dem Gericht oder den Anwälten zugänglich. Mister Laughlin beispielsweise hatte sie im Computer gespeichert. Natürlich gelangte man nicht so schnell an die Daten, Laughlin war da sehr vorsichtig. Er änderte immer wieder das Paßwort für seinen Computer. Aber natürlich wußte seine frühere Sekretärin immer, wie das Paßwort hieß – sie wußte ja, wo er es versteckte. Sie hatte früher selbst mit dem Computer gearbeitet.«

Jo legte eine Pause ein. Mrs. Laughlin hatte eine abweisende Miene aufgesetzt. »Daher wußte diese Sekretärin auch, daß bei modernen Computern jeder Zugriff registriert werden kann. Normalerweise spielt das keine Rolle, wer interessiert sich schon dafür? Wenn die Polizei aber einen Mord aufklären will und mit ihren Spezialisten anrückt, wird das schon gefährlich. Also muß man schnell die betreffenden Daten löschen. Das geht einfach, wenn man ein Terminal in der Wohnung hat – und wenn man das Paßwort kennt. Aber das ist nur im Büro zu holen.«

Jo lächelte.

»Wie schade, wenn man zwar das Paßwort hat, es aber nicht stimmt oder nicht zu stimmen scheint. Die Buchstaben- und Zahlenkombination, die ich sicherstellen konnte, hatte diesen Nachteil. Sie stimmte nicht ganz.«

Jo Walker blickte einen Moment zu Mrs. Laughlin und fuhr dann fort: »Jeder Science-fiction-Fan hätte die Lösung sofort gefunden und den Code ergänzen können. Ralph 124C41 +, das ist der Name eines Klassikers von *Hugo Gernsbeck,* nach dem der Oskar der SF-Literatur Hugo genannt wird. Meine Assistentin hat einen Computer mit Modem besorgt. Ich könnte dem Gericht hier und jetzt nachweisen, daß verschiedentlich vom Terminal im Haus der Laughlins auf die Daten zurückgegriffen wurde und zu diesen Zeiten außer Missis Laughlin niemand im Haus gewesen ist.«

Der Staatsanwalt wiegte den Kopf. »Das klingt alles ziemlich plausibel, Mister Walker«, sagte er. »Aber als Beweis ... Ich weiß nicht recht.«

Jo nickte. »Das verstehe ich«, sagte er. »Ich habe auch sehr lange gebraucht, für alle diese Taten überhaupt ein Motiv zu finden. Warum sollen Frauen so etwas tun – sich zusammentun, um nicht bestrafte Vergewaltiger zu ermorden?«

Jo wandte den Kopf. »Erinnern Sie sich, Mister Baltuzzi, an den Scherz, den Sie damals bei der Hütte machten?«

Baltuzzi grinste breit. »Als ich sagte, so was wäre doch eher ein Kavaliersdelikt?«

Im Zuschauerraum wurden »Buh«-Rufe laut. Der Richter brachte die empörten Zuschauer wieder zum Schweigen.

»Ich habe mit der Bibel geantwortet«, fuhr Jo fort. »Mit einer Bemerkung aus dem Matthäus-Evangelium: *Deine Sprache verrät dich.* Gemeint ist in diesem Falle etwas anderes, aber in Ihrem Fall, Mister Baltuzzi, bezog sich das auf das Kavaliersdelikt.«

Jo holte tief Luft. Es fiel ihm schwer, fortzufahren.

»Ich habe beide Frauen befragt und dabei zufällig berührt, als ich ihnen Feuer gab. Ich habe ihr Zittern gespürt, ihren Ekel. Und jetzt weiß ich auch, welcher Fehler mir unterlaufen ist.«

Jo sah sich unter den Zuschauern um. Deren Aufmerksamkeit war ihm sicher.

»Bei sexuellen Gewalttaten an Frauen denken wir und auch die Frauen immer an Unholde, die irgendwo im Gebüsch lauern und eine ahnungslose Passantin anfallen. Das gibt es zwar, aber es ist die absolute Ausnahme. Die Kriminalstatistik beweist, daß in mehr als achtzig Prozent der Fälle von Vergewaltigung der Täter mit dem

Opfer bekannt ist. Ein Nachbar, ein Onkel«, Jo machte eine Pause, »ein Stiefsohn wie Brad Baltuzzi ...«

»Das ist nicht wahr!« schrie Giancarlo Baltuzzi auf. »Das ist eine Lüge ...«

»Sehen Sie Ihre Frau an, Baltuzzi«, sagte Jo nur. »Ihr Gesicht beweist, daß ich recht habe.«

Baltuzzi ballte die Hände zu Fäusten und knirschte mit den Zähnen. Zwei Polizisten mußten ihn bändigen.

»Aber«, fuhr Jo fort, »es gibt eine Tätergruppe, die überhaupt nicht bestraft werden kann, weil der Gesetzgeber ihre Handlungen gar nicht erst als Vergewaltigung begreift – höchstens als ein etwas ruppiges Verhalten, als eine Art Kavaliersdelikt. Habe ich recht, Mister Baltuzzi? Ist es so?«

»Was geht es dich Schnüffler an, was ich mit der Schlampe mache?« schrie Baltuzzi zurück.

Es dauerte fünf Minuten, bis wieder Ruhe im Gerichtssaal eingekehrt war.

»Woher wissen Sie das alles, Mister Walker?«

Jo beantwortete die Frage des Richters mit deutlichem Zögern.

»Es waren bis jetzt Vermutungen, Euer Ehren«, sagte er. »Bis mir klar wurde, daß hinter der Maske eines Biedermannes und Kavaliers ein ganz anderes Gesicht auftauchen kann. Wie im Fall von Andrew Laughlin. Ich kann Ihnen – wenn seine Witwe aus naheliegenden Gründen nicht aussagen will – eine oder mehrere Zeuginnen nennen, die unter Eid bekunden werden, was für einen Charakter Andrew Laughlin als Mann und Liebhaber hatte.«

Jo preßte die Lippen aufeinander. Es gab Fälle, in denen er mehr Sympathie für den Täter als für das Opfer aufbrachte. Und das galt besonders in diesem Fall.

Er sah quer durch den Sitzungssaal hinüber zu Agnes Laughlin. Blaß saß sie auf ihrem Platz zwischen den Zuschauern, die Lippen waren zu schmalen Streifen zusammengepreßt. Aber dann dachte Jo an die anderen Opfer des Panthers, an Wayne Bolton und dessen Vorgänger. Der Richter schien zu ähnlichen Überlegungen gelangt zu sein.

»Ihre Thesen klingen recht überzeugend, Mister Walker«, sagte er. Im hinteren Teil des Saales wurde es immer turbulenter. Im Haus gab es Dutzende von Gerichtssälen, und überall auf den Gängen waren die Reporter und Fotografen unterwegs. Sie wollten bei der Sensation dabeisein, die Kommissar X im Baltuzzi-Verfahren anzubieten hatte. »Aber warum mußten die anderen Männer sterben – nach Ihrer Überzeugung? Und welche Rolle spielte dabei der getötete Leibwächter des Angeklagten?«

Jo holte tief Luft. »Ich stelle es mir so vor«, sagte er nachdenklich. »Und ich bin sicher, daß eine gründliche Untersuchung durch die Polizei den größten Teil dieser Theorien wird beweisen können. Missis Baltuzzi und Agnes Laughlin lernten einander im *Dojo* kennen. Beide gelangten dorthin, nachdem sie von ihren eigenen Ehemännern vergewaltigt worden waren. Sie wollten sich in Selbstverteidigung schulen, um nicht völlig tatenlos bleiben zu müssen. Sie lernten einander also kennen, freundeten sich an und entdeckten, daß sie Schicksalsgenossinnen waren.«

»Welche Frau ist das nicht?« erklang eine weibliche Stimme aus dem Hintergrund.

»Halt's Maul, dumme Kuh!« dröhnte ein Mann dazwischen.

Im Saal folgte ein betretenes Schweigen.

»Beide wußten, daß sie mit diesem Argument keine Scheidung durchsetzen konnten, denn es gibt kein Gesetz gegen Vergewaltigung in der Ehe. Und sie beschlossen, sich ihrer Männer zu entledigen. Und das sollte so geschehen – Patricia Highsmiths und Alfred Hitchcocks ›Fremder im Zug‹ lassen grüßen – indem die eine den Mord der anderen beging.

Im Fall von Andrew Laughlin war das einfach. Missis Baltuzzi versteckte sich auf die von mir geschilderte Weise im Kofferraum und wurde von Agnes Laughlin hinein- und wieder hinausgeschmuggelt. Im Fall von Brad Baltuzzi und seinem Vater übernahm eine fernzündbare Sprengladung diese Arbeit.

Agnes Laughlin als Sekretärin eines erfolgreichen Strafverteidigers kannte sich aus. Sie wußte, der Schlüssel zur Aufklärung eines Verbrechens ist in der Regel das Motiv. Und ein entdeckbares Motiv hatten die beiden Frauen. Also mußten sie eine andere Spur legen – die Fährte des Panthers.«

Jo nahm einen Schluck aus dem Glas Wasser, das der Gerichtsdiener ihm freundlicherweise brachte.

»Vielleicht hatten diese Morde auch den Zweck, die Frauen zu üben, das Zusammenspiel zu trainieren. Die nötigen Informationen besorgte Agnes Laughlin über den Computer ihres Mannes.«

Aber dummerweise wollte in der Presse niemand begreifen, welchen Zusammenhang es zwischen diesen Morden gab. Die Fährte des Panthers war zwar klar zu sehen, aber niemand schien darauf zu achten. Und zu diesem Zeitpunkt komme ich ins Spiel.

»Ich nehme an, daß mich Missis Baltuzzi aus zwei Gründen engagiert hat. Zum einen sollte ich dafür sorgen, daß die Geschichte vom Panther der Bronx bekannt wurde. Zum anderen sollte mein Engagement dabei helfen, die Spur zu verwischen. Welcher Mörder ist so dumm – oder so raffiniert, könnte man fragen –, sein Opfer auch noch von einem Privatdetektiv beschatten zu lassen? Und ich bin, das gebe ich zu, darauf hereingefallen. Ich deutete die ziemlich auffälligen Zeichen von Besorgnis und Angst bei Missis Baltuzzi so, daß sie um ihren Sohn Brad bangte. Ich ahnte nicht, daß sie ihren Stiefsohn haßte und verabscheute, fast so sehr wie ihren Mann. Ihre Angst war die einer Mörderin, die ihren Plan in Gefahr sieht.«

»Das ist nicht wahr!« heulte Giancarlo Baltuzzi auf. »Das lügst du, du Hund ...«

Die nächsten drei Minuten waren die Cops damit beschäftigt, den tobenden Gangster zu bändigen. Über Jo brach eine Flut italienischer Flüche herein.

»Als ich mit Missis Laughlin über den Einbrecher im Büro sprach und dabei durchblicken ließ, daß der Panther in diesem Fall nicht als Rächer aufgetreten war, sondern in eigenem Interesse, müssen die beiden Frauen in Panik geraten sein. Und damit war dann auch ich zum Tode verurteilt. Missis Baltuzzi tat alles, damit ich Brad und Mister Baltuzzi in das Ferienhaus folgte, in dem schon lange die Sprengladung wartete. Sie brauchte nur noch gezündet zu werden von Burdick, Mister Baltuzzis Leibwächter – und Missis Baltuzzis Liebhaber ...«

»Lügen!« schrie Baltuzzi. »Alles Lügen! Davon ist kein Wort wahr!«

Jo sah ihn ruhig an, dann schüttelte er den Kopf. »Sie brauchen nur Ihre Frau anzusehen, Mister Baltuzzi«, sagte er halblaut. »Oder

Missis Laughlin. Dann wissen Sie Bescheid. Ihre Gesichter reden, auch wenn ihre Lippen versiegelt sind ...«

Unwillkürlich drehten sich fast alle Köpfe im Gerichtssaal um und wandten sich den beiden Frauen zu. Sie saßen nebeneinander – Zufall? – und schwiegen. Ihre Mienen waren ausdruckslos, wie gefroren. Und jeder im Saal spürte, daß sich Kommissar X nicht geirrt hatte. Auch Giancarlo Baltuzzi konnte es sehen, und er stieß wilde Flüche aus.

»Und wie geht es weiter?« fragte April Bondy und löffelte genießerisch das Eis.

Jo nippte an seinem Drink, im dritten Sessel hatte sich der schwergewichtige Captain Rowland niedergelassen und strich sich über den wohlgefüllten Bauch. Das Essen war vorzüglich gewesen.

»Wie meinst du das?«

April sah die beiden Männer an.

»Was wird aus Baltuzzi und aus den beiden Frauen?«

»Baltuzzi wird wegen Mordes an seinem Leibwächter verurteilt werden«, sagte Tom Rowland. »Mindestens zu zwanzig Jahren, vielleicht wird er auch zum Tode verurteilt. Wenn die Geschworenen sich von seinem schlechten Ruf beeindrucken lassen, wird er mit dem Henker Bekanntschaft schließen.«

April schluckte, rammte den langstieligen Löffel in das Eis und ließ ihn stecken. Offenbar war ihr der Appetit vergangen.

»Und die Frauen?«

Rowland sah Jo an und lächelte.

»Was Jo zusammengetragen hat ...«

»... mit deiner Hilfe, alter Freund.«

Rowland breitete die Arme aus. »Was wir zusammengetragen haben«, sagte er, »reicht aus, ein Verfahren zu eröffnen. Doch es wird ein Indizienprozeß sein, und so etwas mögen die Geschworenen nicht besonders. Es wird darauf ankommen ...«

»Auf was?«

»Auf die Stimmung der Geschworenen. Ginge es nur um den Mord an Laughlin und Brad Baltuzzi«, Rowland wiegte den Kopf, »ich glaube, daß der Staatsanwalt dann sehr schlechte Karten hätte. Aber die Morde an Bolton und den anderen wiegen schwer – und das hatte mit Befreiung aus einer verzweifelten Lage nichts mehr zu tun. Für diese Morde gibt es keine Entschuldigungsgründe wie persönliche Betroffenheit, eigenes Leiden und dergleichen.«

Rowland sah Jo an. »Was meinst du?«

Jo Walker stieß einen leisen Seufzer aus. »In Fällen wie diesem«, sagte er dann, »bin ich froh, nur der Ermittler zu sein, nicht der Richter. Dieser Job wäre mir zu heiß. Ich möchte heute nacht ruhig schlafen können.«

April Bondy zwinkerte. »Ach«, sagte sie. »Und du glaubst, das kannst du?«

Rache
für San Christobal

Jo Walker stieß einen schrillen Pfiff aus.
Den Fahrer in seinem Yellow Cab scherte das nicht die Bohne. Wahrscheinlich hafte er gerade eine Fuhre abkassiert. Und in diesem Viertel hielt einer mit ein paar Bucks in der Tasche wirklich nur an, wenn's unbedingt sein mußte.

Da nutzte es nichts, daß Jo einen nachtblauen Smoking trug, April Bondy sich in Rauchwaren gefiel. Gangster bevorzugten Maßanzüge, und bei Nutten gehörte der Pelz einfach dazu. Das Outfit sagte nichts über seine Träger aus, nicht in diesem miesen Viertel.

»Mist!« zischte April. Sie bereute den Trip fast schon, dabei war er berufsbedingt.

Jo verfluchte sich, daß er April überhaupt in diese Gegend geführt hatte. Doch Mike Hammond hatte es dringend gemacht.

Jo hatte ihn davor bewahrt, mit Tauchschuhen aus Zement einen Spaziergang im mittleren Hudson unter nehmen zu müssen. Zum Dank wollte er Jo und April zum Essen einladen.

»Wenigstens hat es geschmeckt«, sagte Jo.

Wieder rauschte eines der gelben Taxis heran. Dieses Mal konnte Jo den Fahrer dazu bringen, wenigstens anzuhalten und sich die potentiellen Fahrgäste einmal anzusehen.

»Hey, wenn das nicht Jo Walker ist ...« Ein baumlanger Schwarzer mit Zähnen wie ein Elendsviertel, die er jetzt zu einem freudigen Grinsen entblößte, hockte hinter dem Steuer. Aus der offenen Tür drang der starke Geruch von Cannabis und der Geruch, der in Gymnastik-Zentren und Boxhallen verbreitet war – abgestandener Schweiß der säuerlichen Sorte.

»Müßte ich Sie kennen?« fragte Jo vorsichtig.

»Mußte nicht, Mann, brauchste nicht. Nee, Mister Walker, wir kennen uns nicht. Aber 'nen Vetter von mir tun Se kennen, der hat mal mächtig Ärger gehabt mit den Cops. Percival McBride, kennen Se bestimmt. Hat mächtig gute Bräute, der Mann. Ist aber schon 'n Weilchen her, Mann. Au Backe, da ham Se sich aber 'n teuren Zahn angelacht. Die Braut macht's garantiert nicht unter 'nem Hunderter. Richtig getippt, Schätzchen?«

April setzte ein Lächeln auf, das den Hudson hätte gefrieren lassen können. »Falsch geraten, Mac«, sagte sie trocken. »Und bei der nächsten Bemerkung dieser Art verlierst du den Rest deiner Zähne, klar?«

Der Fahrer stieß einen halblauten Pfiff aus. »Wußte gar nicht, daß Sie auf so was stehen, Boß«, sagte er und öffnete die hintere Tür. »Kommt rein, Leute, heute abend kostet's nix.«

Jo und April wechselten einen raschen Blick; April grinste und nickte.

Jo grinste zurück, dann stiegen sie ein. Der erzählfreudige Typ hinter dem Steuer war zwar nicht ganz ihr Fall, aber ein schlechtes Taxi war immer noch besser als ein Fußmarsch – vor allem in dieser Gegend.

»Wohin soll's gehen, Mister Walker? Erst mal Manhattan, nehm' ich an, nich'? Kenn' ich, kenn ich bestens. Ich weiß da ein paar Abkürzungen, wo die Cops nicht gucken und es schneller geht ... Verlaßt euch mal auf Sammy Brown, Leute. *Fire-Foot-Sammy* schaukelt die Sache ...«

Jo hatte noch nicht registriert, daß der Fahrer den Spitznamen *Feuerfuß* trug, als Sam Brown auch schon begann, seinem Namen alle Ehre zu machen. Der klapprige Buick bäumte sich auf wie ein tollwütiger Bronco, der Motor gab ein schreckliches Röhren von sich, und von den Pneus stieg weißblauer Qualm auf.

Der Wagen schoß nach vorn, schlingerte um die nächste Ecke und raste in die Dunkelheit. Gegen die in dieser Gegend nicht seltenen Raubüberfälle auf Autos hatte Sam Brown ein gutes Mittel gefunden – wer nicht gesehen wird, kann auch nicht überfallen werden. Wohl deshalb fuhr er ohne Beleuchtung ...

April hielt sich an Jos rechtem Arm fest. Ihr Gesicht konnte Jo nicht sehen, aber er ahnte, daß April bereits das Stadium erreicht hatte, in der sie keinen *Dime* mehr für ihr Leben gab.

»Ich ...«, begann Jo, aber gegen Sammy Brown in voller Fahrt schaffte Jo keinen Stich.

»Weiß schon Bescheid, Mister Walker. Alles klar, alles im Griff. Hier gibt's keine Bullen, die uns sehen könnten. Hier gibt's – au, verdammt!«

Sammy stieg in die Bremsen. Die standen an Qualität seinem Mundwerk an nichts nach. Jo wurde nach vorn geworfen, April prallte seitlich gegen ihn, als der Wagen abbremste und einige Pirouetten auf dem nassen Asphalt drehte.

»Hey, Mister Walker – Sie sind doch so'n Privater, nicht wahr? Interessiert Sie so was?«

Sammy schaltete die Scheinwerfer ein. Er mußte Augen wie ein Luchs haben, wenn er diese Szene in der Dunkelheit überhaupt hatte wahrnehmen können.

»Mein Gott!« stieß April hervor. Sie preßte eine Hand auf den Mund.

Jo hatte bereits die Tür des Taxis aufgerissen. »Wartet hier!« rief er hastig. Während er sich in Bewegung setzte, wollte er die 38er ziehen, aber er fand die Automatic nicht; zum Smoking trug Jo selten eine Waffe. Dennoch rannte er weiter, auf die Szene zu, die im Licht der Autoscheinwerfer zu sehen war.

Die Kerle mußten so abgebrüht sein, daß sie sich davon nicht mal beeindrucken ließen ... Jo zählte mindestens fünf. Es waren Männer, ziemlich klein und zierlich, aber selbst ein Gnom kann eine Menge Schaden anrichten. Vor allem, wenn er eine Eisenstange oder etwas Ähnliches in der Hand hält und damit auf einen Menschen prügelt, der bereits auf dem Boden liegt.

Jo ahnte, daß er jetzt den Vorteil der Überraschung aus der Hand gab, aber schon der nächste Treffer konnte dem Opfer am Boden die Hirnschale zertrümmern. Da galt es keine Zeit zu verlieren.

»Hey!« rief Jo laut. »Was soll das, Leute?«

Jetzt merkten sie was. Zwei drehten sich sofort um, zwei andere brauchten etwas länger zum reagieren. Jo sah Messer blitzen – lange, schmale Klingen, als die Männer sich Jo zuwandten.

Jo hatte einen Vorteil auf seiner Seite. Die Männer mußten in das Licht der Autoscheinwerfer schauen, wenn sie Jo sehen wollten. Jo hingegen sah aus dem Licht ins Dunkel und konnte seine Gegner nun deutlich wahrnehmen.

Südamerikaner. Es waren zehn.

Ein Zurück gab es jetzt nicht mehr. Jo machte einen Satz, der ihn mitten in den Pulk hineintrug. Seine Fäuste flogen.

»Dios!« stieß einer der Männer hervor, bevor Jo ihn traf.

Jo wußte, daß er um sein Leben kämpfte. Das steigerte seine Kräfte. Er schlug mit aller Brutalität zu. Die Knöchel seiner rechten Faust trafen erst etwas Weiches, dann einen harten Gegenstand. Jemand stöhnte auf und taumelte zur Seite. Ein Fußtritt nach hinten, und ein weiterer Mann hatte vom Getümmel genug. Luft schnappend wankte er zur Seite.

Etwas traf Jo hart am Schienbein. Es tat höllisch weh, aber Jo ließ sich davon nicht beeindrucken. Er wußte nur, daß er eine knappe halbe Minute lang im Vorteil sein konnte, danach aber mußte er unweigerlich die Übermacht bemerken.

Aber ein Mann wie Kommissar X konnte in einer halben Minute einiges anstellen ...

Jo setzte Ellbogen und Knie ein, Fäuste und Füße. Er bekam einen der Männer am Arm zu fassen, setzte einen Hebelwurf an. Einen Augenblick spater flog ein kleiner brauner Mann, vor Schrekken aufschreiend, seinen Kumpanen um die Ohren. Drei der anderen stürzten mit auf den Boden, einen vierten erwischte Jo mit dem rechten Ellbogen. Es gab ein zischendes Geräusch, und einen Herzschlag später spürte Jo die kalte Abendluft New Yorks über seinen Bauch streichen; eine rasiermesserscharfe Klinge hatte ihm den Smoking aufgeschlitzt eine Daumenbreite mehr, und Jo ...

Er sprang einen Schritt zurück.

Hinter ihm wurde das Geräusch eines laufenden Motors lauter. Es hörte sich an, als setze eine Planierraupe zum Sprung an. Nur ein paar Augenblicke lang konnte Jo einen seiner Gegenüber fixieren.

Die anderen setzten sich aber ab, einzeln oder zu zweit und zu dritt. Einige wurden von ihren Kumpanen geschleppt.

Jemand war übriggeblieben. Ein älterer Mann.

Das Licht der Autoscheinwerfer riß sein Gesicht aus dem Dunkel. Hagere Züge, dunkle, tief in den Höhlen liegende Augen. Ein weißer Bart, drei oder vier Tage alt. Und weiße, kurzgeschorene Haare.

In der rechten Hand hielt er ein Messer. Kein Springmesser, wie es die Kids von der Straße verwendeten. Ein Messer mit einer seltsam gekrümmten Klinge; ein rotes Licht fiel auf die Klinge, und die Farbe glitt auf dem Stahl ab, als schäume Blut.

Jo regte sich nicht. Er sah nur dieses Gesicht.

Dann raste Sammy Brown heran, mit einem wahren Höllentempo und der offenkundigen Absicht, alles unter die Räder zu nehmen, was seinem Wagen im Weg stand.

Der alte Mann zögerte einen Herzschlag lang, dann drehte er sich herum, ein weiter Schritt, und die Nacht hatte ihn verschluckt.

Jo blieb stehen. Er konnte dieses Gesicht nicht vergessen; mit aller Kraft prägte er sich die Züge ein vor allem das, was er in den Augen des alten Mannes gesehen hatte.

Dann kam Sammy Brown mit dem Wagen.

Jo rührte sich nicht; es wäre ohnehin zu spät gewesen. Hinter sich, auf der nassen Straße hörte er, wie der Wagen beschleunigte, als wolle er mit einem Satz in den Himmel hinaufschießen – und dann wurde das Taxi mit der selben Gewalt wieder zum Stillstand gebracht. Wenn Jo die Geräusche und das leichte Gefühl in seinen Kniekehlen richtig deutete, dann war Sammy mit seinem Schlitten genau so zum Stehen gekommen, daß seine Stoßstange Jos Beine berührte …

»Jo!« April rief. Jo drehte sich langsam um.

April stand neben dem Buick, und der Wagen hielt genau so, wie Jo es vermutet hatte. Sammy hatte offenbar sehr viel Glück, wenn er mit der Gesundheit seiner Fahrgäste Hazard spielte. Nur eine Zehntelsekunde zuviel, und von Jos Beinen wäre nur Mus übriggeblieben …

»Alles okay, April!« sagte Jo. »Jedenfalls bei mir.«

Er drehte sich wieder um. Jetzt, nachdem die mörderische Truppe nicht mehr auf das Opfer einschlug, war der Mann deutlich zu sehen. Er lag auf der Straße in einer Blutlache, die von Augenblick zu Augenblick größer wurde. Jo beugte sich über den Verletzten.

»April! Fahr mit Sammy zum nächsten Revier – es müßte das 87ste sein. Alarmier die Mordkommission, sag Tom Bescheid – und bestell einen Krankenwagen. Beeilt euch, es geht um Sekunden!«

»Wird gemacht, Mister Walker«, rief Sammy. »Sofort!«

»Jo!«

Jo drehte sich halb herum und sah, daß April eine Taschenlampe in der Hand hielt. Vielleicht hatte sie das Ding aus dem Handschuhfach geangelt. Jo lächelte – gute April, das Köpfchen stand ihrer Figur in nichts nach …

»Danke!« sagte er, schnappte die Lampe, die April ihm zuwarf, und wandte sich wieder dem Opfer des Überfalls zu. Es war ein Mann mittleren Alters, recht gut gekleidet für diese Gegend. Viel mehr ließ sich nicht sagen.

Er sah grauenvoll aus. Wie gut, dachte Jo, daß April die Cops ruft. Er konnte hören, wie sich der Wagen entfernte. Dieser Anblick hätte April die nächsten vier Wochen nicht mehr losgelassen und ihr einige schlimme Nächte beschert.

Der Mann sah aus, als sei er kopfüber in eine Häckselmaschine gefallen. Sie hatten ihm mit allem bearbeitet, was sie dabeigehabt haben – Messer, Knüppel, Eisenstangen …

Ein Raubüberfall, das stand für Jo sofort fest, war das nie und nimmer gewesen. Das war Mord, zweifelsfrei. Vielleicht eine Abrechnung unter Gangstern? Revierstreitigkeiten, auch blutige, waren in dieser Gegend New Yorks nicht unüblich.

Die südliche Bronx war eines der heißesten Viertel New Yorks, in den Schatten gestellt wurde die Gegend nur noch von den Schwarzenghettos in Washington, D.C. Es war ohnehin ein bösartiger, kabarettistischer Witz – und wahr dazu: Es gab wahrscheinlich keine zweite Stadt der Welt, in der so viele Leute pro Jahr über den Haufen geschossen, erschlagen oder anders gewaltsam vom Leben zum Tod befördert wurden als ausgerechnet die Hauptstadt der Supermacht Nummer eins – Washington im District of Columbia.

Dem Mann, der im Straßengraben lag, zuckte unkontrolliert. Er war bei Bewußtsein.

Jo prüfte es mit der Taschenlampe. Er richtete den Strahl auf die Augen des Schwerverletzten. Die Reaktion war sofort zu sehen. Nicht nur, daß sich sofort die Pupillen verengten – ein Zeichen, daß der Mann noch lebte –, er versuchte auch den Kopf zur Seite zu drehen. Wahrscheinlich schmerzte das grelle Licht aus der Taschenlampe.

»Hören Sie«, sagte Jo und griff nach einer Hand. Zuerst war der

Griff locker, dann packte der Mann plötzlich zu, und an der Stärke dieses Griffs konnte Jo ablesen, welche Schmerzen der Mann haben mußte.

»Hören Sie das kriegen wir wieder hin. Sie sind verletzt worden, aber das wird schon wieder.«

Es war eine Lüge, und Jo wußte das. Er brauchte sich nur den Schädel des Mannes anzusehen. Es war fast ein Wunder, daß der arme Kerl überhaupt noch lebte.

Langsam bewegte der Mann den Kopf. Er sah Jo an; in seinen dunklen Augen loderte der Schmerz. Er wollte noch etwas sagen, bevor er starb. Denn er wußte, daß er sterben mußte. Er wußte es – Jo konnte es in den Augen des Verletzten lesen.

Der Mann öffnete den Mund.

»Nicht reden«, ermahnte ihn Jo. Er schüttelte den Kopf. »Der Rettungswagen muß jeden Augenblick hiersein ...«

Die grauenvoll zerschlagenen Lippen des Mannes verzogen sich. »Erzählen Sie keinen Blödsinn.« Die Stimme kam gepreßt; man konnte hören, wie der Mann darum rang, den Schmerzen nicht die Oberhand zu geben. Er wollte etwas sagen bevor er starb, und er wollte es sagen, ohne dabei zu winseln.

»Grosvenor ...«, stieß der Mann hervor. »Er wird ...« Er unterbrach sich. Ein Schwall Blut schoß zwischen den geborstenen Resten seiner Zähne hervor; sie hatten ihn wirklich erbarmungslos zugerichtet.

Wo blieb der Rettungswagen? Jo wußte, daß Sammy Brown mindestens sieben Minuten bis zum 87sten Revier brauchen würde. Drei Minuten, um zu erklären, was passiert war.

Zwei Minuten, um die Klinik anzurufen. Mindestens zehn Minuten, bis der Wagen mit dem Arzt an Ort und Stelle sein konnte.

Sein konnte ..., denn es war nicht einmal sicher, ob sich um diese Zeit und an diesem Ort überhaupt ein Rettungswagen sehen ließ. »Sagen Sie Grosvenor, er wäre als nächster ...« Der Mann bäumte sich auf. »Sagen Sie's ihm? Er muß ... es wissen ... sie werden auch ... ihn ...«

Der Kopf des Mannes fiel zur Seite, er war tot.

Jo holte tief Luft. Er sah am blutverschmierten Hals des Mannes ein Goldkreuz blinken. Jo schloß die Augen und sprach ein kurzes

Gebet. Dann legte er seine Rechte auf das furchtbar zerschundene Gesicht des Toten und schloß ihm die Augen.

Zu spät …

Langsam stand Jo auf. Sein Magen revoltierte. Es war nicht der erste Tote, den Jo gesehen hatte, auch nicht der erste, den Jo hatte sterben sehen. Aber dieser Mann hatte einen besonders grausamen Tod gefunden. Und sein letzter Gedanke hatte einem anderen gegolten.

»Größere Liebe hat kein Mensch …«, murmelte Jo. »Armer Kerl.«

In der Ferne war das Auf- und Abschwellen einer Sirene zu hören. Jo sah resigniert auf.

Die Männer in den dunklen Uniformen konnten nichts dafür, daß sie zu spät gekommen waren – wieder einmal.

Jo fischte in den Taschen des aufgeschlitzten Smokings nach der Zigarettenpackung. Mit langsamen Bewegungen steckte er sich eine Pall Mall an. Die Zigarette schmeckte nicht, aber das hatte Jo nicht mal erwartet. Das Rauchen hatte nichts mit Genuß zu tun; es war eines jener Männerrituale, die zum Sterben gehörten.

»Es war ein Raubüberfall«, stellte Detective Lieutenant Ron Myers fest. »Wir haben fünf Meter entfernt die Brieftasche gefunden – leer.«

»Und das war seine?« fragte Jo ungläubig.

Myers nickte. »Paßt nicht ins Bild. Ich weiß«, sagte er. »Aber die Fingerabdrücke stimmen überein.«

»Ich war sicher, daß es sich um eine Abrechnung unter Gangstern handelt«, sagte Jo.

»Wie kommst du darauf?«

Jo schaute ihn an.

»Die Kleidung des Toten«, sagte er. »Erstklassige Tuche, Maßarbeit. Schuhe von Gucci, eine wertvolle Armbanduhr. Die allein müßte ein paar Tausender wert sein …«

»Ist sie«, bestätigte Myers trocken. »Ich hab's nachprüfen lassen, bei einem Juwelier. Siebentausend Dollar – da muß sich ein Streifenpolizist oft für anschimpfen lassen, bis er das beisammen hat.«

Die Uhr lag in einem flachen Kasten, neben den Manschettenknöpfen und den anderen Habseligkeiten des Mannes. Wie es sich gehörte, hatte Myers eine Akte angelegt; das Ding hatte noch keinen Namen – der Mann ohne Gesicht war bislang nicht identifiziert worden.

»Mit so wertvollem Outfit geht nur ein absoluter Narr in dieser Gegend spazieren oder jemand, der sicher ist, respektiert zu werden, selbst von den härtesten *Streetgangs.*«

»Klingt logisch«, murmelte Myers. »Die Fingerabdrücke von dem Toten sind beim Erkennungsdienst. Deine Aussage haben wir schriftlich, mit mehreren Durchschlägen. Weil's ja für die Gerechtigkeit ist …« Myers hatte heute seinen gehässigen Tag. Den bekam in diesem Job jeder ab und zu; irgendwann war vom Dienstbetrieb die Moral bis aufs Innerste durchgescheuert, und dann blinzelte durch, was ansonsten verborgen war.

Jo hatte sogar den grundanständigen und gescheiten Tom Rowland schon dabei erlebt, wie er knallharte *Law-and-Order-Parolen* von sich gab, wie sie härter kein Ku-Klux-Klan-Typ absondern konnte.

»Du kannst gehen, wenn du willst, Jo«, sagte Myers. »Dich aufs Ohr legen …«

Jo schüttelte den Kopf. »Noch nicht«, sagte er. »Ich könnte jetzt nicht schlafen.«

Ron Myers zog eine Braue in die Höhe.

»Ist dir der Anblick aufs Gemüt geschlagen?« fragte er.

Er konnte zynisch sein wie eine Drei-Dollar-Nutte, aber in diesem Augenblick zeigte er ebenfalls Gemüt. Seine Stimme verriet seine echte Anteilnahme.

»So ungefähr«, bestätigte Jo. Er griff nach der Packung auf dem Schreibtisch und angelte eine Zigarette hervor. Es würde wahrscheinlich ein paar Tage dauern, bis er sich eine Pall Mall anstecken konnte, ohne dabei die Gesichter vor seinem geistigen Auge aufscheinen zu sehen – das zermanschte Gesicht des Sterbenden und das Gesicht des alten Mannes.

»Ich warte noch auf die Fingerabdrücke«, entschied Jo.

Myers nickte verständnisvoll. Er stieß einen Seufzer aus, dann drehte er sich mit seinem Sessel herum und begann, auf der vorsintflutlichen Schreibmaschine herumzuhacken. Ein Protokoll, ein Gesuch um Erlaubnis zu einer Hausdurchsuchung – irgendwas, was die Arbeitsplätze sowohl der Kriminalbeamten als auch der Schreibtischakrobaten sicherte.

Jo rauchte langsam. Der Blick des Alten ging ihm nicht aus dem Kopf. Er hatte selbst gesehen, wie die Angreifer auf den am Boden liegenden Mann eingedroschen hatten; die Frage von Schuld oder Unschuld stellte sich nicht.

Was Jo Walker in den Augen des alten Mannes gesehen hatte, war nicht etwa Lust am Töten gewesen, auch nicht der verglaste Blick eines Junkies, der nicht aus Lust mordete, sondern einfach, weil es der schnellste Weg zum nächsten Schuß war und ein Ausdruck von Verzweiflung und Schmerz, der zu der grausigen Szene gar nicht passen wollte.

»Kennst du einen Mann namens Grosvenor?« fragte Jo.

Myers sah auf und grinste. »Klar«, sagte er. »Diese verdammte Stadt hat zwölf Millionen Einwohner – legale Einwohner. Wahrscheinlich kommen da zwei Millionen dazu, die auf Besuch da sind. *Ich* kenne beispielsweise acht Dutzend Millers, einhundertdreizehn Bakers – der eine oder andere Mann namens Grosvenor wird sicher auch darunter sein. In unserer Verbrecherkartei wimmelt es übrigens auch von Walkers, sogar drei Jos sind darunter und ein Jake. Warum fragst du?«

Jo lächelte bei der Vorstellung, daß es in New York einen Verbrecher gab, der so hieß wie er. »Das letzte, was der Sterbende noch wollte, war, daß ich einen Mann namens Grosvenor warne«, sagte Jo nachdenklich. »Er sei der nächste ...«

Myers sah auf, drehte sich mitsamt dem Stuhl herum. »Dann wäre es also kein Raubüberfall«, sagte er.

»Sag' ich doch«, erwiderte Jo. »Ich weiß nicht, was für ein Delikt es war in jedem Fall Mord, und ein besonders scheußlicher dazu.«

»Laß mal sehen ...«, murmelte Myers. Er nahm einen Band des New Yorker Telefonbuchs zur Hand und begann zu suchen. »Grosvenor, Grosvenor ... So häufig ist der Name gar nicht.«

»Es gab mal ein Schiff namens Grosvenor«, erinnerte sich Jo. »Es strandete an der Küste von Südafrika, wenn ich mich recht erinnere. Eine wüste Geschichte, ziemlich verworren und spannend. Und es gibt einen Grosvenor Place in London ...«

Myers stieß ein zufriedenes Brummen aus. »Und es gibt ein paar Grosvenors in New York«, sagte er. »Hast du auch 'nen Vornamen?«

»Leider nicht«, antwortete Jo.

»Mist«, knurrte der Detektive Lieutenant. »Dann sind es zweiundsechzig, wenn ich richtig gezählt habe. Ist ein Mann gemeint?«

Jo rief sich die Szene ins Gedächtnis zurück. Er nickte. Der Sterbende hatte von »ihm« gesprochen. »Sie werden auch ihn ...«, zitierte er.

Myers grunzte. »Dann fallen die Frauen weg«, sagte er. »Reduziert die Zahl auf etwas über Dreißig. Ich werde ein paar Streifenbeamte hinschicken, damit die Leute gewarnt sind.«

»Mehr kannst du nicht tun?«

Myers blickte auf. »Theoretisch schon«, sagte er. »Praktisch nicht, und das weißt du verdammt gut. Zuviel Arbeit, einfach zuviel Arbeit ...«

Jo nickte verständnisvoll. Es gab wahrscheinlich keine Großstadt der Welt, in der die Polizei nicht längst überfordert gewesen wäre – Hunan, Wuppertal und Dschibuti eingeschlossen. Für eine Riesenstadt wie New York galt das ganz besonders.

»Liegt dir was an dem Fall?«

Jo zögerte. Er erinnerte sich an Aprils Gesicht, als er sie vor ihrer Wohnung abgeliefert hatte.

»Ja«, sagte Jo. »Ich werde den Fall bearbeiten ...«

Myers sah Jo kurz an, dann zuckte er mit den Schultern.

»Dein Bier, Jo«, sagte er. »Wir können nur wenig machen – du weißt, der Bausatz-Killer ...«

Seit einigen Wochen trieb sich ein Mörder in der Stadt herum, der nicht nur eine Frau nach der anderen umbrachte, sondern auch jedesmal die Leiche in Einzelteile zerlegte – bemerkenswert fachmännisch, wie der Polizeiarzt zugegeben hatte – und die Teile über die ganze Stadt verstreute. Bis jetzt hatten die Fachleute sechs Frauen aus Einzelteilen wieder zusammengesetzt – und jedesmal hatte ein Teil gefehlt.

Bei den Gemütern der Presseleute, die dem Charakter von Haien und Piranhas kaum nachstanden, war es nicht weiter verwunderlich, daß sämtliche Revolverblätter auf den Fall angesprungen waren und der Killer intern als »Bausatz-Schlitzer« gehandelt wurde.

Eines der Blätter tippte gar auf einen Frankenstein-Nachfolger, der sich, aus Einzelteilen eine neue Frau zusammenbasteln wolle. In jedem Fall waren Polizei, Presse und Öffentlichkeit mit diesem Mörder hinreichend beschäftigt; für andere Fälle, die auf der siebten Seite unter »Ferner liefen« abgehandelt wurden, hatte man dann natürlich keine großen Kapazitäten mehr frei.

»Ich verstehe«, sagte Jo. »Mal sehen, was ich tun kann ...«

Jemand klopfte kurz an das Glas der Trennwand und trat ein. Ein junger Mann mit einem dicken Umschlag in der Hand. »Der Laborbericht, Mac«, sagte der Junge.

Vor ein paar Jahren hatte er wahrscheinlich noch die »Times« ausgetragen. Die Geschicklichkeit eines Zeitungsjungen hatte er sich bewahrt – ein Schlenker mit dem Handgelenk, der Umschlag flog durch die Luft, knallte auf die Schreibtischplatte, überschlug sich zweimal und blieb genau vor Myers liegen. Während der Lieutenant noch staunte, wieselte der Bursche davon. Myers stieß einen Seufzer aus.

»Ob sie wohl irgendwann mal wieder zurückkommt?« meinte er und griff nach dem Umschlag.

»Wer – sie?«

»Die gute alte Zeit, als zwanzigjährige Rotzlöffel vor einem altgedienten Detektive Lieutenant noch Respekt hatten und ihn mit *Sir* anredeten ...« Das *Sir* brüllte er mit höchster Stimmkraft dem jungen Burschen hinterher. Der reagierte gar nicht. Knurrend öffnete Myers den Umschlag.

»Jiiirrrggg«, machte er, als er die Bilder sah, die der Polizeifotograf gemacht hatte. »Herr im Himmel, wer tut so etwas? Und warum?«

»Das herauszukriegen ist unser Job, Sir«, antwortete Jo grinsend.

»Laß sehen, was der Fachmann geschrieben hat ... natürlich, wieder alles in Latein. Wer soll so etwas verstehen, frage ich? Das einzige, was ich kapieren kann, ist, daß der Bursche tot ist – und das wußten wir schon vorher. Aha, die Fingerabdrücke.«

Myers war offensichtlich gerade dabeigewesen, sich in eine längere Tirade hineinzusteigen – Thema: die Ungerechtigkeiten des Schicksals im allgemeinen und gegenüber Detektive Lieutenants in New York im besonderen –, als er einen leisen Pfiff ausstieß.

»Unser Toter ist ein alter Bekannter, Jo«, sagte er und reichte eine Karteikarte hinüber. »Josh Slayter, Autodiebstahl, Zuhälterei, Hehlerei, bewaffneter Raubüberfall, Drogenhandel. Sechsmal festgenommen, drei Verhandlungen, eine Haftstrafe. Seit sechs Jahren sauber. Glaubst du das?«

Jo holte tief Luft. Er hatte das Opfer nur im eigentümlichen Licht der Autoscheinwerfer gesehen, mit einem Gesicht, das kaum mehr als eines zu bezeichnen gewesen war. Jedenfalls waren keine individuellen Züge mehr zu erkennen gewesen. Mit diesem Mann Mitleid zu haben, fiel nicht schwer.

Mit Josh Slayter Mitleid zu haben, war schon etwas schwieriger. Ein hartes, kantiges Gesicht, steif und abweisend, genau das, was der kleine Johnny als Verbrechervisage bezeichnen würde.

Jo wußte natürlich, daß Fotos, die vom Erkennungsdienst gemacht worden waren, unter Umständen stattfanden, die alles andere als günstig waren. Die meisten Menschen, die vor solchen Kameras landeten, mit einem Pappschild in der Hand, auf dem ein Karteikennzeichen zu lesen war, hatten nicht das Gemüt von Politikern, deren Mimik sofort in gekonntes Grinsen entgleiste, wenn sich auch nur von weitem eine Foto-Optik auf sie richtete. Viele Kunden der Polizei waren geschockt, wütend, verwirrt und nicht besonders kooperativ; und die Jungs vom Erkennungsdienst hatten in der Regel auch keine Spezialschulung von Pixy-Foto durchlaufen. Infolgedessen fielen die meisten Fotos steif und sehr unnatürlich aus; die Kundschaft machte verbissene Mienen.

Jo kannte auch ein paar Bilder dieser Art, bei der außer dem Oberkörper des Fotografierten auch noch die kräftigen Arme von ein paar Cops zu sehen gewesen waren, die den Delinquenten mit eisernem Griff vor der Linse festgehalten hatten.

All das traf auf Josh Slayter nicht zu. Erstens war sein Gesicht ohnehin nicht mit einer Schmusedecke zu verwechseln, zweitens hatte er, wie man deutlich sehen konnte, Routine in der Prozedur – und drittens hatte er in den Augen einen gewissen Ausdruck. Wer dieses Gesicht sah, sei es in Natura oder auf einem Foto, kam bestimmt nicht auf die Idee, diesen Mann für irgendeines anderen Mannes Opfer zu halten – Slayter sah ganz eindeutig nach einem Täter aus.

Ein Profi. Er wußte es, die Cops wußten es, die Detektives, auch die Männer in den Knästen und vermutlich auch die Anwälte des Mannes, höchstwahrscheinlich sogar die Richter, vor denen er gestanden hatte ... Jeder wußte Bescheid. Nur durften solche Beweismittel wie die Erfahrung eines Cops vor Gericht nicht verwertet werden – da ging es nicht um irgendeine richtige Wahrnehmung, sondern ausschließlich um Beweise. Und das war, selbst wenn es manchem nicht in den Kram paßte, richtig so.

»Kein Wort«, beantwortete Jo schließlich die Frage. »Der Kerl war aktiv, bis zuletzt. So einer setzt sich nicht zur Ruhe. Offenbar hat er sich in letzter Zeit nur besser als früher an das elfte Gebot gehalten: sich nicht erwischen zu lassen.«

»So sehe ich es auch«, sagte Myers. »Könnte vielleicht eine Abrechnung im Milieu sein. Willst du dir deswegen ein Bein ausreißen?«

Jo zögerte.

Myers hatte recht. Es gab in New York genügend Kunden für Jo Walker, die seine Hilfe brauchen konnten, um sich und ihre Rechte zu schützen. Was für einen Sinn machte es da, Gangster der übelsten Sorte daran zu hindern, sich gegenseitig zu massakrieren?

Aber es ging nicht darum, daß Mord Mord war und blieb, gleichgültig, wer wem den Schädel einschlug. Da war etwas im Spiel, das Jo nicht genau beschreiben konnte. Ein Gefühl, eine vage Ahnung. Und der Instinkt, der Kommissar X schon immer ausgezeichnet hatte. Und dieser Instinkt sagte Jo, daß hinter der Sache mehr steckte – viel mehr ...

»Sind Sie wahnsinnig geworden, Mister Walker? Mich mit einem Berufsverbrecher in Verbindung zu bringen?«

Herbert Grosvenor III, seines Zeichens Steuerberater, Vermögensverwalter und Rechtsanwalt in einer Person, Besitzer eines 400-Quadratmeter-Büros in der Fifth Avenue, starrte Jo an, als habe er ein besonders häßliches Insekt vor sich. Selten in seinem Leben war Jo so von oben herab behandelt worden – und das von einem Mann, der weit über achtzig Kilo wog und knapp einen Meter und sechzig maß. Format war hier ganz eindeutig keine Frage der Körpergröße.

Jo setzte ein verbindliches Lächeln auf. »Der Sterbende ...« Jo sagte den Spruch jetzt zum siebtenmal auf, »hat als letztes einen Mister Grosvenor warnen wollen. Vermutlich vor einem Mordanschlag ...«

»Lächerlich«, schnauzte Grosvenor. »Wer sollte mich ermorden wollen?«

Jo stand auf und knöpfte das Jackett zu. »Fragen Sie mal in Ihrem Bekannten- und Kundenkreis herum, Mister Grosvenor«, schlug er vor. »Sie werden überrascht sein ... Ich wünsche Ihnen einen angenehmen und ertragreichen Tag.«

Jo schritt durch den marmorgetäfelten Saal, in dem Herbert Grosvenor III seinen Geschäften nachging; er öffnete die Tür und sah sich noch einmal kurz um. Die Gestalt von Herbert Grosvenor III wirkte hinter dem wuchtigen Schreibtisch verloren – ganz offensichtlich war der Mann damit beschäftigt, über Jos Vorschlag nachzudenken.

Jo lächelte und verließ das Büro.

In Gedanken machte er einen breiten Strich durch den Namen Herbert Grosvenor III; auf seiner Liste war es der siebte Name von oben, und darunter kamen weitere zweiundzwanzig.

Es hatte Zeiten gegeben, in denen man aufgrund der gesellschaftlichen Bedingungen mehr als die Hälfte der Grosvenors von der Liste hätte streichen können. Aber in Zeiten, in denen Premierminister großer Wirtschaftsnationen sich mit Millionenbeträgen schmieren ließen, in denen Regierungschefs sogar Blackouts attestiert wurden und man nicht mehr genau sagen konnte, wo das organisierte Verbrechen aufhörte und die Großindustrie begann, gab es wahrscheinlich keine Persönlichkeit des öffentlichen Lebens, die man im Zweifelsfall unbedenklich als sauber hätte bezeichnen können.

Also blieb Jo nichts anderes übrig, als die Liste der Reihe nach durchzugehen. Frederic Grosvenor war der nächste. Da er darauf verzichtet hatte, sich einen Zählanhang zu verschaffen, wie er in den USA spätestens seit dem Bicentennial üblich geworden war, handelte es sich bei diesem Mister Grosvenor vermutlich um einen etwas einfacheren Mann, verglichen mit Herbert Grosvenor III.

Frederic Grosvenor lebte in Brooklyn. Jo hatte seinen Wagen stehenlassen; einige der Grosvenors lebten in Stadtteilen, in denen man sich nicht in einem 230er Daimler zeigte. In der Zeit, die man brauchte, um die Tür zu öffnen und auszusteigen, hatten gewitzte Diebe einem schon alle beweglichen Teile von der Karosserie geklaut.

Jo trat an den Straßenrand, reckte den Arm in die Höhe.

»Na so was, Mister Walker, ja da soll ich doch gleich lang hinschlagen.«

Jos Mundwinkel zuckten. Das Schicksal hatte ihm ein zweites Mal ausgerechnet Sammy Brown über den Weg gespült, samt dem heruntergekommenen Taxi.

»Steigen 'se ein, Mister Walker. Ich mach' Ihnen 'nen Sonderpreis, wenn 'se wollen.«

Jo zögerte nicht lange. Eine Minute in diesem Taxi bedeutete natürlich, daß er seinen Anzug würde der chemischen Reinigung anvertrauen müssen, aber dafür bekam Jo einen günstigen Tarif. Und was mehr wert war – Burschen wie der zungenflinke Sammy Brown waren lebende Informationsquellen von manchmal unschätzbarem Wert.

»Wohin soll's gehen, Sir?«

»Brooklyn«, sagte Jo. Er lehnte sich zurück.

Neben ihm lag auf dem Rücksitz ein Six-Pack, eine angebissene Banane und ein Ex-Hamburger, der sich inzwischen mit einer weißlichen Haut aus Schimmel überzogen hatte. Unter dem rechten Vordersitz ragte der Fetzen eines Pornomagazins hervor – und auf dem Sitz entdeckte Jo zu seinem Erstaunen die *New York Times* vom Tage …

»Was ist eigentlich aus dem Typ geworden, damals?« wollte Sammy wissen. Er hatte heute seinen matten Tag, er fuhr kaum schneller als vierzig Meilen und hielt einen Mindestabstand von knapp einer Handbreit ein. »Ist er alle?«

»Er ist tot, ja«, bestätigte Jo. »Haben Sie's nicht gelesen, Sammy?«

Sammy zuckte die Schultern. »Interessiert mich nicht«, sagte er. »Bei uns in der Gegend wird nahezu jeden Tag einer allegemacht. Was hat er angestellt, daß man ihm eins übergebraten hat?«

»Weiß nicht«, antwortete Jo. Er stieß scharf die Luft aus; Sammys Fahrstil konnte es selbst an diesem Tag mit einem Horrorfilm der

Extraklasse aufnehmen. »Man hat ihn beraubt, scheint es. Er hieß Slayter.«

»Ach, sieh an ...«, murmelte Sammy.

Er kannte ein paar »Abkürzungen«: Wege, die quer durch Fabrikgelände führten oder durch Trümmergrundstücke und unbebautes Land; das Auto winselte erbärmlich, aber es kam vorwärts.

»Kennen Sie einen Slayter?«

»Möglich. Wie heißt er denn mit Vornamen? Brendon?«

»Josh!«

Sammy Brown stieß einen leisen Pfiff aus. »Ein übler Bursche«, sagte er.

Er hatte inzwischen die Manhattan-Brücke zwischen Brooklyn und Manhattan überquert und sah zu, wie er aus dem Stau herauskam. »Hat irgendwas mit Rauschgift zu tun. Sehr übler Bursche. Würde mich nicht wundern, wenn der eines Tages auch jemand umbringt – oder umgebracht wird.«

Jo grinste freudlos. »Die Wette haben Sie gewonnen, Sammy«, sagte er. »Jemand hat ihn umgebracht – er war der Mann, den Sie im Dunkel gesehen haben, auf der Straße.«

»Den's erwischt hat? Au Backe! Mann – dann wird es aber was setzen im Viertel ...«

Sammy schien sich in der einschlägigen Szene erstaunlich gut auszukennen. Und er war bei weitem nicht so dümmlich, wie er sich stellte.

»Ich brauch' langsam die genaue Adresse, Mister Walker«, sagte Sammy. »Es sei denn, wir fahren noch ein bißchen im Kreis rum.«

Jo hatte die Adresse im Kopf und Sammy seinen Stadtplan. Er fuhr zielstrebig los. »Import-Export«, sagte er. »Kenne ich, den Laden. Ist ganz in der Nähe.«

Sammy hatte inzwischen den Brooklyn Queens Expressway erreicht und bog nach rechts ab, in Rich-East River. Jenseits des Flusses konnte Jo die Türme des *World Trade Center* sehen.

Zehn Minuten später stand Jo vor einem Firmentor aus Draht, das halb offenstand. Eine große freie Fläche war zu sehen, dann ein paar Schuppen, ziemlich verwahrlost.

»Scheint keine sehr große Firma zu sein«, vermutete Jo. Er

öffnete das Gittertor ganz und stieg wieder ein. Langsam rollte der gelbe Buick über den Asphalt.

»Genau weiß ich's nicht«, murmelte Sammy. »Aber vielleicht finden wir den Laden dort hinten?«

Sie mußten den Wagen stehenlassen und stiegen aus. Jo sah sich um. Es sah ruhig aus. Viel zu ruhig.

»Sie bleiben am besten beim Auto, Sammy«, sagte Jo. »Es könnte gefährlich werden.«

»Seh ich aus, als würde ich einer Gefahr aus dem Weg gehen?« fragte Sammy und reckte sich auf. Er grinste und zeigte dabei sein grauenvoll schlechtes Gebiß.

»Vielleicht kommt das Auto weg ...«, erinnerte ihn Jo und spazierte los.

Sammy blieb zurück, in die Betrachtung seines Buick vertieft.

Die Stille war unheimlich. Hinter Jos Rücken waren, gedämpft und verwaschen, die Geräusche vom nahen Highway zu hören; von vorn ertönte ein paarmal ein tiefes Tuten, irgendeine Schiffssirene.

Und dann waren Schüsse zu hören. Viele Schüsse ...

Jo zögerte keinen Augenblick. Er rannte los. Es knallte und knatterte weiter. Der Lärm kam von vorn. Jo angelte im Laufen den 38er aus dem Halfter; konzentriert sah er sich um.

Ein Schuppen. Ein Tor für Lastwagen, eine Tür, die in ein Büro führte. Die Bürotür stand halb offen, in der weitgeöffneten Halle war ein Transporter zu erkennen. Die Schüsse kamen aus dem Büro.

Es hörte sich wie im Krieg an – Jo erreichte das Wellblech, aus dem der Schuppen gebaut worden war. Er preßte sich gegen die Metallwand, hielt die Waffe mit beiden Händen.

Er lauschte. Noch ein Feuerstoß ... Dann Stille.

Jo holte tief Luft. Rechts von ihm stand die Tür halb offen. Zwischen Jo und der Tür gab es ein Fenster. Er beugte sich ein wenig nach rechts, spähte in das Büro. Sie kehrten ihm den Rücken zu. Jo machte einen Schritt nach rechts, drängte sich seitwärts hinein.

»Hände hoch!« rief er.

Sie reagierten unglaublich langsam, drehten sich um. Jo erkannte sie sofort wieder, trotz der Masken. Es waren die kleinen braunen Männer. Südamerikaner.

Diesmal waren sie nicht mit Messern und Eisenstangen bewaffnet.

Dieses Mal hatten sie Schußwaffen, halbautomatische Gewehre, wie sie in Vietnam verwendet worden waren. Und sie hoben diese Gewehre.

Es war der schiere Wahnsinn. Jo hätte bei seinem Tempo das ganze Magazin seiner Waffe verfeuern können, gezielt, soviel Zeit ließen sich die Männer. Aber er brachte es nicht fertig. Statt dessen sah er zu, daß er aus der Feuerlinie der Südamerikaner verschwand.

Jo warf sich nach links, gerade noch rechtzeitig.

Ein zweites Mal hämmerten die Maschinenwaffen los – AK-47- und M-16-Gewehre, die man üblicherweise für privaten und öffentlichen Massenmord brauchte.

Als erstes zerlegte sich das Fenster in eine Million Splitter, dann flog die Tür, dutzendfach getroffen, aus dem Rahmen. Jo preßte sich flach auf die Erde und hoffte, daß der Feuersturm bald ein Ende hatte. Er hatte ...

Die Ballerei dauerte nur eine halbe Sekunde, dann war die Wand des Schuppens in Jos Nähe für einen Riesen als Möhrenraspel zu verwenden, soviel Löcher waren in das Blech gestanzt worden. Die Tür lag neben Jo auf dem Boden, kaum noch als solche zu erkennen.

Eine Sekunde später heulte der Motor des Transporters auf.

Jo mußte ein zweites Mal zusehen, wie er seine Haut rettete. Er robbte zurück, über die Türreste hinweg in das Gebäude hinein. Hinter ihm schoß der Transporter aus dem dunklen Inneren des Lagerschuppens. Im Vorbeijagen konnte Jo ganz kurz die Gesichter im Fahrerhaus erkennen – es waren die Maskierten, die in wilder Flucht das Weite suchten.

Jo hielt die Waffe in der Hand, aber etwas in ihm hinderte ihn daran, hinter den Flüchtigen ein paar Kugeln herzuschicken. Die Wahrscheinlichkeit, etwas zu treffen, war ziemlich gering. Seltsamerweise brachte Jo es nicht fertig, auf die kleinen braunen Männer zu schießen. Und das, obwohl er Grund genug dazu hatte.

Jo stand auf. Der Anzug war verdreckt, aber das zählte jetzt nicht. Einmal hatte man ihn mit Eisenstangen und einem seltsam geformten Messer bedroht, gerade hatte man mit Schnellfeuergewehren auf ihn geschossen. Und beide Male hatten es seine Gegner durchaus ernst gemeint.

Jo brauchte nur einen Blick auf die Tür zu werfen, die vor ein paar Sekunden noch in seinem Rücken gewesen war. Er konnte sich vorstellen, wie er jetzt aussehen würde, hätte er sich nicht mit einem Panthersatz in Sicherheit gebracht.

Jo drang in das Büro ein. Der erste Raum war leer, ein paar Möbelstücke lagen umgeworfen in Ecken und auf dem Boden. Der nächste Raum hatte ähnlich gelitten – der Computer qualmte still vor sich hin, das Telefon war aus der Wand gerissen worden.

Was Jo suchte, fand er im letzten Raum. Er lehnte an der Wand, im Gesicht einen Ausdruck von Entsetzen und Verwunderung. Und sehr viel mehr als dieses Gesicht war auch nicht zu erkennen. Sie hatten ihn regelrecht durchsiebt. Auf dem Boden lag ein halbes Dutzend Magazine, und die Ziegelwand hinter der Leiche sah aus wie eine Mondlandschaft – Krater an Krater, und rot. Überall im Raum waren Blutspritzer zu sehen.

Der Mann war nicht getötet, er war abgeschlachtet worden. Jo erinnerte sich an das erste Schießen, das er gehört hatte. Er hatte angenommen, es handele sich dabei um einen Kugelwechsel. Jo hatte sich geirrt – es hatte wohl nur eine Seite geschossen. Neben der Leiche lag auf dem Boden eine Waffe, ein 22er Revolver. Jo war sicher, daß der Mann nicht mehr dazu gekommen war, aus dieser Waffe auch nur einen Schuß abzugeben. Die kleinen, braunen Männer hatten ihm dazu keine Chance gelassen.

»Hey, Mister Walker ...«

Sammys Stimme drang durch die Stille.

Jo schloß für einen kurzen Augenblick die Augen; der Anblick des Toten war kaum zu ertragen, und der Geruch nach Blut, der in der Luft hing, schlug Jo auf den Magen.

»Donnerwetter ...«

Sammys Stimme erstarb, als er den Raum betrat. Schweigend blieben die beiden Männer einen Augenblick lang stehen. »Ich wollte nur sagen, daß ich das Kennzeichen habe, das von dem Transporter ...«

Jo nickte. »Danke«, sagte er; es war nicht nötig, Sammy zu sagen, daß Jo sich das Kennzeichen ebenfalls gemerkt hatte. »Sammy, können Sie über ihre Anlage die Polizei alarmieren?«

»Klar, Sir. Mach' ich, Sir.«

»Versuchen Sie, Captain Tom Rowland zu erreichen«, fuhr Jo fort. »Und sagen Sie ihm, daß der Fall inzwischen wichtig genug ist.«

Sammy warf noch einen letzten Blick auf den Toten.

»Für den allemal ...«, sagte er leise.

»Frederic Grosvenor«, sagte Tom Rowland. »Einer seiner Angestellten hat die Leiche identifiziert.«

»Also gibt es einen Zusammenhang«, erklärte Ron Myers und nahm einen Schluck Cola aus dem Pappbecher, der vor ihm auf seinem Schreibtisch stand. »Ziemlich seltsam, bei einem Raubmord ...«

»Zwei Raubmorde«, verbesserte Jo. Acht Stunden war es her, daß er die Leiche gefunden hatte, und noch hing in seinen Kleidern der Geruch des Tages – Sammys Taxi, der Gestank nach Schießpulver und der eigentümlich metallische Geruch frischen Bluts.

»Grosvenors Safe war offen und leer, wahrscheinlich ist auch er beraubt worden.«

Rowland stieß ein wütendes Knurren aus. »Zwei Massaker-Morde innerhalb von drei Tagen«, sagte er. »Dazu dieser Wahnsinnige, der die Frauen zerlegt ... Die Presse wird mich in der Luft zerreißen, wenn wir nicht bald wenigstens einen der Fälle klären können. Schließlich kennen die das Metier auch.«

Jo wußte, was Tom meinte. In der Polizeiarbeit von besonderer Wichtigkeit waren die berühmten 24 Stunden – in den letzten 24 Stunden vor dem Tod des Opfers passierte in der Regel das, was zum Mord geführt hatte: die entscheidende, falsche Bekanntschaft oder der letzte große Krach, der letzte Versuch eines Gesprächs.

Wenn es der Polizei gelang, den letzten Lebenstag des Opfers auf die Minute genau zu rekonstruieren, hatte sie in der Mehrzahl der Fälle den Namen des Täters. Um diese Arbeit zu machen, blieben in der Regel wirklich nur 24 Stunden. Fast neunzig Prozent aller Morde wurde in dieser Zeit aufgeklärt. Aufgeklärt hieß: Das Opfer war identifiziert, die Todesursache geklärt, der Tathergang ermittelt, ein Motiv gefunden, die Identität des Mörders bekannt ...

Was nicht binnen 24 Stunden geklärt war, landete nach einer Woche auf der Ablage und wurde von der Flut neuer Straftaten und Morde in den Orkus des Vergessens gespült – es sei denn, jemand wie Kommissar X grub einen steinalten Fall aus und klärte ihn trotz des fortgeschrittenen Alters.

»Dieser Fall paßt nicht ins Schema«, sagte Jo.

Es war nach Mitternacht, alle drei Männer waren müde, auch ein bißchen niedergeschlagen. Cops, vor allem die Detectives, lassen sich von Mordtaten nicht sonderlich beeindrucken; aber das Cool-Bleiben erfordert auch seelische Kraft.

Jo spürte es: Hielt er sich gedanklich nicht im Zaum, drifteten seine Gedanken unwillkürlich zu den gräßlichen Szenen zurück – zu Josh Slayter mit dem grauenvoll zugerichteten Gesicht, zu Frederic Grosvenor, dessen Brustkorb durchsiebt worden war.

Zwei Männer, zwei Tote – die gleichen Täter, aber kein erkennbarer Zusammenhang.

»Inwiefern?« fragte Tom; er wußte die Antwort selbst, aber er wollte keinen Vortrag halten.

»Raubmörder zerhackstücken ihre Opfer nicht so«, sagte Ron Myers. »Das Ziel ist der Raub, das Geld oder sonst etwas von Wert, aber nicht der Mord.«

»... und diese Kerle wollten morden«, sagte Jo. »Was sie vorhatten, war Mord, anders kann ich mir die Szenen am Tatort nicht erklären.«

Er dachte an das Gesicht mit den weißen Haaren. Was immer auch in den Augen dieses alten Mannes gelegen haben mochte – es war nicht der Gesichtsausdruck eines Räubers gewesen.

»Und warum klauen die Kerle trotzdem?« fragte Myers grimmig.

Es gab in der Unterwelt Regeln, die stillschweigend eingehalten wurden; sie ergaben sich aus der internen Hackordnung in den Knästen. Auf sehr seltsame Art und Weise hatten nämlich auch Knastbrüder ihre Moralbegriffe.

Typen, die etwas mit Kindern angestellt hatten, Mord oder Sittlichkeitsdelikte, waren besser beraten, wenn sie sich vor Haftantritt selbst umbrachten: Sie rangierten in der Rangordnung noch weit unter dem letzten, verhaßten Schließer.

Weit oben auf der Rangliste standen Typen, die ordentlich Kohle gemacht, dabei etwas riskiert und keinen Mist gebaut hatten – Bankräuber beispielsweise, die niemand erschossen hatten. Das galt als Kunstfehler. Irgendwo dazwischen rangierten die anderen, die Fälscher, die Betrüger, die Mörder und die Diebe.

Ein Bankräuber betrügt nicht, es wäre nicht standesgemäß, ein erfolgreicher Lude maust nichts aus dem Klingelbeutel, und ein Killer, der Jobs vollstreckt, beklaut seine Opfer nicht.

So betrachtet, verhielten sich die kleinen braunen Männer ausgesprochen seltsam, irgendwie nicht so, wie sie sich als Mörder hätten benehmen sollen.

»Eine Hinrichtung, bei der das Opfer den Henker gleich bezahlen muß?« rätselte der schwergewichtige Captain. »Das macht einfach keinen Sinn, Jo. Aber es handelt sich um eine Abrechnung, oder?«

»Slayters letzte Worte deuten darauf hin«, antwortete Jo. »Er wollte Grosvenor noch warnen ...«

»Fassen wir alle Fakten zusammen«, schlug Rowland vor. »Und dann sehen wir, ob es einen gemeinsamen Nenner gibt. Da ist Slayter. Er steht im Verdacht, Rauschgiftgeschäfte zu machen. Da ist Grosvenor, den Slayter warnen will, und der Import- und Export-Geschäfte macht. Und es gibt zehn Südamerikaner, die die beiden umbringen. Wonach, Freunde, klingt das?«

Die Antwort lag auf der Hand, Bandenkrieg im Kokain-Milieu. Niemand wußte besser als die Polizei von New York, wie gewaltig das Geschäft mit dem Koks war. Selbst Jo hatte gestaunt, als er zum letztenmal Insider-Informationen bekommen hatte.

Die modernen Manager des organisierten Verbrechens waren längst nicht mehr Typen wie Al Capone, der einem seiner Gegner noch mit eigener Hand und einem Baseballschläger das Hirn zu Brei gedroschen hatte. Für solche Arbeiten hatten die modernen Chefs ihre Leute, hochkarätige Spezialisten.

Vorbei waren längst die Zeiten, in denen pfiffige junge Leute sich den Syndikaten als Finanzverwalter andienen konnten. Die einschlägigen Cracks der Drogen-Mafia konnten es mit den Spezialisten von der Wall Street sehr wohl aufnehmen.

Daß es in einem Geschäft, in dem jährlich Milliarden umgesetzt wurden, zu Auseinandersetzungen kam, war wohl selbstverständlich. Die Koks-Barone dachten und planten in Größenordnungen, um die sie mancher Regierungschef eines Lands der Dritten Welt beneiden konnte. Und auch die Armeen, die diese Herrschaften im Ernstfall mobil machen konnte, waren durchaus vergleichbar.

Zur Zeit wurden gerade, wie Jo erfahren hatte, amerikanische

Stinger-Raketen auf den Markt gebracht. Ursprünglich hatte die US-Regierung diese Waffen den afghanischen Rebellen gegen die russischen MiGs zur Verfügung gestellt. Die cleveren Bosse waren sparsam gewesen, und jetzt könnten sie die tödlichen Waffen gegen gutes Geld an internationale Gangster oder Terroristen verscheuern.

»Nein«, sagte Jo. »Das paßt nicht. Ich habe die Leute gesehen, das sind keine Profis. Nie und nimmer. Das sind blutige Amateure.«

»Mit Sturmgewehren?« fragte Myers.

Tom Rowland machte eine abschätzige Handbewegung. Der Einwand taugte nicht viel, besagte die Geste. In den USA gab es nach inoffiziellen Schätzungen *eine Milliarde* Schußwaffen, also knapp vier Kanonen pro Kopf – Säuglinge, Greise und katholische Priester eingeschlossen.

»Wir werden warten müssen«, sagte Tom Rowland grimmig. »Ich hasse es, zu warten, besonders dann, wenn wir die Presse im Nacken sitzen haben. Aber es bleibt mir nichts anderes übrig. Erst müssen wir die Verbindung zwischen Grosvenor und Slayter rauskriegen. Und wenn wir da Bescheid wissen, kriegen wir vielleicht heraus, warum die Südamerikaner die beiden umgebracht haben.«

Aus Verzweiflung, schoß es Jo durch den Kopf, aber er sprach es nicht aus.

»Seltsam«, sagte der Mann hinter dem Tresen. »Wirklich sehr seltsam.«

Jo strich seine Zeichnung auf dem Tresen glatt. Mit einem dünnen Filzschreiber hatte er die Konturen des Messers aufgemalt, mit dem der alte Mann ihn bedroht hatte. Der Mann hinter dem Tresen war Inhaber eines Spezialgeschäfts für Küchenartikel; bei ihm bekam der anspruchsvolle Hobbykoch alles, was man zur Zubereitung von Köstlichkeiten brauchte. Jo hatte Edelstahltöpfe gesehen, von denen einer mehr kostete als ein marktüblicher Küchenherd; Spitzsiebe und Kupferpfannen – und vor allem Messer.

»Wir sind wirklich Spezialisten in Messer, Sir«, erklärte der hagere Inhaber steif. »Wir haben Messer aus Frankreich, aus Deutschland, wir führen hier die besten Hackmesser für die fernöstliche Küche – aber so etwas?«

Jo stieß einen Seufzer aus. »Und wo würden Sie mir empfehlen, sollte ich es versuchen?«

Der hagere Mann wiegte den Kopf.

»Im *Free-Man-Utility-Shop* vielleicht? Der Laden liegt gleich um die Ecke, sie können ihn nicht verfehlen. Dort kennt man sich auch mit Messern aus.«

»Besten Dank«, sagte Jo und steckte die Zeichnung wieder ein. Er stieß einen leisen Pfiff aus. Viele Menschen glaubten, zu den Risiken des Detektivberufs gehörten Mörder, blaue Bohnen oder die Machenschaften von Geheimdiensten und der Mafia. Was für ein Irrtum.

Die Mafia gab es nur noch in Romanen, in Hollywood und als sentimentale Erinnerung bei zweitklassigen Gangstern. Auf normale Privatdetektive wurde vergleichsweise selten geschossen, und mit Geheimdiensten hatten sie eigentlich nicht sehr viel zu tun. Die gefährlichen Lebensumstände, die viele *Private Eyes* früher oder später zum Aufgeben zwangen, waren abgesoffene Lebern und vor allem platt gelaufene Füße.

Jo hatte an diesem Tag die Nase voll. Wenn bei dem lästigen Abgrasen von Geschäften wenigstens etwas herausgekommen wäre. So aber war Jo etliche Meilen marschiert, ohne auch nur einen Schritt weitergekommen zu sein.

Der Shop, in dem die »Nützlichkeiten für den Freien Mann« verkauft wurden, erwies sich als Mittelding zwischen Sportartikelgeschäft und Waffenkammer. Im Fenster lagen Blasrohre samt Bolzen, kleine Taschenlampen, wie sie angeblich von der Polizei verwendet wurden; außerdem wurden Tränengassprüher angeboten, kleine Sirenen für die bedrohte Frau nachts im Park, Baseballschläger, die im gleichen Fall und in kundiger Hand sicherlich wirkungsvoller waren – lauter Dinge, die das Leben angenehm und lebenswert machten.

Und Messer …

Es war ein Sortiment, das wirklich beeindruckte. Springmesser, Tauchermesser, Messer der US-Marines, Messer der *Bersaglieri,* Original Gurkha-Messer, dazu natürlich Rambos Spielzeuge I bis III. Daneben zwei Typen von *Crocodile-Dundee*-Messern, italienische Stiletts, ein Kris aus Malaya – die Auswahl war gigantisch.

Jo trat ein. Der Türöffner löste ein Signal aus von einem versteckten Band ertönte der echte Tarzan-Original-Schrei. Im Inneren war es feuchtwarm wie in einer Sauna; unverkennbar echte Dschungelatmosphäre.

»Hallo, Sir, kann ich Ihnen helfen?«

Das Mädchen war nicht übel gewachsen, vor allem konnte man das sehen. Es trug einen sehr, sehr knappen Bikini im Tigerfell-Look und hatte einen einladenden Silberblick; das blonde Haar fiel malerisch auf einen tiefbraunen Rücken.

Kein Wunder, dachte Jo, daß man hier gute Umsätze macht: Den Mann mochte ich sehen, der aus diesem Laden herausgeht, ohne was sehr Männliches gekauft zu haben.

»Ich suche ein Messer«, begann Jo freundlich.

»Zum Schneiden?«

Jo stutzte. »Ich nehme an, ja? Wozu sonst?«

»Oh, vielleicht zum Kämpfen? Wir haben Wurfmesser, Messer für den Straßenkampf, für den Dschungel ...«

»Ich suche so etwas«, sagte Jo. Er hatte kaum Hoffnung, ausgerechnet in dieser schwülen Bude für Männlichkeitssymbole fündig zu werden. Vor allem konnte er sich nicht vorstellen, daß der alte Mann auch nur einen Zeh in diesen Laden gesetzt haben sollte.

»Darf ich mal sehen?«

Die junge Frau nahm den Zettel, den Jo ihr hinhielt, und führte ihn dicht an die Augen.

»Das ist ein sehr seltsames Messer«, sagte sie und dachte nach. Sie legte den rechten Zeigefinger an die Nase und versank in intensives Brüten.

Jo begann zu schwitzen. Im Inneren des Ladens war es wirklich sehr warm, und das Parfüm des Mädchens hatte es in sich. Außerdem sah es wirklich verflucht gut aus, alles was recht war.

»Augenblick, bitte ...« Hüftschwingend spazierte das Mädchen davon. Jo folgte langsam in ein Gestrüpp aus tropischen und subtropischen Pflanzen. Von irgendwoher ertönte das heisere Fauchen einer großen Katze. Unwillkürlich zuckte Jo zusammen.

Mitten in dem tropischen Gestrüpp gab es eine kleine Theke, und dort fand Jo das Mädchen wieder, tief und überaus dekorativ über einen Katalog gebeugt.

»Aha«, sagte die Blonde und richtete sich auf. »Da haben wir's. Es ist ein Messer, das zum Fischen gebraucht wird.«

»Zum Fischen?« Jo konnte sich keine Auskunft vorstellen, die ihn hätte mehr verwirren können.

»Ja, Sir. Ein Messer, das zum Ausnehmen und Schuppen von größeren Fischen benutzt wird. Sehr scharf und ziemlich selten. Soweit ich weiß, wird es hauptsächlich in Südamerika verwendet. Wollen Sie eins?«

»Haben Sie eins da?«

Das Mädchen lächelte sinnverwirrend. »So schnell geht es nicht. Aber ich kann es bestellen. Soll ich?«

Jo nickte.

»Tun Sie's«, sagte er. »Wie lange wird es dauern?«

»Nur ein paar Tage, Sir.«

Jo verabschiedete sich. Auf der Schwelle blieb er stehen. »Sagen Sie«, meinte er und deutete auf die Dienstkleidung des Mädchens. »Ist das nicht ein bißchen riskant? Sie, in dieser Kleidung und so ganz allein?«

Die Blonde lächelte.

»Sehen Sie«, sagte sie dann. »Von hundert Männern, die hier neu ankommen, stellen achtzig diese Frage. Zehn haben noch mehr Fragen und bekommen alle die gleiche Antwort. Sechs verduften nach einer Ohrfeige, und den anderen vier zeige ich, was ich noch zum Anziehen dahabe ...«

»Und das wäre?«

Das Lächeln wurde süffisanter. »Ach, nicht viel – nur ein paar schwarze Gürtel.«

Jo lachte noch, als er auf die Straße trat; nach der künstlichen Hitze in dem Laden überfiel ihn der Abend mit beißender Kälte.

Ein Messer zum Fischen? Irgendwie machte das einen Sinn. Das alte wettergegerbte Gesicht, das seltsame Messer – nur, was machte ein Fischer aus Südamerika bei einem Mordfall in New York?

Er war entschlossen, auf diese Frage eine Antwort zu finden.

Die Männer waren aus Südamerika gekommen, das stand für Jo fest. Sie sprachen also Spanisch, vorausgesetzt, sie waren nicht aus Brasilien, wo Portugiesisch gesprochen wurde.

Englisch sprachen sie vermutlich nur in Bruchstücken. Jo war sich nicht gänzlich sicher, er vertraute seinem Instinkt. Der sagte ihm, daß der alte Mann mit dem Messer gar nicht oder nur schlecht Englisch sprach.

Folglich lebten die Männer irgendwo in New York, wo es viele Spanier, Mexikaner, Puertoricaner oder Südamerikaner gab. Die meisten, US-Bürger nannten diese Einwanderer, legal oder illegal, Hispanics, Chicanos oder *Greaser* – letzteres bedeutete soviel wie Schmierfink.

Bei dieser Beliebtheit war es nicht sehr verwunderlich, wenn diese Menschen es vorzogen, untereinander zu wohnen. So hatten es viele andere Einwanderungsgruppen auch getan. In New York hatte es italienische Viertel gegeben, spanische, chinesische, deutsche, polnische, jüdische, schwarze – jetzt waren die Hispanics die meistbeschimpfte Minderheit.

Jo nahm einen Bus, der ihn ans Ziel brachte – ein Stadtviertel, in dem abends Tortillas gebacken wurden, in dem es nach Chili con Carne roch und aus den *Cantinas* Gitarrenmusik oder *Mariachi-Klänge* erschallten.

Er hatte sich einfach angezogen. Jo war jetzt nicht mehr als ein freundlicher Tourist, der an diesem frühen, dunklen Abend einen kleinen Bummel machte. Wenn man dabei auf den wichtigen Straßen blieb und die kleinen Gassen mied, war das eine durchaus harmlose Sache. Riskant wurde es erst in den schummrigen Gassen.

In diesem Viertel gab es alles, was es in anderen Stadtteilen auch gab: Hamburger-Buden und Hot-dog-Verkäufer, Secondhandshops, die Tag und Nacht geöffnet hatten, Strip-Läden, Peep-Shows, Spielhöllen, Kneipen aber alles mit einem spanischen Akzent. Jo kaufte sich an einem kleinen Imbiß ein paar *Tacos* und spazierte weiter.

Als Fachmann registrierte er Dinge, die normale Touristen nicht bemerkten – einen jungen Taschendieb bei der Arbeit, genau vor der Nase eines jungen Cops, der offenbar noch nicht genug Erfahrung hatte. Jo grinste, als er die Szene sah.

In einigen Haustüren standen Hausfrauen bei einem kleinen Schwatz, in anderen Eingängen warteten Huren auf Freier – und wehe dem Mann, der den Unterschied nicht schon von weitem sah.

Jo konnte die Ehemänner sehen, die mit den Zuhältern würfelten, daneben stand ein Dealer, der blitzschnell eine Handvoll Schnee absetzte.

Kleinkriminalität – die wirklich dicken, großen Dinger wurden an anderen Stellen abgewickelt, wie Jo nur zu gut wußte.

»Hey, Gringo ...«

Jo fühlte sich angesprochen und drehte sich um. Ein junges Mädchen starrte ihn an – viel Bein, zwei Handvoll Busen, blitzende Augen und ein Lächeln, das für eine Zahnpastareklame getaugt hätte, darüber viel schwarzes Haar. Sie war wohl eine Dirne, aber keine Nutte; sie hatte noch nicht das abgebrüht professionelle Aussehen. In gewisser Weise wirkte sie fast unschuldig.

Das Mädchen sagte nichts mehr; es wußte warum. Eine Anklage wegen Kennziffer 43.02 – Prostitution – konnte ihr mehr als tausend Dollar Strafe, bis zu achtzehn Monaten Haft oder beides einbringen. Das entscheidende Kriterium war, ob sie sich angeboten hatte ...

»Guten Abend«, sagte Jo, er lächelte freundlich. »Sind Sie aus der Gegend, Señorita?«

Das Mädchen verzog das Gesicht; Jos Antwort machte klar, daß mit ihm kein Geschäft zu machen war. Sie setzte dazu an, Jo einfach stehenzulassen und zum nächsten potentiellen Kunden zu stöckeln.

Eine Geste von Jo ließ sie innehalten. Es gab Gesten, die Leute verscheuchten – beispielsweise der Griff nach dem Dienstausweis: Es gab aber auch Gesten, die Menschen anlockten – darunter zählte vor allem die Bewegung, einen größeren Dollarschein hinzuhalten.

Der gängige Tarif in New York war ein Zwanziger. Dafür bekam man ein Essen oder ein Taxi oder ein Besäufnis oder einen Schuß oder ein Quickie oder eine Information – oder ein Messer in den Bauch, wenn man den Zwanziger auf Anfrage nicht sofort herausrückte.

»Biste 'n Bulle?«

»Sehe ich so aus?« fragte Jo. »Nein, schönes Kind, ich bin nicht für die Polizei tätig.«

Vor zehn Tagen hatte Jo einen Mann geschnappt, der mit dieser Seufzer- und Herrgottmasche alten Frauen riesige Beträge aus den Wäschespinden gezogen hatte; hätte er es nur dabei belassen. Mit Jo hatte er es zu tun bekommen, als er einer wenig zahlungsfreudigen

Kundin mit dem Bügeleisen den Schädel eingeschlagen hatte. Noch bei der Verhaftung hatte der Mann diesen klebrigen klerikalen Tonfall am Leib gehabt, den Jo jetzt aus dem Gedächtnis imitierte.

Das Mädchen fiel prompt auf den Dreh herein. Dirne oder nicht – einem Geistlichen verwehrte hier kein Mensch den Respekt, auch wenn dieser Geistliche eine Statur wie Jo Walker hatte.

Jo versuchte ein süßliches Lächeln. »Ich suche einen Fischer, mein Kind ...«

Die kleine Dirne – sie mochte dem Aussehen nach siebzehn sein, vielleicht waren die letzten zwei Jahre aber auch schon auf Schminke und Berufserfahrung zurückzuführen sah Jo entgeistert an.

»Einen Fischer? Hier? Mitten in New York?«

Jo nickte, dann zog er wieder die Zeichnung hervor.

»Er ist ein alter Mann«, sagte er. »Mit weißen Haaren, ein sehr ehrwürdiger Mann. Und er besitzt so ein Messer.«

»Hmmm«, machte das Mädchen zögernd.

»Nimm dies«, sagte Jo und drückte ihr den Geldschein in die Hand. Jeder andere hätte wohl der Versuchung kaum widerstehen können, bei dieser Gelegenheit ein wenig auf jungem, festem Mädchenfleisch herumzugrabschen, und auch das Mädchen hätte das wohl normal gefunden.

Entsprechend war die Wirkung bei Jos Zurückhaltung.

»Also ich kenn' niemand, der ein Fischer ist«, sagte sie, während sie schnell den Schein in ihrem Ausschnitt verschwinden ließ. »Aber ich hab' 'nen Freund, der weiß vielleicht was!«

Das Mädchen eilte auf hohen Stöckelschuhen davon. Jo sah ihr nach. In diesem wie in vielen anderen Fallen ließ sich nichts machen, nicht für Kommissar X, nicht für die Polizei, für niemanden. Einen gewissen Bodensatz an Kriminalität hatte es in jeder Gesellschaft der Erde gegeben und würde es wohl in jeder Gesellschaft geben.

Nach kurzer Zeit kehrte das Mädchen zurück. Hinter ihr stakste ein junger Mann, groß, schlank, mit verdrossener Miene. Jo sah sofort, daß er in jedem Stiefelschaft ein Messer stecken hatte. Die Kleidung war ein wenig altmodisch, vermutlich aus dem Secondhandshop.

»Das ist Paco«, sagte das Mädchen, während sie auf Jo zuging. »Er kann Ihnen vielleicht ...«

Paco hatte nur einmal aufgesehen. Ihn konnte man nicht mit diesem salbungsvoll-pastoralen Zungenschlag täuschen.

Ein Blick genügte ...

Paco rannte los.

Und Jo sofort hinterher ...

Ganz offenkundig hatte Paco Jo erkannt. Vielleicht gleich als den Mann, der plötzlich aus dem Auto gestiegen war, damals, in jener Nacht, als sie Josh Slayter erschlagen hatten? Es waren Hunderte von Menschen auf der Straße, aber niemand dachte daran, in das Geschehen einzugreifen. Einer rannte, ein anderer rannte hinterher – warum sich einmischen? Das Leben war auch ohne solchen Streß hart und beschwerlich genug.

Die Beleuchtung auf den Straßen war lausig schlecht. Jo wußte, daß es ein Heidenspaß für Schulkinder war, mit Steinen die Leuchtkörper zu zertrümmern. Ein teurer Spaß für die Stadt. Dennoch konnte Jo den Fliehenden gut im Auge behalten. Der Junge war groß und hager, so daß er überall auffiel.

Paco versuchte sich in kleineren Gassen und Straßen abzusetzen. Er war schnell, aber Jo war ein wenig schneller. Jo holte auf.

Paco kannte sich in der Gegend nicht aus, das war deutlich zu sehen. Er rannte wie ein gehetzter Hase, war aber neu im Viertel. Jo kannte wenigstens die Art, wie diese Straßen und Gäßchen angelegt waren – Paco hingegen war offensichtlich verwirrt. Anders war es nicht zu erklären, daß er sich ausgerechnet eine Sackgasse aussuchte. Er verschwand im Dunkel der Gasse, Jo setzte nach.

Jo wurde langsamer. In der engen Straße war es stockdunkel, auch aus den Fenstern der Häuser fiel kein Licht.

Jo wußte dennoch, daß rechter Hand die Feuerleitern zu finden waren. Und die Mülltonnen. Voraus konnte er als Silhouette die Oberkante der Mauer sehen, die die Straße quer abschloß. Der Rest war Finsternis.

Jo blieb stehen.

Ruhe. Alles kam jetzt darauf an, daß er so schnell wie möglich ruhig wurde. Er hatte Schuhe mit weichen Sohlen an. Die machten auf dem Kopfsteinpflaster kein Geräusch.

Paco war auf Stiefeln weggerannt. Er mußte sich sehr vorsichtig bewegen, wollte er nicht gehört werden. Außerdem war er jung und hatte Angst – das treibt den Blutdruck in die Höhe, beschleunigt den Puls und läßt eine geräuschvolle Atmung entstehen.

Jo bewegte sich weiter, tiefer in die dunkle Gasse hinein.

Irgendwo dort lauerte Paco.

Er war nicht clever genug gewesen, stellte Jo fest. Paco hatte nicht gleich nach dem Einbiegen eines seiner beiden Messer gezogen. Er tat es erst jetzt, und es war zu hören, als die Klinge aus dem Griff herausschoß und einrastete.

Links …

Jos Augen begannen sich an das Dunkel zu gewöhnen. Er konnte Konturen erkennen. Aber keines der Schemen bewegte sich. »Okay, Paco«, sagte Jo. »Du willst es nicht anders.«

Er griff nach seinem 38er.

Irgendwo im Dunkeln stand Paco. Er konnte gegen das wenige Licht ansehen, das aus der breiteren Straße in die Gasse fiel. Er erkannte Jo, und ganz bestimmt war der Junge hell genug, die Bewegung zu deuten, mit der Jo nach seiner Waffe griff.

Paco dachte wohl, daß er die Überraschung auf seiner Seite hatte. Er irrte sich – er hatte Kommissar X gegen sich.

Jo hörte das Geräusch der Stiefel und schoß sofort. Er hatte nicht in das Dunkel gezielt, sondern in die Höhe. Zweck der Aktion war es nicht, einen verängstigten jungen Mann mit einem Messer in der Hand und einem zweiten Messer im Stiefel über den Haufen zu schießen, auch wenn dieser junge Mann wahrscheinlich nicht zögern würde, Jo sechs Zoll kalten Stahls in den Körper zu rammen.

Zweck war, den Jungen zu erschrecken – und zudem wirkte das Feuer des Schusses wie ein kleines Blitzlicht.

Und das reichte. Jo konnte undeutlich erkennen, wo Paco stand. Er sah, wie Paco nach vorn stürzte, den rechten Arm vorne, mit dem Messer in der Hand.

Jo bewegte sich einen halben Schritt zur Seite, drehte und schlug zu. Die Hand mit dem Revolver darin traf Pacos ausgestreckte Rechte. Der junge Mann stieß einen dumpfen Laut aus. Eine Sekunde später klirrte das Messer auf den Boden.

»So nicht«, sagte Jo.

Er ließ blitzschnell die Waffe aus seiner Hand verschwinden. Paco kämpfte in der Zeit um sein seelisches und körperliches Gleichgewicht. Der Junge war, vom Angriffsschwung mitgerissen, halb gestürzt. Mit beiden Armen auf dem Boden versuchte er, wieder auf die Beine zu kommen.

Jos ausgestrecktes Bein hinderte ihn daran. Paco stieß ein Ächzen aus und landete der Länge nach auf dem Pflaster. Mutig, aber in dieser Art von Kampf ein Anfänger, stellte Jo fest, eine weitere Merkwürdigkeit bei diesem Jungen.

»*Dios!*« stieß Paco hervor. Mühsam kam er wieder auf die Beine.

Jetzt waren die Fronten verkehrt – Paco zeichnete sich als hagere Silhouette gegen die entfernte Straßenbeleuchtung ab, Jo hingegen stand sichtgeschützt im Dunkel.

Paco schien schnell zu begreifen, daß er so keine Chancen hatte. Wenn sein Verfolger ihn im Dunkel schon auf den Boden gebracht hatte, würde er bei besseren Sichtverhältnissen wohl kaum zu schlagen sein. Paco wich zurück, Schritt für Schritt. In seinen dunklen Augen flackerte die Angst. Der junge Mann war mit den Nerven am Ende. Jo konnte es deutlich sehen.

»Gib auf, Paco!« sagte Jo rauh. »Ich habe eine Knarre in der Hand, und du mußt dich erst noch umdrehen, bevor du wegrennen kannst ...«

Pacos Unterkiefer begann zu zittern. Dann drehte er sich trotzdem herum und begann zu laufen.

Jo zögerte, einen winzigen Augenblick lang. War dieser Bursche völlig verrückt? Der Junge kam fast um vor Angst und dann so was?

Jo setzte ihm nach. Die Hetzjagd durch die nächtlichen Straßen begann ein zweites Mal. Der Sturz, die Enttäuschung und der Verlust seiner Waffe hatten Paco demoralisiert. Es hatte ihn nicht nur einen großen Teil seines Schneids gekostet, die Pleite raubte ihm zudem die Kraft.

Jo hetzte hinter dem Jungen her, er sah, wie Paco langsamer wurde. Jo Walker spurtete nicht. Es kam nicht nur darauf an, den Jungen zu stellen. Er hatte nicht die leiseste Ahnung, warum der Junge vor ihm so weglief. Er wußte nur, daß Paco um so eher reden würde, freiwillig reden, je mehr Jo seine Kraft und seinen Willen brach. Und darum blieb Jo hinter dem Jungen – immer im gleichen Abstand.

Paco schlug einen Haken. Jo blieb an ihm dran. Paco legte einen

Spurt ein; auch Jo verschärfte das Tempo. Paco drehte sich im Laufen um, dem Mund geöffnet, die Brust bewegte sich in hektischen Stößen.

Jo lächelte nur. Er blieb an dem Jungen dran. Zäh, ausdauernd – unbarmherzig wie das Schicksal selbst.

Pacos Puste ließ nach. Erstaunlich früh, fand Jo. Vielleicht war der Junge Kettenraucher.

Auch Jo wurde langsamer. Nicht viel – Paco sollte mitbekommen, daß Jo aufholte. Er sollte sich einbilden, daß er noch eine Chance hatte.

Paco blieb einen Augenblick lang stehen. Die Beine gespreizt, ein wenig angewinkelt. Die Hände knapp oberhalb der Kniescheibe auf die Oberschenkel gestützt. Selbst von hinten war zu sehen, wie sich der Brustkorb des Jungen in Krämpfen bewegte.

Paco drehte den Kopf zur Seite, sah Jo an. Sein Mund stand weit offen.

Jo lächelte wieder.

Der Junge schluckte.

Jo wußte, was der Junge jetzt in etwa dachte: Er war jünger als der Mann hinter ihm, er war flinker, und er hatte seine Chance mit dem Messer gehabt. Er hatte versucht, den Gringo zu töten …

Und jetzt trabte der *Norteamericano* hinter ihm her und kam näher. Und er lächelte, der Gringo mit den breiten Schultern. Er lächelte ein dünnes, eiskaltes Lächeln.

Paco setzte sich wieder in Bewegung. Jo folgte.

Wieder verschwand Paco in einer kleinen Seitengasse. Als Jo dort auftauchte, sah er, wie der Junge die Feuerleiter hochzuklettern begann. Er machte das ausgesprochen langsam.

Jo war zufrieden, jetzt war der Junge bestimmt mürbe. Es war an der Zeit, ihn zu stellen, ihm das zweite Messer wegzunehmen und ihm ein paar Fragen zu stellen.

Jo erreichte die Feuerleiter ebenfalls und stieg nach. Die Feuerleiter bestand aus Eisen und war alt. Überall auf der Straße war zu hören, daß jemand darauf herumkletterte.

Jo bemerkte es sofort. Ein paar Fensteröffnungen wurden hell. Scheiben wurden in die Höhe gewuchtet. Stimmen waren zu hören.

»Hey, ihr Schwachköpfe, was soll der Scheiß? Verschwindet, oder wir rufen die Polizei. Sauerei so was, mitten in der Nacht!«

Eine andere Stimme: »Hey, Annie, komm her. Hier jagt einer 'nen anderen. Mach schnell, vielleicht gibt's Tote.«

Es tat gut, fand Jo, Recht und Gesetz in einem Land zu unterstützen, das solche Bürger sein eigen nannte.

Paco hatte das obere Ende der Feuerleiter erreicht. Jo war ihm dicht auf den Fersen.

Rechts von ihm waren in einem Fenster Silhouetten zu sehen – eine stämmige Frau, die keifend auf einem Mann einschlug. Auch das gab es.

Jo kümmerte sich nicht um die eheliche Szene. Er erreichte das Ende der Leiter. Ein Dach. In der Mitte ein Aufbau, ein paar Schornsteine, mehr war nicht zu sehen.

Paco hatte sehr viel Pech an diesem Abend. Das Dach gehörte sieben nebeneinander stehenden Häusern gleicher Höhe. Es war Platz genug dort oben, um ein Footballspiel durchzuziehen oder ein Straßenfest zu feiern. Das Ganze hatte nur einen Haken – es ging nirgendwo weiter!

»Paco!« rief Jo. »Gib auf, Junge!« Vorsichtshalber wiederholte Jo den Satz auf spanisch.

Irgendwo in dem Halbdunkel steckte der andere. Wahrscheinlich hatte er sich hinter einen der Kamin gekauert und hoffte wohl, daß Jo ihm noch einmal eine Chance gab. Aber Jo hatte keinerlei Lust, sich auf eine Auseinandersetzung im siebten Stock einzulassen.

»Paco!«

Dann sah Jo den Jungen. Er hockte, als klägliches Bündel, hinter einem der Kamine, zusammengekauert, die dunkle Jacke über den Kopf gezogen. Vielleicht hatte er gehofft, Jo würde ihn übersehen.

»Okay«, sagte Jo. Er sprach langsam und deutlich, damit es keine Mißverständnisse gab.

Mittlerweile wurde es auf der Straße laut. Polizeisirenen waren zu hören. Einer der Anwohner hatte sich wohl ausgerechnet, daß ein paar Cops die Chancen auf eine spektakuläre Aktion vergrößerten.

»Steh auf, Paco!« Jo hatte wieder seine Automatic in der Hand.

Für Jo gab es nur einen logischen Grund, warum Paco sofort bei seinem Anblick getürmt war – Paco hatte Jo wiedererkannt. Entweder von dem Slayter-Mord oder von der Tötung des Frederic Grosvenor. Der Junge war ein Mörder, auch wenn er jetzt eher wie ein Opfer aussah.

Der Blick des Burschen verriet Enttäuschung, er senkte den Blick.

»Ich weiß, daß du ein zweites Messer hast«, sagte Jo langsam. »Gib es mir, und dann reden wir miteinander.«

Paco schluckte. Seine rechte Hand kam unter der Jacke hervor, sie hielt das Messer. Noch eine Pleite. Er hatte wohl gehofft, Jo würde die Waffe wegstecken, auf ihn zutreten und ihn nach Waffen abtasten. Wie man das so üblicherweise bei *Miami Vice* oder *Kojak* tat ...

Hätte Jo diesen Fehler gemacht, hätte er blitzschnell das zweite Messer zwischen den Rippen gehabt. Aber Kommissar X machte solche Fehler nicht.

Das Messer fiel auf den Boden.

»Stoß es her, mit dem Fuß!«

Paco gehorchte. Und dann richtete er sich plötzlich auf. Sein Gesichtsausdruck hatte sich jäh verändert. So verändert, daß Jo unwillkürlich erschrak.

Eine Ahnung stieg in Jo auf, Vorgefühl von etwas Schrecklichem. »Gut so, Paco«, sagte Jo. »Jetzt wollen wir miteinander reden. Sprichst du Englisch, Paco?«

»Si, Señor!«

Jo hütete sich, über diesen seltsamen Gag zu lächeln. Etwas stimmte nicht, und Jo wurde von Augenblick zu Augenblick nervöser.

Unten, auf der Straße, war es ein wenig ruhiger geworden. Die Polizei hatte die Sache wohl im Griff. Von einem Augenblick auf den anderen war das Dach in grelles Licht getaucht. Es strahlte von einer Seite her hoch.

Ein Hubschrauber war aufgetaucht, der sich rasch näherte und den Strahl eines großen Suchscheinwerfers auf das Dach richtete. Gleißend helles Licht, so grell, daß Jo eine Hand hochreißen mußte, um nicht geblendet zu werden. Er murmelte einen Fluch.

»Hier spricht die Polizei ...«

Was Jo in diesen Augenblicken an Kosenamen für die Cops zwischen den Zähnen zermahlte, hätten ihm sogar Ron Myers und Tom Rowland übel genommen.

»Legen Sie die Waffe weg.«

Jo legte die Hand vor die Augen, spähte zwischen den Fingern hindurch.

»Nein!« schrie er auf. »Paco – nein!«

Der Junge rannte. Er lief nicht geduckt, als wollte er fliehen. Er lief aufrecht, und Jo sah gegen das blauweiße Licht des Polizeischeinwerfers, wie der Junge im Laufen seine rechte Hand bewegte, von oben nach unten, von links nach rechts ...

»NNNEEEIIIIINNN!!!«

»Verdammt, Jo, du hattest nicht die geringste Chance«, sagte Tom Rowland. Er stand hinter Jo, hatte seine Pranke auf Jos Schulter gelegt. »Ich hab' die Video-Aufzeichnung gesehen. Er wollte springen, er wollte einfach – keiner hätte ihn mehr gestoppt. Auch du nicht.«

Jo zuckte nur mit den Schultern. Tröstende Worte, gut gemeint. Aber Paco war und blieb tot.

Sieben Stockwerke tief war er gefallen und genau auf dem Dach eines Streifenwagens gelandet. Die beiden Cops, die neben ihrem Fahrzeug gestanden hatten, befanden sich mit einem Schock in Behandlung – und die Bürohengste rätselten schon darüber, wie man diese Beschädigung des Wagens ordnungsgemäß und glaubhaft abrechnete.

»Ich hätte ihm ins Bein schießen können«, murmelte Jo. »Er wäre hingefallen ...«

»... und dann bis zur Dachkante gerobbt«, vollendete Ron Myers zynisch.

»Willst du noch einen Kaffee?«

Jo nickte. »Ich verstehe das nicht«, sagte Jo, während Myers ihm einen Becher mit dem Kaffee füllte, von dem Jo schon manchen Liter getrunken hatte.

Es gab Tage, da war der braune Sud ein Lobtrank, aber in der Regel hatte das Zeug einen Geschmack, der erklärlich machte, warum Rowland und seine Männer lieber hart arbeiteten, als viele Kaffeepausen zu machen.

»Daß der Junge sich vom Dach gestürzt hat? Er wußte wohl, daß wir ihn wegen Mord drangekriegt hätten, wegen zweier Morde, dazu noch der Mordversuch an dir. Ich kenne schlechtere Gründe, sich vom Dach zu stürzen, als die Aussicht auf fünfundzwanzig Jahre in einem unserer Knäste, Minimum.«

Jo schüttelte den Kopf. »Das meine ich nicht«, meinte er leise.

Ron brachte den Kaffee, und Jo nahm einen kleinen Schluck. Das Zeug war heiß und stark, mehr konnte man darüber nicht sagen, ohne beleidigend zu werden.

»Dieser ganze Fall stimmt vorn und hinten nicht«, erläuterte Jo. »Ich habe Dutzenden von Mördern ins Gesicht gesehen, und darunter waren Kerle, die mir selbst ans Leben wollten. Es waren heimtückische Burschen darunter, die dich freundlich anlächeln, während sie schon damit beschäftigt sind, dir mit einem Rasiermesser den Bauch aufzuschlitzen. Aber weder der alte Mann noch der Junge passen ins Bild.«

Tom und Ron wechselten einen raschen Blick und sahen sich fragend an.

»Wir werden sehen, Jo«, sagte Tom. »Immerhin – nach diesem spektakulären Vorfall ...«

Unten auf der Straße hatten nicht nur Passanten, Nachbarn und die Polizei gestanden. Es waren auch Reporter dagewesen. Einer hatte das Pressefoto des Tages geschossen – Paco, wie er mit weit ausgebreiteten Armen durch die Luft flog, Sekunden vor dem Aufprall. Das Foto war gestochen scharf – Autofocus im Dienst der öffentlichen Berichterstattung.

»Der Junge hatte Angst«, sagte Jo. Er war mit seinen Gedanken nicht mehr in Tom Rowlands Büro. Er war wieder auf dem Dach. »Ich habe gesehen, wie er sich aufgerichtet hat«, murmelte Jo. »Es ging nicht um Knast.«

Jo hielt inne. Er sah Tom und Ron an. »Er wollte lieber sterben, als mit mir oder mit der Polizei reden«, sagte Jo. »Sein Motiv war nicht Feigheit, Angst vor dem Knast oder so etwas – er hat sich irgendwie *geopfert* ...«

Tom Rowlands Gesicht drückte Fassungslosigkeit und Skepsis aus. »Geopfert?« fragte er. »Jo, wir reden höchstwahrscheinlich von einem Mörder, einem Kerl, der zusammen mit anderen einem Mann den Schädel zu Hamburger-Rohmasse geprügelt hat. Geopfert? Ein Mörder?«

Jo lächelte zufrieden. »Ich weiß, ihr werdet mir nicht glauben«, sagte er. »Aber ihr habt den Jungen auch nicht gesehen, wie er sich aufrichtete. Klar, er hatte Angst. Aber da war noch Stolz. Sei's drum, Leute. Ich werde an dem Fall dranbleiben, bis zuletzt. Hat jemand was dagegen?«

»Kommissar X ist uns jederzeit, willkommen«, meinte Myers spöttisch. »Er …« Myers unterbrach sich; sein besonderer Freund, der neueingestellte Bürobote, tauchte auf, diesmal auf Rollschuhen. Bevor sich Myers noch von dem Anblick erholt hatte, lag abermals ein dicker Umschlag auf dem Tisch, und der Bote war wieder durch die Tür verschwunden.

»Uff!« sagte Tom Rowland und grinste nur. Er öffnete den Umschlag. Rasch überflog er die Seiten. »Fachquatsch«, brummte er. »Diese Ärzte glauben wohl, wenn sie sich allgemein verständlich ausdrücken, sacken sofort ihre Gehälter ab.«

»Womit sie vermutlich recht haben«, warf Myers ein. »Irgendwas dabei, was wir nicht schon gewußt haben?«

Rowland zögerte. »Ich weiß nicht recht«, sagte er. »Todesursache ist klar – Aortenabriß.«

In den meisten Fällen, in denen Menschen aus großer Höhe auf das Pflaster knallten, war die Todesursache, daß die Aorta, die Hauptschlagader, durch- oder abriß. Der Abgestürzte verblutete innerhalb kurzer Zeit innerlich.

»Und sonst?«

»Hmmm«, machte Tom. »Sieh selbst, Jo!«

Jo nahm seinem Freund das Papier aus der Hand und las.

»Der Junge war krank, hatte ohnehin nur noch ein paar Monate zu leben?«

»Sieht so aus«, sagte Rowland. »Was er für 'ne Krankheit hatte, weiß ich nicht, das geht aus dem Gutachten bisher nicht hervor. Aber jetzt ist jedenfalls klar, warum er gesprungen ist. Kann ich verstehen – ging wenigstens schnell und schmerzlos. Im Knast wäre es nicht so schnell gegangen.«

Jo stieß einen Seufzer aus.

»Mag sein«, sagte er und gab das Papier zurück. »Ich fahre nach Hause und schlaf jetzt ein paar Stunden. Wenn ihr irgend etwas herausbekommt – ruft ihr mich an?«

Tom Rowland nickte. »Wird gemacht, Jo«, sagte er.

Jo Walker stand auf und ging langsam zur Tür. Es war nicht nur die Müdigkeit, die ihm zusetzte. Es war auch das Gefühl, in gewisser Weise schuldig zu sein am Tod des Jungen.

»Jo!«

»Ja?«

»Ich finde, du hast richtig gehandelt.«

»Danke, Tom«, sagte Jo. Es tat gut, aber es half nicht viel.

In dieser Nacht schlief Jo Walker ziemlich schlecht. Im Traum arbeitete er den Fall noch einmal durch. In einer Szene mußte er sogar vor einem Gericht erscheinen und zum Tod des Jungen Stellung nehmen. Es war kein richtiger Alptraum, eher anstrengend als furchteinflößend, aber Jo war trotzdem froh, als er geweckt wurde.

»Jo, bist du wach?«

Eine unglaublich blöde Frage, fand Jo, aber er verkniff sich die gleichfalls ausgelutschte Standardantwort.

»Was gibt es?« Ein Blick auf die Uhr. Schon nach zehn morgens.

»Wir haben die Wohnung von diesem Jungen«, berichtete Tom Rowland. »Heißt übrigens Paco Esteban Sanchez, zumindest steht es so im Hotelbuch.«

»Ich komme«, versprach Jo und ließ sich die Adresse geben. Sie lag im gleichen Bezirk, wo Jo auch den Jungen getroffen hatte. Das Hotel war eine Absteige der miesesten Sorte, zugleich Stundenhotel, Umschlagplatz für Drogen und Versteck für Leute, die mit den Cops nicht zusammentreffen wollten.

In den zwanziger Jahren, als noch Charleston getanzt wurde und Jack Dempsey seine Gegner aus dem Ring hämmerte, war es wohl einmal ein gutes Hotel gewesen. Man konnte es an den Resten der Lampen sehen, an den letzten Fetzen der alten Tapeten, die nicht überklebt worden waren – und natürlich am Namen: *The Majestic.*

An der Rezeption entdeckte Jo einen jungen Cop, der mit der Inhaberin plauderte, einer ehemaligen Bordsteinschwalbe, die ihr bestes Jahrhundert schon eine Weile hinter sich hatte. Die Runzeln und Falten waren mühsam zugespachtelt worden, das Kleid war ein gewagter Fummel in Rot aus den späten Vierzigern, und die Zähne waren blitzsauber und nagelneu. Es wirkte sehr seltsam.

»Die Detectives sind oben, vierter Stock, Zimmer 416«, sagte der junge Police Officer, »Sir.«

Jo verkniff sich ein Grinsen. Der Cop hatte fast eine halbe Minute gebraucht, bis er sich zu der respektvollen Anrede hatte durchringen können. Es war nicht nett, soviel Höflichkeit zu belächeln.

»Phh«, machte die Frau hinter dem Tresen. »Sir!«

Jo lächelte freundlich über die Theke.

»Gratuliere«, meinte er liebenswürdig. »Zu Ihrem Stukkateur.«

Er war im ersten Stock, bevor die Lady in Gips die Pointe begriff; zufrieden hörte Jo sie im Erdgeschoß zetern, während er die Treppen hinaufstieg. Die Experten von der kriminaltechnischen Untersuchung waren am Werk, als Jo das Zimmer erreichte.

Tom Rowland stand auf dem Flur und rümpfte die Nase. »Billig«, stellte er fest, nachdem er Jo begrüßt hatte. »Eine billige Bude, billige Klamotten ... Er hat sich von Ravioli ernährt und von Fischkonserven, nach den leeren Dosen zu schließen, die wir gefunden haben.«

»Alkohol?«

»Kein Tropfen«, sagte Tom. »Aber ein Gebetbuch, zwei Rosenkränze und – sieh dir das an!«

Tom deutete auf eine Wand. Dort stand eine Kommode aus einem alten Warenhaus, darauf eine Schüssel, mit deren Hilfe man sich waschen konnte. Daneben entdeckte Jo etwas, das wie ...

»Ein Altar ...?«

Tom Rowland nickte grimmig. »Fromm war er auch noch. Leute umbringen, sich selbst umbringen und fromm.«

»Wie habt ihr das Zimmer gefunden?«

»Die Jungs vom Revier sind mit Fahndungsfotos losgezogen«, sagte Tom. »Haben gute Arbeit geleistet.«

»Was kostet der Schuppen?«

»Dreißig«, sagte Tom. »Die Woche. Er wohnt seit vier Wochen hier, hat immer im voraus bezahlt.«

Tom Rowland stieß einen Seufzer aus.

»Jo«, sagte er, »du hast recht. An dem Burschen stimmt etwas nicht.«

Jo lächelte. »Wie kommst du darauf?«

»Sieh dir die Hütte an«, sagte Tom. »Wir waren uns einig, daß die

Sache höchstwahrscheinlich etwas mit Rauschgift zu tun hat. Aber kennst du irgendeinen Koks-Baron, dessen Killer es nötig haben, in solchen Löchern zu hausen? Und solche Anzüge zu tragen? Aus dem Secondhandshop?«

»Vielleicht war er arm, einfach arm«, beharrte Jo. »So etwas soll's ja geben. Woher kam unser Freund?«

»Panama«, antwortete Tom. »Das steht in seinen Papieren. Er ist auf einem Bananenfrachter angereist.«

»Als ob er uns ärgern wollte«, sagte Jo. »Nichts paßt zusammen.«

Tom Rowland stieß einen Fluch aus.

»Willst du meine Meinung hören?« fragte Jo.

»Klar, schieß los.«

Jo überlegte kurz. »Ich habe einen gemeinsamen Nenner gefunden«, sagte er. »Ein Motiv, das alle Ungereimtheiten erklärt – die Armut, die Morde und all das ...«

»Und das wäre?«

»Rache«, sagte Jo. »Selbstjustiz oder wie immer du es nennen willst.«

»Hmmm«, machte Tom.

Er dachte wahrscheinlich in den gleichen Bahnen wie Jo: Rache.

Panama ist ein armes Land, mit armen Menschen. Reiche gibt es natürlich auch, aber nur wenige – beispielsweise jenen General Noriega, der 1988 nicht einmal dann gestürzt werden konnte, als die USA massiv in die Wirtschaft von Panama eingegriffen hatte. Noriega und Konsorten standen im Verdacht, sich am internationalen Rauschgifthandel zu beteiligen; sollte der General jemals einen Fuß auf US-amerikanischen Boden setzen, würde sich Sekunden danach Stahl um seine Handgelenke schließen. Das Geschäft mit dem Koks war riesig, ein Industriezweig, der größere Umsätze hatte als *General Motors.*

In den USA gab es Haftbefehle gegen etliche Kokain-Könige aus Südamerika. Es gab auch Auslieferungsersuchen der USA an die jeweiligen Heimatländer dieser Männer. Tatsächlich hatte dieses Auslieferungsersuchen der USA ein paar der Herren in Sorge gestürzt. Sie hatten sich daraufhin zusammengesetzt und ihrem Heimatland einen Deal angeboten.

Dafür, daß das werte Heimatland darauf verzichtete, die Kokain-

Dons an die USA auszuliefern, waren die Koka-Könige im Ausgleich bereit *die gesamte Auslandsverschuldung ihres Heimatstaates aus eigener Tasche zu begleichen.* Und das waren mehrere Milliarden US-Dollar.

»Sie haben vielleicht alles verloren«, murmelte Tom. »Ihr Land, ihre Einkünfte, wahrscheinlich auch Verwandte – und das für das verfluchte Kokain. Und bei sich zu Hause können sie nichts machen, weil ihre Regierungen von den Drogen-Kartellen geschmiert werden.«

»Und deren Bosse machen sich in New York und Miami einen feinen Lenz«, setzte Jo die Überlegung fort. »Hmmm, könnte hinkommen ...«

Ein paar Verzweifelte. *Desperados* nannte man solche Leute auf spanisch; Männer ohne Hoffnung, bedeutete das Wort. Wenigstens den einen oder anderen von denen zu erwischen, die mit dem Kokain Milliarden verdienten. Milliarden, nicht Millionen.

»Trotzdem«, sagte Tom und drehte sich um.

Das Gesicht des Captains war sehr hart geworden; wenn es etwas gab, was Tom Rowland haßte, dann war es vor allem der Drogenhandel.

»Kokain hin, Elend her – deswegen darf man trotzdem niemand umbringen, auch nicht aus Rache.«

Jo war der gleichen Meinung.

»Aber verstehen kann ich's«, sagte er.

»Ich auch«, meinte Tom.

»Was war der Junge von Beruf?«

»Fischer«, sagte Tom. »Hat so in seinen Papieren gestanden. Er stammt aus einem winzigen Nest an der Küste, ein paar Meilen westlich des Kanals.«

»Westlich?«

Tom grinste. »Hast du auch nicht gewußt, wie?«

»Was?«

»Daß der Panamakanal nicht von Ost nach West verläuft, wie man annehmen sollte.«

»Sondern?«

»Von Nord nach Süd, schau's dir auf dem Atlas an. Es stimmt. Kannst du Wetten mit gewinnen.«

Jo verdrehte die Augen. »Paßt auch nicht ins Bild«, sagte er. »Bauer, das hätte ich verstanden. Aber Fischer ...«

»Willst du immer noch dranbleiben, Jo?«

Jo Walker zögerte.

»Es wird langweilig werden«, sagte Tom. »Reine Routine. Wir werden jetzt überall in dieser Gegend nach diesen kleinen braunen Männern suchen. Sie müssen die Gewehre hier gekauft haben, mit denen sie Grosvenor umgebracht haben. Das ist eine ziemlich gute Spur, vor allem, wenn sie von so auffälligen Leuten gemacht wird.«

Jo nickte. »Trotzdem«, sagte er. »Ich werde versuchen, das Knäuel am anderen Ende aufzudröseln.«

»An welchem?«

»Grosvenor«, sagte Jo. »Er hat sicher nicht allein gearbeitet. Und seine Kumpane dürften jetzt ziemlich viel Angst haben – vor neun kleinen braunen Männern.«

Jo drückte auf den Knopf. »Helen Garner« stand daneben auf dem Schild.

»Ja, bitte?« Eine helle, warme Frauenstimme.

Jo stellte sich vor und schilderte sein Anliegen. Helen Garner ließ ihn ins Haus, in dem sie den elektrischen Türöffner betätigte, aber in die Wohnung ließ sie Jo erst, nachdem er seine Lizenz vorgezeigt hatte. Die Frau war vorsichtig.

»Ich habe Grund dazu«, sagte Helen Garner.

Sie war Mitte Vierzig, Witwe, recht attraktiv und bis vor einigen Tagen Sekretärin und rechte Hand von Frederic Grosvenor gewesen.

Jo kniff die Augen zusammen. »Wieso?« fragte er. »Werden Sie behelligt oder belästigt?«

»Belästigt, nun ja, nicht mehr als heutzutage üblich. Es gibt einen Anrufer, der mir ab und zu etwas vorkeucht und ziemlich langweilige sexuelle Angebote macht.«

Jo grinste breit. »Langweilig?«

»Nun, der Anrufer scheint seine Ideen für außerordentlich verrucht zu halten ... Ich nicht.«

»Haben Sie ihm das gesagt?«

Helen Garner stockte.

»Nein, natürlich nicht«, sagte sie. »Das würde dem Ärmsten ja die allerletzte Möglichkeit nehmen, sich ein bißchen gehenzulassen.«

Jo amüsierte sich im stillen. »Okay«, sagte er. »Wenn's das nicht ist, was dann?«

»Ich werde beschattet«, antwortete sie. »Jedenfalls kommt es mir so vor. Zwei Männer in einem hellblauen Oldsmobile. Wenn Sie wollen, kann ich Ihnen den Wagen zeigen – sie parken immer an der gleichen Stelle, damit sie meine Wohnung im Auge behalten können.«

»Sind Sie sicher?«

»Ich bin nicht paranoid, Mister Walker, falls Sie das meinen.«

»Seit wann geht das so?«

»Seit Fred tot ist«, sagte Helen Garner. »Ich habe ihn Fred genannt, seit wir vor fünfzehn Jahren mal was miteinander hatten. Er nannte mich Helen. Wir kamen gut miteinander aus.«

Jos nächste Eröffnung mußte der Frau einen Schock versetzen, aber er konnte ihr das nicht ersparen.

»Wir haben Grund zu der Annahme, daß Ihr Freund Fred seine Finger im Rauschgiftgeschäft mit Südamerika hatte«, sagte Jo. Er griff in die Brusttasche seines Jacketts und holte ein Bild von Josh Slayter hervor. Nur das Fahndungsfoto. Die Bilder von der Leiche waren ja nicht von der Sorte, daß man sie Ladys zeigen konnte, nicht einmal einer Frau von Helen Garners Format.

»Dieser Mann, der ganz bestimmt etwas mit Rauschgift zu tun hat, hat mich vor seinem Tod gebeten, Grosvenor zu warnen – er sei der nächste ...«

Helen Garner strich sich die dunklen Haare aus der Stirn. »Ich kenne diesen Mann nicht«, sagte sie. »Ich habe ihn nie gesehen. Im übrigen war ich mit allen Geschäften von Fred vertraut. Er war kein Rauschgifthändler.«

»Menschenkenntnis kann trügen, Mrs. Garner«, warnte Jo.

»Ich weiß. Ich habe Sie trotz dieses Risikos hereingelassen, obwohl ich befürchten mußte, daß Sie vielleicht etwas mit meinen Beschattern zu tun haben. Fred ist – er war zu weich für solche Geschäfte. Im Grunde war er zu weich für jedes Geschäft. Wenn wir nicht ein paar ausgesprochen gute Stammkunden gehabt hätten, ich weiß nicht, wie sich die Firma hätte halten sollen.«

Jo war geneigt, der Frau zu glauben. Sie sprach ruhig, wirkte sachlich und gescheit, vor Gericht sicher eine überzeugende Zeugin. Sie hatte sich Gedanken gemacht über das, was passiert war, und daraus eigene Schlußfolgerungen gezogen.

Helen Garner dachte noch einmal nach und schüttelte energisch den Kopf. »Nein, Mister Walker, in diesem Fall müssen Sie sich irren. Fred und Rauschgift – das paßt nicht zusammen.«

»Ich glaube Ihnen«, beruhigte er sie. »Und was für eine Erklärung haben Sie für die Männer, die Sie beobachten? Wenn Fred nichts mit Rauschgift zu tun hatte – womit dann? Oder glauben Sie, daß diese Männer es auf Sie ganz persönlich abgesehen haben?«

Helen Garner ließ sich auch durch diese Frage nicht aus der Ruhe bringen. »Genau das gleiche habe ich mich auch schon gefragt«, sagte sie nachdenklich. »Und ich habe nur eine Antwort gefunden, selbst wenn sie grotesk klingen mag. Die beiden Herren müssen dem gleichen Irrtum erlegen sein wie die Mörder, die Polizei und wohl auch Sie.«

Jo kratzte sich hinter dem Ohr. »Wir alle irren und nur Sie allein ...«

Helen Garners Stimme wurde eine Spur schärfer. »Für mich sieht es so aus, Mister Walker. Solche Dinge kommen vor.«

Im Streitfall war mit dieser Lady nicht gut Kirschen essen. Jo hatte den Verdacht, daß sie den Laden Grosvenors in Wirklichkeit geführt hatte. Dann mußte sie sich in allen geschäftlichen Belangen sehr gut auskennen.

Hatte sie vielleicht?

Manchmal gab es keine andere Wahl, und Jo mußte sich ausschließlich auf seine Menschenkenntnis und seinen Instinkt verlassen. In diesem Fall sagte ihm sein Gespür, daß Helen Garner keine krummen Geschäfte unternommen hatte.

»Womit hat die Firma gehandelt, Mrs. Garner?«

Helen zuckte die Schultern. »Das wechselte«, sagte sie. »Wir verkaufen ziemlich viele Maschinenteile, aber auch Lebensmittel, Genußmittel, Chemikalien, Holz – was halt so kommt.«

»Kontrollieren Sie die Ware?«

Helen Garner schüttelte den Kopf.

»In der Regel läuft es so, daß sich jemand an uns wendet, weil er ein bestimmtes Produkt braucht. Wir finden einen passenden Hersteller, vermitteln den Kontakt und besorgen außerdem, und das ist fast unsere Hauptaufgabe, Frachtraum für die Ware.«

Jo kniff die Augen zusammen. »Damit sind Sie in gewisser Weise auch eine Transportfirma oder eine Reederei?«

»Wenn man das so nennen will, ja. Die Waren, die wir vermitteln, werden hier in New York angeliefert, meist auf Trucks, manchmal auch auf Güterwaggons. Wir schaffen das Zeug an Bord von Schiffen oder Flugzeugen, lassen es vom Zoll prüfen und bringen es dann zum Besteller. Das ist alles.«

Jo nickte nachdenklich.

Eine stinknormale Firma. Ein Besitzer, der ein bißchen zu weich und farblos war für das Geschäft, eine sehr tüchtige, gutaussehende Sekretärin, die einmal eine Bettgeschichte mit ihrem Chef gehabt hatte – das alles sah überaus normal aus, eigentlich uninteressant.

»Und dieser Mann – Slayter? Sehen Sie sich das Foto noch einmal genau an, bitte.«

Helen Garner griff erneut nach dem Bild. Sie ließ sich Zeit. »Nein«, betonte sie und gab Jo das Foto zurück. »Diesen Mann kenne ich nicht. Denn wenn ich ihn gesehen hätte, würde ich mich an ihn erinnern. Er flößt mir Angst ein, obwohl ich vor Männern sonst keine Angst habe.«

Helen Garner sah einen Augenblick lang fast durch Jo hindurch. »Und Sie sind sicher«, begann sie leise, »daß dieser Mann Mr. Grosvenor warnen wollte? Wirklich warnen?«

Jo runzelte die Stirn. »Wie kommen Sie auf die Frage?« Helen Garner lächelte. »Weil dieser Mann nicht so aussieht, als würde er die letzten Augenblicke seines Lebens auf eine gute Tat verwenden.«

»Donnerwetter«, entfuhr es Jo. »Lady, da haben Sie recht. Ich hoffe, Sie werden die Firma Grosvenor weiterführen und sich nicht in meinem Metier ansiedeln – die Konkurrenz wäre mir zu gefährlich.«

Der Blickkontakt war kurz und intensiv; am liebsten hätte Jo weitere Stunden mit dieser gescheiten und attraktiven Frau geredet, aber dazu hatte er keine Zeit. Noch waren neun der zehn kleinen braunen Männer auf freiem Fuß. Zwei Männer hatten sie schon umgebracht, und vermutlich standen weitere Opfer auf ihrer Liste.

»Ach ja«, sagte Jo, als er schon auf der Schwelle stand. »Was hat Ihre Firma mit Panama zu tun?«

»Nichts«, sagte Helen Garner. »Außer, daß unser Schiff auf seinem Weg zwischen New York und Ostasien den Kanal benutzt.«

»Wie heißt das Schiff?«

»Die *MS Tampico«,* antwortete Helen Garner. »Sie liegt im Augenblick im Hafen und nimmt Fracht für Bangkok.«

Jo hatte keine Ahnung aber in seinem Hinterkopf klingelten die Alarmglocken.

Er verabschiedete sich von Helen Garner, dann verließ er das Haus durch die hintere Tür. Sie führte auf einen ummauerten Hof, aber die schulterhohe Mauer stellte für Kommissar X kein besonderes Hindernis dar. Er kletterte drüber und stand nach kurzer Zeit auf einer Nebenstraße. So konnte er sich dem Auto mit den beiden Spitzeln nähern, ohne als die Person erkannt zu werden, der gerade das Garner-Haus verlassen hatte.

Helen Garner hatte richtig gesehen. Ein hellblauer Oldsmobile, zwei Männer darin. Sie waren Mitte Dreißig, einen Hauch zu durchschnittlich und unauffällig. Schon aus beträchtlicher Entfernung konnte Jo die Kanonen in den Halftern erkennen.

Profis – nein, keine richtigen Profis. Männer, die nicht schlecht waren in ihrem Job, sich aber zu sehr bemühten, so auszusehen, wie Profis nach ihrer Meinung aussahen.

Sie hatten harte, undurchdringliche Gesichter aufgesetzt und lasen im Wagen Zeitungen, die nicht zu ihrem Typ paßten. Ein Spitzenkönner hätte in der Nase gepopelt, Mädchen angequatscht oder Riesenportionen Eis geschleckt, um nicht als Profi erkannt zu werden.

Jo spazierte im toten Winkel auf die beiden zu. Das Kennzeichen ihres Wagens hatte er sich schon gemerkt. Den Mann am Steuer, der sich eingehend in die *Financial Times* vertieft hatte, traf fast der Schlag, als Jo ihm plötzlich auf die Schulter tippte. Der andere bewies mangelnde Klasse dadurch, daß er erst in Richtung Kanone griff und dann zurückzuckte. Beides war viel zu deutlich.

»Hallo, Jungs«, sagte Jo freundlich. »Nett, daß ihr auf die Lady aufpaßt.«

»Ähem«, machte der Fahrer, von der Situation sichtlich intellektuell überfordert.

»Und richtet eurem Boß aus – er ist auf der falschen Fährte.« Jo tippte mit der Hand an die Krempe eines imaginären Huts.

»Bis zum nächstenmal, Jungs«, sagte er und ging davon zum Parkplatz.

Manchmal war es wirklich ein Vorteil, den 230er zu fahren. Er machte es eventuellen Verfolgern einfacher, an Jo kleben zu bleiben. Jo hatte es dadurch einfacher, eventuelle Verfolger im Auge zu behalten. Tom und Dick – so hatte Jo die beiden in dem Oldsmobile inzwischen getauft – hatten sich an Jos Fersen geheftet. Dort blieben sie auch, während Jo eine kleine Spazierfahrt durch die Stadt unternahm.

Beim Fahren nutzte er die Zeit, um seine Gedanken zu sortieren. Viel an diesem Fall war inzwischen klar, aber es gab da ein paar Lücken, die sich einfach nicht schließen lassen wollten.

Die Übergänge in dem Puzzle fehlten, und genau auf die kam es an, wenn man damit vor Gericht gehen wollte. Die zehn aus Panama waren nach New York gekommen, um sich an den New Yorker Hintermännern eines Rauschgiftrings dafür zu rächen, daß man sie ruiniert hatte. Slayter hatten sie als ersten erwischt, vermutlich war er nicht mehr als ein Kontaktmann zwischen den einzelnen Teilen der Bande gewesen. Dann war programmgemäß Grosvenor an die Reihe gekommen.

Und nun? Wer stand jetzt auf der Liste der Killer ganz oben?

Helen Garner? *Möglich,* dachte Jo. Die Frau hatte einen sehr guten Eindruck auf ihn gemacht, aber auch ein Kommissar X konnte irren.

Was Verbrechen anging, hatten die Frauen sich in den letzten Jahrzehnten fleißig emanzipiert. Durchaus möglich, daß Grosvenor nur ein Strohmann gewesen war, ein Namensschild, nicht mehr. Aber warum hatte Slayter dann Wert darauf gelegt, Grosvenor zu warnen? Jo ging der Satz von Helen Garner nicht mehr aus dem Kopf. Sie hatte durchaus recht – Josh Slayter war kein Mann, der, im letzten Augenblick seines Lebens, noch ein paar gute Werke auf seine Waagschale zu packen suchte.

»Vielleicht hatte Slayter nicht an Himmel und Hölle geglaubt. Wenn er aber geglaubt hatte, hätte er sich nach seiner Karriere auch denken können, daß ihm im höllischen Schmortopf ein besonders heißes Plätzchen vom Satan reserviert worden war.«

Tom und Dick blieben an Jo dran. Sie ließen sich von ihm durch halb New York lotsen, und verließen Jo auch nicht, als der die günstige Gelegenheit nutzte und sich blitzschnell in eine Parklücke zwängte. Was in Jos Augen die Krimifilme so unglaubwürdig machte, war nicht Kojaks Lolli-Lutscherei oder das Herumballern, sondern die utopische Darstellung, daß Kojak mitten in Manhattan immer und überall einen freien Parkplatz fand, wenn er einen brauchte.

Jo besorgte sich an einem Stand einen Hamburger und Kleingeld, um einen Anruf zu tätigen. Er ließ sich Zeit. Tom und Dick fanden natürlich keinen Parkplatz und mußten einmal rund um den Block kurven. Und ein zweites Mal, weil Jo einfach am Bordstein stehenblieb und seine Zähne in den Hamburger schlug. Mit der freien Hand winkte er den beiden Männern in dem Oldsmobile zu. Sie ignorierten es zähneknirschend.

Als sie das nächstemal vorbeikamen, saß Jo bereits wieder in seinem Wagen und fädelte sich aus der Parklücke heraus. Aus irgendeinem Grund hatte Jo herrlich gute Laune …

Die *MS Tampico* war kein besonderes Schiff. Nicht besonders groß, nicht besonders alt, auch nicht auffällig schön oder bemerkenswert heruntergekommen. Es war ein Frachtschiff von knapp sechstausend Bruttoregistertonnen, und es fuhr unter der Flagge Panamas.

Das galt für viele Schiffe. Die steuerlichen Vorteile gewisser Länder brachten es mit sich, daß vermutlich zwei Drittel aller Schiffe unter der Flagge Panamas, Liberias oder anderer Billigländer fuhr.

Das Motorschiff lag am Kai und wurde gerade beladen. Jo konnte einen der typischen Hafenkräne bei der Arbeit sehen. Für moderne Container war das Schiff nicht geeignet; wahrscheinlich drückte das die Frachtraten, trieb dafür die Personal- und Hafenkosten in die Höhe.

Das nächste, was Jo am Kai entdeckte, war in einer Gasse zwischen zwei Schuppen, ein Auto – ein *Yellow Cab.* Nun gab es wahrscheinlich ein paar Tausend dieser gelben Autos in der Stadt, aber eines wie dieses gab es im Großraum New York nur einmal.

Sammy Brown mußte in der Nähe sein. Sein Wagen jedenfalls war leer. Die Frage aber war was suchte der Mann in dieser Gegend?

Jo stellte seinen Wagen ab. Auf Tom und Dick brauchte er nicht zu warten; die würden geraume Zeit damit beschäftigt sein, sich eine Möglichkeit zu verschaffen, Jo *unauffällig* zu beobachten. In dieser Gegend war das gar nicht so einfach.

Jo ging einmal an dem Schiff entlang. Es war nichts Auffälliges zu sehen. Der Kran wuchtete gerade eine Palette mit braunen Säcken an Bord. Oben, auf Deck, stand ein Mann und gab dem Kranführer Handzeichen. Es sah alles sehr normal aus. Entschieden zu normal, fand Jo.

Er ging zur Gangway und stieg an der Bordwand hoch, bis er die Reling erreicht hatte. Ein Mann in blauem Sweater und bemerkenswert breiten Schultern nahm in dort in Empfang.

»Ich hätte gern den Kapitän gesprochen«, sagte Jo.

Der Mann im Sweater war fast zwei Meter groß. Er hatte wasserblaue Augen und sehr dunkles, fast schwarzes Haar. Eine Rauferei mit diesem Burschen würde bestimmt kein Vergnügen sein. Auf dem bloßen linken Unterarm des Mannes entdeckte Jo eine Tätowierung – die Zeichnung eines Grabs mit Grabstein. Auf dem Grabstein war keine Schrift zu sehen – nur Zählstriche. Genau siebzehn ...

»Yo«, sagte der Hüne und lächelte dazu.

Gänzlich ohne Schaden war er bei all den Raufereien nicht weggekommen. Seine Ohren hatten etwas abgekriegt, seine Nase wirkte eingedellt und ihm fehlten ausgerechnet die beiden Eckzähne, was seinem Grinsen einen höchst eigentümlichen Charakter gab. Wo er sonst noch Schäden erlitten hatte, ließ sich äußerlich nicht feststellen.

»Ich will den Käpt'n sprechen«, sagte Jo, diesmal etwas lauter.

»Nee«, sagte der Hüne. »Doch!« sagte Jo. »Nee ...«

Das Spiel hätte sich noch ein paar Tage fortsetzen können, wäre nicht jemand in Uniform zwei Decks höher aufgetaucht.

»Was gibt es, Jorge?«

»Er will zum Käpt'n, Sir!« erklärte der Hüne.

»Okay, ich komme hinunter.«

»Siehste!« sagte Jo.

»Bah!« erwiderte Jorge und stapfte davon. Fast glaubte Jo spüren zu können, wie der Schiffsrumpf bei jedem Schritt des Riesen erzitterte.

Jo blieb neben der Reling stehen. Unten auf dem Kai standen Tom und Dick nebeneinander und redeten wild aufeinander ein, augenscheinlich, ohne einander dabei auch zuzuhören.

»Ich bin der erste Offizier, Sir. Was kann ich für Sie tun?«

Der I.O. roch aufdringlich nach Pfefferminz. Wenn man etwas genauer hin schnupperte, konnte man unter den Erfrischungsbonbons die Schnäpse riechen, die der wackere Sailor bis zu dieser Nachmittagsstunde bereits genossen hatte.

Jo versuchte sich an einem liebenswürdigen Lächeln. »Mein Name ist Walker, ich bin im Auftrag von Mrs. Garner hier. Sie kennen doch Mrs. Garner?«

Der I.O. grinste. »Klar, die kenne ich. Hat Haare auf den Zähnen, die Lady, aber sonst ganz patent. Okay, was kann ich für Sie tun?«

Jo lächelte wieder. »Ich würde mir gern Ihre Ladung ansehen«, sagte er. »Intensiv und gründlich.«

Der I.O. lächelte immer noch.

»Aber gewiß, Mister Walker. Darf ich vorangehen?«

Jo ahnte, daß der Versuch in einer Pleite enden würde; wahrscheinlich hatte Helen Garner recht. Das Ganze war dann nur eine einzige große Verwechslung. Der I.O. war sichtlich ein sehr erfahrener Seemann. Auch jetzt, da der Kahn sehr ruhig im Hafen von New York lag, war er damit beschäftigt, durch gekonntes Schwanken einen mittelschweren Taifun abzureiten. Jo hatte Mühe, vom Zusehen allein nicht seekrank zu werden.

»Hier«, sagte der I.O. und blies Jo eine weitere Ladung Pfefferminz ins Gesicht. »Das ist Laderaum 1 – hier verstauen wir gerade unsere neu hereingekommene Ladung.«

Jo warf einen Blick auf das große viereckige Loch im Deck. Zwei Stockwerke tiefer waren drei Männer damit beschäftigt, die Säcke zu verstauen.

»Und was ist in den Säcken?« wollte Jo wissen.

»Oh, sehen Sie selbst«, begann der I.O.

Der Angriff kam völlig überraschend. Jo spürte einen harten Schlag im Rücken. Er konnte den Schwung nicht mehr abfangen.

Kopfüber stürzte Jo hinab in den Laderaum. Im Fallen versuchte er sich noch zu drehen, damit er nicht gerade direkt auf dem Schädel landete. Das gelang ihm auch – er knallte platt wie eine Flunder mit dem Rücken auf die Säcke. Der Aufprall trieb ihm die Luft aus den

Lungen, daß er nach kurzer Zeit das Bewußtsein verlor. Das letzte, was Jo bewußt spürte, war das triumphierende Meckergelächter des I.O. – dann wurde es dunkel und still um Jo Walker.

»Wußte ich es doch, daß wir uns wiedersehen«, sagte eine wohlvertraute Stimme. Sie kam irgendwo aus der rabenschwarzen Finsternis, die Jo umgab und klang hinein in die gemeinsten Kopfschmerzen, die Jo je gehabt hatte.

»O Gott«, stieß Jo hervor.

»Nix da Gott«, sagte die Stimme. »Hier ist nicht der Himmel, Mister Walker.«

»Das habe ich auch nicht angenommen«, murmelte Jo.

Er tastete seine Umgebung ab. Ein paar rauhe Jutesäcke, auf denen er lag, einige ziemlich feucht und faulig. Rechts und links Wände aus Metall. Jo richtete sich langsam auf und setzte sich, die Metallecke im Rücken.

»Sammy?«

»So ist es. Detective Sergeant Sam Michelson Brown, Sir.«

»DEA?«

»Gut geraten, Mann«, sagte Sammy. »Meine Tarnung war doch prima, was, Mister Walker?«

»Ich bin jedenfalls darauf reingefallen«, sagte Jo. Der Kopfschmerz ließ langsam nach. Die Dunkelheit nicht. »Okay, und was ist passiert?«

Der Mann von der *Drug Enforcement Agency* ließ sich Zeit mit seiner Antwort. »Ich habe mich umgehört«, sagte er. »Im Milieu. Nach Josh Slayter. Er ist ein paarmal hier am Hafen gesehen worden. Also habe ich im Hafenbüro nachgesehen, welche Schiffe zur fraglichen Zeit hier lagen – und siehe da, es kam heraus, daß Slayters Besuche jedesmal mit den Besuchen der *MS Tampico* zusammenfielen.«

Jo stöhnte. Die Kopfschmerzen, die man auf seinen Sturz zurückführen konnte, waren weitgehend abgeklungen; aber die Kopfschmerzen, die ihm dieser verwickelte Fall bereiteten, wollten eher stärker werden.

»Dann hat Grosvenor an Bord dieses Schiffes doch Rauschgift geschmuggelt? Zusammen mit diesem Slayter?«

»Sieht so aus«, antwortete Brown. Seine Stimme hatte die ganze Mätzchenhaftigkeit seiner Rolle verloren. Er sprach ruhig und mit hörbarer Kompetenz.

»Das macht keinen Sinn«, murmelte Jo und schüttelte den Kopf. »Irgendwie paßt alles nicht zusammen.« Er richtete sich weiter auf.

»Vorsicht«, warnte Sammy. »Da sind ein paar Kanten an der Wand. Sie haben uns in ein Kabuff gesteckt, so 'ne Art Besenkammer. Etwas ungemütlich, aber dafür sicher. Sie brauchen es gar nicht erst zu probieren, wir kommen hier nicht heraus.«

Jo dachte an Tom und Dick, die gesehen haben mußten, wie Jo an Bord gegangen war. Und daß er nicht wieder zurückgekehrt war. Nur, aus welcher Ecke kamen die beiden? Von Grosvenors Hintermännern?

»Wie lange sind wir schon drin?« fragte Jo.

»Keine Ahnung«, antwortete Sammy. »Sie haben uns die Uhren abgenommen. Aber ich schätze mindestens sechs Stunden.«

Dann war es draußen Nacht. Und keiner außer Tom und Dick wußte, daß Jo an Bord war. »Wie hoch ist die Kammer?«

»Höher als ich greifen kann«, erwiderte Sammy. »Aber dafür im Sommer schön kühl. Wir stecken nämlich unter der Wasserlinie.«

»Das erklärt die Feuchtigkeit«, murmelte Jo.

Stille … Zwei Gehirne, die beide gleichzeitig auf Hochtouren liefen. Und die beide an dasselbe dachten. Wasser …

Jo bückte sich. Der Boden war fingerbreit benetzt. Sam hielt schon das Ohr an die Tür.

»Ich höre etwas rauschen«, sagte er leise. »Ganz schwach.«

Jo holte tief Luft. »Das kann nur eines bedeuten«, stieß er hervor.

»Die Kerle wollen uns ersäufen«, knurrte Sammy. »Trockene Klamotten kriegen wir erst wieder in der Hölle.«

Sam war Profi wie Jo, sie brauchten nicht viel zu bereden. Jo tastete seine beiden Wände ab, Sammy die anderen Wände. Der Raum maß drei zu drei Meter, hatte eine quadratische Grundfläche, und alle Wände bestanden aus Eisen. Abgeschlossen wurde das Kabuff durch einen Hebel von außen. Es gab keine Möglichkeit, es von innen zu öffnen.

Aber das Wasser stieg. Es schwappte jetzt schon um Jos Knöchel. »Okay«, sagte Jo. »Ich bin schwerer, ich mache den Untermann.«

Er hielt Sam die Hände hin, sie bildeten eine Räuberleiter, und Sammy begann damit, den oberen Teil des Kabuffs abzutasten. »Stopp«, sagte er. »Eine Abdeckung, wahrscheinlich für die Belüftung.«

»Groß genug?« fragte Jo.

»Theoretisch ja«, sagte Sammy. »Aber das Ding ist verschraubt, und die Kerle haben mir mein Taschenmesser genommen, so ein rotes, wissen Sie.«

»Hilf mir!« bat Jo. Diesmal tastete er nach der Verkleidung. Rundkopfschrauben mit Schlitz. Ziemlich groß.

Als er wieder runterstieg, spürte er das Wasser schon am Schienbein. Nur einen kurzen Augenblick lang überließ sich Jo seiner Angst.

In diesem Loch elend und langsam zu ersaufen, das war eine der gräßlichsten Todesarten, die er sich vorstellen konnte. Vor allem die letzten zwei Minuten würden grauenvoll werden – wenn zum Entsetzen des Todes noch die Entwürdigung kam.

»Immerhin«, murmelte Jo. »Beklaut haben sie uns nicht. Ich habe Kleingeld dabei.«

Es klappte. Die Zehn-Cent-Münze war schmal genug, daß man sie in den Schlitz einer Schraube bekam. Aber das hieß nicht, daß es einfach war, die Schraube in Bewegung zu bringen. Dick saß der Lack darauf, und Jo war in Schweiß gebadet, als er endlich, begleitet von einem leisen, hoffnungsvollen Quietschen, die erste Schraube drehen konnte.

»Wieviel sind es?« fragte Sammy. Er atmete so ruhig und gleichmäßig wie möglich, aber Jo spürte, wie es an Sammys Kräften zehrte, seinen Körper zu halten.

»Acht«, sagte Jo. Er ließ die erste Schraube einfach fallen. Es platschte leise.

»Dann wird es knapp«, sagte Sammy fröhlich. »Wenn es nur wegen einer Schraube nicht klappt, werde ich mich totärgern.«

Jo stieg ab. »Mach weiter«, sagte er zu Sammy. »Ich kann dich besser halten als du mich.«

»Okay, wie du willst«, sagte der Schwarze.

Er machte sich an die Arbeit, während das Wasser stieg. Schraube Nummer zwei, drei …

Sammy arbeitete schnell und zügig, und ganz offensichtlich hatte er auch genügend Kraft, um die festsitzenden Schrauben losdrehen zu können. Leider verbrauchte er bei jeder Schraube eine Münze. Und Jo besaß genau acht Münzen, deren Rücken schmal genug war. Aber das war nicht die größte Gefahr.

Die stellte sich jäh heraus, als Jo es erneut platschen hörte. Das Wasser stand ihm inzwischen bis zur Brust. Kein Laut von Sammy.

»Nummer acht?« fragte Jo.

»Nein«, sagte Sammy leise. »Die Münze – sie ist mir aus der Hand gefallen.«

Tiefes Luftholen.

»Krall dich an dem Gitter fest«, sagte Jo nach kurzem Nachdenken. Das Wasser stieg jetzt schnell, ekelhaft schnell. Und mit dem Wasser stieg die Angst.

»Ich werde an dir hochklettern – wird ein bißchen an den Fingern ziepen, aber das wirst du schon durchhalten.«

»Mach zu!« stieß Sammy hervor. Das Hafenwasser von New York ist nicht zu vergleichen mit dem Badewasser im Waldorf-Astoria, nicht nur was Reinheit und Wohlgeruch angeht. Das Badewasser ist auch wärmer.

Sams Finger waren garantiert ähnlich kalt und steif wie die von Jo. An diese Finger das Gewicht von zwei Mann zu hängen …

Jo begann den Aufstieg. Er benutzte Sams Körper als Kletterstange. Sammy gab ein Ächzen von sich, mehr nicht. Der Mann von der DEA war zäh, und er konnte einstecken.

Jo bekam das Gitter zu fassen. Harter, scharfkantiger Draht. Jo packte zu, entlastete Sam von seinem Gewicht. Sam dankte es mit einem tiefen Seufzer.

»Die Schraube sitzt rechts oben«, sagte Jo. »Wenn wir uns beide links unten dranhängen …«

Es ging. Langsam, wie in Zeitlupe bewegte sich das Gitter nach unten. Es bog sich durch.

»Jetzt zur Seite.«

Es gelang, überraschend schnell sogar. Jo tastete das Loch ab. Ein Viereck, aber in einer Kante hing noch das verbogene, zur Seite gedrehte Gitter. Platz genug für den schmächtigen Sammy. Zu eng für die breiten Schultern eines Jo Walkers.

Sammy war fix im Denken, er begriff sofort, was das bedeutete. »Okay«, sagte er. »Ich beeile mich.«

Es ging um Sekunden, vielleicht. Keine Zeit für vertrauensbildende Gespräche, das Beratschlagen von Plänen. Einer allein konnte es nicht schaffen, zu zweit hatte wenigstens einer eine Chance. Die beiden Männer sackten zurück in das eiskalte Wasser. Öl trieb auf der Brühe, und es brannte höllisch in den kleinen Wunden an den Händen.

»Ich helfe dir.« Jo wuchtete Sammy in die Höhe. Der strampelte, fluchte – und verschwand nach einigen Flüchen in der engen Höhlung hinter dem Absperrgitter.

Jo stieß einen erleichterten Seufzer aus. Das Wasser reichte ihm jetzt bis zum Hals. Es stieg beständig weiter. Noch drei bis fünf Minuten, und es würde über seinem Kopf zusammenschlagen. Aber Jo konnte schwimmen. Das würde das Ende hinauszögern, um wenigstens zehn Minuten, schätzte Jo. Dann würde das Wasser die Oberkante der Decke erreicht haben.

Jo Walker blieb dann nur noch, den Kopf in das Loch zu stecken, das für seine Schultern zu breit war, um noch eine oder zwei Minuten herauszuschinden, bis es nichts mehr herauszuschinden gab.

Jo nahm sich vor, den Kerl, der dafür die Verantwortung trug, mit eigener Hand zu erwürgen. Ganz langsam und genußvoll.

Das Wasser stieg. Zwischen Decke und Wasserspiegel war jetzt nur noch eine Handbreit Platz. Und dann platschte und prustete es neben Jo.

»Das war knapp, Mann«, schnaubte Sammy. »Komm, ich zeig dir den Weg.«

Die beiden Männer sahen sich erleichtert an. Selten in seiner Karriere hatte Jo verdreckter und glücklicher ausgesehen als in diesem Augenblick. Er hatte genug Luft zum Atmen, die Todesfalle lag hinter ihm, und es gab sogar Licht. Eine Minute lang gönnten sich die beiden Männer eine Rast, mehr nicht.

»Der Kahn säuft ab«, sagte Sammy. »Aber das ist nicht alles.«

»Was noch?« fragte Jo.

»Ich werde es dir zeigen«, versprach Sammy. »Hey, Mann, weißt du, daß ich es nicht geglaubt habe? Ich war sicher, wir beide würden darin verrecken.«

Jo lächelte freudlos. »Ich auch«, sagte er. »Aber nicht ganz. Los, gehen wir, sonst fahren wir mit diesem Kahn in die Tiefe.«

»Ohne mich«, behauptete Sammy. »Ich fahre nie mehr.«

Die beiden Männer stiegen die eisernen Stufen hinauf, die nach oben, zu den Decks führten. Das Licht im Inneren des Schiffes brannte, aber sonst war es merkwürdig still.

Jo und Sammy sahen sich an. Da stimmte etwas nicht. Den ersten Toten fanden sie auf einem der Gänge, umgeben von einer Blutlache.

»Vor zwei Stunden«, stellte Jo nach kurzer Untersuchung fest. »Zwei Einschüsse in die Brust.«

Sammy fluchte lästerlich. »Was hat das zu bedeuten?« fragte er. »Wer bringt hier wen um – und warum?«

»Langsam komme ich der Sache auf die Spur«, sagte Jo. »Ganz langsam.«

Zwei Leichen waren im offenen Laderaum zu finden. Durch das Riesenloch hindurch konnte Jo die Sterne sehen. Die Männer lagen auf den Säcken, ebenfalls erschossen.

An Deck lag Jorge, im Gesicht einen Ausdruck fassungslosen Unglaubens. Auf der Brücke entdeckte Jo den I.O. erschossen.

»Sie sind alle tot«, stellte Sammy fest. »Alle. Außerdem zwei, die gar nicht zum Schiff gehören. Sehen eher wie die Gorillas von jemandem aus.«

Jo schloß für einen Augenblick die Augen. Das mußten Tom und Dick gewesen sein. Sie waren ihm gefolgt, bis in den Tod.

»Sie haben jeden umgelegt«, sagte Sammy leise. Er fror ein wenig. Über den Hafen zog ein kalter Wind, auch Jo fröstelte. »Einen nach dem anderen. Und dann haben sie die Flutventile geöffnet ...«

»Flutventile?«

Sammy nickte.

»Ich hab's gesehen, als ich nach einem Weg gesucht habe«, sagte er. »Das Schiff soll versenkt werden. Wird natürlich nicht klappen, weil der Hafen nirgends tief genug ist. Aber es wird den Eigner eine Menge Geld kosten, den Kahn wieder flottmachen zu lassen.«

Jo grinste dünn. »Es wird den Eigner, den wahren Eigner, sehr viel mehr kosten«, murmelte er. »Das Leben nämlich ...«

»Er verläßt das Haus.«

»Okay, bleibt dran«, sagte Tom Rowland. »Und wenn was Wichtiges passiert – sofort durchgeben.«

»Wird gemacht, Sir!«

Tom legte das Funkgerät beiseite.

Nachdenklich sah er Jo Walker an, der langsam einen heißen, starken Kaffee trank. »Und wie geht es weiter?« fragte er Jo.

Jo hob die Schultern. »Abwarten«, meinte er. »Es wird ein bißchen Zeit kosten, bis die einzelnen Teile der Maschine richtig zusammenarbeiten.«

»Deine Ruhe möchte ich haben«, sagte Rowland, »Slayter tot, Grosvenor tot, der junge Paco tot, sechzehn Mann Besatzung der *MS Tampico* tot.«

»Jo Walker nicht tot«, warf Jo ein. »Mit viel Glück.«

»Wenn diese Aktion nicht klappt, wird die Presse mich in der Luft zerreißen, Jo. Das ist kein normaler Mordfall mehr, das ist ein richtiges Massaker.«

»Ja, so kann man es nennen«, murmelte Jo.

Er sah Ron Myers an.

»Sind die Untersuchungsergebnisse schon da?«

Myers schüttelte den Kopf. Er war in sehr gereizter Stimmung. Warten war nicht gerade die Stärke des Lieutenant.

»Du bist fest davon überzeugt, daß unser Mann der richtige Mann ist, Jo?«

Jo nickte. »Der Wagen, in dem Tom und Dick gefahren sind, war auf eine Firma zugelassen, und diese Firma gehört unserem Freund. Eindeutig – er ist der richtige.«

Rowland begann einen unruhigen Marsch durch sein Office. Auf und ab, auf und ab es sah sehr gefährlich aus. Jo lehnte sich im Sessel etwas zurück und genoß den Kaffee.

»Woher weißt du, daß dies der richtige Abend ist?« wollte Tom wissen. »Daß die kleinen braunen Männer heute zuschlagen werden?«

»Ich weiß es nicht«, sagte Jo. »Aber er wird es wissen. Er hat heute Geld abgeholt von der Bank. Zwei Millionen in kleinen Scheinen. Reicht das als Hinweis?«

»Er versucht, seine Feinde zu schmieren?«

»Ich würde es anders ausdrücken«, sagte Jo. »Er versucht, sein Leben bei ihnen zu kaufen.«

»Ich hasse es«, murrte Rowland. »Ich hasse es wie die Pest, wenn man mich nur mit vagen Andeutungen abspeist. Vor allem, wenn wieder mal ein Job auf dem Spiel steht. Jo, ich verlange von dir ...«

Das Handfunkgerät quäkte. Tom nahm es. »Rowland?!«

Jo hörte mit.

»Der Verdächtige fährt Richtung Manhattan, Sir. Sieht so aus, als wollte er in die südliche Bronx.«

»Unser Lieblingsviertel«, knurrte Rowland. »Okay, bleibt dran.«

Jemand klopfte an die Glastür. Myers drehte sich herum, auch die anderen Männer im Raum wandten die Köpfe.

»Herein!« Die Stimme des Lieutenants grollte durch den Raum. Die Glastür wurde geöffnet, und der Bürobote betrat den Raum, bewaffnet mit einem dicken Umschlag.

»Die Untersuchungsergebnisse, Sir«, sagte der Bote höflich, trat zu Myers und reichte ihm den Umschlag. »Für Sie, Sir.«

Myers riß dem Jungen den Umschlag aus der Hand.

»Darf ich mich jetzt entfernen, Sir?« Der Junge war die Höflichkeit in Person. Bei Myers konnte man nicht genau sagen, was ihn bewegte. Er sah zugleich wütend und enttäuscht aus.

»Verschwinden Sie«, knurrte er grimmig.

»Danke, Sir. Ich wünsche noch einen guten Abend, Sir.«

Jo hatte noch nie einen jungen Polizeibediensteten mit so guten Manieren erlebt, die anderen offenbar auch nicht. Mit einem liebenswürdig boshaften Lächeln auf den Lippen zog sich der junge Mann zurück und schloß vorsichtig und leise die Glastür.

»Absicht!« stieß der Lieutenant hervor, während er langsam im Gesicht rot anlief. »Das hat der Kerl mit Absicht gemacht. Ich hätte ihn in der Luft zerrissen, wenn er sich wieder eine Flegelei erlaubt hätte. Und das hat er gewußt. Gewußt hat er es. Und darum war er so höflich, dieser Kerl. Um mich zu ärgern. Nur um mich zu ärgern.«

»Und das ist ihm augenscheinlich gelungen, Ron«, sagte Jo grinsend. »Darf ich?«

Myers war so sehr mit seiner aufgestauten Wut beschäftigt, die er nicht an dem Jungen hatte entladen können, daß er gar nicht richtig zuhörte. Er nickte nur und stieß ein Schnauben aus.

Jo griff nach dem Umschlag und öffnete ihn. Im Inneren befanden sich die Untersuchungsergebnisse – Jo hatte die Labors gebeten, sich die Ladung der *MS Tampico* einmal genau anzusehen. Und das hatten die Leute in den Labors auch getan.

»Allmächtiger«, murmelte Jo, als er die erste Seite beendet hatte. Er überflog die Seiten, schüttelte den Kopf. Dann gab er die ersten Blätter an Tom Rowland weiter.

»Da hast du deine Erklärung«, sagte Jo halblaut. »So etwas Barbarisches und Grausames!«

Rowland runzelte die Stirn und griff nach dem Papier. Auch seine Miene umwölkte sich, je länger er las. »Eine unglaubliche Schweinerei«, stimmte er zu. »Ich hätte so was nicht für möglich gehalten.«

Jo Walker stand auf. »Aber es ist passiert«, sagte er. »Und die Person, die für dieses Verbrechen verantwortlich ist, soll wahrscheinlich schon heute ebenfalls Opfer eines Verbrechens werden. So ist's doch, nicht wahr?«

Rowland nickte. »Wenn es je eine Rache gab«, murmelte er. Hilflos schüttelte er den Kopf. »Trotzdem ich muß eingreifen. Ich kann diesen Mord nicht geschehen lassen.«

Tom holte tief Luft. »Kannst du das verstehen, Jo?«

Jo Walker nickte.

»Ich darf diesen Mord nicht geschehen lassen«, seufzte Tom Rowland, »obwohl ich ihn am liebsten selbst begehen würde.«

Wieder meldete sich eins der Beobachtungsfahrzeuge.

»Person fährt nach Osten, sieht aus, als wäre das Fulton-Gelände sein Ziel.«

Tom Rowland holte tief Luft, sah Ron und Jo lange an. »Okay«, sagte er leise. »Laßt uns gehen und die Arbeit tun.«

Benito wußte, daß er nicht mehr lange zu leben hatte. Ein paar Wochen ohne große Schmerzen, dann mit Schmerzen, noch ein paar Wochen mehr. Aber immerhin, die Zeit würde reichen.

Der alte Mann hustete. Die Krankheit saß bei ihm in den Lungen. Sie fraß ihn auf. Es war fast schon ein Wunder, daß er überhaupt noch lebte.

Es war dunkel. Das Gelände der Fabrik war sehr groß. Früher

waren hier einmal Werkzeugmaschinen hergestellt worden. Es war eine sehr große Fabrik gewesen, und sie hatte gut verdient.

Aber das war die Zeit des Zweiten Weltkriegs gewesen, und diese Zeit war lange vorbei. Niemand brauchte mehr so viele Spezialmaschinen zum Herstellen von Munition, von Panzergranaten und anderen Werkzeugen des Schreckens. Die Fabrik hatte zehn Jahre leergestanden, dann hatte jemand die Hallen in Brand gesteckt, um die Versicherungsprämie kassieren zu können. Die Prämie war nicht sehr hoch gewesen, aber der Besitzer hatte zufrieden sein können.

Jetzt war das Fulton-Gelände eine offene Fläche. Backsteine lagen in wirren Haufen herum, Ratten huschten pfeifend durch die Trümmer. Nur einige Teilstücke der alten Mauern standen noch.

Benito sah hinauf zum Himmel. Er war wolkenverhangen. Gut so. Für den Plan war es gut so.

Benito hätte lieber den Himmel seiner Heimat gesehen. Das Kreuz des Südens, die anderen großen Sterne. Früher hatte er sie immer wieder angesehen. Sie hatten zu seinem Leben gehört, so wie bei vielen Amerikanern eine Digitaluhr zum Leben gehörte. Der Himmel hatte mit seinem Rhythmus von Tag und Nacht, von Ebbe und Flut, von Frühling und Winter Benitos Leben bestimmt, auch das der anderen.

Benito sah sich um. Nichts zu sehen. Eine Woche lang hatte er dieses Gelände erkundet, sehr gründlich. Wie es alte Leute tun, wenn sie sichergehen wollen.

Und Benito, der Anführer der Leute von San Christobal, der letzten Leute von San Christobal, hatte entschieden, daß dies der richtige Platz war. Die anderen konnte er nicht sehen, sie hielten sich versteckt. Gut so. Schade, daß Paco das nicht mehr erleben konnte. Paco, das Nesthäkchen. Er war schon tot, aber er war einen schönen Tod gestorben. Einen edlen Tod, der den anderen genutzt hatte.

Benito wußte, daß sein Tod nicht edel sein würde. Er hatte gesehen, wie sein Bruder gestorben war. Und seine Frau. Und die Kinder, und es war jedesmal das gleiche gräßliche Schauspiel gewesen.

Menschen, die sich vor Schmerz und Todesangst krümmten, bis ihre Körper nur noch seltsam verdrehte Gebilde waren, wie eine moderne Plastik. »Benito?«

»Si?«

»Er kommt.«

Benito holte tief Luft. »Zurück in Deckung«, sagte er. »Schnell, er darf euch nicht sehen.«

Juan verschwand wieder in der Deckung, auch die anderen hockten in ihren Verstecken.

Schade, daß es zu Ende ging. Oder vielleicht doch nicht? Benito wußte, daß er und seine Männer Fehler gemacht hatten. Tödliche Fehler. Sie hatten es gut gemeint und doch hatten sie Schuld auf sich geladen. Schwere Schuld. Blutschuld.

Um diese Tageszeit, es ging auf Mitternacht zu, war es still in diesem Teil der Bronx. Die Menschen schliefen, wenn sie konnten. In dieser Gegend ruhig zu schlafen war schwierig. Nicht wegen des Lärms, gegen den hätte man etwas machen können. Wegen der Sorgen. In dieser Gegend wohnte kaum einer, der nicht allein genug Sorgen hatte, um eine durchschnittliche New Yorker Mittelstandsfamilie damit reichlich einzudecken.

Nein, New York war nicht der Ort, wo Benito leben wollte. Er sah die Scheinwerfer schon von weitem. Und wie sie erloschen. Der Feind wollte also vorsichtig sein.

Benito lächelte. Wer immer da kam, in dieser Nacht war Benito im Vorteil. Er war viele Jahre lang Nacht für Nacht hinausgefahren zum Fischen, er hatte scharfe, flinke Augen, die mehr sahen als die Augen eines verwöhnten Gringos.

Das Auto hielt an. Benito konnte hören, wie die Tür geöffnet und wieder geschlossen wurde. Er stand auf.

Jetzt konnte er den Wagen sehen. Er stand etwa in der Mitte des Geländes. Benito konnte trotz der Dunkelheit wahrnehmen, daß zwei Männer versuchten, sich im Inneren des Wagens zu verstecken. Lächerlich.

Er wollte sie hereinlegen. Gut so. Sie wollten ihn ja auch hereinlegen. Natürlich würden sie ihn nicht am Leben lassen, jeden anderen vielleicht.

Sie waren inzwischen des Tötens müde geworden. Aber nicht ihn, den Mann, der für all das die Verantwortung trug. Er war auch schuld, daß man ihn berauben würde …

Einen Mann zu töten und dann zu berauben war schändlich. So

handelten nur Verbrecher, keine Männer von Ehre. Aber mit dem Geld ließ sich vielleicht das Nachbardorf vor dem Untergang retten. Deshalb mußte man es nehmen.

So wie sie das Geld von diesem Slayter genommen hatten; sie hatten es gebraucht, um sich Waffen kaufen zu können. Amerika war kein schönes Land, wo ein Mann rauben und stehlen mußte, um seine Rache nehmen zu können. Der Mann kam näher.

»Buenas Noches, Señor«, sagte Benito. Er wußte, daß der Feind spanisch sprach.

»Laß den Quatsch, Alter«, sagte Frederic Grosvenor verächtlich.

»In Deckung bleiben«, gab Tom Rowland durch. »Eingegriffen wird nur auf mein Kommando. Banks, wie läuft es bei Ihnen?«

»Ich kriege die beiden klar und deutlich rein. Die Tonqualität ist prima.«

»Kilroy?«

»Nur Infrarot und Restlichtverstärker«, antwortete Kilroy. »Aber für ein Identifizieren wird es reichen.«

Jo Walker hatte sich einen Platz neben Tom verschafft.

In aller Stille war das Fulton-Gelände umstellt worden. In den Fenstern der umliegenden Häuser steckten Polizisten – Scharfschützen, Männer mit empfindlichen Mikros, andere mit Kameras. Gebraucht wurden Beweise für mehr als nur für einen Mord.

Jo hielt ein Fernglas mit Restlichtverstärker in der Hand. Er sah hinüber zur Mitte des Geländes. Dort stand der Wagen, in dem sich zwei Männer – vermutlich Killer in Grosvenors Diensten – versteckt hielten. Zwanzig Meter entfernt stand Grosvenor selbst, zwei Schritt vor ihm der alte Mann.

Jo erkannte ihn wieder. Dieses Mal hatte der Alte kein Fischermesser in der Hand. Dieses Mal hielt er eine echte Maschinenpistole.

Tom Rowland wischte sich über die Stirn. Er schwitzte nicht vor Hitze. Dieser Job war eine der kitzligsten Aufgaben, die der schwergewichtige Captain jemals zu bewältigen gehabt hatte.

Was Rowland brauchte, waren Beweise, klare, eindeutige, unwiderlegbare Beweise – gegen den alten Mann und seine acht Kumpane. Und gegen den Mann, der vor dem Alten stand und in der linken Hand einen Koffer hielt. Der Koffer enthielt zwei Millionen Dollar.

Die rechte Manteltasche des Mannes enthielt zudem eine Schußwaffe. Er hatte sie fast die ganze Fahrt über festgehalten, und die Konturen der Waffe zeichneten sich durch den Stoff des Mantels hindurch ab, jedenfalls für den Infrarotfilm.

Jeden Augenblick konnte dort vorn eine Schießerei losgehen, eine Schießerei, die binnen weniger Augenblicke nicht nur einige Menschenleben kosten konnte, sondern auch Tom Rowlands Job.

Jo wußte das. Er bewegte sich leise von Tom weg. Behutsam arbeitete er sich an das Firmengelände heran. Ganz langsam, ganz vorsichtig. Die Polizisten waren hoffentlich clever genug, seine Infrarotspur bis zu Tom zurückzuverfolgen und daraus ihre Schlüsse zu ziehen. Aber sonst mußte Jo unsichtbar bleiben – sowohl für Frederic Grosvenor als auch für die neun kleinen braunen Männer aus San Christobal in Panama. Denn beide Parteien mußten daran gehindert werden, weitere Morde zu begehen.

Benito deutete auf den Koffer. »Ist da das Geld drin?«

Grosvenor nickte langsam.

»Gut«, sagte Benito. »Gut so.«

Er war Ältester seines Dorfs gewesen, der *Alcalde,* auch wenn das eine reichlich hochtrabende Bezeichnung gewesen war. Aber er hatte Stolz und Würde besessen, und die war ihm in Amerika sofort genommen worden. Die Menschen hier hatten keinen Respekt vor Alter und Erfahrung eines Mannes, kein bißchen. Aber jetzt spürte Benito wieder, wie der alte Stolz ihn erfüllte.

»Eins will ich noch wissen«, sagte Benito leise. »Warum, Señor?«

Der *Señor* war ein Mörder, auf seine Weise, aber irgendwie brachte es Benito nicht fertig, ihm die Achtung zu verweigern, die ein Mann einem Mann entgegenbringen mußte. Auch wenn es ans Töten und ans Sterben ging.

»Warum was?«

Grosvenors Stimme klang gereizt und ängstlich. Die Spannung zerrte an seinen Nerven.

Nun, dachte Benito. Er lächelte. *Er weiß nicht, daß er gleich sterben wird. Er glaubt, daß es beim Töten bleiben wird, daß er auf der richtigen Seite steht.*

»Warum haben Sie dieses Zeug in unserer Bucht ins Meer kippen lassen, Señor?«

»Schwermetall«, stieß Grosvenor hervor.

»Warum, Señor? Was hat es Ihnen gebracht, daß Sie unsere Frauen damit vergiftet haben, unsere Männer, sogar unsere Kinder? Ist Ihre Ehre dadurch gestiegen?«

Achtzig Meter entfernt preßte Tom Rowland die Kiefer aufeinander. Er hätte vor Wut schreien mögen. Denn er wußte, was sich in San Christobal zugetragen hatte. Schwermetalle und anderen Giftmüll, Dioxine und Furane, alles säuberlich in anderen Materialien versteckt und ausgeführt – das war die Ladung der *MS Tampico* gewesen. Nicht alles, nur jeweils ein paar Tonnen. Der Rest war echte Ladung.

Und wenn das Schiff Panama erreichte, den Kanal hinter sich gebracht hatte – raus aus dem Laderaum mit dem Zeug und rein ins Meer. In der Bucht von San Christobal. Tonnen von Gift, das zum Teil schon in Tausendstel Gramm wirkte. Einfach ins Meer gekippt.

Und es war legal.

In Panama gab es keine entsprechenden Umweltgesetze, deswegen wurde es gemacht. Es wurde überall gemacht. Die Deutschen schafften ihren Giftdreck beispielsweise nach Afrika oder zu den anderen Deutschen in die DDR. Oder ihre Radioaktivität nach Frankreich.

Es war legal, weil es überall auf der Welt Regierungen gab, denen es scheißegal war, ob ihre Untertanen an Kadmium-Vergiftung krepierten oder an Dioxinen. In den primitiven Dörfern gab es ja nicht einmal genügend technische Hilfsmittel und Know-how, um eine solche Vergiftung überhaupt zu erkennen.

Hauptsache, die Herren an der Spitze wurden gut geschmiert – und sie wurden. Giftmüllexport war eine florierende Branche, damit ließen sich Millionen verdienen. Die sparte man, weil an der ordnungsgemäßen Vernichtung des Drecks gespart wurde.

All das wußte Tom Rowland. Und dieser alte Mann sprach da von Ehre.

»Sie sind alle tot, Señor«, sagte Benito. »Wir sind die letzten. neun Männer aus San Christobal, die letzten von dreihundert.«

»Quatsch keine Opern, Alter – nimm das Geld, und dann geh«, sagte Frederic Grosvenor ungeduldig.

Benito streckte die Hand nach dem Koffer aus. Das war das Zeichen für die anderen, aus ihren Verstecken zu kommen und zu schießen. Wenn er den Koffer in der Hand hatte, ging es los.

Ob sie dabei starben, war nicht wichtig – es zählte nur, daß dieser Mann für sein Verbrechen getötet wurde.

Benitos Hand blieb in der Luft stehen.

Ich schaffe es nicht, dachte er. *Ich kann das Geld dieses Mannes nicht nehmen. Madre Dios …*

»Was ist?«

Herrgott hilf, betete Benito. *Hilf mir, daß ich das Geld nehmen kann. Daß ich Conchitas Zukunft mit dem Blutgeld für Marias Tod bezahlen kann.*

»Alter Narr!« schnauzte Frederic Grosvenor. Er hatte jetzt lange genug gewartet und Angst gehabt. Er steckte die rechte Hand bereits in die Manteltasche.

»Jetzt!« schrie Tom Rowland in das Mikro. »Eingreifen!« Er konnte das ganze Drama auf dem kleinen Monitor verfolgen, auf dem die Bilder der Restlichtverstärkerkameras abgebildet wurden. Dort hatte er auch sehen können, wie Grosvenor in die Tasche gegriffen hatte.

Auf dem Bildschirm flammte ein kleiner greller Punkt auf. Grosvenor hatte schnell geschossen – und getroffen. Der alte Mann taumelte. Aber er war zäh. Vielleicht war es seine Ehre, die ihn auf den Beinen hielt. Jedenfalls bekam er seine Maschinenpistole hoch und feuerte.

Jo war nur zehn Meter entfernt. Er sah, wie der alte Fischer die Kugel empfing und zurückschwankte, wie er seine Waffe hob und selbst feuerte. Sein Feuerstoß traf Frederic Grosvenor in die Brust, und der Mann brach zusammen.

Jo achtete nicht auf das, was in seiner Nähe geschah. Er sah nur den alten Mann, der vor einigen Tagen mit dem Fischermesser auf ihn losgegangen war. Benito schwankte, taumelte, aber er blieb auf den Beinen.

Die Türen des Wagens, mit dem Grosvenor gekommen war, wurden aufgerissen. Zwei Männer sprangen heraus, mit Waffen in den Händen. Sie kamen gerade zurecht, um in den Kugelhagel zu geraten, mit dem mehr als ein halbes Dutzend Gestalten sie und den Wagen unter Feuer nahmen. Grosvenors Killer kamen nicht dazu, auch nur einen Schuß aus den Läufen zu jagen.

»Hier spricht die Polizei – Feuer einstellen, weg mit den Waffen!« Das war Tom Rowlands kräftiges, elektronisch verstärktes Organ. Es hallte über den Platz wie Donnergrollen.

Jo erreichte den alten Mann und fing ihn auf, bevor er umkippte. Die Augen des Alten waren offen. Er sah Jo und erkannte ihn.

»Verzeihen Sie mir, Señor«, sagte er leise. »Ich ...«

»Nicht reden«, sagte Jo drängend. »Bleiben Sie ganz ruhig. Gleich wird ein Krankenwagen kommen.«

Auf den hageren Zügen des Alten tauchte ein mageres Lächeln auf.

»Bitte, Señor, keine Lügen. Seit ich in dieses Land gekommen bin, habe ich gelogen und bin belogen worden. Es ist genug.«

Seine Stimme war erstaunlich kräftig. Er drehte den Kopf, sah über seine Schulter hinweg zu den Trümmern, in denen sich seine Begleiter versteckt hatten. Ein halbes Dutzend Polizeischeinwerfer erleuchtete den Platz. Kalkweiß war das Licht. Einer dieser grellweißen Flecken strahlte den durchlöcherten Cadillac von Frederic Grosvenor an, ein anderer dicht neben Jo die Leiche.

Die acht kleinen Männer aus San Christobal waren nicht zu sehen. Jo konnte im Licht der Suchscheinwerfer ihre Waffen auf dem Boden liegen sehen, mehr nicht.

»Du hast dein Ziel erreicht, alter Mann«, sagte Jo. »Du hast den Mörder deiner Familie getötet. Woher wußtest du das?«

Benito machte eine matte Handbewegung. »Wir haben lange und geduldig geforscht«, erklärte er leise. »Slayter war der Mann, den wir als erstes gefunden hatten. Er hat die Geschäfte zustande gebracht. Und durch ihn kamen wir auf Grosvenor und dessen Firma. Leider!«

Das war der Fehler, den die Rächer gemacht hatten: Sie hatten den falschen Grosvenor getötet.

Aber wie hätten die Männer auch darauf kommen sollen, daß ein pfiffiger Verbrecher ausgerechnet die Firma eines Namensvetters ohne dessen Wissen dazu mißbraucht hatte, die Dritte Welt zu vergiften? Die Tarnung des Frederic Grosvenor war perfekt gewesen, beinahe.

Jos Gedanken wanderten zu dem Abend zurück, als er Slayter gefunden hatte. Er hatte diesen Mann auf fast die gleiche Art und Weise gehalten wie nun den alten Fischer.

Und jetzt verstand Jo auch, was Slayter gewollt hatte. Er hatte Jo gebeten, Grosvenor zu warnen, den richtigen Grosvenor, Frederic. Aber nicht, damit er sich vor den Männern aus dem Süden in Sicherheit bringen konnte. Slayter hatte gewußt, daß Frederic Grosvenor ein Feigling war, der sich hinter anderen versteckte. Er hatte ihn warnen wollen, damit dieser Grosvenor mehr und länger Zeit hatte, sich vor dem Augenblick zu fürchten, in dem er für seine Verbrechen würde zahlen müssen. Josh Slayters letzter Gedanke war von ausgesprochener Bosheit gewesen.

»Verdammt, wo sind die Kerle?«

Ein halbes Dutzend Polizeibeamter lief durcheinander, suchte nach Benitos Begleitern.

»Señor?«

»Ja?«

Benito lächelte unter Schmerzen. »Helfen Sie Conchita, bitte. Sie kennen sie schon, das Mädchen.«

Jo nickte mit zusammengebissenen Zähnen.

Tom Rowland tauchte neben ihm auf. »Sie sind uns entwischt«, knurrte er böse. »Durch Gänge unter dem Schutt. Die kriegen wir nie.«

Jo sah auf. »Wir haben, was wir brauchen«, sagte er leise. Sanft ließ er den Körper des toten alten Fischers auf den Boden gleiten. »Beweise, Opfer, Täter ... Was brauchen wir mehr?«

Tom Rowland sagte nichts. Es gab Augenblicke in diesem Beruf, in denen man besser schwieg. Außerdem hatte er die erstaunliche Tatsache zu verdauen, daß der Koffer mit dem Geld unter den Augen der Polizei verschwunden war.

»Spannend«, sagte Helen Garner. »In dieser Gegend von New York war ich noch nie.«

»Ich möchte Ihnen auch nicht raten, sich hier allein sehen zu lassen«, sagte Jo. »Und schon gar nicht um diese Tageszeit.«

Es war Abend, der Himmel fast klar, das Wetter mild. Jo hatte sein Jackett ausgezogen und salopp über die Schultern gehängt. Dennoch fühlte er sich nicht recht wohl in seiner Haut. Offiziell war der Fall erledigt, unter der Hand, gewissermaßen.

Anhand der Geschäftsunterlagen der beiden Grosvenors – die nicht einmal über siebzehn Ecken miteinander verwandt gewesen waren –, hatte man die Geschäfte der Firma Grosvenor in den letzten Jahren rekonstruieren können. Strafrechtliche Folgen würde das aber nicht haben. Wenn das Gesetz des Tatorts es zuließ, eine Bucht mit Giftmüll zu entvölkern, dann konnte dieser Mord an der Natur und an den Menschen auch nicht in den USA verfolgt werden. Das jedenfalls ergab sich, wie Jo erfahren hatte, aus dem Völkerrecht.

Immerhin war die Sache wenigstens peinlich, vor allem für die »seriösen« Firmen, die ihren lebensgefährlichen Abfall bequem und sogar billig durch Frederic Grosvenor losgeworden waren. Die Polizei hatte man – öffentliches Interesse hieß das entscheidende Stichwort – zum Stillschweigen vergattern können. Nicht so den Privatmann Jo Walker.

Jo hatte sich sein Schweigen teuer erkaufen lassen, auch schweren Herzens. Aber die Aussicht, die Industrie dazu zwingen zu können, in der Nähe von San Christobal ein neues Dorf zu errichten und Millionen in die Infrastruktur und den Naturschutz zu stecken, hatten Jo zum Einlenken bewogen.

»Wo gehen wir eigentlich hin?« fragte Helen Garner.

»Zu einer Bekannten von mir«, antwortete Jo. »Ich habe Sie mitgenommen, weil Sie mir vielleicht helfen können, ein junges Mädchen zu überzeugen.«

»Überzeugen? Wovon?«

»Von …« Jo unterbrach sich. Er hatte das Mädchen gesehen, das ihm Paco gezeigt hatte. Sie kehrte ihm den Rücken zu, und das gab Jo die Chance, nahe genug an sie heranzukommen. Er legte ihr eine Hand auf die Schulter.

Conchita drehte sich um, verzog das Gesicht zu einem einladenden Lächeln. Dann spuckte sie aus. »Sie«, begann sie verächtlich.

Jo holte tief Luft.

»Er ist gesprungen, Conchita. Ich habe ihn nicht gestoßen.«

»Wenn Sie nicht gewesen wären.«

»Wäre er gestern abend wahrscheinlich massakriert worden«, sagte Jo. »Genug davon – ich bin hier, weil mich Benito darum gebeten hat, bevor er gestorben ist.«

»In Ihren Armen, ich weiß.«

Also hatte Conchita Kontakt zu den acht Männern von San Christobal. Offiziell waren sie natürlich zur Fahndung ausgeschrieben. Aber Jo hatte den Verdacht, daß manch ein Beamter der New York Police taub und blind werden würde, wenn er einen der acht sah; vor allem, da bekannt war, daß keiner der acht mehr lange zu leben hatte.

»Wo sind die Männer?« fragte Jo.

»Auf dem Weg nach Hause«, antwortete Conchita. Sie sah an Jo vorbei, ihr Blick ruhte auf Helen Garner, und Helen erwiderte diesen Blick offen. »Sie wollen in der Heimat sterben. Vielleicht verstehen Sie das.«

»Ich verstehe es«, sagte Jo.

»Okay, Gringo – was willst du von mir? Darf's was Spezielles sein?« Der ordinäre Tonfall war nicht zu überhören.

»Benito hat mich gebeten, daß ich dir helfe«, sagte er. »Daß du aus diesem Milieu rauskommst.«

»Pah«, sagte Conchita. »Hier geht's mir nicht schlecht. Ich verdiene gut. Wieso haben Sie die Lady mitgebracht?«

»Sie könnte dir helfen«, antwortete Jo. »Außerdem – ich wollte dir einmal zeigen, wie eine Frau in Amerika leben kann.«

Conchita preßte die Lippen aufeinander. Stur sah sie Helen Garner an.

»Ich brauche jemand, der mir im Geschäft hilft«, sagte Helen. Sie lächelte. »Ich habe selbst als Sekretärin angefangen.« Conchita lachte laut auf. »Señora, da, wo ich herkomme, bringt man Mädchen nicht bei, Sekretärin zu werden. Ich kann weder lesen noch schreiben, was sagen Sie nun?«

»Das kann man lernen«, antwortete Helen ruhig. »Ich habe es

schließlich auch gelernt.« Das Gesicht des jungen Mädchens wurde ernst.

»Lady«, sagte sie, und das war nicht als Beleidigung gemeint. »Ich will Ihnen sagen, was ich tun werde. Ich werde weiter anschaffen gehen, denn in dieser Branche bin ich gut. Wenn einer versucht, mein Zuhälter zu werden, werde ich ihn vergiften. Ich brauche vier, fünf Jahre, dann habe ich genug. Vielleicht werde ich heiraten, vielleicht sogar einen Polizisten oder einen Taxifahrer. Es gibt hier im Revier einen netten jungen Taxifahrer, ein Schwarzer, und den wird es garantiert nicht stören, daß ich auf den Strich gegangen bin.« Conchita beugte sich vor und brachte ihr Gesicht nahe an Helens.

»Lieber fünf Jahre lang seinen Körper verkaufen, als einmal seine Seele. Ich habe in diesem Land manch anständige Hure kennengelernt, und eine Riesenmenge sogenannter ehrbarer Frauen, die schlimmer sind als die Pest.«

»Mag sein«, sagte Jo. »Aber ob Benito das auch gedacht hat...«

Conchita starrte ihn wütend an. »Mistkerl«, zischte sie. »Mir mit Benito zu kommen! Das ist unfair!«

»Wollen wir es nicht wenigstens versuchen?« fragte Helen. »In das Milieu zurück können Sie schließlich noch immer, Conchita.«

Conchitas Schultern sackten runter. »Meinetwegen«, sagte sie schließlich. »Aber nur zur Probe, klar?«

»Klar«, sagte Jo.

»Okay, dann aber sofort«, sagte Conchita. »Ich will keine Minute länger hierbleiben. Wartet, ich besorge uns ein Taxi.«

Sie eilte davon. Jo stieß einen leisen Seufzer der Erleichterung aus.

»Fühlen Sie sich etwas besser, Jo?« fragte Helen Garner.

Jo nickte. »Erheblich«, sagte er. »Ich hasse Fälle, bei denen es ein wirklich sauberes anständiges Ende nicht gibt und vielleicht auch gar nicht geben kann.«

Aus dem Hintergrund näherte sich ein gelbes Auto, aus dem rechten vorderen Fenster schaute Conchita. »Ich habe ihn gefunden«, sagte sie und zwinkerte dazu. »Kommt, Leute, steigt ein.«

Jo sah den Fahrer und hatte Mühe ein Grinsen zu unterdrücken. Er war gespannt, was Conchita sagen würde, wenn sie erfuhr, daß die beeindruckenden Zahnlücken von Sammy Brown nur gemalt und nicht echt waren. Und daß er auch kein anrüchiger Taxifahrer war, sondern ein guter Detective der Drug Enforcement Agency.

»Es wird ein toller Abend«, versprach Conchita fröhlich. »Unvergeßlich ,..«

»Das«, sagte Jo und lächelte dazu, »sehe ich auch kommen.«